aufbau taschenbuch

AUFBAU VERLAGSGRUPPE

Anna Kalman hat zwei Gesichter: Christiane Mühlfeld und Jutta Siekmann. Beide leben in München und arbeiten als Journalistinnen.

»Es gab Augenblicke, da war sie das traurigste Mädchen, das ich kannte«, erinnert sich Edward von Habelsberg während seines Urlaubs auf Samos an die Schauspielerin Jana Nicolai. Gemeinsam mit seiner Frau, der Münchner Privatdetektivin Malina Maltzan, begegnet er ihr dort nach Jahren zum ersten Mal wieder. Während ihr alter Zauber erneut nach ihm zu greifen beginnt, entgeht Malinas scharfem Auge nicht, daß sich hinter Janas schillernder Fassade Angst verbirgt. Wie groß ihr Leid allerdings wirklich ist, erkennt Malina, als ein Unbekannter einen Anschlag auf die Aktrice verübt. Ein tödlicher Paso doble im gleißenden Licht ägäischer Sonne nimmt unaufhaltsam seinen Lauf.

»Vor sich selbst ist niemand sicher. Nirgendwo. Nicht im tiefsten Seelenverlies und nicht im weißen Licht der Ägäis. Ein starker Roman« – so bringt Bestsellerautor Thommie Bayer Anna Kalmans raffiniert erzählte Geschichte auf den Punkt.

Anna Kalman

Kalt ist das Glück

Kriminalroman

Aufbau Taschenbuch Verlag

ISBN 978-3-7466-2335-1

Aufbau Taschenbuch ist eine Marke
der Aufbau Verlagsgruppe GmbH

1. Auflage 2007

Umschlaggestaltung Mediabureau Di Stefano
unter Verwendung zweier Motive von getty images, Tommy Flynn
Druck und Binden GGP Media GmbH, Pößneck
Printed in Germany

www.aufbau-taschenbuch.de

Für Hans Hildebrand,
dem ich eine tolle Zeit am Theater verdanke,
und
für Jutta und Christiane,
die immer fest an mich geglaubt haben

»Ein Wort, das trifft,
vermag zu töten oder zu demütigen,
ohne daß man sich die Hände schmutzig macht.
Eine der großen Freuden des Lebens ist es,
seinesgleichen zu demütigen.«

Pierre Desproges

»Wohin Miss?« –
»Zu den Sternen …«

Titanic
Jack Dawson zu Rose DeWitt Bukater

Ich kam bereits mit einem gebrochenen Herzen auf die Welt, nicht im übertragenen, sondern im wörtlichen Sinn. In der kleinen Membran, die beide Herzkammern voneinander trennt, klaffte ein Riß.

Unser Hausarzt stellte ein störendes Geräusch fest, als ich vier Jahre alt war und er mir wegen einer Bronchitis das Stethoskop auf die Brust setzte.

Meine Mutter verstummte, mein Vater wußte nicht wohin mit sich und weinte.

Ich wußte lange Zeit von nichts, fragte mich nur manchmal, warum sie so abrupt und erschrocken schwiegen, wenn ich ins Zimmer kam.

Bis ich eines Morgens zwischen ihnen aufwachte und sie mich mit einem Blick ansahen, der mir sagte, daß dieser Tag anders als die anderen sein würde und daß sie ihn fürchteten.

Ich erinnere mich ganz deutlich an das Gefühl dieser unumgänglichen Gewißheit, an dieses angstauslösende Reißen zwischen Herz und Zwerchfell. Ohne daß meine Eltern auch nur ein Wort sagten, wußte ich, daß sie mich an diesem Tag allein lassen würden, daß ich fort von ihnen mußte und daß etwas in mir kaputtgehen würde.

Im Krankenhaus krallte ich mich mit einer Hand am Hals meiner Mutter fest, mit der anderen am Hemd meines Vaters und spürte gleichzeitig, daß es nichts nutzen würde. Sie gingen – diesen langen dämmerigen Flur entlang, hinaus durch die Stationstür aus Eisen, deren dumpfes Einrasten für immer in meinem Gedächtnis haften würde.

Ich blieb verloren zurück. Bis sie irgendwann zurückkamen. Eine quälende Zeitlang später.

Noch bevor ich auf dem OP-Tisch lag und Fremde mir den Brustkorb aufschnitten, spürte ich ein deutliches Knacken darin.

In mir zerbrach das Vertrauen, beschützt zu sein.

Nach der Operation war ich in unserem Dorf so etwas wie ein Freak.

Eine Todgeweihte, deren Bekanntschaft mit dem Sensenmann schon eng gewesen war, jemand, den die einen teilnahmsvoll, die anderen in einer Mischung aus Neugier und Mißtrauen beäugten.

Ein Kind, das es sich herausgenommen hatte, anders zu sein.

Ein kleiner Elefantenmensch.

Aber ich sorgte für Gesprächsstoff, und als ich an einem sonnigen Nachmittag eine Freundin besuchte, erschien deren Mutter im Garten, wo wir mit unseren Puppen spielten. Sie sagte uns, daß wir hinein ins Wohnzimmer kommen sollten, und als wir es betraten, waren die beiden Schwestern meiner Freundin, ihre Großmutter und zwei alte Tanten darin versammelt, die mich neugierig taxierten.

Sie stellten mich auf den Wohnzimmertisch, so daß mich alle gut sehen konnten, zogen mir meine gesmokte Bluse aus, auf die ich so stolz war, und begafften meine Narbe. Sie hefteten ihre Augen auf dieses gerötete, wulstige Mal, das zwanzig Zentimeter lang vom Brustansatz nach unten verlief, bogen meinen dünnen Oberkörper zum Licht, um besser sehen zu können wie eine geifernde Meute auf einem mittelalterlichen Jahrmarkt.

Ich war *der Elefantenmensch.*

Mit gesenktem Kopf stand ich da, fühlte mich ausgeliefert, war wütend und schämte mich zugleich.

Ich wollte weinen, doch etwas hielt mich plötzlich zurück.

Wie eine vom Ufer zurückgeworfene Welle zogen sich diese Gefühle weit in mein Inneres zurück und wandelten sich plötzlich zu einer neuen Empfindung: Ich fühlte Triumph, als ich den Brustkorb reckte, den Kopf so weit hob, daß die Sehnen am Hals sich spannten und ich über die Meute hinwegsah.

Sie und ich - wir hatten nichts gemein.

Sie waren nur mein Publikum.

An diesem sonnigen Nachmittag vor dreißig Jahren stand ich auf einem Wohnzimmertisch aus Furnierholz und empfing den ersten Applaus meines Lebens.

1

Wann alles begann, war leicht zu sagen. Es war einer jener Tage im Juni, an denen die Stadt nach endlosen Regengüssen benommen und vorsichtig in einen Kinderbuchhimmel blinzelte, die Erde süß und feucht nach Sommer duftete und man, sich den Sonnenstrahlen entgegenreckend, sagte, daß es hin und wieder verdammt schön sein konnte, am Leben zu sein.

So heiter und gelassen gestimmt, saß Malina Maltzan gegen sieben Uhr morgens in einer der Abflughallen des Münchner Flughafens, während das Geplapper ihres vierjährigen Sohnes Victor in Klangschnipseln an ihr vorüberglitt und ihr Mann in geschäftiger Abwesenheit die Börsenkurse in der *Süddeutschen Zeitung* studierte. In Gedanken war sie bereits auf Samos, ihrem selbsterwählten Paradies in der Ägäis, verabschiedete sich leichtherzig von den Killerallüren Münchner Autofahrer, von der Kälte und Arroganz hornbebrillter Gesichter, wie sie überall in irgendwelchen Szene-Cafés zu finden waren, und vor allem von jener bayerischen Grobschlächtigkeit und Impertinenz, wie sie Thomas Mann bereits in den *Buddenbrocks* dem Herrn Permaneder zugedacht hatte.

Vor einem Jahr war sie zum ersten Mal auf Samos gewesen, und seitdem war der Wunsch, dort ein Haus zu finden – nichts Großes, Aufwendiges, nur eine kleine Oase –, beständig in ihr herangereift. Sie seufzte zufrieden bei dem Gedanken, daß in den nächsten Wochen die Suche danach ihre Hauptbeschäftigung sein würde.

»Mama, ich muß mal«, riß Victor sie aus ihren Gedanken.

Mit schokoladeverschmiertem Gesicht sah er sie an und trippelte nervös auf der Stelle.

»Großer Gott, wie siehst du denn aus? Du bist ja überall ganz klebrig. Hast *du* ihm das gegeben?« Sie hielt Edward das Papier zweier Überraschungseier hin.

»Wie? Nein«, murmelte er hinter seiner Zeitung, und für einen Moment lugte sein Kopf hervor: »Die muß er sich aus deiner Tasche geholt haben.«

»Mama, schnell!« In Victors Blick lag jetzt seine ganze Not.

»Ja, ja. Ich komme.« Sie nahm ihn an der Hand und lief los.

»Wenn du ihn wäschst«, rief Edward ihr hinterher, »nimmst du am besten Terpentin. Sonst kriegen wir ihn nie durch die Sicherheitskontrolle.«

Sie war gerade dabei, Victors Hände abzutrocknen, als eine blonde Frau in den Waschraum kam. Sie war nur mittelgroß, fast zierlich und erfüllte den Raum mit einer Aura, die sie bereits auf den ersten Blick von den Normalsterblichen unterschied.

Sie schillerte.

Es war ein spontaner Gedanke, und um so verwunderlicher schien es Malina, daß er in der Kürze der Zeit und in dieser Umgebung überhaupt entstanden war, aber er hatte sich ihr aufgedrängt, sobald sie die Frau gesehen hatte.

Sie war noch jung, höchstens Mitte Dreißig, und trotz des düsteren Lichts verbarg sie ihr Gesicht wie eine alternde Diva hinter einer Sonnenbrille. Mit steifen Beinen stakste sie, ohne ihrer Umgebung einen Funken Beachtung zu schenken, zu einem der großen Spiegel über den Waschbecken und nahm die dunklen Gläser ab.

Sie hatte geweint.

Deshalb die Maskerade. Malina sah es gleich. Zerlaufene

Wimperntusche, geschwollene Augen, auf den Wangen lagen rote Flecken. Sie war teuer gekleidet, was nicht weiter zählte, denn sie wäre auch in Restposten der Caritas aufgefallen. Sie war schön. Und sie kam Malina bekannt vor.

»Ist was?« fragte sie Victor, der weniger geübt im heimlichen Beobachten war als seine Mutter und statt dessen unverhohlen starrte.

»Ich hab heute morgen auch geweint. Weil mein Hund nicht mit uns fliegen darf.«

»So.« Die Frau sah ihn nicht einmal an und tupfte irgendeine Lotion in ihr Gesicht.

»Ist das Treppentin?« fragte Victor mit der ihm eigenen Unempfindlichkeit eines Sherman-Panzers weiter. »Mein Papa nimmt das auch.«

»Kleiner«, unwirsch warf die Frau die Lotion zurück in ihre Tasche, »hat dir deine Mutter nicht beigebracht, nur zu reden, wenn du etwas gefragt wirst?«

Malina wurde es heiß vor Wut. »Mir scheint, Ihre Mutter hat bei Ihnen noch viel mehr vergessen als das.« Sie nahm Victor an die Hand. »Komm, *mein Kleiner*, lassen wir die Dame in Ruhe. Und weißt du was: Bei der Bauernmalerei reichen selbst zehn Liter Treppentin nicht aus.«

Übertrieben leise verließ Malina den Raum, so daß ihr eine weitere merkwürdige Szene entging. Die Tür war noch nicht ganz ins Schloß gefallen, als die Frau begann, ihr Gesicht minutenlang im Spiegel anzustarren. Ihre Augen schwammen, ihre halb geöffneten und verzerrten Lippen gaben die zusammengebissenen Zähne dahinter preis. Mehrmals versuchte sie, den Atem in den Bauch zu ziehen, doch der Versuch scheiterte schon zwischen den Rippen. Es war nicht mehr als ein zitterndes Schnaufen, das sie zustande brachte. Sie starrte weiter in den Spiegel, bis ihr die Augen brannten und sie nichts mehr sah. Ihre rechte Hand, mit der sie sich zuvor auf dem Waschtisch abgestützt hatte, hob sich plötzlich wie von selbst und holte aus. Ein kaltes, klatschendes Geräusch steigerte sich zu einer Art Stakkato, als der Handteller immer wieder und immer schneller auf die Wange knallte und rote Abdrücke auf der hellen Haut hinterließ.

Irgendwann hielt die Hand inne. Jana Nicolai brach ein weiteres Mal an diesem Tag in Tränen aus.

2

Als sie gegen eins auf dem Flughafen von Pythagorio landeten, traf sie die Hitze wie ein Schlag. Die Luft war schwer. Wie eine zu heiße Umarmung legte sie sich drückend um ihre Körper. Der Boden flirrte, als sie über das Rollfeld zur Ankunftshalle gingen, und Victor quengelte nach einer Apfelschorle, während sich Edward wiederholt den Schweiß aus dem Nacken wischte. Ein paar Meter weiter vorn glaubte Malina die Frau aus dem Waschraum zu erkennen, aber angesichts der Temperatur, die bei vierzig Grad liegen mußte, war sie eher geneigt, an eine Fata Morgana zu glauben als an eine zweite Begegnung mit Victors Widersacherin.

In der Halle war es so kühl wie draußen heiß. Die Gepäckbänder liefen bereits. Erleichtert holte Edward eine Karre herbei und wartete mit Victor auf die Koffer, während Malina nach draußen lief und aus einem Getränkeautomaten eine Limonade zog.

Plötzlich stutzte sie. Sie hatte sich doch nicht getäuscht. Die Frau, die sie vor ein paar Minuten auf dem Rollfeld gesehen hatte, *war* die Frau vom Münchner Flughafen. Sie schien jetzt glänzender Laune zu sein und redete lebhaft auf eine zweite Frau ein, die um einiges älter war und sich um die Berge von Koffern kümmerte. Dann trat ein grauhaariger, schlaksiger Mann mit ausgestreckten Armen auf die beiden zu. Bevor sie sich hineinfallen ließ, nahm die Blondine ihre Sonnenbrille ab, lächelte ihn strahlend an, nahm seine Wangenküsse mit der Huld einer Königin entgegen und schickte ein zweites strahlendes Lächeln hinterher. Als ein paar Leute stehen blieben und die Szene verstohlen beobachteten, tat sie so, als bemerke sie es nicht. Doch Malina war sich sicher, daß sie jeden einzelnen Blick genau registrierte und ihn ebenso genoß. Als sie schließlich samt ihrer Entourage durch eine der Glastüren ins Freie ging und in einen weißen Geländewagen stieg, hatte Malina wieder das Gefühl, die Frau schon einmal gesehen zu haben. Nur wo?

Endlich saßen auch sie im Taxi und fuhren in Richtung Kérveli. Sie ließen Pythagorio hinter sich, vergaßen den billigen Rummel der Hafenstadt, die Autoleichen zwischen verrosteten Zäunen und Schutthaufen und die karge, nur von Krüppelbäumen und dürren Sträuchern bewachsene Umgebung. Vor zwanzig Jahren hatte es hier verheerende Waldbrände gegeben, von denen sich die Erde noch immer nicht erholt hatte. Es war eine Gegend von geringer Anziehung. Sie verriet nichts von der üppigen Pracht der Insel, und Malina erinnerte sich, wie erschrocken sie im Jahr zuvor darüber gewesen war. Aber genau wie damals wurde es in ihrer Brust vor Freude weit, als sie höher und höher in die Berge kamen, wo das helle Grün der Aleppokiefern luftige Dächer über den Serpentinen bildete und die Magie von Samos allmählich nach ihr zu greifen begann.

»Ich freue mich so«, sagte sie und lächelte Edward über Victors Kopf hinweg in die Augen.

Dann war die Bucht von Kérveli nicht mehr weit.

Ungeduldig reckte Malina den Hals, das aufleuchtende Azur des Meeres herbeisehnend. Aber noch fuhren sie staubige Straßen hinunter, durch die Macchia der hohen Berge hindurch und schließlich durch silbrig flimmernde Olivenhaine. Noch ein paar Kurven und das Meer würde sich vor ihnen ausbreiten. In seinem tiefen Blau, das an den Stränden zu einem strahlenden Türkis verlief, würde es vor ihnen liegen: unwiderstehlich in seiner Anziehungskraft, eingebettet in die Berge der gegenüberliegenden Türkei und der Bucht von Kérveli.

Dann sah sie es, und es war noch viel schöner als in ihrer Erinnerung. Ein Anblick, der sie das Atmen einen Moment lang vergessen ließ und der sie in seiner Mischung aus Wildheit und Lieblichkeit glauben machte, für den Rest ihres Lebens nichts anderes mehr tun zu müssen, als da hinauszuschauen und darüber zu staunen, daß es solche Schönheit gab.

»Ich seh das Meer, ich seh das Meer!« schrie Victor neben ihr, hüpfte auf seinem Sitz auf und ab und riß Malina aus ihrer Stille. Sie küßte ihn auf die Wange und drückte ihn an sich.

»Ja, mein Schatz, ich sehe es auch. Gleich sind wir in unserem Hotel, und dann sehen wir es jeden Tag. Für eine ganz lange Zeit.« Mit den zurückgebundenen Haaren und der eifrigen Begeisterung im Gesicht hatte sie bereits alles Geordnete und Disziplinierte abgelegt, das sie im Alltag umgab.

»Jetzt hast du wieder dein samisches Lächeln.« Edward sah sie an, und in seinem Blick lag Wiedersehensfreude.

»Mein *samisches* Lächeln?«

»Ja. Du hattest es schon im letzten Jahr.« Er schien nach Worten zu suchen. »Es klingt vielleicht schwülstig, aber ich kannte dieses Lächeln vorher nicht an dir. Es ist anders als sonst. Weich, irgendwie träge, wunschlos glücklich. Jedenfalls ist es wieder da.« Unsicher sah er sie an.

»Es klingt nicht schwülstig. Es klingt schön.« Und gerade als Malina dachte, Edward müsse selbst glücklich sein, denn Poesie gehörte sonst nicht zu seinem Repertoire, schrillten die Bremsen, und sie wurden mit Wucht gegen die Vordersitze geschleudert. Victor schrie auf und klammerte sich an seinem Vater fest, während Malinas Versuch, den Aufprall mit den Händen abzustützen, scheiterte und ihr Gesicht gegen die Kopfstütze des Fahrers schlug. Ein stechender Schmerz fuhr durch ihren Wangenknochen, als sie sich benommen aufrappelte und, die schmerzende Stelle betastend, hinaussah.

In der Mitte der Straße stand wie aus dem Nichts eine dunkle Gestalt, reglos, das Gesicht verborgen von einem schwarzen Hut und einer riesigen Sonnenbrille. Sekundenlang schien sie auf die Insassen des Wagens zu starren, bevor sie nur Augenblicke später in den Olivenhain huschte und, verschluckt vom Schatten der Bäume, verschwand.

Laut fluchend tippte sich der Fahrer an die Stirn und fuhr, nachdem er sich wortreich von der Unversehrtheit seiner Gäste überzeugt hatte, wieder an. Victor klammerte sich mit schreckensweiten Augen weiter an seinem Vater fest, während Malinas Herz noch immer bis in die Haarspitzen pochte. Als sie sich umdrehte und durch die Heckscheibe spähte, trat das Wesen plötzlich geistergleich hinter einem der Bäume hervor und blickte dem Wagen nach. In seinem Körper schien keinerlei Leben zu sein.

Es wirkte grau wie die Toten.

Abends auf der Terrasse des Kérveli Village hatte Malina trotz leicht geschwollener Wange den Beinah-Unfall fast vergessen. Ein Glas Boutari kühlte ihre Hand, der Schein einer Bootslampe irrlichterte über das Wasser und wurde am Horizont eins mit den Lichtern der türkischen Küste, deren dicht aneinandergedrängtes Funkeln an ein Diamantcollier erinnerte, das jemand einfach so aufs Wasser gelegt hatte.

Obwohl zahlreiche Gäste an den Tischen saßen und das Klappern von Besteck, Gläserklirren und Wortfetzen durch die Luft schwirrten, schien die Stille über dem Meer überall hin zu dringen. Der Mond warf eine helle Gasse auf die Wellen, als wollte er zwischen beiden Ufern eine Brücke bauen. Es war ein Ort, dem etwas Zauberisches anhaftete, das Homerische war gegenwärtig spürbar, und es wunderte Malina nicht, daß in diesem Land die *Odyssee* entstanden war und Mikis Theodorakis Lieder wie *Se Pótisa Rodóstamo* geschrieben hatte.

»Mama, ich hab so einen Hunger, ich könnte einen ganzen Fuchs verschlingen«, posaunte Victor weniger poetisch in Malinas Gedanken hinein.

»Tut es auch ein Stück Huhn?« fragte sie mit dem Lachen ringend.

»Hmm«, machte Victor und blickte seine Eltern treuherzig an.

»Dann geh' ich mal zum Büfett. Soll ich dir auch etwas mitbringen?« fragte Malina ihren Mann.

»Laß mal, ich geh dann selbst. Wir Männer trinken auf den Fuchs jetzt erst mal einen doppelten Ouzo.«

»Das gibt's ja wohl nicht«, murmelte Malina in sich hinein, als sie wenig später mit zwei Tellern voll Huhn, Tarama, Dolmádes, Auberginen und Féta an den anderen Gästen vorbeibalancierte. An einem der großen Tische gleich an der Balustrade saß eine Gesellschaft von mehreren Männern und Frauen, und mitten darin hatte Malina die blonde Frau wieder entdeckt. Sie sah sehr schön aus in ihrem roten Kleid, hielt ein Glas in der Hand, doch obwohl sie ihrem Gegenüber lächelnd zuhörte, wirkte sie allem fern. Als Malina vorüberging, trafen sich ihre Blicke für einen Moment, aber die Augen der anderen zeigten kein Erkennen.

»Ziege«, murmelte Malina in sich hinein, während sie sich neben Edward setzte.

»Wie?«

»Ziege.«

»Wer denn?«

»Die Frau vom Münchner Flughafen. Da drüben sitzt

sie, die Blondine neben dem Graukopf.« Sie deutete hinüber zur Balustrade.

Edward beugte sich über den Tisch, um besser sehen zu können.

»*Sie*? Sie hat Victor so dumm angeredet?«

»Weshalb erstaunt dich das so?«

»Das ist Jana Nicolai. Die Schauspielerin. Sie dreht auf Samos einen Film.«

»Woher weißt du das denn? Du interessierst dich doch sonst nicht für diesen Kram.«

»Stand in der Zeitung. Hab' ich auf dem Flughafen gelesen. ›Das samische Lächeln‹ oder so ähnlich.« Er grinste.

Malina grinste zurück. »Ach, daher dein Anfall von Poesie.«

»Man wird sich ja wohl inspirieren lassen dürfen.«

»Klar, so viel wie du willst.«

An dieser Stelle schwieg Edward. Er blickte wieder an den Tisch der Nicolai und sah, wie sie ihr Glas an die Lippen setzte und es in so großen Schlucken leerte, daß sich ihr Kehlkopf in groben Wellenbewegungen unter der dünnen Haut ihres Halses abzeichnete. Die Geste hatte etwas Unbeherrschtes und erinnerte Edward an den zweiten Teil des Zeitungsartikels und an die Bestürzung, die er beim Lesen empfunden hatte.

Mit den Gedanken weit in der Vergangenheit wandte er seinen Blick ab.

Müde kamen sie gegen elf in ihre kleine Suite. Victor war schon am Tisch eingeschlafen und hing wie ein Äffchen über der Schulter seines Vaters.

»Ich bringe ihn gleich nach nebenan. Der schnarcht ja jetzt schon wie old Onassis«, sagte Edward und trug Victor in das Kämmerchen, das an ihr Schlafzimmer grenzte.

»Mach nur, ich gehe inzwischen ins Bad.« Malina sah

sich mit gerunzelter Stirn um. Im Papierkorb fand sie die Zeitung, nach der sie gesucht hatte. Die Geschichte über Jana Nicolai hatte sie schnell gefunden. Darin stand, was Edward ihr bereits erzählt hatte. Einen Teil allerdings hatte er ausgelassen:

Die Schauspielerin, die vor zwei Jahren mit dem Grimme-Preis und dem Bambi ausgezeichnet wurde, hatte sich in den letzten Monaten sehr verändert. So zumindest eine Stimme aus ihrem unmittelbaren Freundeskreis. Bei der Arbeit als äußerst diszipliniert bekannt, habe sie sich im Privatleben plötzlich zum genauen Gegenteil gewandelt. Immer wieder komme es zu alkoholischen Exzessen und depressiven Schüben. Sogar von einer ernstzunehmenden Krise war die Rede.

Auf das Ausbleiben guter Rollenangebote führen Branchenkenner die Wesensveränderung der ebenso attraktiven wie ehrgeizigen Schauspielerin zurück. „Eine weitere TV-Ärztin wird es nicht geben - zumindest nicht mit mir in der Hauptrolle“, hatte sie vor einem Jahr in einem Fernsehinterview selbstbewußt betont. Lieber nehme sie sich eine Auszeit, sie habe ohnehin vor, weniger zu arbeiten.

Mit „Das samische Lächeln“, so der Arbeitstitel ihres neuen Films, kam jetzt die Wende. Die Rolle der Stella von Arnim, so Jana Nicolai zur Morgenzeitung, habe sie so fasziniert, daß sie sofort zugegriffen habe. Es ginge dabei um eine Frau, die trotz oder vielleicht gerade wegen ihres von Schönheit und Reichtum verwöhnten Lebens nur noch totale Leere spüre. „Sie ist des Lebens überdrüssig“, so Nicolai, „auf Samos brechen ihre Verkrustungen auf, sie verliert ihren Hochmut und erkennt die Falschheit ihres bisherigen Daseins.“

Auf die Frage, ob sie damit auch Ähnlichkeiten zu ihrem eigenen Leben entdecken könne, sagte Nicolai: „Vielleicht, aber ich bin nicht lebensüberdrüssig. Ich bin ein stark empfindender Mensch mit dünner Haut. Entsprechend reagiere ich. Meistens mehr aus einem Gefühl heraus als mit dem Verstand. Man hat ohnehin keine andere Wahl, als sich dem Schicksal zu fügen. Aber wenn sich Gelegenheiten bieten, dann bin ich durchaus in der Lage, sie zu erkennen und zuzugreifen."

Hübsch gesagt, zumindest in der Öffentlichkeit weißt du, was sich gehört, dachte Malina, die keinen Stein über den Vorfall in der Münchner Flughafentoilette legen wollte. Wenn es um ihr Kind ging, wurde sie zur Löwin, die Klauen gestreckt. Noch immer voller Abneigung betrachtete sie die beiden Fotos neben dem Artikel. Eines zeigte Jana Nicolai in ihrer Paraderolle als doppelgesichtige Psychiaterin in dem Film »Abgedreht«. Auf dem anderen war sie mit weit geöffneter Bluse tanzend in einer Münchner Disco zu sehen. Malina warf die Zeitung wieder in den Papierkorb und ging schließlich zu Bett.

»Wann haben wir eigentlich unseren ersten Maklertermin?« Sie hatte sich an Edwards Rücken gekuschelt. Das Licht war an. Sie wollte noch lesen.

»Nächste Woche Montag.« Er schlief schon fast.

»Schön. Dann haben wir noch viel Zeit, uns auszuruhen.« Jetzt fielen ihr die Augen zu, und sie knipste die Lampe aus.

Zuerst wußte sie nicht, warum sie mitten in der Nacht erwachte, aber als sie in die Dunkelheit lauschte, schrie es noch einmal. Ein Schrei, wie sie ihn noch nie zuvor gehört hatte: vollkommen entmenscht, gequält und voller Angst. Ein grauenvoller Ton, der nicht zu beschreiben war. Mit pochendem Herzen horchte Malina weiter, doch bis auf Edwards leises Schnarchen blieb alles ruhig.

Erst gegen Morgen schlief sie wieder ein, den Schrei noch immer in den Ohren. Vielleicht war es Idiotie, esoterischer Quatsch, aber sie konnte sich nicht helfen: Der

Schrei erschien ihr wie ein Menetekel. Ein böses Raunen der Zukunft.

*

Der Tisch aus Furnierholz ist mir geblieben. Fünf Jahre war ich damals alt, und seit dreißig Jahren spüre ich ihn unter meinen Füßen. Hart und stabil, und ich stehe darauf und recke meinen Hals. Die Narbe existiert nicht mehr, nur ein hauchdünner Strich ist davon übrig, den jede Maskenbildnerin verschwinden lassen kann. Ich habe sie entfernen lassen, als ein Mann mir sagte, er liebe das Gebrochene an mir. Und die Narbe symbolisiere das für ihn. Ich wollte aber nicht, daß das Gebrochene zu sehen war. Das wäre, als würde man einem Hai einen blutigen Fetzen Fleisch unter die Nase halten.

Kill me, kill me.

Hat nichts genutzt – Haie wittern das Blut überall.

Die, die damals unten standen, sind inzwischen mehr geworden. Viel mehr. Aber noch immer wollen sie mir die Kleider vom Leib ziehen und gucken, wie's darunter aussieht. Manchmal glaube ich, am liebsten wüßten sie noch, was unter meiner Haut *vorgeht.*

Nein, ich will mich nicht beklagen. Zu denen gehöre ich nicht, die den Ruhm erst suchen und dann weinen, wenn er da ist in all seiner Konsequenz. Nur ein bißchen Respekt wünsche ich mir. Respekt vor mir als nicht-öffentlicher Frau. Hinter meiner eigenen Tür gehöre ich mir selbst, darf häßlich sein, nach Schweiß riechen, weil ich den ganzen Tag keine Lust hatte zu duschen, ich darf weinen und essen, soviel wie ich will, kann obszön fluchen und rülpsen – verdammt noch mal, ich darf so sein wie alle anderen, und keinen dieser anderen hat das zu kratzen.

Ich weiß, sie zerbrechen sich den Kopf darüber, warum die Nicolai in letzter Zeit so plemplem war, den Wein durch die Gurgel jagte wie ein alter Penner und dann depressiv vor sich hinlallte und glotzte. Mit der Welt haderte und mitten im Lachen in Tränen ausbrach.

In Wirklichkeit war ich schon immer plemplem, hab's nur gut verborgen. Aber verdrängte Wahrheiten kehren auf Umwegen wieder. Das sagte mal ein Psycho-Onkel zu mir, den ich vor Jahren aufsuchte, weil ich hoffte, einer wie er könne mir ein neues Ich transplantieren. Eins, das hart und stark wäre und über den Dingen stehen würde. Eins, das nicht mit sich handeln ließe. Ein unsympathisches Ich, aber eins, das sich zu schützen verstand.

Seelentransplantation. Wäre das nicht eine neue Aufgabe für die Forschung? Sie transplantieren Herzen, Lebern und Nieren, retten so Leben, die fast am Erlöschen sind. Wie viele *Leben würde man erst retten, könnte man die Seele verpflanzen, wenn die alte zu zerschossen, vom Lebenskrebs zerfressen, dahingemordet war.*

Mir zumindest war kein neues Ich transplantiert worden – trotz aller Versuche war es geblieben, wie es immer gewesen war: ein dünnes Ding, das es bisweilen verstand, sich gewaltig aufzublasen.

Jetzt glauben alle, es ginge mit mir bergab, weil keine guten Angebote gekommen waren. Das ist Blödsinn. Für Schauspielerinnen wie mich wird es immer gute Rollen geben. Seit »Abgedreht« glaubt nur alle Welt, es müsse so raketenartig mit meinem Erfolg weitergehen. O ja, sie haben mich damals als die Entdeckung des Jahres gefeiert, eine Auferstehung der Dietrich prophezeit und mir Attribute wie »kühlen Sex« angedichtet.

Da konnte ich nur lachen.

Jeder wollte mich in seiner Talk-Show haben, jeder Modefuzzi schickte mir seine Kreationen, damit ich sie zu irgendwelchen Anlässen den Kameras vorführte. Sie wollten und sie hatten endlich einen neuen Star. Jemanden, der noch unbeschrieben war. Dieses Jahr ist's die Lara, letztes Jahr war's Sybil Kerkeli, und im Jahr davor war's ich. Das ist so, das darf man nicht zu ernst nehmen. Im Grunde sind wir in unserem Star-Dasein nicht mehr als Kanonenfutter für irgendwelche Hochglanzmagazine.

Alles künstlich.

Nein, ich habe keine Angst vor dem Ausbleiben guter Rollen. Man muß Geduld haben, gute Rollen kommen nicht vom Fließband. Jetzt habe ich wieder eine, und ich freue mich auf die Arbeit an dem neuen Film. Habe darin die Möglichkeit, die zu sein, die ich eigentlich sein will. Eine Frau, die sich selbst überwindet.

Ich merke genau, wie sie mich beäugen. Heute abend waren alle geradezu ekelhaft besorgt und freundlich. Jana, willst du dies, Jana, willst du das. Sie wollten es mir so recht machen. Ich nahm alles an, mit jenen distanzierten, abgehobenen Gesten, die ich mir so gut angeeignet habe. Zum Greifen nah, aber doch ein bißchen fern von allem. Die Rolle spiele ich noch im Schlaf. In Wahrheit ist der Grund für meine Abstürze, wie sie es nennen, ein ganz banaler. So alt wie die Welt.

Ein Mann. Dorian.

*

Es war ein Schakal gewesen, der in der Nacht geschrien hatte.

Malina erfuhr es am nächsten Mittag. Sie und Edward saßen an der kleinen Bar am Swimmingpool, wo Victor zufrieden planschte, als plötzlich ein kleiner Mann mit dem Gesicht einer freundlichen Unke an ihren Tisch trat und sich zu ihnen setzte. Sein Name war Nikos Sakellarios, er verbrachte jedes Jahr einige Wochen auf Samos, um seinen Bruder, den Besitzer des Hotels, zu besuchen, ansonsten lebte er in England im Lake District, wo er einige Restaurants besaß.

Er war lebhaft, charmant, ein gewieftes Schlitzohr, und sein fast kahler Kopf barg ein Füllhorn an Geschichten über die Insel. Sie waren einander bereits im vergangenen Jahr begegnet, und Malina hatte ihn sofort gemocht.

Genau wie damals fanden sie leicht ins Gespräch, und als sie ihn irgendwann fragte, ob auch er in der Nacht diesen gequälten Schrei gehört habe, schüttelte er zunächst den Kopf.

»Maybe it was a chakal attacking the wild pork. They live in the woods around here«, sagte er schließlich in seinem harten Englisch. Als Malina den Schrei nachahmte, glätteten sich die Unkenfalten in seinem Gesicht unter einem amüsierten Lächeln. »Yes, yes. A chakal. That's exactly how they do.«

Fast war Malina enttäuscht. Der Schrei eines Schakals also, nicht mehr und nicht weniger – und weit davon entfernt, ein Omen zu sein. Dennoch war er ihr in seiner Pein zu bedeutsam erschienen, um nur das Greinen eines Aasfressers zu sein.

Schließlich wandten sie sich anderen Themen zu, bestellten Eiswasser mit Zitrone, Brot, Schälchen mit schwarzen Oliven und Auberginenmus und ließen die Hitze der Mittagszeit in ihrer schattigen Laube an sich vorüberziehen.

Die nächsten Tage verbrachten sie auf dieselbe träge Weise. Sie schwammen morgens und abends im Meer, mieteten ein Auto, machten Ausflüge in verborgene Winkel der Insel und aßen Eis in einer der Bars an der Uferpromenade von Samos-Town.

Es fiel ihnen nicht schwer, sich an den Schlendrian der Insel zu gewöhnen, bald hatten sie selbst das Gefühl, von Licht und Leichtigkeit durchdrungen zu sein und waren losgelöst von Verpflichtung, Ärger und Routine. Sie gingen auf in der kleinen Einheit ihrer Familie, und es erschien Malina unerklärlich, daß in einer Welt, die fähig war, soviel Frieden und Schönheit zu schenken, Böses, Angst und Verzweiflung fast immer die Oberhand behielten.

Jana Nicolai sah sie nicht und dachte auch nicht mehr

an sie. Die Begegnung mit der Schauspielerin rang ihr inzwischen nur noch ein müdes Schultzerzucken ab – sich inmitten all dieser Pracht mit Verdrießlichem zu beschäftigen wäre lächerlich.

Im Paradies ärgerte man sich nicht.

Aber als sie eines Nachmittags verschwitzt von einem ihrer Ausflüge zurückkehrten und am Pool Erfrischung suchten, sah sie die Frau mit geschlossenen Lidern auf einer Luftmatratze im Wasser treiben.

Gute Nacht, schöne Gegend, verabschiedete sich Malina innerlich von dem Idyll, als sie vom Liegestuhl aus beobachtete, wie Victor, ausstaffiert mit Schwimmflügeln und Reifen, begann, die Schläferin mit der leisen Geschmeidigkeit eines beutegierigen Hais zu umkreisen. Weder er noch die Frau gaben einen Laut von sich, doch inzwischen war sich Malina nicht mehr sicher, ob Jana Nicolai auch wirklich schlief. Es schien ihr mehr, als sei es ihre Absicht, auszuharren, bis ihr Verfolger sich ein neues Opfer suchte und weiter zog. Doch Victor dachte nicht daran. Sachte zupfte er am Kopfteil der Luftmatratze.

»Okay«, sagte Jana Nicolai plötzlich und richtete sich auf, »du hast gewonnen. Wer bist du denn?«

»Victor Maltzan«, hörte Malina ihren Sohn sagen und wartete immer noch auf den Eklat. Doch nichts geschah. Hinter ihrem Buch hervorlugend sah sie die beiden, wie sie sich fröhlich unterhielten. Die Frau war inzwischen ganz von der Luftmatratze gerutscht und alberte mit Victor durchs Wasser, wobei sie nicht weniger als er dabei quietschte. Von dem übelgelaunten Miststück am Flughafen war nicht mehr die Spur zu entdecken. Schließlich hörte sie ihren Sohn »Da drüben ist meine Mama!« rufen, und bevor sie etwas antworten konnte, bemerkte sie mit steigender Verwunderung, wie der Kleine seine neue Freundin an der Hand faßte und aus dem Wasser zog.

»Ich bringe Ihnen Ihren Sohn zurück«, sagte Jana Sekunden später, während sie auf einem Bein hüpfte und sich Wasser aus dem Ohr schüttelte.

»Danke, das ist nett.« Und an Victor gewandt: »Süßer, du sollst doch nicht immer fremde Leute stören. Das habe ich dir schon so oft gesagt.«

»Nein, keine Angst. Er hat mich nicht gestört. Wir haben uns ausgesprochen gut amüsiert, nicht, Victor?«

In diesem Moment ging Malina auf, daß Jana Nicolai sich nicht mehr im geringsten an den Vorfall in der Flughafentoilette erinnerte. Entweder hatte die Zeitung in diesem Fall nicht übertrieben und an der Sache mit den Alkohol-Problemen war wirklich etwas dran, oder sie war eine glänzende Schauspielerin. Bei *dem* Gedanken grinste Malina und beschloß, das Ganze unter »erledigt« abzuheften.

»Ich bin Malina Maltzan«, sagte sie und streckte der anderen die Hand entgegen.

»Ich nicht.«

Malina lachte verblüfft. Dann sagte sie: »Das ist Ihnen jetzt nicht spontan eingefallen. Das ist ein Satz aus einem Ihrer Filme, stimmt's?«

»Genau genommen habe ich ihn mir aus einem Roman geborgt. Ich gestehe, ich finde den Witz so gut, daß ich ihn immer wieder mache. Jana Nicolai.« Sie nahm es als selbstverständlich hin, erkannt worden zu sein. Das passiert ihr wahrscheinlich dauernd, dachte Malina, während sie ihr die Hand schüttelte und insgeheim stolz auf ihre eigene Lässigkeit war. In das Fahrwasser eines ehrfürchtigen Fans zu geraten hätte ihr nicht gefallen. Noch einmal forschte sie nach irgendeinem Anzeichen von Erinnerung in Janas Augen, fand aber nichts als freundliches Entgegenkommen.

»Ich habe Lust auf Eis. Sie auch?« fiel Jana in Malinas Gedanken ein.

»Lieber einen Cafe freddo. Aber mein Sohn sagt da sicher nicht nein. Victor, ein Eis?«

Victor nickte begeistert, und sie setzten sich an die Bar.

»Sind Sie allein mit Ihrem Sohn auf Samos?« fragte Jana, nachdem sie minutenlang schweigend einen Berg aus Schlagsahne und Eis in sich hineingelöffelt hatte.

»Nein, mein Mann ist oben in unserem Zimmer. Keine Ahnung, was er da so lange macht. Wahrscheinlich genießt er es, mal in Ruhe auf's Klo zu gehen und dabei die Zeitung zu lesen.«

Jana lachte. »Kann ich ihm nicht verdenken.« Sie löffelte zufrieden weiter. »So«, meinte sie. »Das muß für die nächste Woche vorhalten, sonst kriegt unsere Kostümbildnerin wieder einen ihrer Anfälle, weil ich nicht mehr in die Klamotten passe. Heute und morgen habe ich drehfrei und kann das hier«, sie machte eine Geste aufs Meer hinaus, »alles einmal genießen. Schön.«

Victor verhinderte Malinas Antwort. Er hatte eine Eidechse entdeckt und schrie, seine Mutter solle sie sich ansehen. Mit einem Seufzer gab sie seinem Geschrei nach, doch bis sie bei ihm war, hatte das kleine Reptil längst Zuflucht in einer der Mauerritzen gesucht. Nach ein paar Sekunden kam es wieder herausgeschnellt und starrte sie aus seinen farblosen Augen an. Einträchtig hockten sie davor, Victors Hand in der seiner Mutter, andächtig das Tierchen betrachtend. Es war einer jener kleinen großen Momente, den sie sofort in ihr inneres Fotoalbum klebte und den sie oft hervorholen wollte, wenn *sie* einmal alt und Victor *ein Mann* sein würde. Sie strich ihm über das dunkle Haar und nahm gleichzeitig am oberen Absatz der steilen Treppe, die hinunter zum Pool führte, eine winzige Bewegung wahr.

Die Sonne blendete sie, und die Gestalt zwischen den tiefroten Bougainvilleen war nur als dunkler, regungsloser

Schemen zu erkennen. Aber es gab keinen Zweifel, nein, Malina war sich völlig sicher, in ihm das Geisterwesen vom Tag ihrer Ankunft zu erkennen.

Wieder war es in etwas Weites, Schwarzes gehüllt, wieder trug es diesen riesigen Schlapphut, und wieder hatte Malina das Gefühl, als stünde sie im Zentrum dieses starren, leblosen Blicks. Aber als sie ihre Lider mit der Hand gegen die Sonne abschirmte und die Gestalt an Konturen gewann, erkannte sie, daß nicht sie gemeint war. Der dunkle Geist fokussierte jemand anderen: Jana Nicolai.

Inzwischen saß die Schauspielerin zurückgelehnt, die Augen geschlossen, in ihrem Stuhl. Die Sonne ergoß sich über sie und badete ihren Körper in Licht. Es war etwas Engelhaftes um sie, etwas Ätherisches und zugleich Einsames, das sie von den anderen trennte, ja, der Masse enthob. Wie die Großaufnahme in einem Film, dachte Malina, und ihr Blick flog zurück zu dem anderen, dem schwarzen Wesen, das sich in diesem Augenblick wie eine Erscheinung zwischen den Sträuchern aufzulösen schien. Es verschwand in der Kürze eines Wimpernschlags. Mann oder Frau? Sie konnte es nicht sagen.

Malina fröstelte. Die Haut ihrer Arme zog sich sekundenlang zusammen, glättete sich jedoch wieder, als sie Edward auf sich zukommen sah, Handtuch und Buch unter die Achseln geklemmt. Sie winkte ihm zu, und dann geschah etwas Merkwürdiges.

»Edward? Edward von Habelsberg? Nein! Das gibt's ja wohl nicht. Was machst du denn hier?«

In einer Melange aus Verblüffung und Konsterniertheit beobachtete Malina, wie Jana alles Engelhafte abstreifte, sehr menschlich wurde, dabei aus ihrem Stuhl schnellte und ihrem Mann die Arme um den Hals warf.

»Hallo, Jana«, sagte Edward mit warmer Stimme, während sein Blick in Malinas Richtung eher hilf- und ratlos war.

»Oh, ihr kennt euch?« entfuhr es Malina, gleichzeitig ärgerlich über die Idiotie der Frage.

Überrascht, allerdings ohne eine Spur von Verlegenheit ließ Jana Edward los. »Jetzt sagen Sie nicht, *er* ist Ihr Mann.«

»Ich sag's aber doch.« In einem Anflug von Der-ist-meiner, für den sie sich gleich darauf hätte ohrfeigen können, legte Malina ihre Hand auf Edwards Schulter.

Jana sah es nicht. Oder sie *über*sah es. Sie strahlte von einem zum anderen.

»Wie lange ist es her, daß wir uns zuletzt gesehen haben? Zehn Jahre? Ach, vergessen wir das. Es muß eine Ewigkeit sein. Jedenfalls müssen wir unser Wiedersehen feiern, nicht? Morgen abend soll es hier eine Art griechisches Fest geben. Mit Souvlaki vom Grill und Live-Musik. Sollen wir den Abend nicht gemeinsam verbringen? Wäre doch schön, und ich würde endlich einmal den lieben Kollegen entkommen. Die hängen mir nämlich schon da heraus.« Sie öffnete den Mund und steckte den Zeigefinger hinein. Dann lachte sie wieder. »Doch, das machen wir! Ein Nein gibt's nicht.«

Sie war so reizend in ihrem Eifer, so unschuldig in ihrer Freude. Wer könnte ihr da etwas abschlagen? dachte Malina, Edward bestimmt nicht. Und ich? Ich auch nicht. Warum sollte ich? Weil ich mir nicht sicher bin, ob diese ganze Freundlichkeit echt ist? Und weil ich mich frage, woher die beiden sich kennen? Er wird's mir schon sagen. Und egal, was er sagt – du wirst nicht sticheln, süffisant grinsen und am Ende so etwas wie Eifersucht zeigen. Du bist souverän und mindestens ebenso engelhaft wie sie.

»Klar, machen wir das. Nicht, Edward, das wird bestimmt schön.«

Das Boot tuckerte übers Meer. Es war kurz vor sieben. Die Sonne zog sich in majestätischer Würde hinter den Hondro

Vouno* zurück. Ihre verblühenden Strahlen warfen rötliches, noch immer wärmendes Licht über die Gegend. In der Bucht gingen auf der Hotelterrasse die ersten Lichter an, und die Tische wurden für das Abendessen eingedeckt.

»Nun frag schon endlich.« Edward ließ einen Augenblick lang das Ruder des Außerbordmotors los und drehte sich zu Malina um, die sich auf den Planken ausgestreckt hatte und im Takt der Wellen atmete.

»Was soll ich dich fragen?« murmelte sie träge.

Edward durchschaute sie sofort. Den Gefallen, auf ihre zur Schau gestellte Ahnungslosigkeit einzugehen, tat er ihr nicht. »Woher Jana und ich uns kennen«, sagte er einfach.

»Das interessiert mich nicht.«

»Wie?«

»Mich interessiert viel mehr, warum du mir nicht schon früher gesagt hast, daß ihr euch kennt. Es ist ja nicht so, daß sie bisher unerwähnt geblieben ist.«

Sie hatte recht. Edward sah es ein. Er wandte den Kopf ab und kümmerte sich konzentriert um den Sitz von Victors Schwimmweste.

»Ich war irgendwie zu faul.«

»Zu faul. Irgendwie. Klar.«

»Ja, zu faul für Erklärungen, Geschichten von früher, und auf dein ewiges Bohren und Nachfragen hatte ich auch keine Lust.« Das war unfair, und er wußte es, aber es war auch die Wahrheit.

»Mein ewiges Bohren und Nachfragen. So.« Malina schwieg ein paar Sekunden und ignorierte den Vorwurf. »Und jetzt willst du fleißig sein und freiwillig loslegen. Laß mich raten. Ihr kennt euch aus der Blüte eurer Jahre, ward ineinander verliebt, hattet eine wilde Zeit, die viel zu schnell verging, und jetzt ist dir ein bißchen melancholisch zumute,

* Hondro Vouno bedeutet so viel wie fetter Berg

weil du glaubst, alt geworden zu sein. Außerdem rechnest du mit meiner späten, aber völlig unbegründeten Eifersucht.« Malina setzte sich auf und ihre Sonnenbrille ab.

Unsicher sah Edward sie an. Diese demonstrative Überlegenheit mochte er nicht. Er kam sich dann wie ein Schüler vor, der unter den erhobenen Brauen seiner Lehrerin zum Zwerg schrumpfte. Er mochte es lieber, konstatierte er beschämt, sie regte sich auf. Sie schien ihm dann wärmer.

»Ja und nein. Ja, ich kenne sie von früher. Habe damals gerade zu studieren begonnen. Ja, es war eine wilde Zeit. Und nein, wir waren nicht ineinander verliebt. Es gibt keinen Grund für späte Eifersucht.«

»Du hast die Melancholie vergessen.«

Edward warf ein Steinchen ins Wasser, und statt einer Antwort grinste er sie schief an.

Malina gab sich einen Ruck. »Ein bißchen genauer würde ich es schon gerne wissen. Das, was du mir gerade erzählt hast, gibt nicht viel her für ewiges Nachfragen und Bohren.«

»Ich kenne Jana aus meiner Stammkneipe während des Studiums. Sie kellnerte dort neben der Schauspielschule. Wir mochten uns auf Anhieb. Sie war ein sehr hübsches Mädchen.«

»War?«

»Na ja, ist sie heute noch. Sie war amüsant und witzig, fordernd in allem, was sie tat, und trotzdem ...« Er zögerte. »Trotzdem gab es Augenblicke, da war sie das traurigste Mädchen, das ich kannte. Es war unerklärlich, weshalb ich es so empfand, und sie sagte auch nie irgend etwas, das dieses Gefühl rechtfertigte. Es war da. Einfach so.« Wieder hielt er nachdenklich inne, bevor er fortfuhr: »Wir unternahmen viel zusammen, gingen ins Kino, waren auf Tausenden von Partys. Sie kannte überall Leute. Nebenbei arbeitete sie noch als Komparsin beim Film.«

»Sie war das traurigste Mädchen, das du kanntest?«

Malina unterbrach ihn und stieß zum Kern der Geschichte. »Wieso?«

»Darauf wollte ich gerade kommen. Es gab Tage, da war sie plötzlich gar nicht mehr witzig oder amüsant. Da war sie, als hätte man ihr alles Leben entzogen. Deprimiert. *Tief*traurig. Und wenn ich sie fragte, warum, wich sie aus. Ein paar Mal erwähnte sie einen Typen, den sie Dorian nannte, aber sie verriet nicht, in welchem Verhältnis sie zu ihm stand. Und ich habe ihn auch nie gesehen. Ich vermutete, daß sie in ihn verliebt und daß es keine gute Geschichte war. Aber dazu sagte sie nichts. Dann kam sie eines Tages zu mir und fragte mich, ob ich ihr Geld leihen könnte. Ich sagte ja, aber ich wollte wissen, wofür. Es war für eine Abtreibung. Wer der Vater war, sagte sie nicht, aber ich denke mal, daß dieser Dorian etwas damit zu tun hatte. Das Seltsame nämlich war, daß ich sie nie mit einem Kerl gesehen habe. Sie kannte viele, aber ich bin mir sicher, da lief nie etwas. Ich habe ihr das Geld gegeben, und danach hat sie nicht mehr davon gesprochen. Ich denke, sie hat sich geschämt. Wir haben uns aus den Augen verloren, als sie nach Berlin zog. Und später als sie wieder in München lebte und plötzlich eine berühmte Schauspielerin geworden war, haben wir uns nicht mehr gesehen. Bis heute.«

»Bis heute«, murmelte Malina und dachte noch einmal an die Szene am Pool. Nein, sie war nicht eifersüchtig. Es war nur ein merkwürdiges Gefühl, von einer Zeit zu hören, da sie noch nicht Teil von Edwards Leben gewesen war. Es schloß sie aus, so, als enthalte er ihr etwas vor. Ihre Antwort auf seine Geschichte war lahm. Sie wußte es, aber etwas Besseres fiel ihr nicht ein: »Das hättest du mir wirklich früher erzählen können.« Dann nach einer kleinen Pause: »Es ist schon spät. Ich habe Hunger. Fahren wir zurück ins Hotel.«

3

Dorian.

Er tauchte auf, als ich zwölf war. Zwei Jahre nach der Scheidung meiner Eltern. Ich hatte es nicht gut verkraftet, daß mein Vater nicht mehr bei mir war. Den Tag, an dem er von zu Hause fortging, werde ich nie vergessen. Ich hing viel mehr an ihm als an meiner Mutter, und ich verzieh ihr die Scheidung und den neuen Mann nicht. Papa fehlte mir entsetzlich, und es genügte nicht, daß ich ihn, der mich liebhatte wie sonst nichts auf der Welt, dessen Heiligtum ich war und er meins, nur alle vierzehn Tage am Wochenende und in den Sommerferien sehen konnte. Ich hatte Heimweh nach ihm und überlegte andauernd, ob es nicht das beste wäre, einfach abzuhauen. Mit ihm zusammen. Irgendwo hin ins Ausland, wo niemand uns finden würde und ich mich um ihn kümmern könnte.

Nein, ich war weder glücklich noch ausgeglichen, als ich Dorian zum ersten Mal traf.

Er war *fünfzehn und besaß trotz seiner Jugend Macht. Eine Macht, die sich lautlos mitteilte. Er hatte nichts von dem Gepolter und dem Geschrei anderer Jungs an sich und gab sich auch nicht mit ihnen ab. Sie waren ihm wohl zu dumm. Er blieb für sich. Seine Macht lag in seinem Schweigen, er sprach nie viel, so daß es eine Besonderheit war, ja, so etwas wie ein Kompliment, wenn er den Mund einmal auftat und etwas sagte. Wenn er zudem noch lächelte oder – was noch seltener vorkam – laut lachte, dann war das wie ein Geschenk, das man sich lange und sehnsüchtig gewünscht hatte, und man wollte noch eines, so glücklich machte es.*

Aber er dosierte seine Geschenke sparsam, als wüßte er genau um deren Wert und um das Verlangen, das sie auslösten.

Es war *sein Schweigen, das mich so fesselte. Paradoxerweise sah ich darin etwas Vielsagendes, eine Art Scharfsinn, eine ernsthafte Tiefe, die ich niemanden sonst zuschrieb. Vielleicht lag das daran, daß ich selbst ganz anders bin. Ich bin immer am Plappern, Quasseln, Lachen, Streiten. Ein verspieltes Äffchen. Ich muß mich mitteilen, und es ist eine Besonderheit, wenn ich einmal schweige. Gegensätze ziehen sich an – ich hasse Phrasen, aber in diesem Fall war es die pure Wahrheit, zumindest was mich betraf.*

Dorian spielte gern mit seiner Macht, und ich war eine geeignete kleine Laborratte.

Damals als wir beide noch jung waren, geschah das vor allem durch Nichtbeachtung, die sich mit dünn gesäter Aufmerksamkeit abwechselte.

Egal, wo wir uns begegneten, er sah mich nicht oder durch mich hindurch, aber treu und willig wie ein Bernhardinerjunges wuselte ich weiter hinter ihm her und wartete darauf, daß er mich endlich wahrnahm. Wenn es dann passierte und er mit mir sprach, dann geschah das in einer solchen Intensität, die gepaart war mit Begeisterung, Hingabe und Zuneigung, – die mir das Gefühl gab, in diesem Augenblick die bedeutsamste Person überhaupt zu sein, und die mich – wenn der Augenblick vorbei war – mit der Frage zurückließ, warum er das nicht öfter, wenn nicht gar immer wolle. Es war doch schön, weshalb empfand er diese Verzückung nicht auch?

Er hatte die Wirkung eines schleichenden Gifts, das sich in die kleinste Verästelung eines Körpers ausbreitet und dort entschlossen kleine Widerhaken ins Fleisch schlägt. Irgendwann war er in jedem Gedanken, den ich dachte, jeder Geste, die ich tat. Ihm allein wollte ich gefallen, überlegte, was er zu diesem oder jenem sagen würde, wollte Anerkennung und Liebe in seinem Blick, wollte, daß auch er in mir, die eine, das wunderbare Wesen, sah.

Ewig war ich auf der Suche nach dieser Verzückung, die ich nur durch ihn empfand. Eine emotionale Morphinistin, das war aus mir geworden.

Mit zwanzig ging er weg, um zu studieren. Ich wohnte noch immer zu Hause, in einem Jahr sollte ich das Abitur machen.

Einerseits war ich erleichtert, daß er wegging, weil es für seine Abgewandtheit nun endlich einen »richtigen« Grund gab. Ich konnte mir sagen, wenn er da wäre, dann gälte sein Interesse bestimmt nur mir, und schloß die Augen davor, daß ich mir damit in die eigene Tasche log.

Andererseits vermißte ich ihn unendlich. Wenn ich morgens erwachte, hatte ich keinen Grund, mich zu freuen, die Option, ihn endlich zu kriegen und zu lieben, gab es nicht mehr.

Die Tage vergingen ohne Herausforderung, alles fühlte sich leer und schal an.

Es waren kindliche, wenn auch leidenschaftliche Gefühle. Eine von romantischen Bildern durchsetzte, mädchenhafte Schwärmerei. Und es wäre gut für mich gewesen, es wäre dabei geblieben.

In den Semesterferien kam er zurück.

Er sah gut aus, war männlicher geworden. Seine Augen hinterließen den Eindruck, er müsse die Dinge nur ansehen, um sie das tun zu lassen, was er von ihnen verlangte. Ein Blick von ihm würde alles in Bewegung geraten lassen.

Ich war es, die wieder in Bewegung geriet. Alles in mir. Mein Herz schlug laut im Hals, wenn ich ihn sah, manchmal so sehr, daß mir die Luft knapp und mein Mund trocken und pelzig wurde und ich kein einziges Wort mehr herausbrachte. Irgendwann einmal sprach er mich an, und ich wollte antworten, aber es kam nur ein kehliger unverständlicher Laut über meine Lippen.

»Ganz ruhig«, sagte er und ließ mich stehen. In diesem Moment haßte ich nicht nur mich selbst, ich haßte auch ihn.

An einem Sonntagnachmittag blieb ich allein zu Hause. Meine Mutter und mein Stiefvater waren weggefahren, um Bekannte zu besuchen. Mit einem Buch lag ich im Garten und sonnte mich. Ich war so vertieft, ausnahmsweise dachte ich einmal nicht an ihn, daß ich ihn erst bemerkte, als sein Schatten über mich fiel.

»Gutes Buch?« fragte er, und statt einer Antwort nickte ich nur. Weiterlesen konnte ich nicht mehr, aber es fiel mir auch nichts ein, was ich hätte sagen können.

Er trug ausgebleichte Jeans und ein weißes Hemd. Seine Arme waren braungebrannt, ebenso war es sein Gesicht, und seine Augen schienen noch heller und blauer als sonst. Er saß da, zupfte einen Grashalm aus der Erde, steckte ihn in den Mund und überließ mich seinem Schweigen. Und gerade weil er mich nicht ansah, kam ich mir in meinem Bikini lächerlich und übertrieben nackt vor. Am liebsten hätte ich mich mit meinem Handtuch zugedeckt, aber das wäre noch lächerlicher gewesen.

»Hast du es schon mal getan?« Plötzlich hörte er auf, auf dem Grashalm zu kauen.

»Was getan?«

»Mit einem Typen geschlafen. Gevögelt. Gebumst.« Er wandte sich zu mir um. Er taxierte meinen Körper mit deutlicher Offensichtlichkeit, und er ließ sich Zeit dabei. Angefangen von meinen Beinen, hinauf zu meinen Armen, meinen Schultern, dann zurück zu meinem Bauch und schließlich wieder hinauf zu meinen Brüsten.

Zuerst starrte ich zurück, so erschrocken war ich über das, was er da gesagt hatte. Dann sah ich weg und wagte nicht, wieder zu ihm hinzusehen. Diese Ausdrucksweise machte mich nicht nur verlegen, sie war mir nicht nur peinlich, vor allem machte sie mir Angst.

Gevögelt.

Gebumst.

Das waren Worte, die in meinem Repertoire nicht vorkamen. Sie klangen widerwärtig und schmutzig, und sie reduzierten das, was sie beschrieben, auf etwas Viehisches und Gefühlloses. Indem er sie mir gegenüber benutzte, reduzierte er mich auf etwas Billiges.

»Also nicht«, sagte er in meine Stille hinein und streckte die Hand nach mir aus. Sein Blick lag noch immer auf meinen Brüsten, und ich dachte, er wolle sie berühren, aber er fuhr nur mit dem Zeigefinger die Narbe entlang.

»Das gefällt mir. Es macht dich so unvollkommen«, sagte er und zog seine Hand wieder zurück. Ich stierte noch immer auf den Boden, sagte kein Wort und wußte nicht, ob ich dableiben oder davonrennen sollte.

Ich habe ihm das Feld überlassen.

»Einmal muß es ja sein.« Er flüsterte in mein Ohr, und seine Stimme ließ mich die Worte vergessen, die zuvor gefallen waren. Jetzt klang er weich, warm, so verlockend. Er nahm meinen Kopf zwischen seine Hände und küßte mich. Ich spürte seine Zunge, wie sie sich langsam durch meinen Mund bewegte. Es war ein tiefer, voller Kuß, und plötzlich hörte ich mich stöhnen. Es war das erste Mal, daß ich einen solchen Laut von mir vernahm. Die paar Knutschereien mit den Jungs aus der Schule waren am Hals steckengeblieben und hatten mich darunter auch nicht berührt.

In meinem Kopf schienen die Gedanken in Lichtgeschwindigkeit zu rasen, ich bekam keinen davon zu fassen.

Ich spürte, wie er mich langsam zurückbeugte, bis ich auf dem Rücken lag und sein Gewicht auf mir spürte. Er öffnete das Oberteil meines Bikinis, legte seine Hände auf meine

Brust und fuhr langsam mit der gesamten Fläche seiner Zunge von unten nach oben über meine Narbe. Ich wußte nicht, ob mir das gefiel. Aber es gefiel mir, daß er es mit mir tat. Es gefiel mir, daß ich es war, die seinen Atem beschleunigte und sein Herz so stark klopfen ließ. Ich fühlte es deutlich unter meiner Hand.

Dann setzte er sich plötzlich auf, zog sich die Hose über den Hintern und betrachtete seine Erektion, die aus seinem Slip hervorschnappte.

Ich schämte mich, selber hinzusehen und schloß die Augen. Ich wagte kaum zu atmen. Dann spürte ich, wie er seinen Penis auf meine Narbe legte und sich auf und ab bewegte. Es kam mir lächerlich vor, als ich die Augen einen Spalt öffnete und seinen wippenden Bauchnabel vor mir sah. Vor allem fühlte ich nichts dabei außer Abwehr. Warum tat er das? Warum küßte er mich nicht einfach weiter oder streichelte mich?

Gerade als ich versuchte, seinen Kopf wieder an mich zu ziehen, schob er seine Hand in mein Höschen und berührte mich dort. Ein zartes, flatterndes Liebkosen, dem ich mich zaghaft entgegendrängte. Es tat gut. Und ich spreizte die Beine weiter.

Der Schmerz, als er in mich eindrang, war stark. Er sagte, ich sei sehr eng und solle die Beine nicht schließen, sondern sie weit geöffnet halten, dann sei es besser für mich.

Er rührte sich lange Zeit nicht, erst als er das Gefühl haben mußte, daß ich mich beruhigt hatte, begann er, sich langsam zu bewegen, bis er noch einmal fest zustieß und sehr tief in mir war. Es tat noch einmal weh, aber da war der Schmerz schon gepaart mit Sehnsucht und Lust. Immer noch zaghaft, verschämt, aber ich spürte sie. Zum Schluß bewegte er sich schnell. Ich klammerte mich an ihn und hörte, wie er schließlich einen rauhen Laut ausstieß.

Danach blieb er auf mir liegen und atmete in mein Haar. Inzwischen war es dämmrig im Garten geworden, das

Handtuch unter mir war klamm. Ich rührte mich nicht, weil ich Angst hatte, eine Bewegung von mir erinnere ihn daran, wo er war und er würde gehen. Eine Weile später stand er dennoch auf. Ich rollte mich zur Seite und zog die Beine bis ans Kinn, damit er nicht alles von mir sah. Aber er blickte gar nicht mehr her. Er zog sich an, rauchte im Stehen eine Zigarette und sagte nichts mehr.

Am nächsten Tag fuhr er zurück nach München. Das Semester begann wieder.

Nach einem Monat gab ich es auf, auf das Klingeln des Telefons zu lauschen. Er rief mich nicht ein einziges Mal an.

*

An: simon.graf@argus.de
Von: malina.maltzan@argus.de

Lieber Simon,
hat Carla Dir ausgerichtet, daß ich vor ein paar Tagen angerufen habe? Ich fand's schade, daß ich Dich nicht selbst erwischt habe, aber Du warst unterwegs und hast hoffentlich ein paar Brötchen für uns verdient.

Wie läuft es so im Büro? Ein paar neue Aufträge hereingekommen?

Was ist aus dem Elternpaar geworden, das seinen verschwundenen Sohn sucht? Hast Du ihn gefunden?

Ich hoffe es. Die beiden wirkten so verloren und hilflos, als sie da in unserem Büro herumstanden. Wenn ich mir vorstelle, Victor verschwände eines Tages auf Nimmerwiedersehen ...

Und bist Du in dieser Versicherungsbetrugsgeschichte ein Stück weiter? Unterlagen dazu liegen übrigens noch in meiner obersten Schreibtischschublade.

Ja, hier sitze ich inmitten eines schattigen Olivenhains, und jetzt plagt mich das schlechte Gewissen. Wie komme ich dazu, Dir solch geschäftstüchtige Fragen zu stellen, während ich selbst faul und glücklich bin? Willst Du nicht auch ein paar Tage herkommen?

Carla könnte das doch sicher allein schaffen. Zumindest eine Zeitlang. Und ich finde, ein bißchen Sonne würde Dir nicht schaden. Für meinen Geschmack warst Du in der letzten Zeit ohnehin ein wenig blaß.

Und hier ist es wunderschön. Das Meer, das Hotel, die ganze Landschaft, einfach alles ist ein einzig wahr gewordener Traum. Diese Insel - ich kann es Dir nicht anders beschreiben, und bitte lach jetzt nicht -, diese Insel, sie weicht einen auf ... Sie übernimmt die Funktion einer Lupe, unter der sich jede Freude, jedes Glück, jeder Schmerz, jede Trauer um ein Vielfaches vergrößert. Hier ist und wird alles intensiv. Die Farben, die Gerüche in der Luft, Gefühle ...

Es *ist* ein anderes Leben. Eins, das mir gut tut.

Ich weiß, ich höre mich an, wie eine Reisejournalistin in einer mittelmäßigen Frauenzeitschrift. Und daß Du jetzt doch grinst, entgeht mir natürlich nicht. Ebensowenig Deine bis zu den Ohren verzogenen

Mundwinkel. Ist schon gut. Dient alles dem Selbstschutz und der Sicherung Deiner - großartigen, wenn auch gutmütigen - Männlichkeit.

Ich kenne Dich ja und weiß, Du verstehst jedes Wort richtig.

Hups, ich sehe gerade, es ist schon halb elf. Wir haben um zwölf einen Termin mit einem Makler. Ich muß mich sputen. Drück die Daumen, daß es ein schönes Haus ist. Und vor allem nicht zu teuer!

Melde Dich!
1000 liebe Grüße
von
Malina

P.S. Wir sind übrigens in sehr illustrer Gesellschaft. Jana Nicolai, Du weißt schon, die Schauspielerin, dreht einen Film hier und wohnt in unserem Hotel. Und was noch toller ist: Sie und Edward kennen sich von früher. Heute abend sind wir mit ihr verabredet. Klingt das jetzt sehr angeberisch?

An: malina.maltzan@arugus.de
Von: simon.graf@argus.de

Liebe Malina,
ich grinse doch gar nicht. Bis an die Ohren verzogene Mundwinkel? Wie kommst Du denn auf solche Anomalien? Ich bin die Ernsthaftigkeit selbst und von meiner „großartigen, wenn auch

gutmütigen Männlichkeit" höre ich heute zum ersten Mal. Es wäre mir lieber, Du betrachtest mich als schäbigen Detektiv in einer heruntergekommenen Detektei mit einer vor Weltschmerz zynisch gewordenen Seele. Achtung: Hier spricht Humphrey Bogart. Fehlt nur noch die Reibeisen-Stimme und der obligatorische schottische Malt im Geheimfach meines Schreibtischs.

Ich freue mich, daß es Dir so gutgeht, und gestehe, ich bin nicht ganz frei von Neid. Hier regnet es seit zwei Tagen schon wieder, und die Stimmung draußen wie drinnen läßt eher an den sehr späten Oktober denken.

Den jungen Mann habe ich gefunden. Er lebt inzwischen auf Guernsey und führt eine kleines Pension, hat dort geheiratet und ist Vater von zwei Söhnen. Auch wenn er mir nicht gesagt hat, warum er vor sieben Jahren sang- und klanglos verschwunden ist - mit seinen Eltern will er sich jetzt treffen, und ich hoffe, sie alle kriegen die alten Geschichten in den Griff.

Die Mutter hat sehr geweint, als ich Bescheid gab, während der Vater versuchte, sich zusammenzureißen, aber ich sah seine Hände zittern und hatte selbst einen ziemlichen Kloß im Hals.

Aber es war ein schöner Job, den ich gern gemacht hab, vor allem weil ich das Gefühl hatte, wirklich zu helfen. So, und wer klingt hier jetzt sentimental? Von wegen großartige Männlichkeit.

In der Versicherungsbetrugssache bin ich nicht viel weiter. Zeit, um Dir auf's schöne Samos zu folgen, ist also nicht.

Dorothee läßt Dich übrigens herzlich grüßen - sie weiß auch noch nicht, wie sie die nächsten beiden Monate ohne Deine telefonischen Glanzleistungen überstehen soll. Es sei abends jetzt immer so still in der Wohnung und auf ihrem Anrufbeantworter auch, sagt sie.

Mal sehen, ob *ich* etwas dagegen tun ... ☺

Jana Nicolai? Da pfeife ich durch die Zähne. Ich war kurz davor, hier alles stehen und liegen zu lassen - Versicherungsbetrug hin oder her.

Bis bald und *Kalimera*
Simon

P.S. Wie ist das Haus? War es das Richtige? Und denke natürlich immer an ein schönes, komfortables Gästezimmer ...

Das Haus war weit von dem entfernt, was Malina sich wünschte. Zu modern, zu schlüsselfertig, zu seelenlos. Hinzu kam, daß es in einer Art Feriensiedlung für wohlhabende Ausländer lag. Schon als sie es von weitem gesehen hatte, war ihr klar gewesen, daß sie es nicht haben wollte. Schade um den Nachmittag. Mit einem Brummlaut schloß sie Simons E-Mail und begann, ihre Haare zu föhnen. Sie war nicht davon ausgegangen, daß schon der erste

Versuch ein Treffer sein würde, aber sie hätte es sich gewünscht. Sie konnte über Jahre verbissen und ausdauernd ein Ziel verfolgen, ohne daß es außer Sichtweite geriet, aber geduldig war sie nicht. Wenn sie einmal Blut geleckt hatte, dann wollte sie den ganzen Bissen. Und zwar gleich.

Die Haare waren trocken und fielen ihr rot und glänzend über die Schulter. Sie legte den Föhn zur Seite und sah auf die Uhr. Kurz vor sieben. Um halb acht waren sie mit Jana an der Bar verabredet. Kaum zu schaffen. Die Babysitterin würde erst in einer halben Stunde kommen. Bis dahin mußte Victor noch fürs Bett fertig gemacht werden und etwas essen. Sie selbst war weder angezogen noch geschminkt. Edward lag mit der *Süddeutschen* auf dem Balkon.

Sie rief an der Rezeption an, um sich mit der Schauspielerin verbinden zu lassen, aber dort sagte man ihr, sie sei nicht im Haus und schon den ganzen Tag abwesend. Malina hinterließ eine Nachricht, daß sie sich verspäten und erst gegen acht auftauchen würden.

Als sie eine Viertelstunde zu spät und leicht außer Atem an die Bar kamen, hatte Jana bereits ein Glas Wein vor sich stehen. Malina stockte der Atem, so schön war die Frau an diesem Abend. Ein kurzer Blick auf Edward verriet ihr, daß er ebenso dachte. Sein Blick hing an Jana. Sie trug ein schwarzes Kleid, das unterhalb der Brust von einer silbernen Schließe zusammengerafft wurde und in einem leichten Schwung über den schmalen Knien endete. Ihre nackten Arme hatten die Färbung von hellem Karamell angenommen, während ihr Haar von der Sonne gebleicht in einer Melange aus Silber und Gold flirrte. Ihre Augen sprühten vor warmem Leben, und das Lachen drang ihr aus jeder Pore.

Auch ohne ihren berühmten Namen wäre sie in diesem Moment überall ein Star gewesen.

Sie winkte dem Kellner, der sich beeilte, Malina und Edward »a glas of this wonderful wine« zu kredenzen. Sie plauderte, erzählte Anekdoten vom Set, lachte und verabreichte Malina löffelchenweise das Gefühl, es gebe für sie nichts Schöneres, als diesen Abend gemeinsam mit ihr und Edward zu verbringen.

Malina sah dem Schauspiel zu und fragte sich plötzlich, wo die Grenzen zwischen Schein und Wirklichkeit waren. Janas Ausgelassenheit, ihre Fröhlichkeit, ihre Schönheit erschienen ihr eine Spur zu ausgelassen, zu froh, zu schön, um echt zu sein. Das, was sie hier sah, war der Zauber alter Filme, war eine Art meisterhaft ins Szene gesetzte Grace Kelly. Als führe Hitchcock selbst Regie.

Wo verbarg sich der Mensch? Wo begann die Schauspielerin? Gab es überhaupt eine Trennungslinie? Oder floß beides ineinander über? War eines ohne das andere überhaupt möglich?

Doch dann wiederum war Jana so warm, so herzlich, so *nah*, daß Malina ernsthaft zu überlegen begann, ob es, euphemistisch ausgedrückt, Unsicherheit war, die ihr diese Überlegungen diktierte. Sie war selbst eine attraktive Frau, die sich über zu wenig Bewunderung in männlichen Blicken kaum beschweren konnte und die sich bisweilen durchaus wohlwollend im Spiegel betrachtete, doch neben diesem Engel kam sie sich plump und ungelenk vor. Sie wurde still und begnügte sich damit, den Worten ihres Mannes und der Schauspielerin, die wie Ping-Pong-Bälle über den Tisch flogen, zu lauschen. Schließlich waren ihre Gläser leer. Von der Hotelterrasse schallten Gelächter und leise Musik herüber.

»Sollen wir nicht langsam rübergehen?« wandte Malina sich an Edward. »Ich habe einen Bärenhunger.«

»Und könntest einen ganzen Fuchs verschlingen.« Er lächelte und erzählte Jana vom neuesten Wortspiel seines Sohnes. Sie steckten die Köpfe zusammen und lachten, während Malina zwei Schritte hinter ihnen herging. Ihr Vorsatz, ebenfalls engelsgleich zu sein, drohte ein Vorsatz zu bleiben.

Sie biß die Zähne zusammen, zog ihr türkisfarbenes Kleid über den Hüften glatt und schob ihr Haar zurück in den Nacken. Gleichzeitig verzog sie die Mundwinkel zu einem, wie sie hoffte, entspannten Lächeln. Am meisten ärgerte sie, daß sie sich so ärgern ließ. Sie hob die Augen gen Himmel und erflehte eine weitere Ration Gelassenheit.

Unzählige Fackeln illuminierten die Terrasse und den Swimmingpool, die warme Luft duftete süß nach unbekannten Blüten. Überall auf den Tischen stand Wein in Terrakotta-Kühlern, und die Menschen drängelten sich um ein Büfett, das sich unter griechischen Spezialitäten bog.

»Jana! Da bist du ja endlich.« Ein sehr großer, dünner Mann bahnte sich den Weg zu ihnen. Malina erkannte in ihm den Leptosomen vom Flughafen. Er küßte Jana auf die Wange und legte seine knochige Hand auf ihre Schulter.

»Hi, Skinny.« Sie entzog sich seinem Griff. »Und? Schon am Feiern? Das hier sind übrigens Freunde von mir. Edward und Malina von Habelsberg.«

»Maltzan«, sagte Malina und blieb unbeachtet.

»Und das«, sprach Jana weiter, »ist unser Regisseur Hans Rothmann, genannt Skinny. Warum, ist ja wohl klar.« Mit einem spöttischen Lächeln tätschelte sie das weiße T-Shirt des Mannes, unter dem sich Rippen anstelle eines Bauches abzeichneten.

»Jetzt komm endlich«, sagte er. »Wir warten schon die ganze Zeit auf dich. Was wäre dieses Fest ohne unseren Star.« Als er versuchte, nach ihrer Hand zu greifen, schüt-

telte Jana ihn mit einem Funkeln in den Augen ab. Malina kam es vor wie eine Warnung.
Minuten später, als Malina zusammen mit Edward an der Tafel der Filmleute saß, wandte sich eine Frau in den Fünfzigern an sie. Silvia Bernauer. Sie sah großartig aus. »Wissen Sie, heute nacht habe ich mir die Schuhe ausgezogen und bin am Strand entlanggegangen. Ganz tief habe ich meine Zehen in den Sand gegraben und hinaus aufs Wasser geschaut. Wie ein Kind habe ich mich dabei gefühlt. Ein Geschenk vom lieben Gott persönlich. Gibt's etwas Schöneres?« Wie im Fernsehen sprach sie auch hier mit ihrer klaren, sorgfältig modulierenden Stimme, die einen Hauch wienerischen Akzents in sich trug und ihrer Sprechweise den berühmten wie unnachahmlichen Charme verlieh. Gerade als Malina überlegte, was sie auf solche Poesie antworten könnte, drehte die Frau den Kopf über die Schulter und rief einem vollbärtigen Mann freudig entgegen: »Gustl! Bist heute endlich angekommen? Sorgst wieder für gutes Licht? Lang haben wir uns nicht mehr gesehen, gell? Weißt was, wenn das hier vorbei ist, kommst mit der Lena bei uns vorbei, und wir machen Buchteln. Der Thomas freut sich sicher auch.«

Buchteln. Klar. Malina lehnte sich in ihren Stuhl zurück und trank einen kräftigen Schluck Wein. Hier saß sie unter Leuten, die alle Welt mit Vergnügen aus der Nähe gesehen hätte, und kam sich so überflüssig vor wie Franco Nero in einem Pilcher-Film. Glücklicherweise mußte sie auf das Geschenk vom lieben Gott nicht mehr antworten, denn Frau Bernauer schilderte ihre nächtlichen Erfahrungen soeben Gustl, der verständnisvoll nickte, allerdings wenig sagte.

Malina stand auf und ging zum Büfett. Als sie zurückkam, saß ein neuer Gast an ihrem Tisch. Eine Frau. Obwohl es Nacht war, trug sie eine Sonnenbrille, ein fast bodenlanger, folkloristischer Mantel verhüllte ihre Figur, und um ihren Hals wand sich ein dünner Seidenschal. Sie nippte nur ab und zu an einem Glas Wasser und aß nichts.

»Das ist Betty, unsere Maskenbildnerin«, flüsterte ihr Jana zu, die plötzlich neben ihr saß und ihren Blick bemerkt haben mußte. »Und das hier«, ihr Kopf zeigte diskret nach links »sind die Produzenten. Irina und Dieter Fischer. Ich nenne sie nur die Thenardiers.«

»Die Thenardiers?«

»Ja. Madame und Monsieur Thenardier aus ›Les Miserables‹ von Victor Hugo. Emporgekommene Proletarier.«

»Ganz schön boshaft.«

»Ich weiß.« Jana kicherte. »Aber nur so sind die zu ertragen.«

»Ich hatte den Eindruck, du amüsierst dich blendend.« Unwillkürlich benutzte Malina das Du.

»Dann habe ich ja den richtigen Eindruck gemacht. Das Geklappere gehört zum Handwerk. Hier sagt niemand, was er wirklich denkt, geschweige denn zeigt sich jemand, wie er wirklich ist.«

Malina runzelte die Stirn. Wie angebracht es war, selbst ehrlich zu sein, wußte sie nicht, aber die Frage brannte ihr auf der Zunge, und sie mußte sie stellen: »Offen gestanden: Wie sind die hier *wirklich*? Ich habe das Gefühl, sie alle sind, wenn sie nicht vor der Kamera stehen, nur eine Illusion von sich selbst. Und ich frage mich ständig, was passiert, sobald sie allein in ihren Zimmern sind. Fände man dann jemanden vor? Wäre wirklich jemand darin? Oder erlischt mit den Scheinwerfern auch das eigene Ich?«

»Du sprichst die ganze Zeit im Plural. Im Klartext meinst du doch die Bernauer, oder?« Dann nach einem Zögern. »Oder auch mich?« Jana beugte sich vor und sah ihr geradewegs in die Augen. »Sei ehrlich.«

»Ich weiß nicht. Ich glaube, dich auch.«

Jana verstummte. Nach einer Weile sagte sie: »Ich bin

nicht so. Ich muß hier nur so sein. Hast du gelesen, was in der Zeitung über mich steht?«

Jetzt zog Malina es vor zu schweigen. Diese Wendung war ihr zu vertraulich. Weshalb sollte sie sich in die Nesseln setzen.

»Hast du es gelesen? Okay, du hast. Dein Schweigen verrät dich. Gib es also ruhig zu.«

»Gut, ich gebe es zu.«

»Es stimmt nicht, was da steht. Ich bin nicht unglücklich und schon gar keine Alkoholikerin. Ich habe auch keine Angst, keine guten Rollen mehr zu bekommen. In Wahrheit geht es mir sehr gut. Es gibt da ...« Sie lächelte. Ihr Gesicht veränderte sich und wurde echt. Ja, echt, dachte Malina verwundert, überrascht von diesem Lächeln, das vergessen zu haben schien, entzückend und ausgelassen zu sein. Es war ein stilles, ein kleines Lächeln. Das samische Lächeln, dachte Malina, und trotz aller Ironie blieb sie ernst.

»Es gibt da ...«

»Jana, singst du etwas für uns? Komm, laß dich nicht bitten!« Skinny Rothmann war unbemerkt herangekommen und zog Jana vom Stuhl.

»Skinny, das will doch keiner hören«, protestierte sie schwach.

Schade, dachte Malina, als Jana sich doch überreden ließ und zu einem der Musiker ging. Lieber hätte sie sich weiter mit ihr unterhalten. Aber dann, als die Schauspielerin die ersten Töne sang, begann sie, sie mit anderen Augen zu sehen.

Jana stand ganz still, verzichtete auf jede Geste, während sie mit kleiner, silberheller Stimme ein griechisches Lied interpretierte. *Aspri mera ke ya mas.*

Anrührend klang es, ergreifend. Da war etwas in dieser Stimme und in diesem Gesicht, das danach zu weinen schien, beschützt zu sein, umschlossen von etwas Tröstlichem. Auf Malinas Armen zog sich die Haut zusammen, sie konnte kaum ihren Blick wenden. Und wie sie schienen auch die anderen zu empfinden. Alle schwiegen, und allmählich begann Malina den Zauber zu begreifen, den Jana besaß. So schön sie ihr bislang vorgekommen war, diese Schönheit schien banal im Gegensatz zu dem, was sie jetzt sah. Vor ihren Zuschauern offenbarte sie ein Licht, das alles andere überstrahlte und von einer Kraft war, die ans Innerste griff. Jana war so schön, daß es fast weh tat, sie anzusehen.

Erst als alle klatschten, bemerkte Malina, daß das Lied zu Ende war. Jana kam zurück an den Tisch und warf ein schnelles Lächeln in die Runde. Die Bewunderung in den Augen der Männer übersah sie genauso wie das blasierte Schulterzucken, das deutlich aus der Miene der Bernauer sprach.

Offensichtlich empfindet sie *Jana* nicht als Geschenk vom lieben Gott, stichelte Malina im stillen, während ihr Blick an der Frau mit der Sonnenbrille hängenblieb. Genau wie zuvor saß sie stumm und steif auf ihrem Stuhl, aber hinter ihren dunklen Gläsern schienen ihre Augen allein auf Jana gerichtet zu ein. Bewunderung oder Abneigung? Ihr Motiv blieb im dunkeln.

»Ist noch Wein da?« fragte Jana und pustete sich das Haar aus der Stirn.

»Ja.« Malina nahm eine Flasche aus einem der Kühler und schenkte ihr nach. »Das war wunderschön«, fügte sie schlicht hinzu.

»Danke.«

»Woher kannst du so gut griechisch? Für meine deutschen Ohren klang das ziemlich perfekt.«

»›The best way of learning a language is to do it on a pillow‹, sagte einmal ein amerikanischer Kollege«, murmelte Jana in ihr Glas, und für Malina klang es, als sei ihr Gespräch wieder da angelangt, wo Skinny Rothmann es zuvor unterbrochen hatte.

»Und dein Kopfkissen spricht griechisch?« fragte sie mit gesenkter Stimme, um nicht allzu forsch daher zu kommen.

Jana lachte. »Edward hat mir erzählt, du führst eine Detektei. Daß du so gut bist, hat er allerdings verschwiegen.« Sie brach ab und griff nach einer Zigarette.

Malina tat es ihr nach. Nach einem tiefen Zug sagte sie: »Ich verstehe, wenn du an dieser Stelle aufhörst. Aber ich gestehe auch, ich bin absolut neugierig. Lieber wäre es mir also, wenn du weitererzählst.«

»Zu sagen ›Das bleibt aber unter uns‹, wäre eine doofe Phrase, nicht? Also lasse ich's und vertraue dir. Ich habe das Gefühl, das geht in Ordnung. Ach du liebe Zeit, was macht Betty denn da?«

Die Maskenbildnerin stand in der Mitte der Terrasse und öffnete in einer langsamen und – wie es Malina schien – sehr bewußten Geste den Knoten, der ihr Haar bislang zusammengehalten hatte. Dunkelblond und gelockt fiel es ihr auf die Schultern. Dann nahm sie die Brille ab, und in ihrem Gesicht trat etwas Seltsames zu Tage.

Ihr Auftritt machte sie nicht im geringsten verlegen – und *daß* es ein *Auftritt* war, ließ sich nicht leugnen –, vielmehr wirkte sie sehr sicher, wie sie da stand und den Kopf erhoben auf den gespannten Schultern hielt.

Fast wie eine Tänzerin.

Es war, als sähe Betty über alle hinweg. Sie streifte den langen Mantel ab und enthüllte einen zierlichen Körper in einem schlichten weißen Kleid. Dann ging sie zu dem Musiker, mit dem Jana zuvor gesprochen hatte, und flüsterte ihm etwas ins Ohr. Der Mann nickte daraufhin, sagte etwas zu den beiden anderen und nahm die Bouzouki zur Hand.

Es war ein Stück aus *Alexis Sorbas*, und die Musik floß

dunkel und schwer von den Saiten der Gitarren, im dumpfen Rhythmus eines Herzens. Nach ein paar Tönen fand die Bouzouki ihren Takt dazu und begann in ihrem wehmütigen Tremolo durch die Melodie zu perlen. Es klang sehnsüchtig und lockend zugleich, und Betty begann mit nackten Füßen zu tanzen. Gespannt wie eine Stahlfeder streckte sie ein Bein in die Luft und ließ es abseits von ihrem Körper auf den Zehenspitzen aufkommen. Den Kopf tief im Nacken verharrte sie einige Sekunden so. Dann hob sie die Arme, die Handflächen nach außen gewandt, und begann sich in einem pulsierenden Stakkato zu drehen. Ihre Haut glänzte weiß im Licht der Fackeln, während ihr Kleid fast silbern schillerte. Sie bog und reckte sich, warf ihren Kopf, daß die Haare flogen, und stampfte immer wieder mit den nackten Füßen. Alle Blicke folgten ihren Bewegungen, die sich atemlos mit der Musik steigerten, ein faunisches, fast obszönes Sich-Darbieten, ein Körper, der sich selbst vergessen hatte, und eine Frau, die keinen anderen Wunsch mehr zu kennen schien, als auf sich selbst zu zeigen und alle Begierde und Lüsternheit, die in ihr lebten, herauszutanzen. Es war wie ein Liebesakt, den sie allein vollzog, und doch jeden, der ihr dabei zusah, daran teilnehmen ließ. Ihr Anblick brannte sich in die Augen ihrer Zuschauer, löste Scham vor sich selbst bei ihnen aus und war gleichzeitig von solcher Faszination, der niemand entkam.

»Wenn sie nicht gleich damit aufhört, wird das hier zur Massenorgie.« Skinny Rothmann sprach aus, was Malina gedacht hatte, und an seinem Blick erkannte sie, daß der Auftritt seiner Maskenbildnerin ihn nicht nur fassungslos machte, sondern auch erregte. Sie blickte auf Jana, deren Gesicht im Gegensatz zu Silvia Bernauer, reglos blieb. Im Gesicht der älteren Schauspielerin spiegelten sich Erschütterung gepaart mit einer widerwilligen Begeisterung. Es war offensichtlich, daß niemand bisher etwas von dieser Seite Bettys geahnt hatte.

»Ich frage mich, warum sie das tut«, sagte Jana plötzlich laut. Erstaunt nahm Malina den bösen Ton in ihrer Stimme wahr. Sie antwortete nicht und blickte wieder auf die tanzende Frau, deren Bewegungen, genau wie die Musik, allmählich erloschen. Mit dem letzten Ton stand sie plötzlich still, die Arme seitlich am Körper, den Kopf genauso erhoben wie am Anfang.

Der Applaus kam zuerst spärlich, doch dann brandete Jubel auf. Der kleine Grieche, der die Bouzouki gespielt hatte, sprang von seinem Podest zu der Tänzerin und nahm ihre Hand. Sein Gesicht, das einer verschrumpelten Olive mit einem Schnauzbart glich, strahlte vor Begeisterung, und sich im Kreis drehend nahm er das Klatschen der Leute mit vielen Verneigungen entgegen. Betty hingegen sah nur reglos in die Menge, und jetzt erkannte Malina, warum ihr das Gesicht dieser Frau seltsam vorgekommen war. Die Augen standen schräg zueinander. Das linke lag ungefähr einen Zentimeter tiefer und blinzelte nicht.

Der Applaus verebbte, und Betty kam zurück an den Tisch. Rasch setzte sie die Sonnenbrille wieder auf und zog sich hastig den langen Mantel über. In seinem Ausschnitt blitzte für den Bruchteil einer Sekunde ein schmaler Streif. Wie eine Narbe, fand Malina und sah der Frau hinterher, nachdem die sich mit einem gemurmelten »Gute Nacht« schnell verabschiedet hatte.

»Sie hat das mit Absicht getan«, sagte Jana hart, und Malina verstand nicht, was sie damit sagen wollte. Der muntere, vertrauliche Ton, den sie vor Bettys Tanz angeschlagen hatte, war verflogen. Etwas Ungutes lag plötzlich in der Luft, und sie fühlte sich noch unbehaglicher, als Jana zwei Gläser Wein hintereinander austrank. Der Zeitungsartikel fiel ihr wieder ein, ebenso wie Janas grobes Verhalten am Flughafen, das sie selbst so gänzlich vergessen zu haben schien. Malina hätte gern etwas Entspannendes gesagt, aber es fiel ihr nichts ein.

Inzwischen hatten sich mehrere Gäste von Betty anstecken lassen und bewegten ihre Glieder zu Sirtaki-Musik über die Tanzfläche. Bettys Ekstase allerdings war ihnen dabei ebenso schwerlich nachzusagen wie ihre Ästhetik, und ihr Gehampel war höchstens dazu geschaffen, Spott in den Augen des Betrachters hervorzurufen.

»Willst du auch tanzen?« Plötzlich war Edward da. Malina war froh, ihn zu sehen.

»Warten wir lieber, bis etwas Langsameres kommt.« Sie stand auf und legte die Arme um seinen Hals.

»Du drückst dich wohl davor, dich ebenso zu blamieren wie die da.« Er lachte leise in ihr Ohr.

»Nein, ich drücke mich lieber an dich. Bettys Tanz hat mich ziemlich angemacht.« Sie schmiegte sich enger an ihn, und durch ihr dünnes Kleid hindurch fühlte er ihre Brüste. »Ich habe schon lange nicht mehr öffentlich geknutscht.« Ihre Lippen berührten leicht seinen Mund. »Ich glaube, das hat mir gefehlt.«

»Das kommt mir auch so vor, du kleine Exhibitionistin.«

Die Musik spielte weiter. Dicht an ihrem Ohr hustete ein Mann. Obwohl sie bis an die Haut von all diesen Leuten und Lauten umgeben war, war sie auch weit weg davon. Unberührbar, als ob ihre geschlossenen Lider die Grenze bildeten. Sie fühlte, wie Edward sie durch den Pulk hindurch gegen eine Mauer schob, fühlte seinen Mund und seine Hand, die er unter ihr Kleid schob. Dieser verhaltene Ton, der dabei durch ihren Kopf zu fließen schien, war ihr eigenes Seufzen.

Sie lächelte zwischen zwei Küssen und fühlte sich verrucht und unsagbar jung. Es war ihr egal, ob ihr Benehmen Mißbilligung hervorrief, wichtig war nur noch dieses Pochen zwischen ihren Schenkeln.

»Wie wär's, wenn wir jetzt in unser Zimmer verschwinden?« Edward zog sie eng an sich, und sie spürte seine Erektion.

»Keine gute Idee. Der Babysitter ist da. Ich weiß was Besseres.« Sie nahm ihn an der Hand und zog ihn in das Foyer des Hotels. Im Aufzug drückte sie auf den Knopf für *Roofgarden*.

Sie landeten auf dem Flachdach des Gebäudes, ungefähr zehn Meter über dem Pool, der direkt unter ihnen lag. Umrandet von einer geschwungenen Steinbrüstung, mit Sonnenschirmen und kleinen Tischen darauf, war es ein schönes Fleckchen, wo man tagsüber etwas trinken, Eis essen und die Aussicht genießen konnte. Jetzt waren die Sonnenschirme zugeklappt, die Tische an den Rand geschoben, damit die Putzfrauen am Abend saubermachen konnten.

Malina setzte sich auf einen dieser Tische und zog rasch den Slip über die Hüften. Edward war schnell in ihr. Hände, Beine, Mund, ihr Haar, das über ihre Schultern fiel – sie klammerte sich an ihn und umschloß ihn mit allem, war ebenso hungrig wie er, der sich weit in sie drängte. Es dauerte ein Weile, bis sie sich beruhigten, ihr Griff sich lockerte und ihr Rhythmus langsamer und sanfter wurde. Irgendwann, wie durch Nebel hindurch, fiel Malinas Blick über die Brüstung. Das Fest hatte sich inzwischen bis an den Pool ausgedehnt. Lachende und tanzende Menschen, Musik, flackerndes Licht. Wie eine Sequenz eines dekadenten französischen Films aus den Siebzigern. Und während dieser Gedanke durch ihren Kopf glitt, nahm sie wie von fern die Steigerung ihrer Bewegungen wahr. Auf ihrem Rücken und zwischen ihren Brüsten bildete der Schweiß kleine Inseln. Der Gedanke, daß sie es sozusagen vor aller Augen trieb, spornte sie geradezu an. Sie bog sich Edward entgegen, spannte das Kreuz und spreizte die Beine, so weit es ging. Seine Stöße waren jetzt archaischer und härter. Es gefiel ihr, wenn er dabei war, die Kontrolle zu verlieren. Dann spürte sie die Hitze, die durch ihren Rücken flutete und ihren Unterleib überspülte. Ihr Mund öffnete sich von selbst, und sie schrie leise auf, doch in ihren eigenen Schrei mischte sich ein anderer, der viel gellender und weniger lustvoll war als ihr eigener. Zuerst wußte sie nicht, wie ihr geschah, aber dann hörte sie viele verschiedene Stimmen, und auch sie schrien. Malina öffnete die Augen, suchte nach Orientierung. Der Schock brachte alles Blut in ihr zum Stillstand. Im Swimmingpool trieb eine Frau leblos auf dem Wasser.

»Mein Gott!« Ohne daß sie es gemerkt hatte, war Edward aufgesprungen und zog seine Hosen hoch. Seine Stimme klang erstickt vor Entsetzen, als er hinab auf das Becken starrte. »Mein Gott, das ist Jana!«

Mit einer einzigen Bewegung sprang er auf die Brüstung und von dort in den Pool.

4

Der Sprung war am Ende nur ein nebulöses Moment. Weder konnte er sich daran erinnern, durch die Luft gefallen noch auf dem Wasser aufgeprallt zu sein. Alles, *woran* Edward sich später erinnerte, war Malinas Schrei, von dem er nicht mehr wußte, ob er aus Lust oder Entsetzen entstanden war, dann die Schreie vieler Menschen, dieses Chaos um ihn her und schließlich Janas Körper, der reglos auf dem Wasser trieb.

Alles war wahnsinnig schnell gegangen. In einem Augenblick noch hatte er Malina im Arm gehalten, hatte gespürt, wie der Orgasmus sie davonhob, und im nächsten war er auf die Brüstung gesprungen und von da hinunter. Die Zeit dazwischen, jeglicher Gedanke existierte nicht mehr.

Das erste, wieder bewußt wahrgenommene Flackern in seinem Gehirn war Dankbarkeit darüber, daß ihn der Pool trotz seiner mangelnden Tiefe sicher aufgefangen hatte. Aber dieses Flackern war im Bruchteil einer Sekunde erloschen. Das Wasser war über ihm zusammengeschlagen und gurgelnd in seine Kleider, Nase und Ohren gedrungen. Er hatte es nur als etwas Nebensächliches registriert und nichts davon gespürt. Nach Luft ringend und mit brennenden Augenhöhlen war er wieder aufgetaucht und durch das Wasser gepflügt. Seine Umgebung, das Geschrei darin schien ausgeblendet, er nahm nichts mehr wahr, bis er endlich bei Jana war. Als er nach ihr gegriffen und sie aus dem Wasser gezogen hatte, baumelte sie wie eine Stoffpuppe in seinen Armen. Die Glieder schlaff und leblos. Ihr Gesicht war trotz der Sonnenbräune weiß gewesen, alles Lachen und Leuchten wie ausgelöscht. Seine Angst, sie könnte tot sein, war betäubend gewesen, und er wunderte sich immer wieder darüber, warum denn niemand früher geholfen hätte. Aber dann hatten sich ihm am Rand des Beckens Hände entgegengestreckt, irgend jemand hatte Jana und ihn herausgezogen und Decken um sie gelegt. Wozu, hatte er gedacht und auf Jana geblickt, die von einer Frau beatmet wurde, bis sie röchelnd Wasser spuckte und den Kopf bewegte.

Da schlug auch sein Herz wieder, das Wirrwarr um ihn wurde klarer, und für den Bruchteil einer Sekunde kristallisierte sich plötzlich ein einzelnes Gesicht aus der Menge. Es war ein dunkler Ausdruck, der auf diesem Gesicht lag. Böse, war es ihm dabei durch den Kopf geschossen, böse.

Dann vergaß er es wieder, denn Malina war bei ihm, und sie war nicht mehr dieses aufreizende Wesen, das ihn ein paar Minuten zuvor auf dem Balkon umschlungen hatte, sondern eine fürsorgliche Frau, die seine Decke fester um ihn wickelte, und sagte, er könne aufhören zu zittern, er habe Jana gerettet und der Krankenwagen sei schon unterwegs. Es war ihm gar nicht aufgefallen, daß er zitterte. Sein einziger Gedanke war, daß er es richtig gemacht hatte und daß Jana noch lebte.

Edward von Habelsberg war Anwalt in einer erfolgreichen Münchner Kanzlei. Er arbeitete für internationale Konzerne, sein Mandantenstamm war nicht unbedeutend, ebenso sein Einkommen. Er war adeliger Herkunft, fast einen Meter neunzig groß, gut trainiert und verfügte über spröden Charme. Er liebte seinen süßen Sohn und seine temperamentvolle Frau. Es war ihm bewußt, daß er ein privilegiertes Dasein führte, daß er vieles hatte, was andere entbehrten. Eines hatte er allerdings nie besessen: Heldenmut.

Dazu war er zu vorsichtig, zu überlegt, zu vorausschauend. In erster Linie ein Pragmatiker.

Die Heldin seiner Familie war seine Frau, und ihre Abenteuerlust und ihr Wille, den Dingen auf den Grund zu gehen, wie gefährlich sie auch sein mochten, hatten immer wieder zu heftigen Streitereien zwischen ihnen geführt. Er hatte diesen Drang nie verstehen können.

Doch nun war er aus zehn Metern Höhe in ein Schwimmbecken gesprungen, dessen Tiefe von zwei Metern achtzig für einen solchen Sprung viel zu knapp bemessen war. Er hatte sein eigenes Leben riskiert, um einer Frau das Leben zu retten.

Inzwischen war die Nacht vergangen, der neue Tag lag sonnenbeschienen vor ihm. Edward von Habelsberg wartete im Krankenhaus von Vathi zusammen mit seiner Frau auf das Erscheinen eines Arztes und fragte sich immer wieder: Warum?

Auch Malina geisterten ähnliche Gedanken durch den Kopf. Der Schreck, als sie Edward von der Balkonbrüstung hatte springen sehen, lähmte sie, sobald sie nur daran dachte. Warum hatte er den Leuten nicht einfach zugeschrien, sie sollten helfen, und war dann hinunter *gerannt.*

Er war doch sonst so überlegt, viel gelassener und vorausschauender als sie selbst.

Zugegeben, alle hatten wie paralysiert um das Becken herumgestanden, und keiner hatte etwas getan. Zugegeben, ohne Edwards Eingreifen wäre es wahrscheinlich zu spät gewesen, und zugegeben, heimlich war sie – obwohl es eine eitle Regung war – stolz auf ihren Mann, aber sein Leben durch einen Sprung aus solcher Höhe aufs Spiel zu setzen, erschien ihr zu großartig.

Wenn sie ehrlich zu sich selbst war: Am wenigsten gefiel

ihr, daß er es getan hatte, um eine *andere* zu retten – auch wenn diese andere Jana war.

Ihr fiel sein Unverständnis ein und ihre Auseinandersetzungen, wenn es darum gegangen war, daß *sie* etwas getan hatte, was in seinen Augen gefährlich schien.

Aber hatte sie es je für einen anderen Mann getan?

An diesem Punkt schlug ihr Gewissen.

Simon.

Für ihn hatte sie viel riskiert, als vor einem Jahr die Geschichte um seine verschwundene Schwester wieder aufgebrochen war. Sie hatte Edward und ihren Sohn damals häufig allein gelassen, immer mit der Begründung, es sei für die gute Tat. Das war es jedoch nicht allein gewesen, und es war ihr nur allzu bewußt. Edwards Vorwürfe hatte sie in dieser Zeit weit von sich gewiesen und so getan, als fühle sie sich unverstanden. Vielleicht war er jetzt in derselben Situation wie sie. Der Unterschied allerdings war, daß sie sich selbst immer trauen konnte. Sie hatte immer gewußt, wie weit sie gehen durfte und wollte. Wußte Edward das auch?

Sie hatte keinen Schimmer.

Am Ende des dämmrigen Krankenhausflurs erschien der Umriß des Arztes wie ein Schatten. Er hielt ein Klemmbrett in der Hand und machte sich im Gehen Notizen darauf. Als er auf ihre Höhe kam, hob er den Kopf.

»Hello. I heared you are here for Miss Nicolai.« Er sprach in derselben harten Diktion wie die meisten seiner Landsleute. Sein Gesichtsausdruck war ernst, und trotz seiner Höflichkeit wirkte er, als seien seine Gedanken schon bei einem anderen Thema.

»Yes, we would like to know, how she is doing. We are close friends of her. Is it possible to see her?« Malina war sogleich aufgesprungen und sah den Mediziner erwartungsvoll an.

»It is no problem to visit her. Just get in, but don't stay

too long«, sagte er und wies auf eine der Türen. »She still needs some rest.«
Jana war wach, als sie das kleine, aber freundliche Zimmer betraten. Ein Stück Mull unter einem großen Pflaster bedeckte ihre rechte Schläfe. Eine Gehirnerschütterung und eine Platzwunde, wie sie erklärte. Nichts, was nicht schnell wieder heilen würde. Beim Drehen könne man die Haare darüber kämen. Bei so was seien die Maskenbildnerinnen sehr geschickt.

»Betty. Erinnerst du dich? Ich habe sie dir auf dem Fest gezeigt. Sie macht das sicher gut«, wandte sie sich an Malina.

»Ja, die Frau, die so leidenschaftlich getanzt hat.«

Sie sah Jana prüfend an. Sie war noch immer sehr blaß. In ihren großen Augen war ein Blick, der bisher nicht dagewesen war. Sie verrieten Traurigkeit, Verzweiflung und – wie Malina plötzlich bemerkte – Angst.

Da war nichts mehr von einem Star. Jana sah aus wie ein kleines Mädchen, das dringend jemanden brauchte, der es beschützte, es an sich drückte und ihm sagte, es brauche sich nicht zu fürchten, alles werde wieder gut.

Unvermittelt setzte sich Malina neben Jana auf das Bett und strich über ihren Kopf.

Es war eine spontane Geste, die trösten sollte, aber Jana begann, haltlos zu weinen. Erst nach einer geraumen Weile wurde das Schluchzen leiser. »Ihr denkt bestimmt das gleiche wie alle anderen.« Sie schob Malinas Hand zur Seite. Die Kleinmädchenzüge wichen einer neuen Härte.

»Wie alle anderen?«

»Daß ich betrunken herumgetorkelt sein muß und deshalb in den Pool gefallen bin. Aber das stimmt nicht. Jemand hat mich gestoßen. Absichtlich.«

Daraufhin schwieg sie, aber ihre Augen blickten fest und bestimmt, als wollte sie die Unumstößlichkeit ihrer Worte in den Raum betonieren.

»Jemand hat dich gestoßen?« Es war Edward, der als erster seine Stimme wiederfand. Die Frage hing wie ein Fallbeil über ihnen. Malina hingegen blieb still. Sie hatte sich wieder und wieder gefragt, wie es überhaupt zu Janas Sturz gekommen war, und sie mußte sich eingestehen, daß auch sie sich selbst rasch von der Version, die Schauspielerin sei betrunken gewesen, überzeugt hatte. Da war er wieder gewesen, dieser Zweifel an der wunderbaren Selbstinszenierung der Nicolai, der ihr trotz allem wie Verrat erschien. Aber es wäre naiv und blind gewesen, ihre bisherigen Beobachtungen zu leugnen oder ihre Bedeutung zu ignorieren. Janas Auftritt am Flughafen. Die Art, wie sie Alkohol in großen Mengen hinunterstürzte. Ihre Kälte nach dem Tanz dieser Maskenbildnerin.

Und jetzt behauptet Jana, jemand habe sie absichtlich ins Wasser gestoßen. Malina fühlte sich unbehaglich.

»Du glaubst mir nicht?« entfuhr es Jana, die Malinas Mienenspiel beobachtet hatte.

»Doch, ich …«

»Du mußt mir glauben. Wenn ihr es nicht tut, wer denn sonst?« Janas Stimme schwankte zwischen Flehen und Verzweiflung. »Ich weiß es genau. Diese Hand *war* da. Ich fühle sie noch jetzt in meinem Rücken und dann dieser Stoß …« Sie brach ab, und wieder füllten Tränen ihre Augen. Sie tat Malina leid.

»Wer sollte so etwas denn tun? Und warum?«

»Das ist es ja. Ich habe keine Ahnung. Aber …«

»Aber?«

Jana zögerte. Stockend, so als wolle sie sich selbst von der Glaubwürdigkeit ihrer Worte überzeugen, sprach sie weiter: »Schon während der Studioaufnahmen in München ist etwas Seltsames passiert. Alle dachten, es wäre ein Unfall gewesen. Selbst ich, aber inzwischen glaube ich das nicht mehr. Eine der kleineren Scheinwerferschienen hatte sich plötzlich gelöst und krachte mitten in der Szene direkt neben meine Füße. Es hätte weniger gut für mich ausgesehen, wenn sie mir auf den Kopf gefallen wäre. Die Dinger sind aus Eisen.« Sie versuchte ein Lächeln, aber es mißlang, statt dessen sammelten sich in ihren Augenwinkeln wieder Tränen.

Malina und Edward schwiegen, hin- und hergerissen zwischen Unglauben und begieriger Faszination. Was Jana da erzählte, klang zu dramatisch und sehr nach Drehbuch. Aber dann fiel Malina das schwarz verschleierte Wesen wieder ein und der Blick, mit dem es Jana fixiert hatte. Vielleicht gab es auch dafür eine plausible Erklärung, aber zugegeben: Die Vorfälle blieben merkwürdig.

»Das klingt wirklich alles sehr seltsam«, versuchte Malina den Rest von Zweifel aus ihrer Formulierung herauszuhalten. »Vielleicht erzählst du mal der Reihe nach, was gestern nacht passiert ist. Nachdem wir uns voneinander verabschiedet haben.«

»Du meinst, nachdem ihr beide plötzlich verschwunden ward.«

Fast hätte Malina gelächelt. »Wenn du es so sagen willst. Aber was ist dann passiert? Bis zu dem Tanz von dieser Betty war doch alles ziemlich normal.«

»Ach ja. Bettys Tanz. Ich fand ihn ziemlich peinlich. Die Leute spielten danach irgendwie verrückt. Tanzten durch die Gegend wie geile Trolle. Findet ihr nicht? Dann kam dieser Typ zu mir«, fuhr sie fort. »Schon älter. Marke cholerischer Studienrat mit Steinbeißergesicht. Er sagte, er kenne mich aus dem Fernsehen, sei ein Bewunderer und ob ich ihm ein Autogramm geben könne. Ich schrieb ihm etwas auf eine Serviette und dachte, er würde dann gehen. Aber er ging nicht. Statt dessen fing er an, mir Fragen zu stellen, über meine Filme und so weiter. Fast schon speichelleckerisch. Er ging mir auf die Nerven. Aber was sollte ich machen? Hätte ich ihn einfach stehen lassen, stünde morgen in der Zeitung ›Nicolai demütigt freundlichen Fan‹. Also blieb ich höflich. Das hat er dann wohl als Aufforderung verstanden und wurde plötzlich kühn. Erst tätschelte er mir den Arm, dann faßte er mich um die Hüfte und fragte, ob ich mit ihm tanzen wolle. Als ich nein sagte und seine Hände von mir schob, wurde er wütend und sagte, ich würde doch sicher mit jedem tanzen und ich solle mich bei ihm nicht so anstellen.«

»Ich hoffe, du hast ihm eine geklebt.« Unwillkürlich ballte Malina die Hand.

»Das hätte ich gerne. Aber auch darüber würdest du dann morgen in irgendeinem Schmierblatt lesen. Und sicherlich nicht die Wahrheit, sondern vielmehr, daß ich im betrunkenen Zustand einen älteren Herrn geschlagen hätte.«

»Furchtbar. Nie kommentarlos das machen zu können, was man will. Ich würde irgendwann zur Berserkerin werden.«

»Du mußt nämlich wissen«, warf Edward lakonisch ein, »daß sie gerne einmal ältere Herren schlägt und dann froh darüber ist, wenn die Presse keinen Wind davon erhält.«

Beide Frauen lachten, doch Jana wurde schnell wieder ernst. »Irgendwie habe ich es dann geschafft, mich von diesem Widerling loszureißen. Ich wollte so schnell wie möglich in mein Zimmer, mir war plötzlich so schwummerig. Als ich an den Pool kam, war alles voller Menschen. Sie tanzten und standen in Grüppchen herum. Es war schwer durchzukommen. Ich guckte immer auf den Boden, weil ich nicht gesehen werden wollte. Es ging nur langsam vorwärts, ich mußte oft stehen bleiben, und mir wurde immer schwindliger. Dann passierte es. Ich spüre es noch jetzt.« Sie fröstelte trotz der Hitze, und ihre Zähne schlugen aufeinander. »Es war merkwürdig. Ich habe die ganze Zeit gefühlt, daß etwas in meiner Nähe war. Um mich herumschwebte. Ein Schatten, der ständig versucht, nach einem zu greifen. Schließlich war diese Hand da. Sie drückte gegen meinen Rücken. Nicht lange, aber zielgerichtet. Ich habe auch nicht gesehen, wem sie gehörte. Niemand sah mich an, und es war ein solches Gedränge. Und gerade als ich mich wegdrehen wollte, stieß die Hand zu. Ziemlich fest. Ich stolperte über etwas, ich glaube, es war ein Stein. Und da stieß sie noch einmal zu, und ich fiel in den Pool, schlug direkt mit dem Kopf auf die kleine Mauer zwischen Schwimmer- und Nichtschwimmerbecken. Dann habe ich das Bewußtsein verloren.« Jana starrte auf die Rauhfasertapete gegenüber ihrem Bett. »So ist es gewesen. Ich war nicht betrunken. Jemand hat mich gestoßen. Mit voller Absicht.«

Im Hotel gab es am Nachmittag kein anderes Thema. Die Spekulationen hinter mehr oder weniger vorgehaltenen Händen reichten von einem alkoholbedingten Unfall bis zu einem Attentat auf die Schauspielerin, womit sich einerseits die bereits vorherrschende Meinung der Medien bestätigte und sich andererseits dasselbe von Janas Geschichte sagen ließ. Malinas Bemühungen, mit jemanden aus dem Filmteam zu sprechen, scheiterten. Am Nachmittag war niemand vor Ort. Die Dreharbeiten begannen meist morgens gegen sieben und endeten oft spät in der Nacht.

»They never show up for dinner«, sagte die reizende Melanie von der Rezeption. Sie war die zukünftige Schwiegertochter des Hotelbesitzers, die über die Gabe verfügte, über alle Geschehnisse bestens informiert zu sein und sie doch mit äußerster Diskretion zu behandeln. Im Moment hatte sie allerdings nicht mehr zu sagen, war nur peinlich berührt über die Geschehnisse der Nacht, die in *ihrem* Hotel passiert waren. Nur kein weiteres Aufsehen, dieser Wunsch schien sie augenblicklich zu beherrschen, und es erschien Malina von Vorteil, sie zunächst nicht mit weiteren Fragen zu belästigen.

Unter den Gästen hatte Malina mehr Glück. Eine Frau, die Ingeborg Hellwein hieß und Malina schon zuvor aufgefallen war, weil sie stets Spät-Mädchen-Röcke und flache Sandalen mit weißen Söckchen trug, hatte den Vorfall zwischen Jana und dem älteren Mann beobachtet.

»Dieser sogenannte Herr hat die junge Dame eindeutig belästigt. Das war gar nicht zu übersehen. Ich fand es bewundernswert, wie höflich sie blieb, auch dann noch, als er richtig zudringlich wurde. Mir ist so etwas auch einmal passiert, als ich jung war, Sie verstehen?« Sie hob an, eine Sittenstrolch-Geschichte aus der Blüte ihrer Tage zu erzählen. Nach zwanzig Minuten kehrte sie zu Malinas Erleichterung zum Anfang ihrer Unterhaltung zurück. Aber etwas Konstruktives ergab sich dadurch nicht. Ingeborg Hellwein hatte noch beobachtet, wie »dieser schreckliche Mensch« wutschnaubend in der Hotelbar verschwunden und Jana in Richtung Swimmingpool gegangen war. Dann hatte sie allerdings »ihre Spur verloren«, wie sie sich ausdrückte. Auf Malinas Frage, ob sie ihr den Mann bei Gelegenheit zeigen könnte, meinte sie zuvorkommend: »Jederzeit, meine Liebe, jederzeit.«

Nachdenklich blieb Malina an der Bar sitzen. Die Beobachtungen Ingeborg Hellweins stimmten also mit Janas Geschichte überein. Es machte Jana glaubhafter, und das erleichterte sie, doch ein Beweis für Janas Behauptung, in den Pool gestoßen worden zu sein, waren sie nicht.

Auch den großen Stein am Beckenrand, über den Jana angeblich gestolpert war, fand Malina nicht. Später erfuhr sie aber, daß der Besitzer das gesamte Hotelareal nach dem Fest hatte reinigen lassen. Sie hatte Vasili Sakellarios schon im Vorjahr kennengelernt und war davon überzeugt, daß ähnlich wie Marlon Brando, der als »Der Pate« in die Filmgeschichte eingegangen war, Sakellarios als »The Owner« in die Hotelgeschichte eingehen würde. Gäste wie Angestellte nannten ihn ausschließlich so, und der respektvolle Flüsterton dabei war obligat.

Die Strenge, mit der er auf den nächtlichen Vorfall blickte, war für Malina leicht vorstellbar, ebenso seine verletzten Ansichten von Würde und Anstand. Es war einleuchtend, daß auf seine Anweisungen hin am Pool nicht einmal mehr ein Körnchen Sand zu finden war. Einen großen Stein, der die Quelle allen Verdrusses darstellen könnte, hätte man ohnehin entfernt. Und selbst wenn sie ihn gefunden hätte, was wäre damit bewiesen?

Gegen halb sieben telefonierte sie mit Jana. Es ginge ihr soweit gut, einen Tag länger wollte sie noch im Krankenhaus bleiben, um sicherzugehen, daß wirklich alles in Ordnung war. Länger von den Dreharbeiten fernzubleiben wäre unmöglich, ihre Kollegen waren für diesen Zeitraum gebucht worden, ein längerer Ausfall würde kostspielige und langwierige Verzögerungen mit sich ziehen, die nur Mißbilligung und Ablehnung hervorrufen würden.

»Du glaubst mir doch jetzt?« fragte die Schauspielerin am Ende des Gesprächs.

»Ja«, antwortete Malina und stellte fest, daß sie das wirklich tat.

»Ich bin sehr froh darüber. Es war wirklich so, wie ich es dir gesagt habe. Jemand hat mich gestoßen.«

Malina blieb ein paar Sekunden still, bevor sie antwortete: »Ich mache mir Sorgen. Wie willst du es verhindern, daß so etwas nicht noch einmal passiert?«

»Ich denke über nichts anderes nach. Du mußt mir helfen. Kannst du nicht herausfinden, wer hinter allem steckt? Das ist doch dein Job, und Edward hat mir von deinen Erfolgen erzählt. Ich bezahle natürlich dafür.«

Malinas Zusage kam spontan, doch als sie den Hörer auflegte, murmelte sie: Und was wird aus meinem Haus? Aus den Ferien, aus Victor und Edward?

Und mit der Sonne, die sich wieder hinter den *Hondro Vouno* zurückzog, trübte sich auch allmählich ihr Gewissen ein.

Sie seufzte und ging hinunter an den Strand, um Edward und Victor einzusammeln, die dort aus weißen Kieselsteinen eine Burg gebaut hatten.

*

Zweieinhalb Monate später rief er an und fragte, ob ich ihn in München besuchen wolle. Einfach so. Keine Erklärung für die stumm gebliebenen Tage davor. Unser Zusammensein im Garten blieb unerwähnt.

Aber er wollte mich sehen.

Mich!

Ich war so stolz darauf, ausgehalten zu haben, nicht diejenige gewesen zu sein, die zuerst angerufen hatte. Wie oft hatte ich vor dem Telefon gestanden und mit mir gerungen, seine Nummer nicht zu wählen. Wie mit einem scharfen Köter, den ich mir vom Hals schaffen mußte, um nicht mit zerfleischter Kehle zu enden, hatte ich mit dieser Sehnsucht gekämpft und jedesmal gewonnen.

Dabei hätte ich es auch locker sehen können, zumindest damals noch. Welche Bedeutung hätte ein Anruf schon gehabt? Aber die Furcht, gegen eine teilnahmslose Stimme anzulächeln, war größer gewesen, daher ließ ich es.

Ich fuhr mit dem Zug nach München. Er holte mich vom Bahnhof ab, lachte mich an, nahm meine kleine Reisetasche und trug sie zu seinem Auto.

Er war ganz normal. Ein netter Typ. Ein offener, junger Mann, der viel erzählte. Von seinem Studium, von Leuten, die er kennengelernt hatte. Während wir durch die Straßen zu seiner Wohnung fuhren, zeigte er mir Cafés und Bars, die gerade angesagt waren, und ähnelte nicht im geringsten die-

sem dunklen, undurchdringlichen Menschen, zu dem meine Phantasie und die Erinnerung ihn gemacht hatten. Ich taute auf, wurde zutraulich und mußte mich beherrschen, mich nicht an ihn zu schmiegen.

Abends gingen wir in Schwabing essen, in einer dieser kleinen Kneipen nahe der Uni. Er sagte mir, daß ich hübsch sei, überhaupt eine seltene Kombination aus hübsch und klug. Ein kultiviertes Mädchen, wie er es nannte, und daß ihm das gefiele. Deshalb habe er immer wieder an mich denken müssen. Warum er sich nicht gemeldet hatte, erwähnte er allerdings nicht. Ich fragte auch nicht danach. Ich hatte Angst, ihn damit aus seiner Begeisterung zu reißen und mich selbst von dem kleinen Podest zu stoßen, das er mir mit seinen Worten errichtet hatte.

Ich war noch nicht einmal achtzehn, eitel und voller Furcht, nicht gut genug zu sein.

Es war klar, daß ich mit einem Lächeln schwieg.

Dann schlief er wieder mit mir. Und wieder war es die Narbe zwischen meinen Brüsten, die ihn so anzog. Mit einem kleinen Messer, mit dem er am Nachmittag einen Apfel geschält hatte, fuhr er leicht darüber. Ein angespannter Ausdruck lag dabei auf seinem Gesicht. »Das ist also deine Bruchstelle«, sagte er plötzlich und legte das Messer wieder weg. Ich lachte unsicher, wußte nicht, was ich darauf sagen sollte. Es kam mir unnatürlich vor, und ich verspürte erneut diesen Widerwillen und hoffte, er würde nicht wieder seinen Penis daran reiben. Es ging mir nicht in den Kopf, was ihn daran so faszinierte. Ich hatte keine Bruchstelle. Diese Narbe war das Überbleibsel einer Operation. Mehr Beachtung hatte sie nicht verdient.

Während ich das noch dachte, drehte Dorian mich auf den Bauch, drückte mich flach auf das Bett und drang in mich ein. Die Luft blieb mir weg, so tief spürte ich ihn in mir. Ich wandte den Kopf, um Atem zu schöpfen, und im selben Moment fuhr seine Zunge in meinem Mund. Er hielt mich von allen Seiten umfangen, ich fühlte seinen Bauch an meinem Rücken, seine Arme über meinen und war nicht mehr fähig, einen einzigen Gedanken zu fassen. Die Lust verschluckte mich, ich war nicht mehr als ein einziger schwingender Nerv, der sich selbstvergessen wand, um irgendwann ins Bodenlose zu fallen.

Vor allem aber war ich eine Überraschung für mich selbst. Nie hätte ich gedacht, solcher Gier fähig zu sein. Eine Kreatur voller Instinkte, und er, Dorian, hörte nicht auf, mich weiter darin anzufeuern.

Wir verließen seine Wohnung für den Rest des Wochenendes nicht mehr. Wenn ich einmal so etwas wie Unschuld besessen hatte, dann verlor ich damals jeglichen Rest davon, und als ich zurück nach Hause fuhr, war ich kein Mädchen mehr.

Eher eine Verlorene auf Lebenszeit.

Aber das wußte ich zu jenem Zeitpunkt noch nicht.

Und selbst wenn sich jemand meiner mit ein paar Sätzen erbarmt hätte, die Schicksalsgöttin persönlich, ich hätte sie nicht geglaubt.

Ich wollte nur wieder zurück zu ihm. Und er wartete auf mich. Das hatte er selbst gesagt.

Ihm *glaubte ich.*

5

Die Geschichte nahm eine Wendung, die Malina zutiefst verblüffte. Als sie Edward am nächsten Morgen beim Frühstück von Janas Bitte erzählte, blieb er gelassen. Weder fragte er, was aus der geplanten Haussuche werden sollte, noch erinnerte er sie an Victors und seine eigene Anwesenheit. Er sagte: »Ja, kümmere dich darum. Es ist vielleicht wirklich das Beste, bevor noch mehr passiert«, und dann schmierte er sich Butter und Marmelade auf einen weiteren Toast. »Nach deinem Häuschen können wir trotzdem suchen. Wir sind ja lange genug hier. Außerdem wirst du damit wohl nicht die ganze Zeit beschäftigt sein.«

Zu jedem anderen Zeitpunkt hätte Malina Dankbarkeit für soviel Gleichmut und Verständnis empfunden, in diesem Moment schufen sie nur ein Gefühl, das sie an eine mißtrauische alte Katze denken ließ und hartnäckig direkt hinter ihrer Stirn sitzenblieb. Sogar ihrem warmen Lächeln hielt es stand.

»Ich bin wirklich froh, daß du es so siehst. Ich hatte mich schon auf eine heftige Diskussion vorbereitet.«

»Aber woher denn.« Edwards Miene drückte pures Erstaunen aus.

»Na, dann ist ja alles prima. Morgen ist Jana wieder da, und ich fahre zu ihr an den Set. Für den ersten Blick hinter die Kulissen sozusagen. Was wollen wir heute machen? Noch habe ich Zeit.«

»Fischen gehen«, schrie Victor eifrig.

»Gut! Fischen gehen. Dann müssen wir gleich nach Michalis Ausschau halten und fragen, ob er uns mitnimmt.«

Malina trank den letzten Schluck Kaffee und stand auf. »Kommt ihr?«

Gegen sieben gingen sie mit sonnenverbrannten Gesichtern wieder an Land. Der Tag war schön gewesen. Michalis, der sonst den Gästen die Koffer schleppte, gelegentlich junge Kätzchen aus Dachrinnen rettete, alle Reparaturen, die im Hotel anfielen, erledigte, hatte sie auf seine kleine Jolle geladen und war mit ihnen hinausgefahren. Sein Englisch glich in etwa dem Griechisch seiner beiden Gäste, aber das beeinträchtigte die Kommunikation zwischen ihnen kaum. In aller Eintracht rauchten sie im Stundentakt eine von Michalis' Rothmanns, während Victor unsichtbare Fische mit Kekskrummen fütterte, und lasen einander ihre Gefühle und Gedanken von den Gesichtern ab. Und da alle entweder lachten oder stumm und hingerissen über die Ägäis blickten, verstand einer den anderen auch ohne ein Wort.

Als sie schließlich in der Dämmerung die Restaurantterrasse betraten, saß ein großer, dunkelhaariger Mann an ihrem Tisch und blätterte in einer Zeitung. Sein Anblick verschlug Malina die Sprache, und für einen Moment war sie bereit zu glauben, zuviel Sonne habe ihren Sinnen geschadet.

»Simon!« rief sie. »Was machst du denn hier?«

»Ich lese.« Er stand lachend auf, um sie an sich zu drükken. Dann reichte er Edward die Hand und hob Victor zu sich hoch.

»Ich dachte, du hättest keine Zeit zu kommen. Die Versicherungsgeschichte ... Und wo ist Dorothee? Warum hast du mich denn vorher nicht angerufen? Wartest du schon lange?«

»Stunden. Ich bin seit zwei Uhr im Hotel. Und wieso hätte ich anrufen sollen? Du wußtest doch ohnehin Bescheid.« Ihre Überraschung schien *ihn* zu überraschen.

»Ich wußte Bescheid? Nein, woher denn? Niemand hat mir etwas ausgerichtet, oder ...« Sie stutzte plötzlich und sah Edward an. Purpurne Verlegenheit malte sich auf seinem Gesicht ab, und er vollführte eine Bewegung, die an einen sich windenden Aal erinnerte.

»Ehm ... ja, ich dachte Simon würde ein paar Tage später kommen. Ich wollte ganz sichergehen, ob es auch wirklich klappt, sonst hätte ich es dir schon früher gesagt.«

»An allen anderen Tagen hätte ich mit Olympics fliegen müssen, mit Aufenthalt in Athen. Der einzige Direktflug, den ich kriegen konnte, ging heute. Und es schien ja auch dringend zu sein.« Simon blickte immer irritierter und klang auch so.

»*Du* hast Simon angerufen? *Du* hast ihm gesagt, er soll nach Samos kommen? Aber warum denn?« Malina drehte sich zwischen den beiden Männern hin und her, wie ein vom Wind beherrschter Wetterhahn.

»Na ja, wegen dieser Geschichte mit Jana.«

»Aber ich habe dir doch erst heute morgen gesagt, daß ich mich darum kümmern will. Du kannst doch inzwischen noch gar nicht mit Simon gesprochen haben!«

»Doch. Vorher.«

»Vorher? Wie vorher?« Allmählich dämmerte Malina etwas. »Jetzt weiß ich's. *Du* hast Jana vorgeschlagen, mich auf diese Sache anzusetzen, nicht wahr? Und weil du *wußtest*, daß ich darauf anspringen würde, hast du Simon angerufen. Rein prophylaktisch natürlich. Stimmt's?«

»So ungefähr.«

Malina verstummte, setzte sich in einen der Korbstühle und fühlte sich übertölpelt. Die beiden Männer sahen sich unsicher an und wußten nichts weiter zu sagen. Victor kroch unter den Tischen einer Schar Ameisen hinterher.

»Mach deine Hose nicht kaputt«, ermahnte Malina ihn mechanisch, während sie innerlich nach Luft schnappte.

Zum einen fühlte sie sich vor Simon bloßgestellt, zum anderen fragte sie sich ernsthaft, was Edward, der sonst allein schon auf Simons Namen mit kaum verhohlener Eifersucht reagierte, veranlaßt hatte, ausgerechnet diesen Mann in ihre Nähe zu holen.

»Ich wollte eben nicht, daß du dieser Geschichte allein auf den Grund gehst.« Edward schien plötzlich ihre Gedanken zu lesen. »Wenn das stimmt, was Jana sagt, dann steckt jemand hinter diesen merkwürdigen Vorfällen, jemand, der nicht ungefährlich ist. Und Jana mit allem im Stich zu lassen geht auch nicht. Jemand muß ihr helfen, oder nicht?«

»Hm«, machte Malina und sah ihn nachdenklich an. Die Katze in ihr war jetzt hellwach. »Edel sei der Mensch, hilfreich und gut.«

»Was willst du damit sagen?«

»Daß du in einer verdammten Zwickmühle steckst.«

Einen Moment lang taxierten sie einander forschend, bevor Edward den Blick senkte und Malina sich mit einem blitzenden Lächeln an Simon wandte. Ihre Augen jedoch blieben hart wie blaues Murmelglas. »Also, erst einmal herzlich willkommen. Dieses Durcheinander tut mir leid. Aber ist es nicht wunderschön hier? Habe ich in meinen E-Mails übertrieben?« Mit einem raschen Seitenblick auf Edward gebrauchte sie den Plural absichtlich. »Jedenfalls freue ich mich sehr, daß du jetzt da bist.« Ihr Blick wärmte sich wieder. »Am besten wird es sein, Edward bringt Victor nach dem Essen zu Bett, und ich erzähle dir bei einem Fläschchen Wein, was bisher passiert ist. Was meinst du?«

»Klingt sehr gut«, erwiderte er und lächelte ihr in die Augen.

»Finde ich auch.«

Edward kaute stumm und sah konzentriert auf seinen Teller. Die Calamares schmeckten irgendwie gummiartig, fand er.

6

Es war, wie Jana vorausgesehen hatte. In allen Zeitungen, die Simon aus Deutschland mitgebracht hatte, war die Geschichte um den nächtlichen Sturz in das Schwimmbecken ausgebreitet worden. *Der Fall der Jana Nicolai* titelte eine Boulevardzeitung gewohnt bösartig, aber auch alle anderen waren sich darin einig, daß starker Alkoholkonsum im Leben der Mimin eine immer größere und zerstörendere Rolle spiele. Die zwischen den Zeilen gezeigte Anteilnahme war so verlogen wie widerlich, ebenso die kollektiv in die Zukunft gerichtete Frage, »was aus der schönen Schauspielerin noch werden solle«.

»Woher wissen die eigentlich davon? Es war doch niemand von der Presse vor Ort«, fragte Malina.

Simon goß sich einen Schluck Boutari nach. »Leute brauchen immer Geld. Auch die vom Film.«

»Du meinst, einer von Janas Kollegen hat die Finger im Spiel?«

Simon zuckte die Achseln. »Wer denn sonst? Und ohne dieses Schmierpapier«, mit einer Kopfbewegung deutete er auf den Zeitungsstapel »wäre es doch nur die halbe Freude. Wenn wirklich jemand hinter alldem steckt, dann gehört die Veröffentlichung dieser Geschichten wahrscheinlich zu seinem Plan.«

»Aber warum denn?«

»Um Jana Nicolai kaputtzumachen. Oder ihre Karriere. Oder beides – ist wahrscheinlich ohnehin nicht voneinander zu trennen.«

»Und weshalb sollte das jemand wollen?«

Wieder zuckte Simon die Achseln. »Das weiß ich nicht. Die Auswahl der Motive ist groß. Neid. Eifersucht. Habgier. Rache. Was weiß ich? Aber wir werden's herausfinden, deswegen bin ich ja hier.«

»Ich frage mich, wie Jana es aushält, ein solches Geschmiere über sich selbst zu lesen. Ich könnte es nicht. Allein der Gedanke, so öffentlich in allem zu sein, ist doch grauenvoll.« Malina wandte den Blick von Simon hinunter auf den Swimmingpool. Einen Augenblick lang sah sie alles noch einmal vor sich.

»Schwer«, sagte Simon in ihre Gedanken hinein. »Sie wird's nur schwer aushalten und immer wieder neu versuchen, damit zurechtzukommen. Und wie hältst du es aus, Pralinchen?«

»Was?« Ruckartig fuhr Malina auf. Pralinchen. Es war Ewigkeiten her, daß er sie so genannt hatte. *Jahre.* Warum jetzt?

»Diese Geschichte zwischen den beiden? Edward und Jana.«

»Das habe ich dir doch geschrieben. Sie kennen sich seit urlanger Zeit und waren miteinander befreundet. Eine andere Geschichte gibt's da nicht.« Sie versuchte angestrengt, nicht zu schlucken.

»Na, dann ist ja alles bestens. Morgen kommt sie also wieder aus der Klinik zurück. Und wann wird sie wieder drehen?«

»Übermorgen«, sagte Malina und starrte noch immer auf den Pool.

»Gut, dann laß uns da gleich an den Set fahren. Und jetzt gehen wir am besten schlafen. Es ist schon spät.«

»Ja. Und es ist schön, daß du da bist, Simon. Wirklich.«

Die Wärme in seinem Blick war auch im Dunkeln zu sehen. »Ja, ist es.«

»Gute Nacht.« Malina nahm ihre Jacke über den Arm

und machte sich langsam auf den Weg zu ihrem Zimmer. Als sie sich noch einmal umdrehte, sah sie Simon noch immer an derselben Stelle sehen. Sein Blick lag auf dem Lichtergefunkel der türkischen Küste. Malina setzte ihren Weg fort und ahnte bereits, daß sie nur schwer in den Schlaf finden würde. Mit einem leisen Seufzer klopfte sie an die Tür. Edward öffnete.

»Pst. Victor schläft«, flüsterte er.

»Wie ich ihn beneide.«

Am nächsten Morgen trafen sie sich mit Simon zum Frühstück und gingen dann gemeinsam hinunter an den Strand. Aus der Perspektive des objektiven Beobachters schienen sie einfach wie Leute, die fröhlich das schöne Wetter genossen. Ihr Umgang miteinander war herzlich, sie lachten zu jeder Gelegenheit – nur wer genau hinsah, erkannte vielleicht die Künstlichkeit der Stimmung. Der Verdacht, Edward ginge, was sie, Malina, betraf, immer mehr auf Zehenspitzen, wurde stärker, je weiter der Tag voranschritt. Er vermied das Thema Simon und seine eigene Initiative dabei, und eigentlich war ihm Malina fast dankbar dafür, denn im Grunde fürchtete sie, mehr als ihr lieb war, über seine wirklichen Beweggründe zu erfahren. Daß Jana ihm mehr bedeutete, als er bisher zugegeben hatte, wollte sie nicht hören. Es war keine Eifersucht, die sie empfand, sondern vielmehr die Angst, ihr klares und geordnetes Leben, in dem sie sich geliebt und sicher fühlte, könnte plötzlich kaputtgehen. Sie stand diesem Gefühl gänzlich unerfahren gegenüber, und es machte sie wütend und traurig zugleich, daß Edward Sehnsüchte in sich trug, die sich ihrem Zugriff entzogen und sein Geheimnis blieben.

Gegen zwölf kam Jana per Taxi aus der Klinik zurück. Sie klang erstaunlich munter, als sie Malina auf ihrem Handy anrief und sie sich für denselben Tag verabredeten.

Als sie später schließlich auf Janas Balkon saßen und ihr weiteres Vorgehen besprachen, ertappte Malina sich dabei, mit welcher Distanziertheit sie Jana beäugte, und ihre Bereitschaft, eine Frau, die sie eigentlich mochte, nur deshalb nicht zu mögen, weil ihr *Mann* sie mochte, erschreckte sie.

»Kann man einem Juwel vorwerfen, wenn andere sich danach sehnen, es zu besitzen?« fragte sie Simon später, als sie ein Stück spazierengingen, in ihrem Bemühen, gerecht zu sein.

»Es liegt da und lockt mit seinem Funkeln«, antwortete er. »Darin bestünde der Vorwurf. Und wir sprechen hier von einem besonders schönen, hochkarätigen Juwel«, fügte er hinzu und gab zu verstehen, daß er Malinas metaphorische Umschreibung begriffen hatte. »Wer würde es nicht haben wollen.«

»Auch du, Brutus?« fragte sie unglücklich, und war sich augenblicklich im klaren darüber, daß sie mehr verraten hatte, als sie wollte.

Gegen sechs öffnete er die Tür und stellte einen Teller mit Resten davor. Ein wenig Fleisch, Fisch, einen Klacks Butter und ein weichgekochtes Ei. Die Katzen würden es lieben. Besonders die kleine Rote mit den weißen Söckchen und dem winzigen schwarzen Fleck über dem rechten Auge. Sie und er waren in den letzten beiden Wochen Freunde geworden, seit ein paar Tagen ließ sie sich sogar von ihm streicheln. Auf Samos ein Privileg, wie er inzwischen wußte. Alle anderen zogen aggressives Fauchen einem sanften Schnurren vor.

Im Moment war die kleine Rote noch nicht zu sehen. Wird nicht mehr lange dauern, dachte er, während er einen Blick zurück in die Wohnung warf. Es war kühl und dunkel darin, ganz im Gegensatz zu draußen, wo es seiner Schätzung nach noch immer um die achtundzwanzig Grad haben mußte und die Sonne gleißend über das Meer fiel.

Er würde die Fensterläden geschlossen lassen.

Das Apartment gefiel ihm. Es war schlicht und geschmackvoll eingerichtet. Vornehmlich blau-weiß, mit hellen, leichten Möbeln und einer praktischen kleinen Küche, in der es an nichts fehlte. Die Besitzer hatten dem Anwesen den Namen *Sunwaves* gegeben. Zu Recht, wie er fand, denn es lag in einer überaus pittoresken Bucht, die den ganzen Tag Sonne hatte. Er hatte es sehr sorgfältig ausgewählt, als er zwei Wochen zuvor angekommen war, wobei die sonnige Lage allerdings nicht der ausschlaggebende Punkt gewesen war. Ausschlaggebend war die Nähe zu *Kervéli Village*, dem Hotel, in dem *sie* abgestiegen war.

Er war sehr nahe am Geschehen, hatte alles im Blick, aber niemand, vor allem Jana nicht, würde ihn dort vermuten. Überraschung, dachte er und grinste auf seine entwaffnende Art.

Im Hinterreifen seines Fahrrads fehlte Luft. Er pumpte ihn auf und fuhr los.

Zweimal seit ihrer Ankunft war Jana unten am Strand spazierengegangen. Zweimal war es ihm gelungen, sie dort mit seiner Kamera einzufangen. Ob er sie heute treffen würde? Er bezweifelte es. Man hatte sie nach ihrem Sturz in das Schwimmbecken nach Samos ins Krankenhaus gebracht, und es war ihm nicht gelungen, herauszufinden, wann sie wieder entlassen werden würde. No comment, hatte eine Krankenschwester wie im Film am Telefon gesagt, als er dort angerufen hatte.

Im Krankenhaus aufzukreuzen traute er sich nicht. Wenn ihn dort jemand erkannte, wäre er fällig.

Um bei ihr sein zu können, mußte er Abstand wahren. Darin lag seine einzige Chance.

Abstand und Geduld, dachte er, während er einen Wanderweg entlangfuhr, der parallel zum Strand verlief.

In Deutschland war es leichter gewesen. Nachdem er in

der Zeitung gelesen hatte, Jana würde im Sommer auf Samos drehen, brauchte er nur die Filmproduktion anzurufen, sich als freier Journalist auszugeben, um von einer eifrigen Assistentin zu erfahren, zu welchem Zeitpunkt Jana dort sein und in welchem Hotel sie wohnen würde. Er hatte Urlaub genommen und den Flug gebucht. So einfach, dachte er, während er zu der lichten Stelle zwischen den Aleppokiefern radelte, wo er den ganzen Strand überblicken konnte, ohne selbst gesehen zu werden. So einfach.

Er setzte sich auf einen Baumstumpf unter einer der Kiefern, entfernte die Wäscheklammer aus seinem Hosenbein und zog anschließend eine Banane und zwei Karotten aus seinem Rucksack hervor.

Er hatte Zeit. Er wartete.

Zuerst aß er die Karotten, dann die Banane und beobachtete dabei Kinder, die mit Schwimmtieren durchs Wasser tobten, Eltern, die ihnen zuriefen, es sei Zeit fürs Abendessen, drei balgende Hunde, die dem Wirt der Strandtaverne gehörten, und draußen auf dem Meer ein Liebespaar in einem Boot.

Ein Ferien-Strand-Idyll.

Die Unwirklichkeit.

Und er fing an, sich zu erinnern.

Es war bei den Dreharbeiten zu »Klarer Tag« gewesen. Vor zwei Jahren, oben, an der Ostsee. Traumhaft schön. Er, gerade frisch von der Filmhochschule und sein erster Assistenten-Job hinter der Kamera. Es war aufregend gewesen. Das Gewusel all dieser Leute, die so taten, als herrschten sie auf einer eigenen Insel. Maskenbildner, Stylisten, Tontechniker, Kameramänner, Beleuchter, der Regisseur und das Skript-Girl, Catering-Leute, die Schauspieler.

Und er mitten darunter.

»Ulf! Kommst du mal?«

Ulf hier, Ulf dort.

Immer wieder hatte er seinen Namen gehört, so selbstverständlich, so vertraut. Und er hatte geantwortet und sich als Teil dieses Summens gefühlt. Ja, ein Summen war es gewesen. Wie in einem Bienenstock.

Dann war Jana gekommen. Er sah sie zum ersten Mal, und das Summen in seinem Kopf wurde lauter. Sie war elektrisierend. Ein Mädchen. Eine Frau.

Und was für eine Schauspielerin!

Er bebte, wenn ihr Fluidum im Brennpunkt der Kamera um ein Vielfaches mehr zu erstrahlen schien. Wenn alles andere um sie herum zur Nebensache wurde und die Welt nur noch aus diesem Gesicht und diesem Körper zu bestehen schien.

Magie, hatte er gedacht und versucht, seine zitternden Hände vor den anderen zu verbergen.

Er war vor Sehnsucht vergangen.

Und hatte vor Ehrfurcht Abstand gehalten.

Sie selbst hatte ihn eines Abends, nachdem die letzte Szene im Kasten war und als ihr Make-up sich in der Scheinwerferhitze allmählich auflöste, angesprochen. Ihn! Den Kamera-Assi!

»Dein Nachname ist Murnau, nicht?« hatte sie gesagt. Und mit einem kleinen Lächeln im Mundwinkel: »Bist du mit dem großen Friedrich verwandt?«

Er war rotgeworden, hatte gestammelt: »Nein. Nein.« Anschließend hatte er ihr erzählt, daß Murnau nur der Künstlername des Regisseurs gewesen sei. In Wahrheit sei er ein geborener Plumpe gewesen, der den Namen Murnau nach dem Ort am Staffelsee erst angenommen habe, nachdem er Regieassistent bei Max Reinhardt geworden war.

Sie lächelte weiter und sagte: »Bist gut informiert. Wahrscheinlich wirst du das oft gefragt.«

»Ja«.

»Ist auch egal. Was dagegen, wenn ich dich Friedrich nenne? Ich finde, es paßt so gut.«

Er errötete noch mehr und schüttelte den Kopf. »Nein. Natürlich nicht.«

Bei Friedrich war es geblieben. Von da an sprachen sie öfter nach Drehschluß miteinander oder aßen, wenn es sich fügte, mittags zusammen. Es schmeichelte ihm, er zehrte ewig von diesen Minuten, aber er *verstand* nicht, was sie von ihm wollte. Er war zehn Nummern zu klein.

Schließlich ging ihm ein Licht auf.

Genau die waren es: diese zehn Nummern.

Er strengte sie nicht an. Sie mußte nicht strahlen, konnte entspannen, normal sein, das Mädchen, das aus einem kleinen Dorf stammte. Und er hatte sie nur verwundert angesehen.

Sie war ein Stern. Sie sollte leuchten, verdammt noch mal. Nicht wie all die anderen sein.

Sie tat es – wenn die Kamera anging.

Ansonsten verhielt sie sich burschikos, fast kumpelhaft. Dieses Auftreten, stellte er fest, fand keine Übereinstimmung mit ihrem weichen, femininen Äußeren. In seinen Augen war es falsch, unecht, und es irritierte ihn, wenn sie Witze machte und lauthals lachte. Von ihr wünschte er sich stillen, klaren Ernst. Poesie. Einen Traum.

In Wirklichkeit war sie viel zu lebendig.

Trotzdem: Es zog ihn weiter zu ihr hin. Schmerzvoll. Vielleicht, weil er spürte, daß diese Kumpanei nur ihr erhobenes Stoppschild war.

Die Leere unten am Strand riß ihn aus seinen Gedanken. Die Kinder waren weg, ebenso die Hunde, das Boot mit dem Liebespaar lag jetzt verlassen am Ufer, die Bäume warfen längere Schatten. Er sah auf die Uhr. Eine Stunde war vergangen, und er rieb sich die Augen. Sie würde wohl doch nicht mehr kommen.

Er stand auf, klammerte das Hosenbein wieder hoch, stopfte die Bananenschale in eine Plastiktüte und ging zu seinem Fahrrad. Es war noch immer warm, und er überlegte, womit er den Abend verbringen könnte. Manchmal ging ihm diese Einsamkeit auf die Nerven. Manchmal hätte er gern mit jemandem gesprochen. Oder gehört, wie jemand seinen Namen aussprach.

Ulf oder Friedrich ...

Er warf noch einen Blick auf den Strand und stutzte. Ein Mann und eine Frau schlenderten langsam über den weißen Kies. Sie waren noch weit entfernt, aber sie kamen aus der Richtung des Hotels. Die Frau ging ein Stück vor dem Mann, der seine Hände tief in die Hosentaschen vergraben hatte, drehte sich zu ihm um, blieb stehen, sagte etwas und ging weiter.

Er nahm die Klammer wieder aus seinem Hosenbein, ging zurück zu dem Baumstumpf und holte seine Kamera aus dem Rucksack. Er fokussierte die beiden, zoomte sie heran, hielt den Atem an. Sein Instinkt hatte ihn nicht getrogen: Es war Jana.

Er erkannte auch den Mann sofort. Es war der Kerl, der vom Balkon gesprungen war, um sie aus dem Pool zu ziehen, während er selbst weit zurück in der Menge gestanden hatte und niemand ihn auch nur mit einem Blick gewürdigt hatte. An diesem Abend war er ihr sehr nahe gekommen, ohne daß sie auch nur einen Schimmer davon gehabt hatte.

Den Typ hatte er schon zuvor in ihrer Nähe gesehen, bevor er seine Heldentat vollbracht hatte, aber dann war er mit einer rothaarigen Frau verschwunden und erst wieder mit diesem Hechtsprung aufgetaucht.

Er haßte ihn bereits. In einem anderen Fall wäre er selbst der einzige gewesen, der Jana hätte retten dürfen. Aber in diesem wäre es ihm zum Verhängnis geworden.

Dumm gelaufen. Alles war für ihn dumm gelaufen.

Er drückte den Auslöser und fotografierte die beiden. Ein alltägliches Bild. Ein Mann und eine Frau an einem Strand.

Sie blieben stehen, redeten. Der Mann nahm schließlich seine Jacke und breitete sie über den Kies. Sie setzten sich. Redeten weiter. Rückten ihre Körper näher zusammen, als wäre es kalt. Dann schwiegen sie. Fast gleichzeitig begannen sie wieder zu sprechen. Er sah, wie Jana lächelte. Dem Kerl in die Augen lächelte und knipste erneut. Wütend. Voller Eifersucht. So hatte sie *ihn* angelächelt. Dieses Lächeln gehörte ihm. Es war nicht für jedermann.

Er haßte sie.

Liebte sie.

Und hielt die Kamera weiter auf sie gerichtet. Sein Platz war immer in der zweiten Reihe gewesen. Damals wie in diesem Augenblick. Dabei waren seine Gefühle für sie *ehrlich*.

Und sie hatte sich benommen wie jede dahergelaufene, dumme Trine.

Dann stellte er die Kamera auf die Filmfunktion um, und sie lief wie von selbst. Szene für Szene. Bis sie die letzte einfing. Jana legte dem Typen die Arme um den Hals und küßte ihn. Und er küßte sie wieder. Ein alltägliches Bild. Das Meer, ein Mann und eine Frau, die sich küßten.

Ein Ferien-Strand-Idyll.

Und die Wirklichkeit.

Zum dritten Mal an diesem Tag befestigte Ulf Murnau die Klammer an seinem Hosenbein, verstaute die Kamera in seinem Rucksack und fuhr davon.

Er zitterte.

Ein langer Abend lag vor ihm, und er hatte schon jetzt genug.

Victor war sauer, als Malina und Simon am nächsten Morgen in den silbernen Nissan Micra stiegen, den sie sich vom Hotel geliehen hatten.

»Arbeiten! Arbeiten! Immer mußt du arbeiten«, schimpfte er, und sein kleines Gesicht verzog sich finster.

»Irgendeiner muß die Brötchen ja verdienen«, versuchte Malina sich zu rechtfertigen.

»Und was ist mit den Schnitzeln?« Aufgebracht stapfte Victor davon.

Die Erwachsenen lachten. Autotüren schlugen zu. Der Motor sprang an. Edward beugte sich noch einmal hinunter und küßte Malina durch das geöffnete Wagenfenster auf die Wange. »Bis dann und paß auf dich auf«, sagte er.

Sie hatten verabredet, sich am frühen Abend in der Bucht von Posidonio zu treffen. Direkt am Wasser gelegen gab es eine Taverne, in der eine ältere Frau die üblichen griechischen Gerichte kochte. Bemüht, wieder Normalität einkehren zu lassen, hatte Edward vorgeschlagen, dort zu Abend zu essen, und die Zustimmung der beiden anderen gefunden.

Während sie das kleine Auto die steilen Serpentinen hinaufscheuchten, freute Malina sich insgeheim schon auf die Auberginen vom Grill und auf die Garnelen im Feuertöpfchen. Das Beste daran war, das heiße und vor Knoblauch strotzende Olivenöl am Schluß mit einem Stück Weißbrot aufzutunken.

Es war eine ihrer hilfreichsten Eigenschaften, den einen Schuh, der sie drückte, zumindest zeitweise durch einen anderen zu ersetzen, der weicher war und weniger Blasen rieb.

Jana hatte gesagt, sie drehten in einer alten Villa in der Gegend der Agias Paraskevi, einer Siedlung östlich von Samos-Town. Fischerboote lagen dort vor Anker, und nur ein paar verstreute Häuser belebten die vollkommene Abgeschiedenheit. Der Blick von der Uferstraße war einzigartig. Er reichte bis zum Strand von Kokkari und dann weiter nach Osten über zypressenbewachsene Hügel von toskanischer Anmut, hinaus auf eine vorgelagerte Gruppe smaragdgrüner Felsinseln, die mit dem Saphirblau des Meeres zu wetteifern schienen.

»Gott, ist das schön«, sagte Malina ehrfürchtig in das leise Surren des Motors hinein und blickte instinktiv auf das Drehbuch in ihren Händen. Jana hatte ihr ein Exemplar gegeben.

Die Geschichte spielte in den dreißiger Jahren und begann in Berlin. Vier höchst verschiedene Frauen trafen dort aufeinander und beschlossen, den Sommer gemeinsam auf Samos zu verbringen, wobei die Gründe der Frauen, sich eine Zeitlang von Heimat und Familie zu trennen, mindestens so verschieden wie ihre Charaktere waren.

Jana hatte die Rolle der Stella von Arnim übernommen, der Tochter eines Staatsmannes. Der Partys und allen gesellschaftlichen Getues überdrüssig, erhoffte sie, fernab dieser Umklammerung herauszufinden, welches Leben sie wirklich wollte.

»Dieser Film hat Poesie«, hatte Jana gesagt. »Er besticht nicht durch bunte Handlung, er besticht durch seine Dialoge, durch den Wandel im Inneren der Figuren, der wiederum nur durch den Einfluß absoluter Schönheit möglich ist.«

Es sei die Art von Film, wie man ihn sonst nur aus Frankreich oder England kenne, und es sei ein seltenes Glück, daß so etwas einmal in Deutschland gemacht werde. Sogar ohne die übliche Kitschvariante: Enttäuschte Frau findet ihr ewiges Glück durch den richtigen Mann.

»Glaubst du wirklich, daß die Schönheit einer Landschaft Menschen dazu bringen kann, sich zu ändern? Zu ihrem Besseren?« hatte Malina gefragt. Und Jana hatte geantwortet: »Ja, das glaube ich. Wenn wir alle dort leben könnten, wo es schön ist, hätte auch das Schöne *in uns* eine größere Chance.«

Obwohl Jana ihnen eine Karte mitgegeben hatte, war es nicht einfach, die kleine Bucht zu finden, in der die Villa stand. Sie rumpelten über Schotterwege, bis sie auf ein handgeschriebenes Schild stießen, das offensichtlich von der Produktion aufgestellt worden war und das mit der Aufschrift *Villa Semeli* endlich den richtigen Weg wies.

Die Bucht war winzig und bot gerade genug Platz für das Gebäude und einen üppigen Garten. Malina und Simon parkten das Auto oberhalb zwischen den Fahrzeugen der Crew. Transporter voller Kabel, Requisiten und Kostümen, Gerüststangen und Scheinwerfern. Dahinter der Kleinbus einer Cateringfirma mit dem Schriftzug *Hollyfood*. Die Luft war so klar wie in München nur an einem kalten Wintertag und roch nach Blumen und warmer Erde. Weiter unten führte ein schmaler Pfad bis zum Haus und in eine andere Welt.

»Die Herzkammer der Insel«, sagte Simon spontan, nachdem er einen Moment stehengeblieben war. Was bei einem anderen nach süßlichem Pathos geklungen hätte, klang bei ihm schlicht und wahr. Malina nickte. Herzkammer war das richtige Wort. Ebenso wie dieses Haus richtig war. Danach hatte sie gesucht. Eine Villa en miniature. Sie hatte keine Ahnung, aus welcher Zeit sie stammte, aber sie mußte ziemlich alt sein, stellenweise blätterte der korallenrote Putz von den Wänden, und auch der Balkon, der sich auf vier hellen Säulen über dem Eingang erhob, machte zum Teil einen ramponierten Eindruck. Für die Dreharbeiten hatte man alles oberflächlich aufgehübscht, Puder und Schminke sozusagen erneuert, doch wenn man genau hinsah, war der Verfall des Hauses nicht zu leugnen.

Dennoch: Es war ein Haus, das lächelte.

Nur die Außenaufnahmen würden hier entstehen, hatte Jana erklärt. Im Haus selbst seien Garderoben und Maske untergebracht, ansonsten sei es zu heruntergekommen, um darin zu filmen. Die Innenaufnahmen waren schon in den Münchner Studios abgedreht worden.

Der Garten erstreckte sich zum Meer hin. Oleanderbäume bauschten sich wie weiße und rosa Kumuluswolken in riesigen Holzbottichen, daneben Hortensien und wieder die tiefroten Bougainvilleen. In einer Laube stand ein Mann, der sein Walkie-talkie wie eine Walther PKK an einem Gürtel trug. Er unterhielt sich mit einem kleinen, dicklichen Kerl, dessen gut getrimmtes Bärtchen auf und ab zuckte, während er das Objektiv eines Fotoapparates wechselte und ungeduldig auf den ersten Schuß zu warten schien. Ein Requisiteur breitete inmitten eines Gewirrs von Kameras, Stativen, Schienen, Gerüststangen und Kabeln eine Decke im Paisley-Muster aus und arrangierte Platten mit Früchten und altmodisches Geschirr aus Silber und Porzellan darauf. Im Drehplan stand eine Picknick-Szene.

»Spielt Maggie Smith auch mit?« fragte Simon feinsinnig und wurde von zwei Männerstimmen unterbrochen, die etwas weniger feinsinnig aus dem Haus drangen.

»Was stimmt mit dem Ton denn nicht? Die Aufnahme vorhin war doch in Ordnung.«

»Quatsch' nicht rum. Das Geräusch am Schluß klang wie ein Furz.«

Malina und Simon blickten sich an und lachten. Im selben Moment öffnete sich die Terrassentür, und ein dünnes Mädchen mit roten Haaren trat heraus. Sie trug ein Mikroport um den Kopf, um den Hals einen knallroten Schlüsselgurt mit der Aufschrift *Lolas Production*, in der Hand ein Klemmbrett und auf ihrer Stirn stand in unsichtbaren Lettern *wichtig*.

»Komparsen sind erst morgen dran«, mäkelte sie streng in Richtung der beiden Detektive.

»Klar. Wenn ich sie treffe, gebe ich's gerne weiter«, entgegnete Simon sanft. Das Mädchen hingegen blieb kühl. »Wer sind Sie dann, und was machen Sie hier?«

»Malina Maltzan und Simon Graf.« Simon lächelte weiter. »Wir warten auf Jana Nicolai.«

»Sie weiß, daß Sie hier sind?«

»Bislang noch nicht.«

Das Mädchen schien unschlüssig, und ihre Lust, sich zum Laufburschen degradieren zu lassen, war offensichtlich gering.

In diesem Moment trat Jana aus dem Haus. Fast hätte Malina sie nicht erkannt. Sie trug eine dunkle Pagenkopf-Perücke, die das Feinknochige ihres Gesichts noch stärker hervorhob, dazu einen hellgelben Hut mit weit aufgebogener Krempe und ein rosa Kleid mit Blümchenmuster, dessen weiter Rock bis zu den Waden reichte. Sie sah aus wie ein Traum aus den Zwanzigern. Simon starrte sie an, und Malina dachte wieder: auch du, Brutus!

»Da seid ihr ja. Wir drehen jetzt gleich. Ihr könnt solange bei Axel bleiben, dem Kameramann. Ich habe ihn dir schon auf dem Fest vorgestellt, und er weiß Bescheid. Leider reicht die Zeit jetzt nicht, um euch mit den anderen bekannt zu machen. Das machen wir später. Ah, da kommen Skinny und Silvia. Tut mir leid, ich muß los.« Jana lächelte und glitt wie eine Erscheinung davon.

Der Rest der Crew nahm seine Plätze ein, und es wurde ruhig. Es schien sogar, als hätten die Vögel auf Skinny Rothmanns Kommando hin das Zwitschern aufgegeben.

Die Kameras standen in Position und begannen zu filmen. Rothmann unterbrach immer wieder, gab veränderte Anweisungen, sah in den Himmel, hegte Zweifel am Licht und filmte neu. Für die Großaufnahmen verlangte Silvia Bernauer den Weichzeichner. Ein Wunsch, dem Jana sich anschloß und der für Rothmann ein heikles Thema war. Er brummte etwas von kontrastreichen Aufnahmen anstelle von nebliger Suppe, gab aber schließlich Axel den entsprechenden Wink. Es ging weiter.

Ich würde wahnsinnig werden, dachte Malina und sah irgendwann gelangweilt auf die Uhr. Sie hatten eine einzige winzige Szene gedreht, und es waren weit mehr als zwei Stunden vergangen.

Gegen halb drei rief Skinny Rothmann: »Pause!«

»Wurde ja auch Zeit«, stöhnte jemand. »Endlich Futter.«

Jana wechselte ein paar Worte mit dem Regisseur und trat dann auf sie zu.

»Wollt ihr etwas essen?« fragte sie, und Malina sah, wie sich unter der feinen Puderschicht in ihrem Gesicht, Schweißperlen gebildet hatten. Aus der Nähe sah sie angestrengt aus.

»Essen nicht. Ist zu heiß, aber etwas zu trinken wäre toll.«

»Hinter dem Haus ist ein Catering-Zelt. Ich habe leider keine Zeit. Der Foto-Geier aus München ist da.« Mit der sicheren Erfahrung einer Schauspielerin, die das Wort der Geste anzupassen wußte, deutete sie mit dem Kopf auf den Dicken mit dem Bärtchen und der Kamera. »Egon Schuster. Er will noch ein paar Bilder machen. Yellow-Quatsch. Aber die Produktion will das so. Soll ich euch rasch ans Büfett bringen und euch ein paar Leuten vorstellen?«

»Nein, laß mal. Wir gehen allein. Wenn wir hier etwas herausfinden sollen, ist es vielleicht gar nicht so gut, wenn die anderen uns zusammen sehen.«

»Ja, du hast recht. Wir …« Jana wurde von Betty unterbrochen, die, eine Quaste in der Hand, aus dem Haus kam.

»Kommst du? Wir müssen abpudern und Kostüme wechseln. Außerdem wartet der Schuster auf dich.«

Nach einer Stunde ging es weiter, wobei Malina und Simon nicht wirklich etwas Bedeutsames erfahren hatten. Von Simon auf Janas Sturz in den Swimmingpool angesprochen, hatte Axel, der Kameramann, nur verhalten gesagt: »Na ja, an dem Abend hatten wir alle ganz schön gedüdelt.«

Dann kam Jana zurück an den Set. Die Picknick-Decke und das Geschirr hatte der Requisiteur inzwischen entfernt, dafür einen antiken Liegestuhl vor einem der Oleanderbäume aufgestellt. In der Szene ging es um einen kurzen Dialog mit dem griechischen Gärtner, den Jana vom Stuhl aus führen sollte. Bis auf die Unterhaltung war es eine stumme Szene, die später mit einer *Voice Over* unterlegt werden würde. Malina hatte im Drehbuch nachgesehen.

Schon als Jana auf den Stuhl zuging, merkte man die Veränderung. Sie war fahrig, fast unkonzentriert. Der Aufnahmeleiter rief wieder: »Ruhe, wir drehen!« und alle nahmen ihre angestammten Plätze ein.

Zuerst lief alles glatt. Jana lag hingestreckt, einen Sonnenschirm in der Hand, in ihrem Stuhl, ein Grübeln auf der Stirn, und eine Windbö zauste ihr Haar. Dann trat der Schauspieler, der den Gärtner spielte, hinzu, raschelte mit einem Rechen um sie herum, bis Jana nach einer Weile sagte: »Konstantinos, ich möchte bitte schlafen.«

Bis auf das servile »Natürlich, natürlich« des Mannes war das der einzige Satz der Sequenz.

Sie waren gerade dabei, Jana in Großaufnahme zu filmen, als sich ein Fleck aus dem Blau des Himmels löste und näher kam. Genau auf die Villa zu. Es war ein Kampfjet, dessen Lärm zuerst nur leise zu hören war. Dann drehte er gen Norden ab und kehrte Sekunden später zurück. Das Gedröhn, mit dem er über die Bucht raste, war ohrenbetäubend.

»Scheiße«, schrie der Tontechniker nicht weniger laut. »Alles noch mal.«

Ab da ging es schief. Der Gärtner zog mit dem Rechen über den Kies, und Jana öffnete die Augen: »Ich schlafen möchte, bitte, Konstantinos.«

»Was war das denn?« murmelte das Mädchen mit dem Klemmbrett und dem Mikroport, und Rothmann trompetete: »Aus! Jana, bitte noch mal.«

Wieder der Rechen, wieder Geraschel und dann Janas Stimme: »Kosta, aus, aus. Bitte noch mal.« Sie äffte Rothmanns Tonfall nach und lachte lauthals. Es klang irre. Alle erstarrten.

Die Kameras liefen weiter, Klappe um Klappe fiel. Zwecklos. Ein paar Mal sah es so aus, als hätte Jana sich endlich im Griff, aber dann lallte und lachte sie wieder.

Rothmann rann inzwischen der Schweiß von der Stirn.

»Möchtest du eine Pause?« fragte er seine Hauptdarstellerin sichtlich um Höflichkeit bemüht. Silvia Bernauer, deren Damengesicht immer etwas Ironisch-Gnädiges hatte, behielt diesen Ausdruck bei, hinzu kamen jetzt allerdings Merkmale der Genugtuung. Sie räusperte sich fein.

»Pause? Pause?« lallte Jana. »Bin ich denn der Pausenclown … ich mach weiter, immer heiter …« Dann brach sie wieder in Gelächter aus.

»Herrgott noch mal, kann ihr jemand den Satz auf ein Stück Pappe schreiben?« explodierte Rothmann und schwitzte immer mehr. Irgendein Praktikant eilte herbei und brachte ein Schild mit riesigen Lettern darauf, das sie einige Meter vor Janas Stuhl in den Kies steckten. Auch das umsonst. Sie schaffte es nicht einmal, den Satz abzulesen. Es war peinlich und schrecklich, ihr zuzusehen.

Malinas Hand krampfte sich um Simons Unterarm. »Um Himmels willen, was ist mit ihr? Warum holt sie denn niemand da weg?«

Inzwischen schien das auch Rothmann begriffen zu haben. »Aus, aus«, rief er schließlich. »Wir brechen ab.« Er verließ seinen Klappstuhl und rannte ins Haus.

Jana blieb mit geschlossenen Augen liegen, als hätte sie vergessen, wo sie war.

Silvia Bernauer zeigte sich plötzlich fürsorglich und versuchte, ihr aus dem Stuhl zu helfen, aber Jana sackte immer wieder zurück. Die Schminke in ihrem Gesicht verlief zu einem schwarzweißen Strom. Dann rannte Betty herbei, zog Jana mit aller Kraft aus dem Stuhl und stützte sie auf dem Weg zum Haus. Es half nicht viel. Jana klappte zusammen und fiel hin. Ihr Atem ging flach, und mit einer wilden Geste riß sie sich die Perücke vom Kopf. Ihr Haar darunter war klatschnaß. Der Fotograf klickte.

»Du Drecksack!« schrie sie und kroch über den Boden. »Zieh endlich Leine, du miese alte Schwuchtel! Und ihr, was glotzt ihr alle so? Glaubt ihr, ich wüßte nicht, was hier vorgeht? Ihr wollt mich fertig machen.« Sie versuchte, ungelenk aufzustehen. Der Versuch mißlang. Sie fiel wieder hin, ihr Gesicht vor Wut verzerrt. »Laßt mich doch endlich in Ruhe. Versteht ihr? Ich laß mich nicht fertig machen, ihr beschissenen Arschlöcher!« Sie verschluckte sich, und der Rest ging in einem hysterischen Husten unter.

»Wir brauchen einen Arzt«, rief Betty, und das Mädchen mit den roten Haaren murmelte: »Was heißt hier Arzt? Eine Ausnüchterungszelle wäre besser.«

Alle dachten, was das rothaarige Mädchen ausgesprochen hatte: Jana war betrunken.

Nachdem Betty sie mit Hilfe von Silvia Bernauer ins Haus geschleppt hatte, standen Malina und Simon da wie in den Boden zementiert, bestürzt und sprachlos. Malina war blaß geworden, aber auch wenn sie sich lieber die Zunge abgebissen hätte, als ein Wort darüber zu verlieren – sie schämte sich für Jana. Dafür, sich auf solche Weise entblößt zu haben, und dafür, daß andere sie so gesehen hatten. Als eine Kranke oder Irre.

Nach allem, was sie miteinander besprochen hatten, nach all dem Flehen, ihr doch Glauben zu schenken, fiel Jana derart aus der Rolle und gab den Gerüchten neue Nahrung.

Warum?

Und war sie, Malina, wirklich die Richtige, um ihr zu helfen? Jana braucht keine Detektive, dachte sie, Jana braucht einen Therapeuten.

Wie auf's Stichwort schallte aus der Villa die Stimme von Skinny Rothmann: »Das hier ist ein Filmset und nicht die Betty-Ford-Klinik. Oder bin ich vielleicht ein verdammter Seelenklempner? Bin ich das? Ich bin Re-gisseur! Ich will ar-bei-ten! Ar-bei-ten!« Dann sprach irgend jemand auf ihn ein, und die Stimmen verzogen sich.

Ein paar Leute von der Technik, die Rothmann gehört hatten, nickten sich vielsagend zu, ansonsten schlichen sie herum, als könne selbst dieses Kopfnicken neuen Ärger heraufbeschwören. Die Anspannung überall war spürbar.

Was tue ich hier? Verdammt, eigentlich bin ich im Urlaub. Malina, die inzwischen mit Simon an den Strand gegangen war, wo sie unter sich waren, hätte am liebsten allem den Rücken gekehrt, doch plötzlich fiel ihr etwas ein: »Simon«, sagte sie, »ich verstehe nicht ganz, *wann* sie sich derart betrunken haben soll. Vor der Drehpause gegen halb drei war sie ganz normal und fit. Dann hat sie rasch mit uns gesprochen, ist neu geschminkt worden und hat das Kostüm gewechselt. Außerdem hatte sie noch einen Termin mit diesem Fotografen. Um halb vier gingen die Dreharbeiten weiter.«

»Genau das habe ich auch die ganze Zeit gedacht.« Axel, der Kameramann tauchte neben ihnen auf, zwei Energy-Drinks in der Hand. »Hier zur Stärkung.«

»Danke«, sagte Malina und öffnete die Dose. »Und jetzt lassen Sie Ihre vornehme Zurückhaltung von vorhin und schießen mal los.«

»Losschießen? Da gibt's nichts. Ich dachte nur dasselbe wie Sie.«

»Mehr können Sie uns wirklich nicht sagen?«

»Na ja. Ein bißchen komisch ist das schon mit Jana. Das ist ja nicht der erste Film, den wir gemeinsam machen. Ich kenne sie schon lange, und sie war immer diszipliniert, hochbegabt und vor allem nett. Keine Zicke. Nie gewesen. Schillernd. Ja. Aber nie zickig. Und dann fing's an. Wenn ich's recht bedenke vor anderthalb Jahren, als wir ›Die Flucht‹ drehten. Da rastete sie an einem Tag plötzlich grundlos aus, warf mit Gegenständen und beschimpfte alle möglichen Leute.«

»Und dann?«

»Am nächsten Tag kam sie wieder. Es war ihr furchtbar peinlich, und sie gab uns allen einen aus.« Er griff in die Tasche seiner Cargohose, zog ein Päckchen Tabak heraus und begann, sich eine Zigarette zu drehen.

»Jana glaubt, jemand habe sie neulich Nacht in den Pool gestoßen«, sagte Malina und fragte sich mit einem Seitenblick auf Simon, ob sie zu viel verraten hatte.

Simon jedoch hakte gleich nach: »Ist in München nicht eine ähnliche Geschichte passiert? Da war doch diese Sache mit der Kameraschiene. Das Ding krachte ihr während des Drehs vor die Füße. Ein paar Wochen später fällt sie in einen Pool, und dann geschieht das hier. Ist doch merkwürdig.«

Axel blickte plötzlich mißtrauisch. »Wissen Sie was? Sie reden wie ein Bulle.«

»Und Sie wie Clint Eastwood.« Simon, der ehemalige Kommissar, umschiffte geschickt das Riff.

»Berufskrankheit«, sagte der Kameramann grinsend.

»Also, was war mit dieser Schiene? Dafür muß ich kein Bulle sein, um eins und eins zusammenzuzählen. Die Sache *ist* merkwürdig.«

»Na ja, das stimmt schon. Aber so, wie Sie das sagen, klingt es, als würde einer von uns ...« Axel zog an seiner Selbstgedrehten und blickte dem Rauch hinterher.

»Ja, das würde es heißen. Haben Sie eine Ahnung, wer …?«

»Nein! Nein! Um Gottes willen.« Er warf die Zigarette im hohen Bogen weg. Die Reue darüber, überhaupt etwas gesagt zu haben, stand ihm im Gesicht. »Ich glaube, ich muß dann mal wieder.«

»Klar. Machen Sie nur. Danke für die Drinks.« Simon nahm noch einen Schluck aus der Dose.

»Immer diese Duckmäuserei«, schimpfte Malina, als sie wieder allein waren.

»Tja, da will sich eben keiner den Mund verbrennen. Nicht ganz unverständlich, wie ich finde«, erwiderte Simon. »Willst du nicht mal nach Jana sehen?«

»Und du?«

»Ich höre mich hier draußen noch ein wenig um.« Er machte ein nachdenkliches Gesicht.

Bedeckt mit einem leichten Laken lag Jana auf einer Couch, als Malina in die Garderobe kam. Betty hatte ihr außerdem ein feuchtes Tuch auf die Stirn gelegt und hielt ihre Hand.

»Sie braucht Ruhe. Sie schläft.«

Malina registrierte die Feindseligkeit in ihrem Ton sofort. »Natürlich. Ich will nur wissen, wie es ihr geht.«

»Nicht gut. Sehen Sie doch.«

Malina ließ sich nicht beirren. »Jana, ich bin's Malina«, sagte sie wie im Film. »Hörst du mich?«

»Ich sagte doch, sie schläft«, ließ Betty sich noch einmal vernehmen. Tatsächlich ging Janas Atem schwer, wenn auch gleichmäßig.

Einem Impuls folgend setzte Malina sich auf einen klapprigen Stuhl. »Ich warte, bis sie wieder aufwacht«, sagte sie und meinte, es hinter den dunklen Gläsern von Bettys Sonnenbrille aufblitzen zu sehen.

»Ich will nach Hause«, kam es eine knappe Stunde später, in der Malina und Betty kein weiteres Wort gewechselt hatten, schwach aus Janas Mund.

»Sollen wir dich ins Hotel fahren? Simon wartet draußen.« Erleichtert setzte sich Malina zu Jana auf die Couch.

»Nicht ins Hotel. Nach Hause.« Jana nahm den Lappen von der Stirn und versuchte, sich aufzusetzen.

»Bleib liegen. Ruh dich weiter aus! Was meinst du mit nicht ins Hotel?«

Jana öffnete den Mund und schloß ihn wieder. Ihre Augen starrten an die Decke, als erwarte sie Hilfe von dort oben. »Mir ist schlecht«, flüsterte sie.

Hilflos blickte Malina sie an. Was sollte sie tun? Bettys Gegenwart erschwerte die Situation. Etwas an dieser Frau hinderte sie daran, frei zu sprechen.

»Betty, läßt du uns bitte einen Augenblick allein«, bat Jana so unvermittelt, als könne sie Gedanken lesen.

»Wenn du meinst.« Widerwillig stand Betty auf und ging hinaus, während Jana weiter stumm an die Decke starrte. Erst eine Weile später fragte sie: »Du glaubst mir nicht mehr, oder?«

»Wie meinst du das?«

»Wie solltest du mir auch glauben? Ich kann es selbst nicht mehr. Ich kann dir auch nicht sagen, was eben mit mir los war. Es kam wie von selbst. Ich konnte nichts dagegen tun, aber ich habe auch nichts *dafür* getan.« Jana hob angestrengt den Kopf und suchte Malinas Augen.

»Ich weiß nicht, was ich sagen soll.« Malina wich ihr aus, heftete den Blick auf einen Nagel in der Wand und war im selben Augenblick beschämt darüber. »Ich weiß auch nicht, was ich glauben soll oder wem? Es ist alles sehr widersprüchlich. Und ich würde dir gern helfen, aber ich glaube, ich kann's nicht.«

»Das verstehe ich. Würde mir nicht anders gehen. Alle

sehen mich inzwischen als Säuferin. Als Durchgeknallte. Aber ich schwöre dir: Ich habe nichts getrunken.«

»Ja.«

»Du kennst mich nicht lange, aber hältst du mich für so dumm, daß ich nach dieser Pool-Geschichte, über die sich ohnehin alle das Maul zerrissen haben, jetzt so unvorsichtig bin? Gut, ich trinke manchmal einen über den Durst, aber nie bei der Arbeit. Niemals. In all den Jahren nicht. Und heute auch nicht.«

Malina dachte an ihre eigenen Überlegungen, an Axel, den Kameramann, und seine Verlegenheit. Sie sah Jana in ihrer Verzweiflung und bemerkte zu ihrem Erstaunen, daß sie genauso nüchtern war wie sie selbst, roch keinen Alkohol in ihrem Atem, geriet ins Schwanken.

»Was hast du denn in dieser Drehpause gemacht?« fragte sie schließlich.

Jana schloß wieder die Augen und zählte konzentriert den Ablauf auf. Es war exakt so, wie sie, Malina, es selbst anderthalb Stunden zuvor gesehen hatte.

»Und du hast wirklich nichts getrunken? Nicht den kleinsten Schluck?«

»Nein, nur mehrere Gläser Wasser. Und eine Paracetamol-Tablette habe ich genommen. Ich hatte Kopfschmerzen. Würdest du mir bitte noch eine geben? Sie sind da drüben in dem kleinen Schrank. Mein Schädel dröhnt noch immer wie verrückt.«

Malina stand auf und machte sich an dem Schränkchen zu schaffen. Schminksachen waren darin, ein Discman, mehrere CDs und drei Bücher. In der linken unteren Ecke Schoko-Riegel und eine Packung Paracetamol. Dahinter eine Flasche Wodka. *Russky Standart.* Zur Hälfte leer.

Wodka war bei Alkoholikern sehr beliebt. Hochprozentige Wirkung, keine Fahne. Malina wußte darüber Bescheid, seit sie Meg Ryan in *When a Man Loves a Woman* gesehen hatte. Sie knipste eine Tablette aus der Packung und sagte so beiläufig wie möglich: »Schöne Bücher. Gehören die dir?«

»Ja, das ist mein Überlebensschränkchen. Nur für mich. Willst du sie dir ausleihen?«

Malina zögerte, hatte keine Ahnung, ob es richtig oder falsch war, was sie tat, doch dann griff sie in den Schrank und holte die Flasche heraus.

»Nein, danke, ich bin selbst mit Büchern eingedeckt. Aber möchtest du mir nicht hiervon etwas anbieten?« Sie hielt den *Russky Standart* hoch.

»Was ist das?« Jana richtete sich auf.

»Wodka, wenn drin ist, was drauf steht.« Malina schraubte den Verschluß ab und roch an der Flasche. »Wodka«, wiederholte sie schlicht.

»Der gehört mir nicht.«

»Aha.«

In diesem Augenblick schlug die Stimmung um.

»Ich bin es leid«, schrie Jana plötzlich, und ihre Stimme kippte. »Ich bin diese Rechtfertigungen leid. Dieses ständige Männchen machen. Was glaubst du eigentlich, wer du bist? Wie kommst du dazu, dich hier als Mutter Gottes aufzuspielen und Urteile zu fällen? Ich bin dir in keiner Weise Rechenschaft schuldig.«

»Nein, bist du nicht«, sagte Malina ruhig. »Aber wie komme ich dazu, während meines Urlaubs dein Kindermädchen zu spielen und eine Lüge nach der anderen zu schlucken? Und obendrein spielt mein Mann noch den Lebensretter für dich.« Sie stand auf und ging zur Tür.

»Du bist eifersüchtig«, zischte Jana. »Glaubst du, das merke ich nicht? Du bibberst vor Angst, Edward könnte sich wieder in mich verlieben. Oder noch schlimmer, daß er's vielleicht schon längst getan hat. Dein ganzes souveränes, großmütiges Getue kotzt mich an.«

»Schön, dein wahres Gesicht zu sehen, Jana. Aber das hast

du mir ja schon auf der Flughafentoilette in München gezeigt. Nimm mir die Phrase nicht übel: Der erste Eindruck trügt eben doch nicht.« Malina klang noch immer ruhig, doch das Herz schlug ihr auf der Zunge, ihr Körper flatterte. »Hol dir deine Tabletten selbst. Es ist besser, ich gehe jetzt.«

Draußen in der Sonne versuchte sie ein paar Mal tief durchzuatmen. Sie haßte Streit. Er machte ihr Angst. Wahrscheinlich vor der Möglichkeit, danach nicht mehr gemocht zu werden. Die Luft rasselte ihr zitternd aus den Lungen. Ihr Mund war pelzig und trocken, wie immer, wenn sie sich aufregte. Sie blickte um sich, kämpfte mit den Tränen, was sie noch zorniger machte, und wußte nicht wohin. Weg, dachte sie nur, einfach weg.

Am Strand war niemand. Ein kleines Boot hatte am Steg festgemacht. Vorher war es noch nicht da gewesen. Malina setzte sich, starrte aufs Wasser und verfluchte ihr Bestreben nach Gerechtigkeit. Es gelang ihr selten, kompromißlos böse zu sein. Sie hatte allen Grund, wütend und verletzt zu sein, und dennoch konnte sie die Wahrheit in Janas Worten nicht leugnen. Und das machte sie noch wütender, ebenso ihr Unvermögen, sich *einmal* in die eigene Tasche zu lügen.

Sie zog die Marlboro Lights, die sie manchmal nach dem Abendessen rauchte, aus der Tasche und kramte vergeblich nach einem Feuerzeug. Ein Schatten fiel neben sie.

»Do you need a light?« fragte eine Stimme, die sie kannte. Nikos Sakellarios. Wie aus dem Boden gewachsen stand der Bruder des *Owners* plötzlich neben ihr.

Hastig wischte sie die Tränen weg und versuchte ein Lächeln. »Oh, hi, Mister Sakellarios. What are you doing here?«

»This house belongs to me.« Sein breiter Schädel bewegte sich in Richtung Villa.

»Das Haus gehört Ihnen?« Für einen Moment vergaß Malina ihren Kummer.

Sakellarios hatte das Haus von einer Tante geerbt, weil er aber in England lebte, konnte er sich nur wenig darum kümmern. Jahrelang war es dem Verfall entgegengedämmert, leer und ungeliebt, bis der Anruf von *Lolas Productions* gekommen war.

»They pay a lot of rent each day.« Ein zufriedenes Lächeln zog über sein Gesicht, während auch er sich eine Zigarette anzündete.

Er war mit Michalis beim Fischen gewesen, als einer der Filmleute auf seinem Handy angerufen hatte. Probleme mit dem Stromgenerator. Deshalb war er jetzt hier, während Michalis sich anschickte, das Ding wieder in Gang zu bringen.

»Fahren Sie mit dem Boot zurück nach Kervéli oder haben Sie Ihr Auto irgendwo in der Nähe?« wechselte Malina übergangslos das Thema. Sie wollte niemanden mehr sehen. Nicht einmal Simon.

Sein Auto stehe fünfhundert Meter weiter weg, erklärte der Grieche und taxierte ihr Gesicht.

»Nehmen Sie mich mit?«

»Well, if you want me to.«

Keine Fragen, mit wem sie hergekommen sei und warum sie mit dieser Person nicht wieder zurückfahre. Kein Kommentar zu ihrem verweinten Gesicht. Nur ein unkompliziertes »Well, if you want me to«. Nikos Sakellarios war ein Schlawiner, aber auch ein Gentlemen. Malina war ihm dankbar.

Dieses Gefühl nahm allerdings rapide ab, als sie fünfzehn Minuten später, und ohne Simon, geschweige denn Jana Bescheid gegeben zu haben, in einem verbeulten Pick-up saß und bei jeder Kurve die Füße gegen den Boden stemmte, als gäbe es dort ein weiteres Paar Bremsen.

»Crazy people«, sinnierte der Grieche neben ihr plötzlich und meinte damit die Leute vom Film. »They always need something to complain about.«

Einmal sei das Wasser zu kalt, am nächsten Tag zu heiß, dann funktioniere die Toilette nicht, es vergehe kein Tag ohne Nörgeleien. Aber, und das versüße ihm seine Pflichtbesuche, die Frauen seien allesamt sehr schön. »Oréa gynéki«, sagte er mit einem kleinen Schnalzen, »oréa póli.«

Malina antwortete nur mit einem halbherzigen Nicken, doch dann sagte Sakellarios etwas, das endlich ihren Blick von der Straße riß.

Er sei bereits am Morgen in der Bucht beim Fischen gewesen und habe auf einem der Strandwege diese Blondine und einen Mann gesehen. Noch nichts Besonderes in seinen Augen, philosophierte er, wo eine schöne Frau sei, da sei auch ein Mann nicht weit, aber *dieser* Mann sei kein *guter Mann* gewesen. Unbeherrscht und aufdringlich, die Frau sichtlich gereizt. Sie habe ihn loshaben wollen und ihn immer wieder angeschrien. Zuerst habe er, Sakellarios, arglos gedacht, es sei eine Szene, die sie für den Film drehten, aber dann habe er das Fehlen der Kameras bemerkt. Der Streit sei echt gewesen und bedrohlich. Erst als jemand nach der Frau gerufen habe, hatte der Fremde, sie endlich losgelassen und sei wütend davon gestapft.

»A real *Malaka*«, sagte Sakellarios und hütete sich, die Bedeutung des Wortes im Englischen zu erklären.

»The woman«, sagte Malina nachdenklich, »does she also live here in the hotel?«

»Yes, yes.«

»Are you talking about Jana Nicolai?«

»Ne, ne, Jana Nicolai. The actress.«

Sakellarios wendete den Pick-up in drei Zügen, winkte noch einmal aus dem offenen Fenster und schepperte davon. Es war kurz nach sechs, und erst jetzt erinnerte sich Malina wieder an ihre Verabredung mit Edward in Posidonio. Müde setzte sie sich auf das Mäuerchen, das sich um das Hotelgelände zog, holte ihr Handy hervor und erreichte nur Edwards Mailbox.

Dann fiel ihr ein, daß Edward und Victor dorthin gewandert waren und Victor für den Rückweg zu Fuß viel zu müde sein würde. Taxen gab es in Posidonio nicht. Sakellarios und der Pick-up waren weg, und Simon hatte den kleinen Nissan.

Das Wort, das sich in Malinas Kopf formte, war grob, ordinär und blieb angesichts von ein paar vorbeischlendernden Gästen unausgesprochen. Sie rang jedoch schon wieder mit den Tränen. Am liebsten hätte sie sich in ihrem Bett verkrochen, um ihre bitteren Gefühle wegzuschlafen. Statt dessen rannte sie zur Rezeption und fand zu ihrer Erleichterung die sanfte Melanie vor.

No problem at all, Malina könne sich einen der kleineren Wagen nehmen, um Edward und Victor abzuholen. Melanie übersah auch mit britischer Diskretion die Tränenspuren im Gesicht der rothaarigen Frau. Ein einziger mitfühlender Ton nur, und Malina hätte losgeheult. Doch als Melanie ihr mit einem Lächeln die Wagenschlüssel hinlegte, riß sie sich zusammen und machte sich auf den Weg.

»Mama, Mama!« schrie Victor, als er sie sah und vergaß, die Luftmatratze mit ungestümen Hopsern zu malträtieren. Sie hob ihn hoch und drückte ihr Gesicht in seine dunklen Locken. Sie waren weich und rochen immer noch nach Baby. »Süßer«, murmelte sie, »bin ich froh, dich zu sehen.«

»Wo ist Simon?« Edward, der auf seiner Liege im *Forbes Magazin* gelesen hatte, blickte sich um und küßte sie dann auf die Wange. »Wir wollten doch alle zusammen zu Abend essen.«

»Er ist nicht mitgekommen.«

»Irgend etwas passiert?«

Malina wich seinem Blick aus. »Wollen wir nicht zusammenpacken? Ich erzähl's dir beim Essen.«

Sie trocknete Victor ab, zog ihm die Badehose aus und seine Shorts an. Dann warf sie Bananenschalen, Apfelbutzen, Schokopapier und leere Wasserdosen in einen Abfallkorb, räumte Spielsachen, Strandlaken, ein Buch und Zeitschriften in Edwards Rucksack und vermied jeglichen Blickkontakt mit ihrem Mann.

Nachdem sie Boutari, Wasser, Tintenfisch vom Grill, eine große Schüssel Salat und für Victor Calamares bestellt hatten, sagte Edward: »Schieß los.«

Malina erzählte ihm alles. Daß sie mit Sakellarios Hilfe aus der Bucht abgehauen war. Von den Dreharbeiten, von Janas wirrem Gestammel und irrem Gelächter, ihrem Gespräch mit Axel, dem Kameramann, von der halbleeren Flasche Wodka in Janas Schrank und von ihrem anschließenden Streit. Sie ließ auch die Szene, in der Jana ihr Eifersucht vorwarf, nicht aus. Im Gegenteil, sie strömte geradezu aus ihr heraus, und es war befreiend, als die Sache endlich offen auf dem Tisch lag. Aufatmend nahm Malina einen großen Schluck von ihrem Wein. Der Salat kam, und sie verspürte sogar Appetit.

»Du bist eifersüchtig?« Mit gesenktem Blick putzte Edward seine Gabel an der Serviette ab.

»Ja.«

»Aber warum in aller Welt?«

»Weil dich mit *Jana* eine Zeit verbindet, in der *wir* uns noch nicht kannten, ... weil ich glaube, daß diese alte Verbindung bis in die Gegenwart reicht. Weil Jana schön ist und du sie vor dem Ertrinken gerettet hast.« Sie stockte und blickte ihm dann geradewegs in die Augen. »Während *wir* miteinander *schliefen*. Wo waren da deine Gedanken?

Hast du währenddessen schon an sie gedacht, oder wie sonst soll ich es mir erklären, daß du da oben auf dem Balkon so schnell reagiert hast, als unten der Tumult losbrach? Hast du zwischendurch hinunter gesehen und sie beobachtet? Und hat es dich angetörnt? Ja, sieh mich nicht so an. Was soll ich davon halten? War dir eigentlich auch nur eine Sekunde lang klar, wie ich mich gefühlt habe, mit hochgeschobenem Rock auf der Brüstung, während mein Mann nichts Besseres zu tun hat, als wegen einer anderen zehn Meter in die Tiefe zu springen?«

»Ja, hätte ich sie denn ersaufen lassen sollen?«

»Natürlich nicht. Aber …« Ihre Stimme brach ab, und plötzlich war ihr zum Weinen zumute.

»Ich verstehe, was du meinst«, sagte Edward nach einer Weile. An ihren Augen erkannte er das Lapidare seiner Antwort. Ihre Pupillen verengten sich, und ihr Blick erinnerte an fahles Licht. Mit einem traurigen Lächeln strich sie sich die Haare hinters Ohr, und seine Augen, die der Geste folgten, entdeckten am Ansatz ein paar graue Fäden. Sie waren kaum zu sehen, aber ihr Anblick berührte ihn stärker als das, was sie gesagt hatte. »Na gut, die Wahrheit: Es stimmt, ich war früher in Jana verliebt, aber wir waren nie zusammen. Sie war nicht in mich verliebt. Ich habe es bisher nicht erzählt, weil es nur Ärger gegeben hätte. Und vielleicht läßt sie mich auch jetzt nicht ganz kalt … Aber es stimmt nicht, daß ich da oben auf dem Balkon an sie gedacht habe. Nicht eine Sekunde lang. Ich weiß, wie gut wir es miteinander haben. Du und ich und Victor.«

»*Wie gut* wir es miteinander haben?«

»Ja, wie soll ich es denn sonst sagen?« Unruhig rutschte er auf seinem Stuhl und hielt nach Victor Ausschau, der wieder am Wasser spielte.

»Daß du mich liebst, du … du Holzkopf. Daß du nicht

einmal in deinen unzüchtigsten, wagehalsigsten Träumen daran denkst, uns ...«

»... zu verlassen?« Sprachlos starrte er sie an. »Das denkst du?«

Malina nickte.

In seiner Fassungslosigkeit hätte Edward fast gelacht, statt dessen fing er sich gerade noch und streckte die Hand nach ihr aus: »Malina, du Esel, *daran* habe ich nicht eine Sekunde gedacht.« Er schüttelte den Kopf. »Wirklich nicht.«

Sie lächelte kaum. Nach einer Weile sagte sie: »Edward, die Dinge zu verstehen bedeutet nicht, daß sie einen weniger verletzen.«

Victor schlief auf dem Rücksitz, und auch auf den vorderen Plätzen war es ruhig. Die Straße vor ihnen wurde steiler, Edward schaltete zurück in den zweiten Gang. Er hatte Malina nicht belogen, aber er hatte ihr auch nicht die Wahrheit gesagt. Wobei die Wahrheit immer differierte. Den einen verletzte, den anderen befreite sie. Aber wem half sie?

Sicher, in dem was Malina gesagt hatte, *lag* viel Wahres. In *ihren* Augen. In seinen weniger.

Er wußte, es klang wie eine Phrase, eine, die den Tod unter der feministischen Guillotine bereits tausendmal gestorben war – aber es war nicht zu leugnen: Seine Träume von Jana, die Gedanken, die er an sie richtete, berührten seine Ehe nicht.

Jana, das war ein Leuchten außerhalb der Normalität.

Wenn er sie sah, empfand er Zärtlichkeit, gepaart mit Sorge. Sie war noch immer dieses irrlichternde Geschöpf, das sie schon früher gewesen und das nicht zu fassen war. Vielleicht lag darin ihr stärkster Reiz. Den Gedanken, mit ihr zu schlafen, verbot er sich. Vielleicht würden andere schallend lachen, machte er dies zum Geständnis, aber es war so. Er wollte von ihr *träumen*, sich kleine Begebenheiten ausmalen, sie beschützen. Eine kleine Geste, ein paar Worte ihrerseits, ihr Lachen, das ihm so gefiel und ihn selbst zum Lachen brachte – all das reichte schon aus, um ihn ein bißchen glücklicher zu stimmen.

Und doch: dieser Kuß am Strand. Er brauchte nur die Augen zu schließen, um ihn in derselben Intensität noch einmal zu erleben. Janas Lippen, ihr Geruch, ihre Hand um seinen Hals, das Nachgeben seines eigenen Körpers.

Er schloß die Augen und erinnerte sich, was Sehnsucht war.

In den vergangenen Jahren hatte er sie manchmal im Fernsehen gesehen, und ihr Erfolg hatte ihn gefreut.

Seine Empfindungen waren auf dieses Wenige reduziert geblieben, denn in seiner Erinnerung hatte es ein *Mädchen* namens Jana gegeben, das mit dem Star von heute nicht viel zu tun hatte. Aber als er sich vor einigen Monaten mit seinem Wagen vor ihrem alten Haus wiedergefunden hatte, gab ihm das zu denken. Er hatte es nicht gleich verstanden. Bis er ihr hier begegnet war.

Es stimmte, was Malina sagte.

Jana brachte seine Jugend zurück.

Und dieses Geschenk erschien ihm jetzt, in seinem einundvierzigsten Lebensjahr, unendlich kostbar.

Sie brachten Victor zu Bett, stellten das Babyphone auf das Handy ein und gingen auf einen Drink hinunter an die Bar. Der Tag steckte ihnen in den Knochen, und sie waren erschöpft, aber auch wenn alles wieder gut zu sein schien, insgeheim wollte keiner mit dem anderen alleine sein.

Sie bestellten Retsina und Ouzo, sahen sich unter den Gästen um und beobachteten Herrn Erbe, ihren weißhaarigen Zimmernachbarn, wie er seine Frau von ihrem Gin Tonic weg und ins Bett zu locken versuchte, indem er ihr ins Ohr miaute. Als die Frau nachgab und – ihren Kater am Arm – davonschritt, lachten sie. Es war die erste entspannte Regung an diesem Abend.

Ein Mann setzte sich an den freigewordenen Tisch und rief nach dem Kellner. Als Malina ihn erkannte, fragte sie sich, ob *er* sie nicht gesehen hatte.

»Ist das nicht Simon?« fragte Edward im selben Moment.

»Ja.«

»Hat er uns denn nicht gesehen?«

»Keine Ahnung. Simon!« rief Malina.

Er drehte sich um. «Klar, habe ich euch gesehen, ich kann euch sogar hören ...«

»Und weshalb ignorierst du uns?«

»Weil du heute deinen Chauffeur ignoriert hast. Schwere Beleidigung in Griechenland.«

Malina lächelte kleinlaut. »Ach, jetzt laß doch. Setz dich zu uns, und ich erklär's dir«.

»Nicht nötig«, sagte er und kam mit seinem Glas an ihren Tisch. »Ich weiß schon Bescheid.«

»Woher?«

»Jana.«

Schon wieder Jana. In Malinas Gesicht zuckte es.

»Was hat sie denn erzählt?«

»Von eurem Streit.«

»Aha.«

»Es tut ihr leid, was sie dir an den Kopf geworfen hat.«

»Mhm.«

»Ich soll dir das hier geben.« Malinas kühle Reaktion übergehend, zog Simon ein Papier aus der Innentasche seiner Jacke, während Edward dem Gespräch folgte wie ein Zuschauer auf der Tribüne einem Tennisball.

»Was ist das?« Malina beugte sich über den Bogen mit griechischem Briefkopf und englischem Text darunter.

»Ein Attest. Es bestätigt, daß Jana heute keinerlei Spuren von Alkohol im Blut hatte.«

»Ein Attest? Sie war nicht betrunken? Was soll das alles? Warum ist sie selbst nicht hier. Woher stammt der Wisch?« Fassunglos über das, was Simon ihr da zeigte, wußte sie nicht, welche Frage ihr dringlicher erschien.

»Aus der Klinik in Samos-Town. Nach eurem Streit bat sie mich, sie dorthin zu bringen. Sie ließ sich Blut abnehmen und es gleich untersuchen. Nichts konnte sie davon abbringen, die Wahrheit zu beweisen. Genau so sagte sie. Jetzt müßte sie in ihrem Zimmer sein. Sie war sehr müde. Als es ihr besser ging, haben sie die Gärtner-Szene wiederholt.«

Malina schwieg lange. Ihr Gesicht spiegelte Scham und Bestürzung. Gleichzeitig kam sie nicht dahinter, was Jana nach diesem Eklat zu diesem Schritt veranlaßt hatte. Ein Attest.

»Wenn sie die Wahrheit sagt, und ich glaube ihr auch ohne diese Untersuchung, dann muß die Situation schrecklich für sie sein. Wie steht sie denn da? Als irre Säuferin«, sagte Simon. »Sie will einen Menschen, der ihr glaubt. Und vielleicht eine Freundin.«

In diesem Moment piepste das Handy in Edwards Jeans. Das Babyphone.

»Gehst du?« fragte Malina mechanisch. Ihre Augen blickten ins Leere, als sei sie mit ihren Gedanken an einem anderen Ort.

»Wenn das alles stimmt«, sagte sie langsam, nachdem Edward gegangen war, und deutete auf das Attest, »wodurch ist dieser Anfall dann entstanden?«

»Wenn wir wüßten, wer sie in den Pool gestoßen hat, wären wir der Antwort darauf bestimmt ein gutes Stück näher. Ich bin mir ziemlich sicher, daß es für alle Fragen ein und dieselbe Lösung gibt.«

»Also der große Unbekannte«, entgegnete Malina. Gleichzeitig fiel ihr der Fremde ein, den Nikos Sakellarios mit Jana gesehen hatte. Sie berichtete Simon davon, der zwar voller Argwohn die Brauen runzelte, aber nicht mehr darauf zu sagen wußte, als: »Könnte wichtig, aber auch einfach nur ein Streit unter Kollegen gewesen sein. Fragen wir sie danach.«

Es wurde spät, und Edward kam nicht mehr zurück. Malina trank ihr Glas aus, legte einen Schein auf den Tisch und stand auf. »Du bist eingeladen. Sehen wir morgen einfach weiter. Ich bin hundemüde.«

»Bevor du gehst, noch eine Frage: Was ist eigentlich dein Problem mit Jana?« Ohne aufzusehen, drehte Simon sein Glas zwischen den Händen.

»Ist es dir noch nicht aufgefallen: Egal, ob du es bist oder Edward – sie wickelt euch alle um den Finger, und jeden scheint es nur zu interessieren, was *sie* braucht, was gut für *sie* ist, wie man *ihr* helfen kann.« Die Worte klangen heftiger als gewollt.

»Und was *dich* angeht, interessiert es niemanden, denkst du?«

»So ähnlich.«

»Du täuschst dich.« Jetzt sah er sie doch an. »Ich habe immer durch die kleinen Risse in deiner Fassade hindurchgesehen. Ich weiß, was sich das Mädchen dahinter wünscht.«

»Und das wäre?« Malina klang noch kiebiger.

»Einmal die zu sein, die beschützt werden muß.«

Die Nacht verbrachte Malina in einer Art Wach-Schlaf. Jana, Edward, sogar Nikos Sakellarios tauchten in dieser nebulösen Schwebe noch einmal auf und redeten auf sie ein: Englisch, Deutsch, Griechisch – ein Trommelfeuer an Tönen und Lauten. Als der Geräuschpegel schließlich an die Grenze schoß und ihr Kopf den großen Knall schon zu erwarten schien, war plötzlich Simon da – in einem langen, wallenden Gewand, gestützt auf einen Stock – und sagte ihr, er könne sie nicht mehr beschützen, und sie begann zu weinen.

Gegen fünf wachte sie zerschlagen auf und wußte, daß sie nicht mehr einschlafen würde.

Sie verließ das Bett und sah nach Victor. Freigestrampelt lag er da. Das Mündchen halb offen, die Backen rot und der Teddy vor dem Bett. Malina hob ihn auf und legte ihn zurück in Victors Arm. Sie strich ihrem Sohn ein paar verschwitzte Locken aus der Stirn und küßte ihn, bevor sie das Zimmer verließ, auf den träumenden Mund. Er schmeckte süß und frisch.

Sie ging rasch ins Bad und zog anschließend einen Pulli und Shorts über. Für Edward schrieb sie einen Zettel, den sie auf das Kopfkissen legte: *Bin spazieren – wartet mit dem Frühstück auf mich. Malina.*

7

Der Morgen war so traumhaft wie jeder Morgen auf der Insel. Die Sonne stand knapp über den türkischen Bergen und zeichnete deren Formen in schwachem Lila an einen orange-rosa gestreiften Himmel. Das Meer war bis auf einen lichtbeschienenen Streifen noch immer von schwärzlichem Blau, und die Silhouetten der Zypressen erhoben sich wie Schwerter dunkel gen Firmament.

Ohne ein festes Ziel vor Augen ging Malina zum Strand hinunter, kletterte über ein paar Felsbrocken, zog die Schuhe aus und watete durch das Wasser hinüber in die kleinere Bucht, wo das Wasser im Türkis der Karibik leuchtete.

In der Ferne sah sie einen Einheimischen, der mit seinem Hund spazierenging, ansonsten war es menschenleer.

Mehrere kleinere Tret- und Motorboote waren an einem breiten Steg festgemacht und schaukelten wie eine Schar Möwen auf dem Wasser. Barfuß ging Malina über die Planken und streckte sich darauf aus.

Es war ein Morgen von jener Stille, in der die Dinge beginnen, ihre eigenen Worte zu flüstern. Die Sonne wärmend auf der Haut, die Luft erfüllt von Meer und Oliven.

Glück, dachte sie schlicht, das ist Glück.

In der Hoffnung, daß niemand sie stören würde, schlief sie ein. Gegen halb acht erwachte sie wieder, den Kopf in die Armbeuge vergraben, erfrischt und klar. Der Tag türmte sich nicht mehr wie ein Koloß vor ihr auf. Ihr Magen signalisierte Hunger, und sie freute sich aufs Frühstück. In dieser Stimmung rappelte sie sich hoch, und im selben Moment schoß ihre Hand reflexartig an die Augen. Himmel und

Meer strahlten in solch gleißendem Weiß, daß es schmerzte hineinzusehen. Als es ihr nach ein paar Minuten gelang, wie ein Maulwurf in das Licht zu blinzeln, glaubte sie, in dem blendenden Dunst den Umriß eines Bootes zu sehen. Seine Konturen wurden schärfer, je näher es dem Ufer mit kaum merklichen Bewegungen kam. Fast schien es zu schweben. Vielleicht ist es Michalis, der beim Fischen war, dachte Malina, aber das reglose Schattenbild am Bug verriet nichts.

Plötzlich schien es, als legte sich eine Hand direkt um ihr Herz. Es stockte stolpernd und schlug dann schneller. Die Gestalt in dem Boot *war* ihr vertraut. Sie erkannte den schwarzen Schlapphut sofort. Blitzartig dachte sie: Jana!

Was, wenn die Lösung aller Fragen gerade vor ihren Augen auf dem Meer trieb? Vielleicht hätte dann der Spuk ein Ende. Und sie ihren Frieden. Komm raus, dachte sie mit zusammengebissenen Zähnen, ich will wissen, wer du bist! In diesem Moment hob das Wesen den Kopf, und wären die Brillengläser nicht gewesen – sie hätten einander in die Augen gestarrt.

Dann geschah es: Das Boot trieb weg. Hektisch schwingende Ruder und Wellenringe hinter dem Heck. Nach hundert Metern schlug es einen Haken nach links und glitt flink in Richtung Kervéli.

Es muß jemand sein, der dort wohnt, fuhr es Malina durch den Kopf. Oder zumindest die Umgebung gut kennt.

Hastig schlüpfte sie in Schuhe und Pullover und rannte, soweit es auf dem von Kies und Felsbrocken übersäten Uferweg möglich war, zurück zum Strand des Hotels.

Sie entdeckte das Boot sofort. Einsam wippte sie an einer Boje neben der Badeinsel, die ein gutes Stück ins Meer hineinragte. Mit hämmerndem Puls und einem Mund rauh und trocken wie Sandpapier kam Malina dort an, doch bis auf die Ruder war das Boot vollkommen leer. Lediglich in der Mitte, zwischen den beiden Holzbänken, verlief eine dünne Sandspur. Sie hatte den Blick noch darauf gerichtet, als sie es deutlich hinter sich knacken hörte. Seitlich der steilen Treppe, die hinauf zum Hotel führte, hetzte jemand durch den Olivenhain.

Malina fuhr herum und jagte dem Geräusch hinterher. Es gab keinen Zweifel, diese Person lief nicht ohne Grund vor ihr davon.

Eine Schar Frühaufsteher mit Badelaken unterm Arm kam ihr entgegen, grüßte mit freundlicher Verwunderung. Malina reagierte kaum, den Blick angestrengt in das Wäldchen gerichtet. Dann ging sie hinein. Geduckt, unhörbar wie eine Katze, im Schutz der Bäume. Um sie herum vollkommene Stille. Dann plötzlich wieder das Knacken, kurz darauf ein Rascheln wie von Schuhen, die über Laub strichen. Auch ohne sichtbaren Beweis wußte sie: Die Person war noch da, lauerte darauf, daß Malina endlich verschwand.

Es war ein stummes Duell, das sie fochten.

Minuten verstrichen, in denen nichts geschah. Und bis auf die immer wiederkehrende Frage – gegen wen trat sie hier an? – schien es, als sei ihr Verstand ins Universum geschossen und ihr Kopf leer zurückgeblieben.

Sie versuchte, ruhiger zu atmen, und langsam kamen ihre Gedanken aus dem All zurück. Um sie herum war es noch immer totenstill. Nur ab und zu schrie eine Möwe. Sie wagte einen Schritt aus dem Schutz der Bäume heraus und dann noch einen. Nichts passierte, und sie schlich weiter. Im selben Moment spürte sie einen dumpfen Luftzug, dann einen stechenden Schmerz im Rücken, der hinauf in die Schulter schnellte und dort explodierte. Der Schlag riß sie herum und warf sie nieder, so daß sie auf den Boden stürzte und mit dem Kinn auf eine Wurzel schlug.

Benommen blieb sie liegen, nicht fähig, einen klaren Gedanken zu fassen. Der Schmerz war zu groß. Dann folgte der zweite Schlag, härter noch als der erste, und sie erschrak vor ihrem eigenen Schrei. Vor ihren Augen wurde es schwarz, es war, als fiele sie metertief in einen Abgrund. Das war's, dachte sie ungläubig und wartete sprachlos. Aber es kam nichts mehr. Alles war wieder vollkommen still. Der Schmerz hielt sie wie in einem Schraubstock, Sekunden vergingen, bis es ihr gelang, ihren Kopf zur Seite zu drehen und die Augen zu öffnen. Sie versuchte etwas zu sagen, sie wußte nicht einmal was, vielleicht so etwas wie »Hilfe«, aber aus ihrem Hals drang nur ein Krächzen. Ihr Kopf sank zurück auf die weiche Erde. Einfach hier liegen bleiben, dachte sie. Nur nicht bewegen. Aber sie mußte etwas tun. Diese andere Person war noch da. Sie konnte es fühlen. Sie atmeten dieselbe Luft.

Wieder zwang sie die Lider hoch. Es war nur ein Schemen, der vor ihr stand und reglos auf sie hernieder starrte. Einen dicken Ast in der Hand. Plötzlich fiel der Ast und hinterließ ein dumpfes Geräusch. Dann Schritte. Erst langsam, dann schneller, und wie ein Spuk verschwand der Schemen ohne einen Laut im Schatten der Bäume.

Ohne jegliches Gefühl für Zeit blieb Malina liegen, ihr Körper brannte wie Feuer, bis sie sich schließlich vorsichtig hochrappelte. Blut tropfte von ihrem Kinn auf ihre Hände, während sie gleichzeitig mit der Zunge an den Zähnen entlang fuhr. Es schien keiner zu fehlen. »Verdammte Scheiße«, sagte sie laut, und da erst traf sie die Angst mit voller Wucht. Sie kannte diese Verzögerung. Solange sie in Bewegung war, wie ein Läufer verbissen einem Ziel entgegen hetzte, verhielt sich die Angst wie ein scharfer Hund an seiner Kette: bellend, aber nicht beißend. Erst wenn alles vorbei war, erst wenn man wieder Atem schöpfte, riß sie sich los und schnappte zu.

Mit zitternden Beinen kam Malina zum Stehen, der Schmerz in ihrem Rücken war höllisch und wurde zur Flut, bis sie vergaß, wo sein Ursprung war; er war überall.

Sie schwitzte, ihr war schwindelig, als sie vorsichtig einen Fuß vor den anderen setzte und zurück zur Treppe wankte. Jeder Atemzug tat weh. Es gelang ihr gerade noch, die Tränen zurückzuhalten. Scheißjob, dachte sie erbittert, als sie Stufe für Stufe erklomm, jeder Schritt wie ein Messerstich in ihre Nerven fuhr und ihr Körper allmählich im Schweiß zu schwimmen begann.

Leute kamen ihr entgegen und starrten ihr ins Gesicht. Erst da fiel ihr das blutende Kinn wieder ein, und sie versuchte, schneller zu gehen. Keine Chance. Der Weg, zu ihrem Zimmer, den sie sonst in zehn Minuten lief, war diesmal endlos.

Als sie erschöpft dort ankam, lachten Victor und Edward im Badezimmer.

Gleich darauf klingelte das Telefon.

Es war Simon, der sagte, Jana sei verschwunden.

*

Es war immer derselbe Traum.

Monatelang kehrte er in wöchentlichen Abständen zurück.

Ich lebte in einem kleinen, beengten Zimmer. Alles darin war braun. Braune Möbel, brauner Teppich, braune Wände. Es gab kein Fenster, nur eine Tür. Weiß.

Manchmal verließ ich das Zimmer durch diese weiße Tür, aber ich träumte nie, was ich dann tat, draußen vor *dieser Tür. Ich träumte nur, daß ich wieder zurückkam und still da saß, die Hände in meinem Schoß.*

Irgendwann entdeckte ich plötzlich eine weitere Tür und wußte instinktiv, daß sie schon immer da gewesen war. Ich hatte sie nur nie gesehen. Verrückt!

Das Gefühl, wenn ich die Klinke in die Hand nahm und hinunterdrückte, war jedesmal berauschend, voll herzklopfender Erwartung.

Aber jenes Gefühl, das sich wie ein lichtdurchtränkter Wasserfall über mich ergoß, wenn ich entdeckte, was hinter dieser Tür lag, war beispiellos.

Es war Glück und Erleichterung in höchstem Maße. An diese braune Enge, aus der ich kein Entkommen gesehen hatte, grenzte das wundervollste Haus, das man sich vorstellen konnte. Es war riesig, mit einem Garten in überirdischem Grün, überall führten Treppchen auf und ab, Stockwerke, die kein Ende nahmen, und jeder Raum, lichterfüllt und klar, bot Schönheit, Schönheit, Schönheit.

Der bloße Gedanke, daß es mir gehörte, ließ Endorphine regnen.

Und das enge, braune Zimmer – diese Zelle! – war nichts weiter als ein Geschwür an dieser Vollkommenheit gewesen.

Ich wollte raus aus diesem Dorf der Verdammten.

Das sagte dieser Traum.

Dahin, wo die anderen Elefantenmenschen lebten. Denn noch immer gehörte ich jener Rasse an, auch wenn ich jetzt nicht mehr mit aufgeknöpfter Bluse auf Tischen stand und den Oberkörper reckte.

Ich unterschied mich nicht offensichtlich von denen um mich herum. Ich sah aus wie sie, sogar hübsch, hatte das Abitur mit einem Schnitt von 1,8 in der Tasche, lebte in wohlanständigen Verhältnissen, und dennoch paßte ich nicht dazu. Sie beäugten mich jetzt mißtrauisch aus der Ferne. Vielleicht rochen sie mein Anders-sein und fanden es verwerflich, daß ich es gerne war.

Wenn mich jemand fragt, warum ich Schauspielerin geworden bin, kann ich eigentlich nur mit einem Achselzucken antworten. Geschichten wie – ich war schon in der Schule in der Theatergruppe, oder ich habe meinen Eltern zu Weihnachten gern Gedichte aufgesagt – habe ich nicht auf Lager.

Ich glaube, ich habe es damals auf diesem Wohnzimmertisch entschieden. Aber das ist nichts, womit ich öffentlich antworten würde. Deshalb sage ich immer: Ich habe nie überlegt, weshalb. Der Wunsch danach war von Anfang an da. Ich stellte mir immer vor, und tue es noch jetzt, ich sei ein leeres Gefäß, das ich auf diese Art mit Leben füllen könnte.

Als ich es meiner Mutter sagte, schnaubte sie nur. Und zwar so verächtlich und ärgerlich, daß ich Sekunden lang auf Dampfkringel aus ihrer Nase wartete. Schauspielerin! Niemand wurde hier Schauspielerin! Was waren das eigentlich für Leute, die Schauspieler wurden? Bestimmt nicht unsereiner.

Im Grunde kann ich es ihr nicht vorwerfen, wie sie sich verhielt. Sie war dazu erzogen worden, klein zu denken. Und eine ebensolche Tochter zu gebären. Ich paßte in niemandes Plan.

Aber ich gab nicht nach. Meinen Vater zog ich schnell auf meine Seite. Seiner Prinzessin schlug er nichts ab, aber um mir wirklich zu helfen, war er zu schwach. Gegen die Herablassung meiner Mutter kam er nicht an. Ihr ganzes Gesicht drückte mit den erhobenen Brauen und den zusammengepreßten Lippen aus, was sie von ihm hielt. Und unter diesem Blick schrumpfte er zur Maus und brach mir damit einmal mehr das Herz.

Ich hielt es kaum aus, wie klein er sich machte und sich von ihr machen ließ.

Papa, wollte ich wieder sagen, komm wir laufen weg, aber das hätte er nie getan, höchstens traurig gelächelt.

Ich setzte mich durch. Vielleicht gerade deshalb, weil ich das Kind meiner Eltern war. Ich hatte die Sehnsucht nach Schönheit, die Fähigkeit zu träumen von meinem Vater geerbt und von meiner Mutter die Unerbittlichkeit, um am Ende als Siegerin hervorzugehen. So jedenfalls war meine Illusion von mir selbst.

In Wirklichkeit schätzte ich mich gering und hatte ständig Angst, alle zu enttäuschen, und dann hätten sie mich nicht lieb.

Ich fühlte mich unvollkommen und für nichts und niemand gut genug.

Vielleicht war es gar keine Erfindung von mir. Vielleicht war es einfach die Wahrheit, und ich war tatsächlich dieses leere Gefäß, das gefüllt werden mußte. Und weil kein anderer da war, der die erste Füllung dafür parat hatte, gab ich sie mir selbst.

Übte und lernte. Sah anderen zu und ahmte nach, bis diesem Gefäß eine Figur entsprang, die nicht nur mich, sondern später auch alle anderen überzeugte, und die Hollywood pathetisch mit dem Prädikat »Die Rolle ihres Lebens« versehen hätte: die Kämpferin.

Ein Wirbelwind. Ein Sturm. Eine, die ums Verrecken nicht kleinzukriegen war.

Ich akzeptierte die Lern-etwas-Anständiges,-dann-sehen-wir-weiter-Bedingung meiner Mutter, in dem ich die Zähne zusammenbiß und die nächsten beiden Jahre in eine Bank der nahegelegenen Stadt marschierte. Im Gesicht ein freundliches Lächeln, hinter der Stirn nur Haßgedanken.

Home is where the hurt is, darlin'.

Aber dann entschloß ich mich, dieses Leben, das mir aufgezwungen worden war, als Rolle zu sehen. Das würde mir Gleichmut geben, die Unbeteiligtkeit, die nötig war, um es durchzustehen. Alles, was ich versuchen konnte, war, aus mir selbst herauszutreten, die Hülle mit einem anderen Mädchen zu füllen und sehen, wie sie es machte.

Sie hat es gut gemacht. Das kann ich jetzt im nachhinein mit einer gewissen Befriedigung sagen. Und sie sorgte in ihrer Entfernung von mir selbst dafür, daß ich dabei nicht vor die Hunde ging.

Wirklich, ich applaudiere ihr noch jetzt.

Als eine Art junge Carmen Nebel war ich ebenso tüchtig, und jeder, der mich ansprach, durfte ein serviles und herzliches Lächeln erwarten. Ich trug Bügelfalten von Betty Barclay, fuhr einen Ford Fiesta und roch hinter den Ohren nach einem Hauch von Roma.

Dorian, der gelegentlich in den Semesterferien zurückkehrte, lachte, wenn er mich sah. Aber er sagte: »Die haben keine Ahnung, welche Wilde sie vor sich haben. Keine Angst, die kriegen dich nicht klein. Halt durch! Du schaffst es! Dann kommst du zu mir!«

Und ich schaffte es. Ich hielt durch. Und ging nach diesen Jahren nach München.

Mein Vater winkte dem Zug hinterher, Angst, Stolz und Tränen in seinen Augen, die klein und müde waren hinter seiner Brille.

Meine Mutter hielt Wort. Sie bezahlte das Zimmer in Giesing und überwies monatlich Geld auf mein Konto. Zweifel, aber die kalte Ehre eines gehaltenen Versprechens in den Augen.

An einer privaten Schauspielschule sprach ich die »Antigone« vor. Es war ganz leicht. Für mich. Für die Juroren. Auf beiden Seiten keine Skepsis, kein Zaudern oder Zögern. Und wie bei einer Hochzeit sagten alle ja.

Ich hatte die weiße Tür gefunden. Und das Haus dahinter. Die braunen Wände waren Asche.

Ich sah meine Zukunft vor mir, wie einen Streifen Sand, der nur auf meine Fußabdrücke zu warten schien.

*

»Jana? Verschwunden?« fragte Edward, Victor auf dem Arm und ein Badetuch um die Hüften. Sein Haar war noch feucht, er roch nach Duschgel und Zahnpasta. Kußfrisch, hatte sie früher manchmal gesagt, wenn er morgens aus dem Bad gekommen war, und er hatte sie beim Wort genommen.

Verschwommen erinnerte sie sich daran, während wieder jeder Muskel und jeder Nerv in ihr gequält stöhnten. Aber es war nicht der Schmerz allein, der sie in diesem Moment aufschreien lassen wollte, sondern die Wut auf Jana, ihre Launen und ihren Leichtsinn. Herrgott, dachte sie mit zusammengebissenen Zähnen, Jana ist ein großes Mädchen. Wenn es ihr in den Kram paßt, zu verschwinden, dann soll sie. Wer sagte, daß ausgerechnet sie, Malina, dazu auserkoren war, sich Sorgen über jeden ihrer Schritte zu machen. Noch dazu mit halb gebrochenem Rückgrat. Es war wahrlich genug für heute und sie lechzte nach einer Dusche und nach Jod für ihre Wunden. Mit einer steifen Bewegung setzte sie sich auf den Bettrand und fühlte, wie ihre Beine wieder zu zittern begannen.

»Was ist mit dir? Mein Gott, du blutest ja«, sagte Edward und faßte an die Wunde an ihrem Kinn.

Ungehalten zuckte sie zurück. »Nicht. Das tut weh.«

»Das denke ich mir. Wo hast du das her?«

Kriegerisch blickte sie ihm in die Augen. »Das habe ich deiner Jana zu verdanken.«

»Was ist passiert?« Die Frage war kurz und voller Sorge. »Hier, trink erst mal was.«

Das Wasser tat gut, und nachdem Malina das Glas ausgetrunken hatte, erzählte sie Edward in Stichworten von ihrer Verfolgungsjagd.

»Du bist niedergeschlagen worden?« Fassungslos sah er sie an. Die Sorge in seinen Augen wurde zum Entsetzen, und er wollte sie an sich ziehen.

»Nicht«, sagte sie wieder.

»Warum nicht?«

»Mein Rücken.«

»Was ist mit deinem Rücken?«

»Die Schläge …«

»Laß mich mal sehen«, unterbrach Edward sie sofort, und als er vorsichtig ihren Pulli nach oben schob, schrie sie leise auf. Edward wurde weiß, als er sah, warum. Abgesehen von den blaugelben Verfärbungen, lief eine zentimeterlange Platzwunde quer über Malinas Rücken. Zum Teil sah das rohe Fleisch noch hervor, an anderen Stellen hatte sich bereits eine Kruste gebildet und klebte am Pullover fest. »Du mußt sofort zum Arzt«, sagte Edward und stand auf.

»Quatsch! Die machen auch nichts anderes als eine Jodauflage.«

»Malina, sei einmal vernünftig.«

»Ich bin vernünftig. Hilf mir, das Zeug jetzt abzuwaschen! Jod und Verbandszeug habe ich im Koffer. Und dann treffe ich mich mit Simon.«

»Du tust was?«

»Das beste Mittel gegen Schmerzen ist immer noch Ablenkung. Soll ich mich etwa den ganzen Tag ins Bett legen und vor mich hinstöhnen? Das hilft auch nicht. Ich habe den Job nun mal angenommen und werde ihn, verdammt noch mal, auch zu Ende bringen!«

»Herrgott, du bist nicht Lara Croft. Kapier' das endlich. Vielleicht erinnerst du dich auch gelegentlich mal daran, daß du einen kleinen Sohn hast, der seine Mutter noch lange braucht.« Edward war inzwischen weiß vor Wut.

»Das sagst ausgerechnet du? Wer hat mich denn in den ganzen Schlamassel hineingezogen? Komm mir jetzt bloß nicht mit diesen alten Kamellen. Das hatten wir schon oft genug …« Das Stechen in ihrem Rücken ließ sie für einen Moment innehalten. Dann zischte sie: »Und was, wenn Jana wirklich etwas passiert ist? Schon mal daran gedacht?«

Edward schwieg und starrte auf den Boden.

»Siehste.« Mit einem Seufzer stand Malina auf und stützte mit beiden Händen ihren Rücken ab. Gebückt wie eine Greisin und ohne eine weitere Silbe ging sie ins Bad.

Sie duschte zehn Minuten. Anschließend half Edward ihr, das Jod aufzutragen und den Rücken zu verbinden. Er tat es wortlos, und sie konnte seine zusammengebissenen Zähne auch durch die geschlossenen Lippen sehen. Sie selbst hielt es ähnlich. Das warme Wasser hatte zwar geholfen, die Muskeln zu entkrampfen, aber noch immer hätte sie bei jeder Bewegung schreien können. Aber sie zuckte nicht einmal, als Edward den Verband zu fest anzog.

»Ein bißchen lockerer, bitte«, sagte sie nur und schluckte anschließend eine Ibuprofen. Wenig später ließ der Schmerz tatsächlich nach. Immerhin war die Wunde am Kinn, nachdem sie das Blut abgewaschen hatte, kaum noch zu sehen. Sie tat nur weh, wenn sie den Kiefer bewegte. Reden wird sich kaum vermeiden lassen, dachte sie selbstironisch und rief Simon zurück.

Fünf Minuten später trafen sie sich an der Rezeption. Simon war schon da und sprach mit Melanie.

»Jana hat gestern nacht kurz nach zehn ein Taxi bestellt«, wandte er sich gleich Malina zu, als sie in die Halle kam.

»Hast du nicht gesagt, sie sei sehr müde gewesen und wolle gleich schlafen gehen?«

»Nein, *sie* hat das gesagt. Ich hab's nur wiederholt.«

»Schöne Korinthe.«

»Ja, ja. Ich bin nur sauer, weil sie mich so hinters Licht geführt hat.«

Malina verkniff sich ein Grinsen. Nur keine überflüssigen Kieferbewegungen. »Du weißt doch nicht, ob sie das wollte. Vielleicht wurde sie noch angerufen, und jemand hat sie quasi aus dem Haus gelockt. Was ist mit ihrem Handy? Schon probiert?«

»Abgeschaltet. Aber ob sie in der Nacht noch telefoniert hat, müßte sich leicht feststellen lassen«, entgegnete Simon und sah dabei Melanie an.

Melanie kramte in ihren Unterlagen, drückte ein paar Knöpfe und fand, was sie suchte. Einen dreiminütigen Anruf um 21.45 Uhr, der von Janas Zimmer aus gemacht worden war. Die Nummer war nicht festgehalten worden.

»Haben Sie sie noch einmal gesehen, bevor sie das Hotel verlassen hat?« fragte Malina enttäuscht und erhielt von der Griechin eine ergiebigere Antwort. Jana hatte das Taxi von der Rezeption aus bestellt, und trotz der Dunkelheit Sonnenbrille und Hut getragen.

»It was strange. But why not?« Nachsichtig zuckte Melanie die Schultern. »They're actors.«

Sonnenbrille und Hut, fuhr es schmerzhaft durch Malinas Kopf. Genau wie die Gestalt auf dem Boot.

»Haben Sie vielleicht die Wagennummer des Taxis notiert?« unterbrach Simon Malinas Gedanken.

Melanie hatte sich die Nummer tatsächlich aufgeschrieben. Wagen 47.

»Und er ist aus Samos-Town gekommen?«

»Yes«, sagte Melanie. »They always come from Samos-Town.«

»Na dann«, wandte Simon sich Malina zu, »müßte dieser Wagen doch leicht zu finden sein. Fahren wir?«

Malina seufzte ergeben, rief Edward auf dem Zimmer an und sagte, sie sei spätestens am Abend wieder zurück. Aus dem Hörer klang nur Schweigen.

Sie starteten das Auto und fuhren los. Während das Meer ihren Blicken entschwand, erzählte Malina von ihrer morgendlichen Begegnung. Den Schlag auf ihren Rücken verschwieg sie allerdings. Sie hatte an diesem Morgen genug von besorgten Vorwürfen, und so wie sie Simon kannte, würde er, wenn er die ganze Wahrheit kannte, auf der Stelle kehrtmachen und sie zurück ins Hotel bringen. *Er* ließ sich von ihr nicht so leicht in seine Schranken weisen.

»Und es war nicht das erste Mal, daß ich diesem Wesen begegnet bin«, berichtete sie deshalb weiter. »Damals, gleich nach unserer Ankunft, auf der Fahrt vom Flughafen nach Kervéli stand diese Gestalt plötzlich mitten auf der Straße. Es war gespenstisch. Später habe ich sie noch einmal gesehen, als sie sich oberhalb des Pools hinter den Bougainvilleen versteckte. Ich sehe es noch vor mir, wie Jana an der Bar in der Sonne saß und dieses Wesen auf sie hernieder*starrte*.«

»Und du konntest nie erkennen, wer hinter dieser Maskerade steckt? Nicht einmal, ob Mann oder Frau?«

»Nein. Diese Begegnungen waren entweder zu kurz, oder ich war zu weit entfernt.«

Simon schwieg eine Weile und sagte dann plötzlich: »Das Boot heute morgen. Weißt du, woher es stammt oder wem es gehört?«

»Dem Hotel, glaube ich. Jeder kann es benutzen. So oft man will und wann man will.«

»Und als du es an dieser Badeinsel gefunden hast, war es vollkommen leer? Nichts mehr drin, was uns weiterhelfen könnte?«

»Nein, nichts. Nur eine kleine Sandspur. Und die Ruder.«

»Sand, sagst du?« Simon horchte auf.

»Ja, Sand. Warum?«

»Weil das merkwürdig ist. An den Stränden in der Gegend von Kervéli liegt überall Kies. Weißer Kies, soweit das Auge reicht.«

»Und?«

»Irgendwoher muß der Sand im Boot gekommen sein.«

»Und was nutzt es uns, wenn wir wissen woher?«

»Dieses Wesen war heute morgen mit einem Ruderboot unterwegs, was bedeutet, allzuweit vom Hotel kann es nicht fort gewesen sein. Dieser Sandstrand muß also irgendwo in der Nähe sein. Wenn wir also wissen wollen, wer sich hinter Schlapphut und Sonnenbrille verbirgt, dann sollten wir vielleicht diesen Strand finden.«

»Schlau«, sagte Malina. »Aber was, wenn der Sand im Handtuch hing, an den Schuhen oder an der Kleidung und gar nicht von diesem Strand stammte?«

»Das ist dann Pech.« Er tätschelte ihr den Rücken, und sie schrie auf.

»Was ist? Tu ich dir weh?«

»Ja.« Auf seinen verdutzten Blick hin, erzählte Malina ihm doch den Rest der Geschichte. Sie waren fast in Samos-Town. Jetzt würde er nicht mehr umkehren.

Nachdem sie sich eine Viertelstunde darüber gestritten hatten, ob sie zur Klinik fahren sollten oder nicht, und Malina als Siegerin hervorgegangen war, erreichten sie die Stadt. Sie hatten Glück und fanden das Taxi gleich. Am Stand vor der prächtigen Fassade der *National Bank of Greece* stand Nummer 47, ein grauer Peugeot, blank gewienert in der Sonne. Sein bärtiger Fahrer schüttelte den beiden Deutschen die Hand und sagte, er sei Vasili.

An die Fahrt mit Greta Garbo – es folgte ein Augenzwinkern – erinnerte er sich sofort. Eine ungewöhnliche Frau, die während der Fahrt keinen Ton gesprochen hatte. An der *Platía Pythágoras* sei sie ausgestiegen und zum *Löwen der Freiheit* gegangen.

Der Fahrer zeigte auf das Raubtier aus Marmor hundert Meter weiter.

»Und dann?« fragte Malina gespannt.

Ein paar Minuten später habe ein weißer Jeep mit blauem Muster an den Türen angehalten und die Frau sei eingestiegen. Alles blitzschnell.

»In welche Richtung sind sie davongefahren?«

Stadtauswärts. Vasili war sich sicher. Weniger allerdings, was die Person am Steuer anging.

»It could have been a man.« Er zuckte mit griechischem Gleichmut die Achseln. »It could have been a woman.« Er zündete eine Zigarette an und kniff die Augen zusammen. »But why do you want to know?«

»Die Sache stinkt«, sagte Malina, als sie wieder im Auto saßen. Sie nahm eine weitere Ibuprofen mit einem Schluck Cola und ignorierte Simons strafenden Blick. »Gestern morgen hat Sakellarios beobachtet, daß Jana einen heftigen Streit mit einem Fremden hatte. Am Nachmittag flippt sie während des Drehs völlig aus und gebärdet sich nahezu verrückt.« Während sie sprach, zog sie ihr Handy hervor, wählte zum hundertsten Mal Janas Nummer und erreichte wieder nur die Roboter-Stimme der Mailbox. Mit einem finsteren Blick auf die Touristen, die sich in den Straßencafés vor kalten Köstlichkeiten zum guten Leben bekannten, steckte sie das Telefon zurück in ihre Tasche. »Dann verschwindet sie über Nacht, sagt niemanden Bescheid. Die Sonnenbrille und der Hut sprechen dafür, daß sie nicht erkannt werden will, und die Tatsache, daß dieser Typ im blauweißen Jeep sie in Samos-Town anstatt in Kervéli abgeholt hat, deutet daraufhin, daß einer von beiden befürchtet hat, der Mann könne im Hotel gesehen werden. Aber weshalb? Jetzt sag doch auch mal etwas!«

»Was soll ich sagen? Du hast schon alles gesagt und in jedem Punkt recht.«

»Und was machen wir jetzt?«

Simon zuckte die Achseln und sah dabei fast schon griechisch aus. »Vielleicht ist sie am Set. Hältst du bis dorthin noch durch?«

»Klar.« Malina trank den letzten Schluck und schwieg.

Zu viele Rätsel. Und Jana log. Dessen war sie sich sicher. Aber warum?

Niemand hatte Jana an diesem Tag gesehen.

»Drehfrei«, nuschelte das Mädchen mit den dünnen roten Haaren und taxierte dabei ihr Klemmbrett.

»Keine Ahnung, wo sie sein könnte, Hauptsache, sie steht morgen früh pünktlich auf der Matte«, meinte Skinny Rothmann, während ihm deutlich anzumerken war, daß ihm die Fragerei lästig war und er Wichtigeres im Kopf hatte.

Silvia Bernauer machte ein höflich-bedauerndes Gesicht und besprach dann etwas mit einem der Kameramänner.

Sie waren alle so in sich selbst vertieft, jeglicher Gedanke spielte fernab vom Rest der Welt.

»Ich glaube kaum, daß uns hier irgend jemand helfen kann. Los, laß uns gehen.« Malina stieß Simon in die Seite, während sie sehnsüchtig das Haus betrachtete, dessen korallenroter Verputz in der Sonne leuchtete.

Es war Drehpause, die Villa schlief. Kameras und Scheinwerfer standen träge im Licht, das Mädchen mit dem Klemmbrett aß eine Banane, und die Bernauer sprach noch immer mit dem Kameramann. Janas Abwesenheit veränderte nichts. Niemanden schien es zu kümmern, weshalb oder wohin sie verschwunden war.

Eigenartig, dachte Malina. Und dann dachte sie dennoch: so ein Haus …

Am Abend gegen halb neun tauchte Jana an der Bar auf. Mehr Farbe im Gesicht, die blonden Haare heller denn je, ein kurzer Rock schwang bunt-fröhlich um Hüften und Knie. Sie sah strahlend aus. Wie ein Kind schien sie mit ihrem Gewissen kaum in Berührung zu kommen, die Idee, jemand könne ihr böse sein, existierte für sie offensichtlich nicht.

Malina starrte sie sprachlos an, während Edward drucksend fragte, wo sie denn gewesen sei. Sie alle hätten sich Sorgen gemacht.

Manchmal wäre es ein Segen, seinen Idolen nicht zu begegnen, dachte Simon mit ausdruckslosem Gesicht, während er von seinem Bier trank, mit jedem Zug weitere Spitzen hinunterschluckte und nur mit halbem Ohr Janas Erklärungen lauschte.

»Ich habe mich mit einem Freund getroffen«, sagte sie, »ganz spontan. Und weil dieser Fotograf die ganze Zeit hinter mir her ist, dachte ich, ein bißchen Inkognito könnte nicht schaden. Deshalb die Brille und der Hut.« Ihr Blick huschte, auf der Suche nach Verständnis und Zustimmung, von einem zum anderen,

»Was war das für ein Freund?« fragte Malina, die jedes Wort von Jana als einen weiteren Stich in ihrem Rücken empfand.

»Ach jemand, den ich schon ewig kenne und der ein paar Tage Urlaub auf Samos macht. Was trinkt ihr denn da Schönes?«

»War es dieser Freund, mit dem du dich gestern morgen am Strand lautstark gestritten hast?« Malina ließ nicht locker. Sie sah Jana in die Augen, bis es darin zuckte.

»Woher weißt du das?«

»Es wird immer und überall geredet. Und über Berühmtheiten sowieso.«

Jana lachte. »Ja, du hast recht. Ich sollte mich allmählich daran gewöhnen. Aber ich will kein großes Geheimnis um die Geschichte machen. Ich habe mit unserem Regieassistenten eine Szene probiert. Offensichtlich lebensecht. Morgen kommt Johannes, da will ich sie drauf haben. Du weißt schon: Johannes Jäger, der Schauspieler.«

Sie log. Und sie log schlecht. Malina wußte es, so wie es alle wußten.

»Es tut mir leid, daß ihr euch Sorgen gemacht habt. Ich habe mir gar nichts dabei gedacht. Lassen wir's damit gut sein und legen einen Stein auf diesen Schrott.« Sie griff nach Malinas Hand und schenkte ihr einen Kettenhundblick.

Malina ging darauf nicht ein. Ihr war, als bliese der Hohn seinen faulen Atem in ihr Gesicht. Seit Tagen hatte es kein anderes Thema als Jana gegeben. Sie hatte ihren Urlaub für sie unterbrochen, war für sie da gewesen wie eine Nanny für ein Kleinkind, hatte sich immer wieder gegen die Eifersucht gestemmt, und Simon war eingeflogen, um sie in diesem Auftrag zu unterstützen. Und jetzt, mit einem Mal tänzelte Jana umher und erklärte das Ganze mit Kleinmädchenstimme zur Farce. Malina ahnte bereits, was jetzt kommen würde. Ihr Gesicht war hart und weiß unter der Sonnenbräune, als sie fragte: »Soll das mit anderen Worten heißen, daß du nach dem ganzen Gezeter den Auftrag zurücknimmst?«

Jana zögerte einen Augenblick. Dann sagte sie mit fester Stimme: »Es tut mir furchtbar leid, aber ja, das soll es heißen. Ich nehme den Auftrag zurück.«

»In Ordnung«, antwortete Malina eisig. »Machen wir, was du sagst, und legen einen Stein auf diesen Schrott.« Als alle darauf nur betreten schwiegen, stellte sie entschieden ihr Glas auf der Theke ab, und ohne ein weiteres Wort zu verlieren, ließ sie die anderen stehen und ging hinauf auf ihr Zimmer. Niemand versuchte, sie zurückzuhalten, und vor Zorn darüber hätte sie am liebsten aufgeschrien.

8

In der folgenden Woche normalisierte sich das Leben. Der Jodverband war das Richtige gewesen, und Malinas Rücken heilte allmählich. Um Jana wurde es still. Die Dreharbeiten gingen ohne Zwischenfälle weiter.

An der Oberfläche war alles wieder ruhig, doch unter Malinas Haut war die Lava weiterhin am Köcheln.

Janas Heiterkeit allerdings hielt an und gab den Anschein, als sei sie mit sich und dem Rest der Welt ganz und gar im reinen. Sie tanzte durchs Leben wie ein goldenes Flügelwesen.

Für diese merkwürdige Euphorie nannte sie keinen Grund, die Erklärung, zu der sie sich schließlich aufraffte, war schlichtester Telegrammstil: »Kein Grund mehr, sich Sorgen zu machen. Alles ist jetzt gut. Mir passiert bestimmt nichts.«

Niemand wußte, woher sie diese Gewißheit nahm, aber es war nicht zu übersehen: »Das samische Lächeln« war mehr als nur ein Filmtitel. Jana trug es unleugbar im Gesicht.

Simon zuckte griechischer denn je die Schultern, vergaß die verschleierte Person und seine Sandstrand-Theorie und setzte sich in den ersten Flieger zurück nach München.

Der Fall schien für alle abgeschlossen.

Die träumerische Trägheit der ersten Tage kam zuerst zögernd, dann mit der Schubkraft einer Windbö zurück.

Edward und Malina sahen sich mit neuem Interesse nach Häusern um, wenn auch der Anblick der bröckelnden Villa in der *Agias Paraskevi* der Moment der Empfängnis gewesen war und Malina den Gedanken daran in sich trug, wie ein Kind, das noch wachsen mußte. Immer wieder hielt sie nach Nikos Sakellarios Ausschau, aber dann erfuhr sie von Melanie, daß der kleine Grieche für ein paar Tage auf die Nachbarinsel Patmos gefahren war, um Verwandte zu besuchen.

Irgendwann in diesen Tagen lag Malina nachmittags am Pool und las, während Edward mit Victor ins Paläontologische Museum nach Mytiliní, einem Bergdorf nicht weit von Pythagorio, gefahren war. Victors Leidenschaft für alles Viehzeug aus Jura, Trias und Kreidezeit war nach wie vor ungebrochen, und in dem Museum sollte es ein paar interessante Knochen geben.

Malina seufzte entspannt und las weiter.

Irgendwann hörte sie Schritte und hob den Blick. Sie stammten von einem dunkelhaarigen Mann, der auf der anderen Seite des Pools entlangging. Es war in diesem Jahr das erste Mal, daß sie ihn sah. Ein paar Mal hatte sie flüchtig an ihn gedacht, aber keine Ausschau nach ihm gehalten. Jetzt schnellten die Erinnerungen zurück in ihr Gedächtnis.

Sie hatte niemals erfahren, wer dieser Grieche war, doch im Jahr zuvor hatten sie – wann immer sie ihn im Hotel getroffen hatte – Blicke getauscht. Einmal war sie ihm absichtlich in den Lift gefolgt, und der Abstand zwischen ihnen war so gering gewesen, daß sie sich fast berührten.

Mehr war nie passiert, aber er war für ein paar Wochen der Mittelpunkt ihrer Phantasie geworden, und es war vorgekommen, daß sie im Schlafzimmer mit Edward das getan hatte, was sie sich mit *ihm* vorstellte.

Unter moralischen Aspekten hatte sie die Sache nie betrachtet. Sie hatte ihr Spaß gemacht, nichts weiter. Vielleicht empfand Edward in ähnlicher Weise für Jana. Die Ehe, spann sie den Faden weiter, machte doch nicht taub und blind. Es war nur natürlich, irgendwann wieder auf jemanden zu treffen, der die Sinne auf jene Weise reizte. Wie *gefährlich* es wurde, lag letzten Endes an einem selbst. Und es war nur selten eine Frage der Liebe oder Treue. Im Grunde war es wie bei einer Diät: alles eine Frage der Disziplin.

Als sie ihr Buch wieder aufnahm, sagte eine Stimme neben ihr: »Störe ich?«

Sie zuckte zusammen, wandte den Kopf und blickte in ein bekanntes Gesicht. »Jana! Wo kommst du denn her? Ich habe dich gar nicht gesehen.«

»Wir hatten gestern Nachtdreh. Ich habe bis vorhin geschlafen. Heute ist frei. Dann sah ich dich hier liegen und dachte, es sei eine gute Gelegenheit, allein mit dir zu sprechen.«

»So?«

»Glaubst du, ich weiß nicht, daß ich euch in eurem Urlaub gestört habe? Ich habe euch viel mehr in Beschlag genommen, als mir zustand. Ich weiß auch, daß ich mich nicht einwandfrei benommen habe. Ich hätte euch nicht mit meinem Kram behelligen sollen.« Sie hielt einen Moment inne, suchte nach einer Reaktion in Malinas Gesicht und entdeckte darin nichts als freundliches Interesse. Verunsichert sprach sie weiter: »Ich wollte, daß du weißt, daß ich dich sehr mag und durchaus zu schätzen weiß, was du für mich getan hast.«

»Klingt nach mittelprächtigem Drehbuch, was du da sagst«, unterbrach Malina die Rede, und wäre nicht ihr Lächeln gewesen, hätte sie durchaus harsch geklungen. »Es ist mir lieber, du bist echt. Ich gebe zu, ich war oft wütend auf dich. Und ja, ich fühle mich verschaukelt, weil du Simon und mich hast herumspringen lassen wie dumme Aufzieh-Hasen, und plötzlich war alles nicht mehr wichtig. Aber Schwamm drüber: Wir müssen ja nicht zusammenleben.«

»Du bist froh, wenn du mich los bist, stimmt's?«

Malina lachte. »Stimmt. Wann fliegst du denn?«

»In drei Tagen. Für mich ist die Arbeit hier erledigt. Die anderen bleiben noch eine Woche länger.«

»So bald schon? Wollen wir morgen zusammen zu Abend essen? Zum Abschied sozusagen? Ich bin dir nicht mehr böse und auch nicht blind. Ich sehe, daß es dir gutgeht, und es freut mich für dich.« Jetzt, da die Gefahr vorüber war, sah Malina sich in der Lage, großherzig zu sein.

Jana schwieg. In den Olivenbäumen rauschte ein leichter Wind, die Sonne schien prall auf sie herab. Malina sah auf das glitzernde Wasser des Pools, streckte die Glieder und wartete.

»Natürlich essen wir zum Abschied zu Abend. Und: Du bist in Ordnung.« Jana blickte ihr geradewegs in die Augen, und Malina erkannte die Ernsthaftigkeit in ihrem Blick.

»Der reinste Gutmensch. Ich weiß. Wie wäre es mit etwas Kaltem an der Bar?«

»Wenn ich dich einladen darf.«

»Klar.«

Es war, wie Malina schon zuvor empfunden hatte: Janas bevorstehende Abreise brachte die Frauen einander wieder näher, und noch einmal bedauerte Malina die Konstellation der Dinge. Abgesehen von ihrer Launenhaftigkeit mochte sie Jana wirklich, ihren Humor und ihre Freimütigkeit vor allem, und vielleicht hätte sich eine tiefere Freundschaft entwickeln können, wenn Edward nicht gewesen wäre.

Am nächsten Abend fuhren sie in ein Restaurant am Ufer von Agios Konstantinos. Jana spendierte zwei Flaschen *Samena Golden*, erzählte von den Dreharbeiten, verstreute hier und da ein paar Spitzen und brachte die anderen zum Lachen. Malina tat es ihr nach und gab ein paar Anekdoten aus der Detektei zum besten, und Edward, geübt in der Kunst der Diplomatie, lachte in die eine und in die andere Richtung.

Am übernächsten Tag brachten sie Jana zum Flughafen nach Pythagorio. Die Schlange zum Check-in war endlos, und Victor quengelte.

»Los, geht schon. Ihr müßt mich nicht bis zum Schluß begleiten. Meldet euch, sobald ihr in München seid, da haben wir alle mehr davon, als bei dieser Hitze am Flughafen herumzustehen.« Jana schob Malina und Edward mit einem Lächeln Richtung Ausgang, und Victor strahlte sie dankbar an.

»Wenn du meinst.« Edward zögerte.

»Ja, meine ich. Ab mit euch.«

»Komm, Papa«, knuffte Victor nach, und damit war es entschieden. Noch ein paar Küsse zum Abschied, ein Winken und das Versprechen, sich bald zu melden. Sie verließen das Flughafengebäude und machten sich auf den Weg nach Kervéli, Edward nachdenklich, Malina gelöst und Victor mit einem Mundwerk, das nicht eine Sekunde still stand.

Als sie am Meer entlangfuhren, sahen sie die Maschine starten. Ihre Tragflächen blinkten im Sonnenlicht. Goodbye Jana, dachte Malina in einem Anflug von Pathos und sah dem Flugzeug nach. In etwas mehr als zwei Stunden würde es in München landen, und Samos wäre für Jana dann nichts weiter als eine Erinnerung an einen smaragdgrünen Flecken auf der saphirblauen Ägäis.

Malina lächelte still und lehnte sich zurück.

Ein paar Tage später rief ein Makler an und sagte, er habe etwas Wunderschönes für sie. Ein Haus, traumhaft und nagelneu. Zum erstklassigen Preis. Und erst die Gegend! Wildromantisch und ein atemberaubender Blick über das Meer. Er verstand sein Geschäft und hatte alle Adjektive parat, die dafür sorgen, jedem potentiellen Käufer das Herz höher schlagen zu lassen.

Am nächsten Abend fuhren sie hin und stellten fest, daß

der Makler nicht übertrieben hatte. Jedes Adjektiv, von wildromantisch bis atemberaubend, fand bis ins Detail Berechtigung.

In Serpentinen wand sich eine schmale Straße durch Weingärten den Berg empor, vorbei an Granatapfel- und Khakibäumen, an klatschmohngesäumten Wiesenteppichen, bis sie schließlich in das kleine Bergdorf mündete.

Platanos lag mehr als fünfhundert Meter über dem Meer und ragte wie ein üppig grünender Balkon aus einer mächtigen Berglandschaft

Edward parkte das Auto neben einer baufälligen Scheune am Ortseingang und nahm Malinas Begeisterungsrufe mit Belustigung hin. Aber auch er mußte zugeben: Hier oben lag ein kleines Stück vom Paradies.

Er nahm Victor huckepack, und sie marschierten los, der Karte nach, die der Makler am Morgen noch gefaxt hatte.

Auf der Platía des Dorfes liefen die Vorbereitungen für ein Fest. Eine Gruppe von Musikern stimmte ihre Instrumente, überall klackte das Holz aufklappbarer Bänke, Frauen in Schürzen liefen mit gefüllten Schüsseln und Platten herbei, ein paar Männer zimmerten an einem Weinausschank, und in der Mitte des Platzes glänzte ein riesiger Grill mit einem Drehspieß.

Vielleicht ein Hochzeitsfest, überlegte Malina und sah dann noch einmal auf die Karte. Das Haus konnte nicht mehr weit sein.

Sie fanden es ein Stück außerhalb des Ortes auf einer kleinen Anhöhe. Ein einstöckiger Bau, umgeben von einer weißen Säulenmauer und ringsumher ein Garten mit frühlingsgrünen Reben. Der Blick hinunter aufs Meer war atemberaubend, genau wie der Makler prophezeit hatte.

Innen war das Haus genauso vollkommen wie außen, doch der Preis überstieg Malinas Vorstellung bei weitem, und sie schüttelte den Kopf. In Wahrheit war allerdings die kleine Villa in der *Agias Paraskevi* der Grund für ihre Abwehr. Sich für ein anderes Haus zu entscheiden, erschien ihr wie Verrat an dem Haus, und sie stellte fest, daß sie gar nicht nach dem Perfekten suchte, sondern nach etwas, das erst durch sie, durch ihre Hingabe und Arbeit perfekt werden würde.

Sie wollte Böden schleifen, Wände tünchen, tapezieren, malern, putzen, in der Erde buddeln, schuften bis zum Umfallen, und dann kurz vor dem Einschlafen glücklich »mein Haus« denken.

Sie drückte dem Makler ihr Bedauern aus, und nachdem sie sich verabschiedet hatten und schweigsam dem Dorf entgegengingen, sagte Edward plötzlich: »Wenn's am Preis lag, dann mach dir deswegen keinen Kopf. Du weißt doch, ich würde etwas dazuschießen.«

»Ich weiß, aber ich will das nicht.« Malina verstummte. Wie sollte sie ihm sagen, daß dieses Häuschen, von dem sie träumte, nur von ihrem Geld bezahlt sein sollte, weil es ihr auf Dauer ein unbehagliches Gefühl gab, daß immer er für alles aufkam? Natürlich war es schön, mit einem wohlhabenden Mann verheiratet zu sein, aber ihr unabhängiger Geist sehnte sich danach, die eigene Ernte heimzubringen. Sie lächelte Edward an und sagte: »Ich werde schon etwas finden. Vielleicht kommt Nikos Sakellarios ja bald zurück.«

Es dämmerte bereits, als sie zurück in das Dorf kamen. Auf der Platía war das Fest in vollem Gange. Die bekannten Bouzoukitöne überschwemmten den Platz, Laternen blinkten bunt in den Bäumen. Es roch nach gegrilltem Fleisch, Knoblauch und anderen Kräutern, und wie aufs Stichwort sagte Victor: »Ich hab' Hunger.«

»Ich auch«, stimmte Malina zu. »Mal sehen, ob wir da drüben etwas zu essen kriegen können.« Sie zeigte auf eine kleine Taverne am Rande des Platzes. Stühle und Tische mit blauweißen Papierdecken standen menschenleer davor.

»Die scheinen alle auf dem Fest zu sein. Hoffentlich ist nicht geschlossen«, befürchtete Edward, doch sie hatten Glück. Noch bevor sie sich setzten, erschien der Wirt und zählte auf, was die Küche zu bieten hatte. Viel sei es an diesem Tag nicht – das Fest …«

»Was wird denn gefeiert?« fragte Malina, nachdem Edward für alle Souvlaki und Salat bestellt hatte.

»Nichts Besonderes«, sagte der Wirt in stark akzentuiertem Deutsch. Ein paar Männer seien auf der Jagd gewesen und hätten ein Wildschwein mitgebracht. Er deutete auf den riesigen Grill, über dem das Tier brutzelte. Es sei Tradition im Dorf, einmal im Jahr eine Art Gemeindefest zu feiern.

»Viel trinken bis in den frühen Morgen, aber ich nicht. Ich arbeiten. Ich bin guter Mann.« Der Wirt lachte und zeigte eine Reihe großer, gelber Zähne. Dann verschwand er und brachte eine halbe Stunde später das Essen. Hungrig aßen sie auf und bestellten anschließend noch eine halbe Karaffe Hauswein. Victor schloß Freundschaft mit den Katzen, in dem er sie mit den Resten seines Tellers fütterte. Zum Dank ließen sie sich von ihm streicheln.

Auf der Platía stellten sich ein paar Männer und Frauen zum Tanz auf. Keine bezahlte Touristenvorführung in knallbunten Gewändern, gewaltigem Ohrschmuck und stark geschminkten Gesichtern. Eine einfache Sache, echt und nur zum eigenen Vergnügen. Sie schlangen die Arme umeinander und fügten sich zu einem Reigen. Ihre Körper reckten sich stolz zur Musik, und mit aufrechten Schultern tanzten sie im Bewußtsein uralter Traditionen, geführt von einer Würde, die ihnen über Generationen hinweg vererbt worden war. Man vergaß die zahnlückigen Münder in den zerfurchten Gesichtern, die billige Kleidung, die schwerfälligen Leiber und hängenden Schnurrbärte.

In diesem Moment waren sie alle schön.

Immer mehr Menschen traten hinzu, bildeten einen Kranz um die Tanzenden und klatschten im Takt der Musik. Obwohl durch die Menge fast verdeckt, beobachtete Malina, wie ein Mann und eine junge Frau in den Reigen traten. Ein Paar, dachte sie instinktiv, und im selben Moment nahm ihr die ausladende Figur einer griechischen Matrone den Blick. Wie auf einem fahrenden Karussell erhaschte sie nur hin und wieder die anmutigen Bewegungen der Frau, sah im Halbdunkel ihr Haar wie einen Vorhang um ihren Kopf fliegen und dann den intensiven Blick des Mannes, den er keine Sekunde von ihr wandte. Selbst auf die Entfernung hin fühlte Malina, daß Stolz und Zärtlichkeit darin lagen. Nur für ein paar Minuten ließen die dunklen Augen seine Partnerin los, und er blickte in Malinas Richtung.

Es war ein kleiner Schock, als sie ihn erkannte.

Sie murmelte Edward ein paar Worte zu und ging näher an den Platz. Vorbei an Bäuchen, Hintern und Brüsten; Schweiß, Tsatsiki und Wildschwein in der Nase, fand sie schließlich im Schutz einer Platane einen Platz, von dem aus sie gut sah, ohne selbst gesehen zu werden.

Sie hatte sich nicht getäuscht.

Dieser Mann, der dort tanzte, war der Mann, den sie vor einigen Tagen am Swimmingpool wiedergesehen hatte. Der Mann, der ihr vor einem Jahr eine Fülle sexueller Träume geschenkt hatte. Still und wie hypnotisiert blickte sie zu ihm hin. Im selben Moment stoppte die Musik. Eine Schar Fackelträger zog vorbei und erhellte das Paar wie im Scheinwerferlicht. Der Mann lachte und nahm die Frau in die Arme. Sie schmiegte sich an ihn, und mit zurückgebogenem Hals küßte sie ihn auf den Mund. Ihr Haar leuchtete im Licht der Fackeln auf, fiel aus ihrem Gesicht und floß den Rücken hinab. Die Bewegung gab ihr Profil vollkommen frei, und es war klar zu erkennen.

Malina starrte sie an, bis ihr die Augen brannten.
Es gab keinen Zweifel.
Die Frau war Jana.

Von diesem Augenblick an geschah alles auf der Platía in Zeitlupe. Minutenlang stand Malina da und rührte sich nicht, sah wie paralysiert auf diesen Mann und diese Frau und begriff doch nichts. Ihr Gehirn war unfähig, die Bilder, die ihre Augen transportierten, in klare Informationen zu verwandeln.

In ihr war nur ein Vakuum.

Sie stand da und wartete auf ein Gefühl. Irgendeines mußte doch kommen: Zorn, Ungläubigkeit, Scham, Verachtung, Spott ... irgend etwas.

Aber sie blieb leer.

Kannitverstan, schoß es ihr durch den Kopf. Fast hätte sie gelacht.

Genau: Sie war eine dumme Kuh. Sie verstand rein gar nichts.

Ihr zweiter Gedanke war, hinzulaufen und Jana zur Rede zu stellen. Aber was sollte sie sagen? Alles, was sie sagen würde, gäbe sie weiter der Lächerlichkeit preis, und an Jana würde es abprallen wie Wasser an den Federn einer Ente. Vielleicht würde sie ihr ein reizendes Lächeln schenken, eine tätschelnde Hand auf ihren Arm, und das wäre es dann, und Jana würde sich umdrehen und mit ihrem Griechen davonziehen.

Eine Frau mit einem Tablett voller Ouzo-Gläser kam vorbei und bot ihr eines an. Sie nahm es, dankte mechanisch und trank es in einem Zug aus. Dabei mochte sie das Zeug nicht mal. Ihr Blick haftete noch immer an Jana. Dann kam endlich ein Gefühl: Zorn.

Zorn über sich selbst, die wochenlang eine prima Tanzbären-Nummer abgegeben hatte, und Zorn über Jana, die ihr nicht nur diese Tanzbären-Nummer auf den Leib komponiert, sondern sie an einem Ring in der Nase nach Belieben hin und her dirigiert hatte und die selbst überhaupt nur nach drei Noten zu tanzen schien: Me, myself and I.

Malinas Magen vibrierte. Sie hatte lange nicht mehr die Lust verspürt, wild um sich zu schlagen. Jetzt wollte sie es. Draufhauen. Jana eine kleben. Ganz brachial. Sie wollte es um so mehr, als Jana nur ein paar Meter entfernt so lebendig und funkelnd alle in ihren Bann zog. Selten war eine Berufswahl so gelungen. O ja, sie ist die perfekte Schauspielerin. Und wir haben ihr alle applaudiert, dachte Malina voller Erbitterung und wandte sich zum Gehen. Was sollte sie hier noch? Dieser Wahnwitz ging sie nichts mehr an. Leg einen Stein drauf.

In diesem Moment sah Malina die beiden aufbrechen, und alles änderte sich schlagartig. Sie wußte plötzlich wieder, warum sie Detektivin geworden war und was ihren Erfolg bisher ausgemacht hatte. Es war dieses unerbittliche Drängen, hinter das Geheimnis eines anderen zu steigen. Herauszufinden, warum einer tat, was er tat. Warum er so geworden war, wie er war.

Edwards Rufen ignorierend, folgte sie Jana und dem Mann im Schatten der Häuser. Sie hörte ihre Stimmen, ihr leises Lachen, sah Hände, die einander ergriffen, sah zwei Menschen, die ihren eigenen Code hatten, und verstand: Daran war nichts inszeniert. Es war vollkommen echt. Und Jana war glücklich. Der Grund für ihren euphorischen Wandel war dieser Mann. Malina hatte keinen Zweifel daran und schämte sich plötzlich, wie eine Spannerin hinter ihr herzuschleichen. Dann geriet sie in Wut über sich selbst, weil sie von einem Extrem ins andere schwankte. Das fehlte gerade noch, daß *sie* mit einem schlechten Gewissen haderte. Lachhaft. Jana hatte sie wochenlang vorgeführt. Es gab keinen einzigen Grund, sich zu schämen, dafür aber jeden, wütend zu sein. Malina stockte und fing schließlich den Gedanken auf, der eben an ihr vorübergeflogen war: Jana und dieser Mann, der fingierte Heimflug, der herzliche Abschied am Flughafen, ihr versöhnliches Gespräch am Pool – natürlich roch es auf den ersten Blick nach Lüge und Heuchelei. Aber in Wahrheit war es wohl so, daß das Geschehen hier in diesem kleinen Dorf rein gar nichts mit ihr, Malina, zu tun hatte. Jana tat das nicht, um sie zu ärgern, sie feixte nicht, rieb sich nicht verschlagen die Hände. Sie wußte ja nicht einmal, daß sie knapp fünfzig Meter hinter ihr her durch die Dunkelheit schlich. Jana hielt diese Geschichte nicht vor ihr geheim.

Jana hielt sie vor *allen* geheim.

An diesem Punkt der Erkenntnis stockte Malina erneut.

Warum?

Warum hielt sie es vor *allen* geheim?

Warum diese Farce?

Allein wegen der Medien?

Inzwischen waren sie am Rand des Dorfes angelangt. Ein kleines Natursteinhaus lag an einem der Hänge, umgeben von einem hohem Holzzaun. Jana und der Mann gingen durch die Tür und schlossen sie sorgfältig hinter sich, bevor sie im Haus verschwanden. Als Malina glaubte, nicht mehr gesehen zu werden, schlich sie näher heran und spähte durch die Latten. Ein langgestreckter Garten verbarg sich auf der anderen Seite. Ein Holzklotz, in dem eine Axt steckte, wenige, aber schöne Gartenmöbel, eine Hängematte zwischen zwei Olivenbäumen und ganz hinten, kaum sichtbar im Dunkeln, ein Holzdach mit einem weißen Jeep darunter. An der Seite trug er blaue Streifen. Der Wagen, mit dem Jana in jener Nacht in Samos-Town abgeholt worden war.

Im Haus gingen die Lichter an. Jemand zog die Vorhänge zu. Malina blieb noch einen Moment stehen und machte sich dann zögernd, als hätte sie die Orientierung verloren, auf den Rückweg zur Platía. Ein paar Meter von Janas Haus entfernt lehnte ein junger Mann an einer Mauer. Als sie ihm neugierig ins Gesicht blickte, drehte er schnell den Kopf zur Seite und machte sich anschließend an seinem Rad zu schaffen. Sekunden später drehte sie sich noch einmal um. Verlassen lag die Straße im Mondlicht. Der Radfahrer war verschwunden.

9

Es war absurd. Edward glaubte ihr nicht. Hirngespinste, sagte er. Sie hätten Jana selbst zum Flughafen gebracht und gesehen, wie sie in der Reihe zum Check-in angestanden hätte. Das sei ja schon krankhaft, wie fixiert sie auf die Frau sei.

Und der weiße Jeep mit den blauen Streifen? Genau so einer wie der, mit dem Jana mitten in der Nacht in Samos-Town abgeholt worden war?

Ob sie sich schon einmal richtig umgesehen hätte, blaffte Edward daraufhin, jeder dritte Wagen auf Samos sei ein weißer Jeep.

Aber nicht jede dritte Frau sähe aus wie Jana, blaffte Malina zurück, und in Wahrheit würde er sich gegen diesen Gedanken sträuben, weil er es nicht ertrug, daß Jana bei einem anderen Mann war.

Daraufhin schwieg Edward erbittert. Er sagte auch nichts mehr, als es spät in der Nacht war und sie nebeneinander im Bett lagen.

Am nächsten Morgen erwachte er mit verkrampftem Kiefer, die Lippen fest aufeinandergepreßt. Obwohl Malina Jana nicht mehr erwähnte, blieb er wortkarg. Sie sprachen nur das Notwendigste miteinander, und an seiner Miene war deutlich zu erkennen, wie ablehnend er ihrer Geschichte noch immer gegenüberstand. Seine kurzen Sätze klangen gereizt, so daß Malina es vorzog, sich am Strand hinter ihrem Buch zu verschanzen oder allein mit Victor durchs Wasser zu tollen.

Auch wenn sie es sich mit keiner Geste oder irgendeinem

Wort anmerken ließ – ihre nächtlichen Beobachtungen gingen ihr nicht aus dem Kopf. Sie litt nicht unter Wahnvorstellungen und wußte genau, was sie gesehen hatte.

Es wäre ein leichtes gewesen, zu sagen, daß es sie nichts angehe und daß Jana tun und lassen könne, wonach ihr der Sinn stand, aber nach allem, was sie mit ihr erlebt hatte, konnte sie es nicht. Im stillen überlegte sie wieder und wieder, am nächsten Tag unter dem Vorwand in Samos-Town Besorgungen zu machen, noch einmal nach Platanos zu fahren, um doch mit Jana zu reden. Aber unentschlossen, wie sie war, kam sie immer wieder davon ab.

Am Abend gab Edward ihr Bescheid, daß er mit Michalis verabredet habe, früh am Morgen zum Fischen zu fahren. Soll er doch, dachte Malina und verbarg ihren Verdruß hinter einem zustimmenden Nicken.

Sie duschte, zog sich eines ihrer hellen Sommerkleider über, und wenig später gingen sie alle zum Essen. Niemand erwähnte Jana mehr mit einer Silbe.

Gegen halb vier in der Nacht erwachte Malina von Edwards Wecker. Benommen hörte sie, wie er ins Bad ging, sich wenig später leise anzog, ein paar Sachen in seinen Rucksack stopfte und hinausging. Als sie sich auf die andere Seite drehte, um weiterzuschlafen, klangen durch die geöffnete Balkontür seine Schritte auf dem Kiesweg. Kurz darauf das Gemurmel von Männerstimmen und das Anspringen eines Motors. Sie sah noch einmal nach der Uhr. Es war kurz nach vier.

Ein paar Stunden später wurde sie davon wach, daß Victor sie ungeduldig an der Schulter rüttelte und ihr ein »Mama, wach endlich auf« ins Ohr posaunte.

Schlaftrunken rappelte sie sich hoch und zog ihren Sohn zu sich unter die Decke.

»Wo ist denn der Papa?« murmelte sie, während ihr die Sonne grellheiß ins Gesicht schien.

»Nicht da.«

»Nicht da?« Vorsichtig hob sie die Lider. Victor und sie waren allein. Wahrscheinlich wird Edward gleich kommen, dachte sie, oder er sitzt schon beim Frühstück. Sie schmuste noch ein Weilchen mit ihrem Sohn und stand gegen halb neun auf.

Als sie wenig später beim Frühstück auf der Terrasse erschien, war Edward noch immer nicht da. Sie fing an, sein Ausbleiben seltsam zu finden.

Malina verwarf ihren Plan, nach Platanos zu fahren. Inzwischen machte sie sich ernsthaft Sorgen. Die Männer konnten nicht so lange beim Fischen sein. Auf Michalis wartete längst die Arbeit im Hotel. Sie wurde unruhig.

Melanie an der Rezeption lächelte reizend und zuckte die Schultern.

Mit Victor an der Hand ging Malina schließlich die Straße vor dem Hotel auf und ab und sah immer wieder hinaus aufs Meer, als müßte mit der nächsten Welle die Antwort herangespült werden. Bei jedem Geräusch, das nach Motor klang, wandte sie den Kopf und hoffte, es wären die beiden Männer. Dazwischen versuchte sie unermüdlich, Edward auf seinem Handy anzurufen.

Abgeschaltet. Nur die Mailbox.

Victor zerrte an ihrer Hand. Ihm war heiß, und er wollte schwimmen gehen, aber auch wenn es unsinnig war: Malina hatte das Gefühl, in der Nähe des Hotels bleiben zu müssen, damit Edward schneller zurückkam. Nachdem sie zum dritten Mal die Straße bis zur zweiten Kurve hinauf und wieder hinunter gegangen war, brüllte Victor nach einer kalten Limo. Malina gab nach, und noch während sie dabei war, an der Bar im Hotelfoyer eine Dose zu öffnen, klingelte an der Rezeption das Telefon. Sie zuckte zusammen, und instinktiv wußte sie, daß dieser Anruf mit Edwards Verschwinden zu tun hatte. Ihr Puls begann, schnell gegen die dünne Haut ihrer Handgelenke zu pochen. Sie empfand nackte Angst.

Ihr Instinkt hatte sie nicht getrogen. Nachdem Melanie ein paar Worte in den Hörer gesprochen hatte, blickte sie ernst in Malinas Richtung.

Dann sah sie wieder weg, lauschte auf die Stimme in der Leitung, notierte etwas, während sie in raschen Worten antwortete, und legte endlich auf.

»What happened?« fragte Malina schnell.

»It was Michalis. You should immediately come to the hospital in Samos-Town.«

Der Alptraum war da.

Malina wurde schlecht. Ihre Beine waren weich, als hätten sich sämtlich Knochen darin aufgelöst. Sie sah sich selbst von außen, wie in einem Film. Aufgerissene Augen, ihr Gesicht, das verfiel, als ein Arzt ihr sagte, jede Hilfe sei zu spät gekommen, und es tue ihm leid. Victor, der weinte und immer wieder nach Papa fragte. Edward, tödlich verletzt im anonymen Zimmer eines Krankenhauses. Dann ein Sarg, ein Grab und sie, mit dem Kind an der Hand, davor.

Es war die Hölle, vor der sie sich immer gefürchtet hatte.

»Would you please order a taxi for me?« Ihre Stimme funktionierte und klang normal. Sie registrierte es mit Erschrecken.

Melanie schob ihr ein Schlüsselbund zu und sagte: »You don't need a taxi. Just take the car outside. And maybe you'd prefer leaving Victor with me.« In ihren Augen lag Sorge und Mitgefühl. Dankbar nahm Malina das Angebot an und gab Victor in ihre Obhut.

10

Die Fahrt nach Samos-Town schien diesmal endlos, und als Malina vor dem Krankenhaus aus dem Auto stieg, vibrierte jeder einzelne Nerv in ihrem Körper.

Sie richtete sich nach dem Stückchen Papier, auf dem Melanie Abteilung und Zimmernummer notiert hatte, und irrte durch kafkaeske Gänge, bis sie plötzlich Michalis erblickte, der wie eine Erscheinung auf einem schwarzen Stahlrohrstuhl saß. Vornübergebeugt fixierte er einen unsichtbaren Punkt an der Wand gegenüber, während er in mechanischer Manier fortwährend ein Komboloi* aus blauen und silbernen Perlen durch seine Finger gleiten ließ. Als er ihre Schritte hörte, hob er den Kopf. Malina starrte ihm in die Augen, in denen die Iris wie weißer Perlmutt glänzte. Reiß dich zusammen, schrie sie sich stumm an und hörte sich im selben Moment krächzen: »Where ist my husband?«

Michalis schaffte es nicht, darauf zu antworten. Die Tür neben ihm ging auf, und ein Mann kam heraus. Er bewegte sich mit den langsamen und suchenden Gesten eines Greises, jeder Zug in seinem aschgrauen Gesicht war verzerrt und verfallen, als wäre nicht ein Funken Leben mehr in ihm. Sein Blick irrte erloschen umher. Er war unverletzt und doch vollkommen zerstört.

»Edward«, rief Malina zitternd. »Mein Gott, Edward!« Froh, ihn lebend zu sehen und doch so erschüttert über

* Das Komboloi ist eine Art Rosenkranz, dem allerdings keine religiöse Bedeutung zukommt. Das Spiel damit dient den Griechen als Zeitvertreib.

seinen Anblick, lief sie auf ihn zu und schlang die Arme um ihn. Auf ihren Wangen spürte sie etwas Nasses.

Er lehnte sich nicht an sie. Seine Glieder waren steif, wie erfroren. Sie hielt ihn im Arm wie ein totes Stück Holz. Wortlos stierte er sie an.

»Edward … bitte … sag doch etwas! Was ist denn passiert?« Ihr Blick flog von ihm zu Michalis und wieder zurück. In diesem Moment gab er einen Ton von sich, der wie ein ersticktes Würgen klang. Dann kamen weitere Laute aus seiner Kehle, die Malina nicht verstand, weil sie in ein Heulen übergingen. Sie drückte ihn fester an sich, wollte ihm Halt geben und fühlte sein Herz schlagen, als spränge es gleich aus seiner Brust.

»Was? Was sagst du?« Sie flüsterte sanft in sein Ohr. »Ich habe dich nicht verstanden.«

Wieder preßte er etwas hervor und diesmal glaubte sie, ihn zu verstehen. Es klang wie: »Sie ist fort.«

Michalis' Frage: »Going Fishing?« war Edward gerade recht gekommen. Die Stimmung zwischen Malina und ihm war den ganzen Tag bei Null gelegen, und auch wenn er wußte, daß dies ihm und seiner Laune zuzuschreiben war, ließ es sich nicht ändern.

Natürlich war es unsinnig, Malina vorzuwerfen, sie hätte da oben in diesem Bergdorf alles mögliche gesehen, nur nicht Jana. Weshalb sollte sie das behaupten, wenn es nicht so war? Er hatte ihrem Gesicht ablesen können, wie bestürzt und fassungslos sie selbst über diese Entdeckung war.

Nein, es war nicht so, daß Edward seiner Frau nicht glaubte – vielmehr wollte er nicht wahrhaben, daß Jana log und schon die ganze Zeit gelogen hatte.

Er erinnerte sich an einen Satz, den er einmal irgendwo gelesen hatte: Fester Glaube wird durch keine Tatsache erschüttert. War er so dumm gewesen?

»Going fishing« war für einen Mann in seiner Lage genau das Richtige. Ein paar Stunden in Michalis' kleiner Jolle, den Blick auf der Suche nach Kalmare und Oktopussen konzentriert auf dem Meeresgrund und vor allem: kein überflüssiges Gerede und keine lähmenden Gedanken.

Aber schon als hinter Samos-Town ein großes Schild die Gegend als *Agias Paraskevi* auswies, fiel ihm Jana wieder ein. Malinas Erzählungen nach lag irgendwo hier die kleine Villa, die sie so ins Herz geschlossen und in der Jana gedreht hatte. Michalis konnte er nicht fragen, dafür reichte dessen Englisch nicht aus, von seinen eigenen Griechischkenntnissen ganz zu schweigen. So trank er stumm und nachdenklich den Kaffee, den Michalis in einer Thermoskanne mitgebracht hatte.

Daß er mit seiner Vermutung richtig lag, stellte sich allerdings bald heraus. Nachdem sie Michalis Boot aus einem kleinen Hafen geholt hatten und über das petrolfarbene Wasser in die Nähe einer dieser vorgelagerten grünen Felsinseln geschippert waren, streckte der Grieche plötzlich seinen Arm aus und zeigte auf die Spitze des Eilands: »Look«, sagte er auf diese gutturale, abgehackte Weise. »Look, movie.«

Zuerst konnte Edward mit seinen Worten wenig anfangen, aber seine Augen folgten dem ausgestreckten braunen Arm, und er erkannte, was der Fischer meinte: Auf dem Plateau der Insel erhob sich eine kleine weiße Kapelle und darum herum ein Gerüst und Schienen, wie sie beim Drehen verwendet wurden. »Look«, sagte Michalis noch einmal und reichte Edward ein kleines Fernglas. Viel war nicht zu erkennen, außer ein paar Klappstühlen, die uninspiriert in der Gegend herumstanden und ein mittelgroßer, weißer Zeltpavillon, in dem er Kameras und anderes technisches Gerät vermutete. Die Sonne ging gerade auf, und als Edward im Begriff war, das Fernglas abzusetzen, sah er auf dem Plateau etwas aufblitzen. Wie ein Sonnenstrahl, der durch ein Stück Glas reflektiert wurde.

Eine Art Botschaft.

Ein Morsezeichen.

Es blitzte noch einmal. Diesmal anhaltender und greller. Der Strahl schmerzte in seinen Augen, und Edward ließ das Glas sinken.

In einem Anflug komischer Verzweiflung dachte er: Jana is always and everywhere.

Sie blieben in der Bucht.

»Good for fishes here«, erklärte Michalis mit dem wissenden Blick des Kenners und zog den vierten Kalmar, der wie ein kleines durchsichtiges Gespenst an dem Haken einer Art Nylonschnur hing, auf das Boot. Edward selbst sah davon ab. Er genoß es, Michalis in seinem konzentrierten Tun zu beobachten, und wenn er einen dieser Meeresbewohner auf dem steinigen Untergrund entdeckte, wies er ihn darauf hin, aber der Gedanke, eines der Tiere zu fangen, geschweige denn, es zu töten, behagte ihm nicht. Michalis lachte darüber und bot ihm eine Rothmanns an.

»It's fish, not cat or dog«, sagte er in der ihm eigenen pragmatischen Weltanschauung.

Gegen sieben hatte er dem Meer sechs Kalmare und einen Oktopus entlockt und trank zufrieden einen weiteren Kaffee aus seiner Thermoskanne. Die Sonne strahlte jetzt über das Land, die Luft war betörend warm und das Wasser einladend.

»Swimming?« fragte er und zeigte auf die Bucht. Edward nickte, und Michalis machte sich daran, das Boot näher an den Strand zu steuern.

Vor einem Felsstück, das im flachen Wasser lag, stoppte er den Motor. Edward nahm seinen Rucksack, sprang vom

Boot auf den Stein und watete dann durch das Wasser ans Ufer. Er zog sich aus, legte sein Handtuch bereit und tauchte in die Wellen. Mit kräftigen Bewegungen kraulte er weit hinaus, aalte sich in der weichen Kühle und legte sich auf den Rücken. Die Ägäis umfing und trug ihn auf tröstliche Weise. Er blinzelte in die Sonne empor, und inmitten all dieser Stille, inmitten all dieser Ursprünglichkeit war es ihm plötzlich unvorstellbar, daß es außer ihm selbst und dem Meer noch etwas geben sollte.

Edward dachte derlei nicht oft, und wenn, so schenkte er sich selbst ein ironisches Lächeln. In diesem Moment ließ er den Gedanken zu und fühlte sich frei. Er kostete das Gefühl noch länger aus, bis er schließlich den Kopf aus dem Wasser hob und Michalis zufrieden auf seinem Boot sitzen sah. Er seufzte und schwamm langsam zurück. Der Morgen und die Ruhe darin wurden schon zur Vergangenheit.

Zuerst glaubte er, sich verhört zu haben, aber dann, als er das Handtuch zurück in den Rucksack stopfte, vernahm er ihn noch einmal. Einen schwachen Laut, der einem Stöhnen glich. Edward hielt in der Bewegung inne und lauschte in das Zirpen der Grillen. Das Geräusch kam zurück, und er wußte, daß er sich nicht getäuscht hatte. Michalis winkte ihm aus dem Boot, doch mit erhobener Handfläche signalisierte Edward, daß es noch einen Moment dauern würde. Er horchte und hoffte, der Ton käme noch einmal zurück, damit er ihn besser orten konnte.

Das Stöhnen kam von oberhalb des Abhangs. Er hielt die Hand zum Schutz gegen die Sonne vor die Augen und spähte hinauf. Dicht am Boden wachsendes Gestrüpp, hohes Gras, das sich allmählich braun verfärbte, dazwischen rauher Fels.

Dann das Blitzen. Dasselbe Blitzen, das ihm vor ein paar Stunden durch das Fernglas wie ein Morsezeichen erschienen war.

Edward schnürte seine Schuhe fester, bedauerte einen Moment, keine langen Hosen zu tragen, und kletterte den Hang hinauf. Die Sonne brannte in seinem Nacken, Disteln und anderes Gesträuch zerkratzten ihm die Beine. An einem scharfen Stein riß er sich den Oberschenkel auf, doch er kletterte weiter.

Der Laut war nur noch einmal zu ihm gedrungen, schwächer als zuvor.

Aus der Ferne hörte er Michalis rufen. Weiter, weiter, dachte er den Ruf ignorierend und drehte sich nicht einmal um. Er war noch nicht viel vorangekommen, vielleicht fünfzig, sechzig Meter. Die Höhe der Insel schätzte er vage auf zweihundert. Schweißperlen liefen ihm von der Stirn in die Augen, er schüttelte den Kopf und wischte sie weg. Was mache ich da eigentlich? fragte er sich plötzlich. Das ist ja wahnsinnig, doch gleichzeitig wußte er, daß es richtig war, was er tat.

Sie lag auf einem kleinen Felsvorsprung, zwischen Disteln und hohem Gras. Zuerst sah Edward nur ein Stück Haut aus dem Gestrüpp hervorblitzen. Daneben eine kleine Handtasche, deren Inhalt auf dem Boden verstreut neben ihr lag. Ein aufgeklappter Taschenspiegel reflektierte das Sonnenlicht.

Das also hatte er gesehen. Sein Herz schlug laute Trommelwirbel, schlagartige Trockenheit durchzog seine Mundhöhle. Die Angst hielt ihn noch im Klammergriff, als er schon neben ihr kniete. Die Blutlache, die unter ihrem goldsilbernen Haar hervorquoll, war das erste, was er sah. Dann ihren Körper in dem weißen Kleid, der so merkwürdig verdreht wirkte, das linke Bein weit abgespreizt, wie abgetrennt. Überall blutige Schrammen und blaue Flecken.

Nur ihr Gesicht war rein und verschont geblieben, bis auf das Blut, das in einem Rinnsal aus ihrer Nase floß.

Es war ein Anblick, den es in Wirklichkeit nicht geben konnte. Derartiges sparte man für Filme auf, für die Sieben-Uhr-Nachrichten. Das war nichts, was man selbst erlebte.

Wie hypnotisiert, nicht fähig sich zu rühren, stand Edward in der flirrenden Sonne und starrte auf Jana, wie sie da vor ihm auf dem Boden lag. Sein Herz jagte das Blut durch alle Glieder, sein Gehirn suchte nach einer Anweisung, die ihm diktierte, was zu tun sei, aber er fühlte sich wie tot. Die Angst in ihm war namenlos. Instinktiv beugte er sein Ohr zu ihrem Gesicht und hörte sie atmen. Leise, fast unmerklich. Erleichtert ließ er ein wenig Luft aus seinen Lungen und hob unwillkürlich den Kopf. Michalis war nicht mehr auf dem Boot, sondern stand unten am Strand und schien seinen Begleiter mit den Augen zu suchen.

»Hierher«, schrie Edward mit sich überschlagender Stimme auf deutsch und hob dabei die Arme. »Hierher!«

Dann kniete er sich wieder neben Jana, zog ein Taschentuch aus seiner Hose und wischte den Schweiß von ihrem wächsernen Gesicht.

»Jana«, stammelte er verzweifelt, »Jana, komm zu dir. Hörst du mich?« Sein Herz spielte wieder verrückt, und trotz der Hitze wurde ihm kalt. Ihr Kopf bewegte sich leicht. Im nächsten Moment war Michalis an seiner Seite und kniete sich neben ihn. Der Grieche sagte etwas, das Edward nicht übersetzen konnte, aber die Erschütterung, die in seinem Ton lag, war auf der ganzen Welt verständlich.

»Cellar phone«, keuchte Edward und spreizte den kleinen Finger und den Daumen zu dem typischen Zeichen.

Michalis schüttelte ernst den Kopf. »Car«, antwortete er schlicht.

Edward holte Luft. Auch sein Handy lag in Michalis Wagen. Keine Möglichkeit einen Rettungshubschrauber zu rufen oder zumindest einen Krankenwagen. Bis einer von ihnen den Berg hinabgeklettert, mit dem Boot zurück in den Hafen und dann zum Auto gerannt wäre, würde mindestens eine Stunde vergehen. Sechzig Minuten, die entscheidend sein konnten und zu lange dauern würden.

Wieder bewegte Jana den Kopf.

»Ilias«, sagte sie murmelnd. »Ilias.«

»Ich bin es, Edward. Jana, hörst du mich?« Hilflos drehte er den Kopf zu Michalis, dessen dunkle Augen in der Bräune seines Gesichtes verschwammen.

»Not hear«, sagte er, und Edward entnahm diesen beiden schlichten Worten, daß Jana ihn nicht hören könne. Der Hoffnungsschimmer schwand, und die Angst stieg wieder an.

»Wir müssen sie hier wegbringen.« Edward wunderte sich selbst über den sachlichen Ton, in dem der Satz hervorgekommen war, und gleichzeitig fragte er sich, wie sie Jana den Abhang hinunter transportieren sollten, ohne ihre Verletzungen zu verschlimmern.

Aus ihrem Mund drangen erneut unverständliche Laute, keine Worte, doch plötzlich zitterten ihre Augenlider und öffneten sich ein wenig. Es schien, als würde sie zu sich kommen.

»Jana!« Edward schrie ihren Namen fast. »Hier ist Edward!«

Ihre Lippen bewegten sich zu einem leisen, ungeformten Murmeln, dann öffneten sich ihre Augen, doch der Blick darin war leer. Ihr Glitzern nur der Spiegel des Sonnenlichts, kein Erwachen.

Sie hatten keine Zeit mehr zu verlieren. Edward machte Michalis ein Zeichen, daß er Jana jetzt hochheben würde und er, Michalis vorausgehen sollte. Er ignorierte dabei das zweifelnde Gesicht des Griechen, schob seinen Arm so vorsichtig wie möglich unter Janas Kopf, den anderen unter ihre Kniegelenke und hob sie auf. Sie schien ihm nicht sehr schwer.

Aber als er sie den Abhang hinuntertrug, immer wieder auf dem Geröll rutschte und Michalis ihn stützen mußte, gerieten seine Atemzüge außer Kontrolle, und er hatte Mühe, sich aufrecht auf den Beinen zu halten.

Mit aller Kraft stemmte er seine Füße in den Boden, bog das Rückgrat durch und biß die Zähne zusammen. Die Kratzer auf seinen Beinen brannten ebenso wie die Muskeln seiner Arme, aber er nahm es hin, getrieben von dem Willen, Jana von hier fort und in Sicherheit zu bringen.

Irgendwie schaffte er es. Ihn schwindelte, und jede Faser seines Körpers schmerzte, als er endlich den Strand erreichte. Mit Jana auf dem Arm blieb er stehen und rang nach Luft, während Michalis durch das Wasser hetzte und das Boot, so weit es ging, an Land zog. Fahrig räumte er allen Krempel darin zu Seite, klappte die Sitzbank weg und breitete eine Decke auf den Planken aus. Edward legte Jana darauf und griff sogleich nach einer der Wasserflaschen, die Michalis in dem winzigen Führerhäuschen aufbewahrte, goß etwas von ihrem Inhalt auf sein Taschentuch und kühlte Janas Stirn. Er versuchte auch, ihr etwas von dem Wasser einzuflößen. Vergeblich. Sie schluckte es nicht. Aus ihren Mundwinkeln rann es wieder heraus.

Michalis warf den Motor an, und das Boot rauschte in voller Geschwindigkeit über das Meer. Edward stützte Janas Kopf und hielt ihre Hand, die schlaff in seiner lag. Sie hatte nichts mehr gesagt. Er sah mit schwimmenden Augen über das Meer, versuchte den Krampf in seiner Kehle und die Tränen zu unterdrücken, aber sie waren stärker als er. Jana, dachte er und wandte sein Gesicht von Michalis ab.

Die Fahrt zur Klinik wollte kein Ende nehmen. Irgendwann jedoch hielten sie vor dem hellen langgestreckten Bau, den

Edward schon kannte. Alles wiederholt sich, dachte er sinnlos und stieg mechanisch aus dem Auto.

Michalis hatte von unterwegs angerufen, so daß ein Arzt und zwei Pfleger schon mit einer Trage bereit standen. Sie hoben Jana mit geübten Griffen darauf, und die beiden Männer folgten ihnen in die neonbeleuchtete Aufnahme der Unfallstation. Hilflos wie kleine Jungen sahen sie zu, wie Jana in eine mit Vorhängen abgeteilte Kabine geschoben wurde, während eine zweite Schwester auf sie zutrat, ihre Personalien aufnahm und auf einem Formblatt in Stichpunkten vermerkte, unter welchen Umständen sie die Verletzte gefunden hatten.

Dann blieb ihnen nichts anderes übrig als zu warten. Und das Warten war das Furchtbarste. Sie sprachen ja nicht einmal dieselbe Sprache.

Später war der Arzt bei Jana. Edward hörte seine murmelnde Stimme, das Klicken von metallischen Untersuchungsgeräten und die ruhige Stimme einer Schwester.

Sie waren im Krankenhaus, er hatte es bis hierher geschafft, und nun gab es Hilfe für Jana. Er redete sich selbst gut zu, versuchte, seinen Puls auf normale sechzig zu bringen. Noch immer konnte alles wieder gut werden. Sein Körper straffte sich, als der Arzt aus der Kabine kam und auf ihn zutrat. Er war noch jung, Anfang Dreißig vielleicht, ein Stethoskop baumelte über seinem weißen Kittel, und seine Augen waren müde. Mit Daumen und Zeigefinger rieb er sich die Nasenwurzel, dann hob er den Kopf.

Edward rang unbewußt die Hände, außerstande seine Angst zu beherrschen. »Was ist?« stieß er hervor.

Die Stimme des Arztes, als er in flüssigem Deutsch sprach, drang deutlich zu ihm.

»Guten Tag, ich bin Doktor Orphanides.« Er streckte die Hand aus. Und dann, als Edward sie ergriff und ihn drängend ansah, sagte er: »Sie ist tot.«

Die Worte des Arztes standen wie Schatten im Raum. Edward starrte ihn an und schwankte. Seine schmalen Wangen sanken noch mehr ein, doch dann, als er endlich den Mund öffnete, verzerrte sich seine Gesicht auf erschreckend fratzenhafte Weise.

»Was reden Sie denn da?« Er brüllte. »Sie lebt! Sie hat die Augen aufgemacht und gesprochen. Sie hat sich bewegt. Ich habe es selbst gesehen. Sie lebt.«

Eine Art erschöpftes Mitleid lag im Gesicht des Arztes, während er Edwards Oberam umfaßte: »Es tut mir leid, aber sie ist tot.«

»Ich glaube Ihnen nicht. Ich glaube das, was ich gesehen habe. Holen Sie jemand anderes!«

Der Arzt sah ihn ruhig an und sagte sanft: »Glauben Sie mir! Es ist kein Puls da. Kein Herzschlag. Ihre Pupillen ziehen sich nicht zusammen. Sie ist seit fast fünfzehn Minuten tot. Vielleicht auch zwanzig oder fünfundzwanzig. Wenn Sie darauf bestehen, hole ich einen Kollegen. Aber Sie werden dasselbe erfahren: Da ist nichts mehr zu machen.«

»Aber sie hat doch gesprochen. Ich will sie sehen, bitte.«

Der Arzt sah Edward noch einmal voller Mitgefühl an, bevor er den weißen Vorhang der Kabine zur Seite zog. Als Edward näher trat, blieb er stumm neben ihm und blickte auf Jana hinab.

Sie lag auf dem Rücken, ihre Augen waren geschlossen, und ihr hellblondes Haar umfloß ihren Kopf, das Gesicht sehr blaß. Die Wunde am Kopf war gesäubert worden. Wegen der Untersuchung hatte man ihr das Kleid aufgeknöpft und zur Seite geschoben, so daß ein Medaillon um den Hals, der weiße BH und das Höschen zu sehen waren. Jana sah sehr schutzlos und sehr jung aus, wie sie da so still und unbeweglich lag.

Edward stand da wie betäubt, nicht fähig zu verstehen,

was geschehen war, nicht fähig, diese unfaßbare Wandlung hinzunehmen.

»Ihr Schädel ist gebrochen, und sie hat innere Blutungen. Genaueres wird die Obduktion ergeben«, sagte der Arzt. »Wenn sie gesprochen hat, muß sie auf dem Weg hierher gestorben sein. Bei Kopfverletzungen ist so etwas möglich.« Und dann noch einmal: »Es tut mir leid.«

Von fern hörte Edward das Heulen einer Sirene. Dann lautes Stimmengewirr auf den Fluren. Jemand riß die Tür auf und rief etwas auf Griechisch.

»Ein Tourist. Verdacht auf Alkoholvergiftung«, übersetzte der Arzt, und sein Blick glitt an Edward vorbei, der neuen Not entgegen. »Ich muß gehen«, sagte er. »Verständigen Sie ihre Angehörigen?«

Edward nickte automatisch. »Was ist mit der Polizei? Sie müssen die Polizei verständigen. Sie ist von einem Felsen gestürzt, das war kein Unfall. Hören Sie? Ich weiß das.«

»Beruhigen Sie sich.« Der Arzt war schon im Gehen begriffen, legte aber noch einmal seine Hand auf Edwards Arm. »Die Schwester hat die Polizei schon informiert. In Fällen wie diesen sind wir ohnehin verpflichtet, sie einzuschalten. Man wird sich bei Ihnen melden. Jetzt gehen Sie nach Hause und ruhen sich aus. Vorerst können Sie nichts mehr tun.«

»Weshalb, Doktor Orphanides, sprechen Sie eigentlich so gut deutsch?« fragte Edward mit plötzlicher Nüchternheit.

»Ich bin in der Nähe von Garmisch aufgewachsen. Meine Eltern hatten dort ein Restaurant.«

»Ja, das erklärt natürlich alles. Nein, lassen Sie das!« Edward wandte sich müde an die Krankenschwester, die ein Laken über Jana breiten wollte. »Ich mache das.«

Der Arzt und die Schwester sahen sich einen Moment lang an, bevor Doktor Orphanides sachte nickte und die Frau mit sanftem Nachdruck aus der Kabine schob.

Als ihre Schritte vor dem Vorhang verklungen waren, setzte sich Edward auf den Stuhl neben Janas Bett. Sein Blick haftete unverwandt auf ihrem stummen, blassen Gesicht, und er dachte, wenn er nur fest genug daran glauben würde, dann würde sie jetzt die Augen aufschlagen und ihn anstrahlen. Dann würde sie etwas Provozierendes sagen oder tun, etwas, das ihn vielleicht den Kopf schütteln ließe und einmal mehr alle gegen sie aufbrächte.

Dann wäre sie nicht tot.

Sein Glaube war zu schwach. Sie blieb stumm.

Er knöpfte ihr Kleid über der Brust zusammen, ordnete ihr Haar ein wenig und legte sekundenlang die Hand auf ihre Wange. Sie war kalt, und er wußte endgültig, er hatte den Tod berührt.

Als er schließlich das Laken über sie breitete und ihr Gesicht unter dem weißen Leinen verschwand, dachte er: Das letzte Mal. Das letzte Mal …

Ein Flattern durchglitt seine Brust. Weit hinten in seiner Kehle zitterte wieder dieser Krampf, und Edward hoffte, er würde sich lösen, indem endlich die Tränen kamen.

Aber es geschah nichts. Seine Augen blieben trocken.

Er weinte in Malinas Armen.

Nachdem er dieses Zimmer verlassen hatte und seine Frau wie eine Erscheinung vor ihm stand.

Sie da stehen zu sehen, lebend, mit den offenen roten Haaren und der Sorge, die aus ihren Augen sprach, hatte etwas Unwirkliches für ihn und zugleich etwas unendlich Tröstliches.

Als sie ihre Arme um ihn legte und er ihren Atem auf der Wange fühlte, ihre Stimme nah an seinem Ohr war, löste sich der Krampf, wurde erst zu einem Würgen, dann zu einem leisen Schluchzen, und endlich flossen auch die Tränen. Malina ließ ihn gewähren. Sie hatte noch immer nicht verstanden, was sie aus diesen hervorgestoßenen Worten »Sie ist fort« schließen sollte. Auch Michalis kummervolles Gesicht gab ihr keine Antwort. Aber zu wissen, daß Edward am Leben war, machte sie in diesem Augenblick fast glücklich. Alles andere würde sich von selbst ergeben.

Als Edward es ihr schließlich sagte, wurde sie schlagartig weiß, als hätte alles Blut ihren Körper verlassen. Die Nachricht war so ungeheuerlich, so unfaßbar, als könne ihr Verstand sie nicht bewältigen.

In einer Art Diashow sah sie Jana in Dutzenden von Bildern vor ihrem inneren Auge, und ihr wurde bewußt, sie hatte Jana mehr gemocht, als sie sich selbst eingestanden hatte. Sie hatte sie gemocht, als sie mit Victor durch den Pool getobt war, es hatte sie gerührt, sie wie ein Mädchen in der Sonne ein Eis essen zu sehen, sie war fasziniert gewesen von ihrer Freude und Kraft, als sie mit den dunklen Mann noch vor zwei Tagen über den Dorfplatz getanzt war, und ihr Herz hatte Jana an jenem Abend erreicht, als sie während des griechischen Festes mit ihrer zarten Stimme dieses kleine Lied gesungen hatte: *Aspri mera ke ya mas – Für uns werden wieder leuchtende Tage kommen …*

Es war einfach nicht möglich, daß dieses quecksilbrige, irrlichternde, widersprüchliche Wesen *tot* in einem dieser Räume lag.

Und während sie den starren Körper ihres Mannes noch immer im Arm hielt und seine Tränen auf ihrer Wange spürte, begann auch sie zu weinen.

11

Die nächsten Tage waren auf gewisse Art schlimmer. Es begann damit, daß Edward und Michalis eine Speichelprobe abgeben mußten, daraufhin folgte ein weiterer nervenaufreibender Turnus von Fragen, Antworten, Formularen und Bürokratie, während der Nebel aus Trauer und Erstarrung um Edward nicht lichter wurde.

In biblischen Ausmaßen fiel die Presse über Samos her. Mit jedem Flieger schwirrte ein neuer Schwarm von Fotografen, Schreibern und Fernsehleuten heran.

Einem Redakteur der *Bunten* war es gelungen, herauszufinden, daß es der Deutsche, Edward von Habelsberg, war, der Jana Nicolai auf dem Felsvorsprung gefunden hatte. Als ihm dann noch jemand aus der Film-Crew steckte, der Münchner Anwalt aus Adelskreisen kenne die Schauspielerin seit seinen Zwanzigern, witterte der Reporter eine spannungs- und tränengeladene Geschichte. Drei Seiten, Fotos inklusive, informierte er die Chefredaktion in München und fing Edward und Malina ab, als sie mit Victor in ihren Leihwagen stiegen, um an den Strand von Lemonákia zu fahren. Die verstohlen neugierigen Blicke, ausgesprochene und stumme Fragen, die Anwesenheit fremder Menschen überhaupt: Für Edward war alles unerträglich. Er wollte weg. Und in Lemonákia gab es Einsamkeit.

Entsprechend aggressiv war sein Verhalten, als der Journalist am Wagen auftauchte.

»Gehen Sie weg, lassen Sie mich in Ruhe!« herrschte er ihn an, während er Victor auf dem Rücksitz festgurtete.

Sein Gegenüber ließ sich nicht aus der Fassung bringen.

Derlei war er gewöhnt, und meistens redeten die Leute doch, wenn man sich auf hartnäckige Art einfühlsam zeigte.

Er sagte: »Ich verstehe Sie durchaus, Graf von Habelsberg, Ihren Kummer, die Trauer, den Schock. Und wenn es nach mir ginge, dann ließe ich Sie allein, würde mir für Sie wünschen, sie fänden Ruhe und Trost bei Ihrer Familie. Aber da draußen die Leute, so viele Fans von Jana Nicolai, so viele, die wie Sie betroffen und erschüttert sind – haben die kein Recht zu erfahren, was sich auf dieser kleinen Insel abgespielt hat?« In seinen braunen Augen glommen Wärme und Verständnis, seine tiefe Stimme war die eines Freundes.

»Ich habe nichts zu sagen, was Ihre Leser interessieren könnte.« Edward zog den Kopf aus dem Wageninneren und blickte dem Reporter fest ins Gesicht. »Nehmen Sie das zur Kenntnis und halten Sie Abstand. Kommst du?« Sein Blick glitt zu Malina, dann stieg er in den Wagen und schlug die Tür mit Nachdruck zu. Malina versuchte ihm zu folgen, doch der Journalist hielt sie zurück. »Warten Sie. Vielleicht überzeugen Sie Ihren Mann.« Er kramte ein Visitenkärtchen hervor und drückte es ihr in die Hand. »Sie können jederzeit anrufen.«

Malina nahm die Karte wortlos an sich und stieg ein. Nachdem Edward ein paar Meter gefahren war, warf er einen Blick darauf und zischte zwischen zusammengepreßten Lippen hervor: »Wirf sie weg!«

Sie öffnete das Fenster und streckte den Arm hinaus. Das Kärtchen trudelte noch einen Moment im Fahrtwind, bevor es irgendwo im Staub der Straße unterging.

Die Geschichte um Edward hatte die Runde gemacht, und es tauchten immer mehr Journalisten und Fotografen auf, die versuchten, ihm ein Statement zu entlocken.

Wie die Aasgeier lungerten sie an der Bar, am Strand, im Restaurant und am Pool herum, während die Hotelleitung all dem mißtrauisch, aber hilflos und unerfahren gegenüberstand. Edward rückte von seiner Haltung keinen Zentimeter ab.

Hotelgäste sowie Janas Kollegen hingegen zeigten keinerlei Zurückhaltung und präsentierten gegenüber Notizblöcken, Mikrofonen und Kameras Fassungslosigkeit und tiefste Betroffenheit. Tränen flossen ungeniert, ungläubige Worte kamen aus stammelnden Mündern, und immer wieder stieß man auf Mienen, aus denen ernste Bestürzung sprach und die gleichzeitig diskret davon kündeten, ein solches Ende schon immer geahnt zu haben.

Plötzlich hatten alle Jana gut gekannt.

Die Gazetten überschlugen sich in ihren Theorien. Während die einen in dicken Lettern den tragischen Selbstmord der Schauspielerin verkündeten, schrien die anderen von Mord. Sie reimten und fabulierten und fanden für ihre Theorien überzeugende Argumente.

Alle hatten alte und neue Fotos von Jana ausgegraben, die entweder die Tragik im Dasein der Aktrice belegen sollten oder ihre Schönheit und den damit verbundenen Glanz in den Vordergrund stellten.

Doch in welche Richtung sie auch spekulierten, alle suchten wie besessen nach Antworten, hungerten danach, zu verstehen, weshalb ein privilegiertes, vom Erfolg und Glamour verwöhntes Leben mysteriös und viel zu früh auf den Klippen einer griechischen Insel enden mußte. Es war, als wähnten sich alle in der Hoffnung, eine Antwort oder Erklärung brächte den Status quo zurück und würde Jana wieder zum Leben erwecken.

Die Polizei auf Samos nahm das Ganze nüchterner.

Zwei Tage nach Janas Tod tauchte ein flinkäugiger Kommissar im Hotel auf und fragte nach Edward. Sein Name war Theodor Moukassin, und als er sich in einem schattigen, verborgenen Winkel der Terrasse zu ihnen setzte, hatte Malina das Gefühl, ihn von irgendwoher zu kennen.

Er hatte seine Assistentin mitgebracht, eine blonde Mitdreißigerin, die sich ruhig im Hintergrund hielt, doch deren große babyblaue Augen vor Intelligenz funkelten. Die Blicke, mit denen sie ihren Vorgesetzten bedachte, zeigten reservierten Ernst und dahinter amüsierte Skepsis.

»Guten Tag, Stina Prins-Korakis.« Sie schüttelte ihnen die Hand, und in ihrem fließenden Deutsch schwang irgendein nördlicher Akzent mit.

»Holländerin«, kommentierte sie Malinas stumme Frage. Sie lächelte und zeigte dabei eine Reihe riesiger Zähne, die ihr das Aussehen eines bissigen Hasen gaben. Dann trat sie wieder einen Schritt hinter Theodor Moukassin zurück und überließ ihm mit wachen Augen das Feld.

Der Kommissar setzte sich und zog einen leeren Notizblock hervor, dessen vergilbtem Papier man die offenkundig niedrige Verbrechensrate auf Samos ansah. Er blätterte durch die Seiten und blieb dann versonnen an einer Einkaufsliste hängen, die er vor langer Zeit darin vergessen hatte. Als er sich erinnerte, wo er war, hob er schnell den Kopf und musterte Edward und Malina mit stillem Ernst über den Rand seiner Brille.

»Wie geht es Ihnen?« fragte er milde. Als Edward ihn verständnislos anblickte, sagte er: »Ich habe im Krankenhaus gehört, daß der Tod von Miss Nicolai ein schwerer Schlag für Sie war.«

»Ja«, antwortete Edward knapp.

»Verstehe. Es ist ja auch erst zwei Tage her. Aber was soll ich sagen? Ich muß einen mysteriösen Todesfall klären. Und das *hier*, auf Samos. Und Sie sind mein einziger Zeuge, verstehen Sie?«

»Schon klar«, sagte Edward und blickte an Moukassin vorbei aufs Meer.

»Vielleicht erzählen Sie mir erst einmal, wie Sie Miss Nicolai vor zwei Tagen gefunden haben. Was haben Sie eigentlich so früh da draußen gemacht?« Ein Ausdruck von List trat in seine zusammengekniffenen Oliven-Äuglein.

Edward richtete sich auf und taxierte den Mann nun seinerseits. Eifrig, dachte er sarkastisch, nimmt sich wichtig. Will endlich mal das Sagen haben. Vor allem jetzt, wo es eine berühmte Tote auf seiner Insel gibt.

In kühlen, nüchternen Worten faßte er zusammen, was er an jenem Morgen in der *Agias Paraskevi* erlebt hatte. Seiner Schilderung war nichts von seiner Aufruhr anzumerken. Malina registrierte es ohne Erstaunen. Es war Edwards Art, mit den Dingen fertigzuwerden. Dennoch schauderte sie. Es war das erste Mal, daß sie die vollständige Geschichte aus seinem Mund vernahm. Seit ihrer Rückkehr vom Krankenhaus war er auch vor ihr zurückgewichen. Es war nicht an ihn heranzukommen gewesen. Die lauernde Presse hatte ihr Übriges dazugetan. Niemand hätte in diesem Augenblick hinter seinem beherrschten, verschlossenen Gesicht solch heiße Trauer und Verzweiflung vermutet. Die einzige, die davon wußte, war sie selbst. Jana, dachte sie plötzlich, Jana hätte es vielleicht geahnt.

Theodor Moukassin hörte zu, auf eine Art, die Malina lauernd vorkam, und machte sich hin und wieder Notizen.

»Haben Sie an jenem Morgen noch jemand anderen gesehen?« fragte er, nachdem Edward zu Ende gesprochen hatte.

»Nein. Außer mir und Michalis war niemand da.«

»Sie haben auch sonst nichts Verdächtiges bemerkt? Eine winzige Kleinigkeit vielleicht?« Er spulte das ganze Standardrepertoire herunter.

»Absolut nichts.«

Moukassin schwieg eine Weile und malte kleine Kreise, die wie Noten aussahen, auf den Block.

»Mir ist zu Ohren gekommen, Sie kannten Miss Nicolai

schon länger«, fuhr er plötzlich fort. »Sie haben auch hier auf Samos Zeit mit ihr verbracht.« Er stockte wieder. Die Veränderung in Edwards Gesicht war ihm nicht entgangen. »Nein, nein, ich will Ihnen nichts unterstellen. Ich sage das deshalb, weil ich mich frage, ob Sie in der letzten Zeit irgendwelche Anzeichen dafür entdeckt haben, daß Miss Nicolai … nun ja … sagen wir mal, sich das selbst angetan haben könnte.«

»Sie meinen, sie hat sich umgebracht?« Es war Malina, der diese Frage entfuhr, während Edward sich wieder verschloß.

»Wir müssen das in Erwägung ziehen. Es hat Vorfälle gegeben, die … darauf schließen lassen, daß sie zumindest zeitweise nicht in bester psychischer Verfassung war. Man sagt, sie sei labil gewesen.«

Malina und Edward tauschten einen schnellen Blick. Während Edward sich wieder in sein Schweigen zurückzog, dachte Malina an Janas Ausfall während der Dreharbeiten, an die Gerüchte, die von der Presse gestreut worden waren, an ihre Verzweiflung darüber. Doch dann sah sie Jana wieder, wie sie drei Tage zuvor noch ausgelassen auf der Platía in Platanos getanzt hatte, sah, wie sie dem Mann später auf dem Heimweg mit einem Lächeln die Hand gereicht hatte. Es hatte so viel Vertrautheit und Glück darin gelegen.

Selbstmord?

Nein. Ein Mensch, der liebt und wieder geliebt wird, bringt sich nicht um, dachte Malina und stellte sich im selben Moment die Frage, ob sie den beiden Beamten von den Vorfällen in Platanos erzählen sollte. Sie hob den Kopf und begegnete dem Blick von Stina Prins-Korakis, der mit fragender Nachdenklichkeit auf ihr ruhte.

Hellwach und klug, die Frau, konstatierte Malina für sich und entschied sich gleichzeitig und instinktiv dagegen, etwas zu äußern. Es war nur ein unbestimmtes Gefühl, aber es sagte ihr, daß Jana es nicht gewollt hätte. Jana hätte diesen Mann geschützt.

Malina atmete durch und fällte einen Entschluß: Sie würde später Simon anrufen und mit seiner Hilfe die Sache selbst in die Hand nehmen.

Sie wandte sich wieder dem Gespräch zu und hörte Moukassin sagen: »Tja, eine sehr unglückliche Geschichte. Und daß sie auf unserer Insel passieren mußte …« Sein Gesicht drückte Bedauern aus. »Was macht so eine junge Frau auch nachts auf einem Felsen? Das konnte ja nicht gutgehen.« Hinter seinem Rücken rollte Stina Prins-Korakis die Augen.

In den Sträuchern seitlich der Terrasse knackte es plötzlich. Doch außer Malina schien es niemand sonst zu hören. Ein Vogel, dachte sie beiläufig, aber dann knackte es noch einmal. Diesmal lauter. Die Person aus dem Olivenwäldchen, assoziierte Malina und spürte schlagartig wieder den Schmerz in ihrem Rücken. So unauffällig wie möglich wandte sie den Kopf und spähte auf die Sträucher. Hinter den Blüten und dem dichten Blattwerk bewegte sich ein schwarzer Schatten. Unmerklich fast, aber sie hatte genug gesehen. Der Kommissar sprach noch immer mit Edward, Stina Prins-Korakis saß stumm daneben.

Malina erhob sich. »Ich sehe mal nach Victor. Er ist bei Melanie an der Bar und hat den Bauch wahrscheinlich voller Eis. Ich werde hier doch nicht mehr gebraucht, oder?«

»Nein, gehen Sie ruhig«, sagte Moukassin, und auch Edward nickte.

Mit schnellen Schritten ging Malina um den Tisch herum. Niemanden fiel auf, daß sie die Richtung entgegengesetzt der Bar einschlug. Sie legte Edward im Vorübergehen die Hand auf die Schulter und strich leicht über seinen Nacken.

Dann tat sie etwas, was alle aus ihrer Konzentration riß. Sie schnellte herum und warf sich mit einem Satz in die

Sträucher. Sie fühlte, wie die Dornen ihr die Haut aufrissen, aber der Schmerz war ihr egal. Diesmal krieg ich dich, du Aas! wütete es in ihr. Der innere Schrei, ihre ausgestreckte Hand und der feste Griff, mit dem sie nach dieser schwarzen Gestalt schnappte, waren eins. Etwas fiel dumpf zu Boden. Jemand fluchte.

»Kommen Sie raus da!« schrie Malina und zerrte das Wesen durch das Gestrüpp. Alle am Tisch starrten sie an, doch niemand rührte sich. Der Gegendruck der anderen Seite war so stark, daß sie fast gefallen wäre, aber sie gab nicht nach. Ihre Hand hatte sich in ein Stück Stoff verkrallt, und sie hörte es reißen.

»Kommen Sie raus da«, preßte sie noch einmal hervor, und diesmal klang ihre Stimme heiser vor Anstrengung. Dann sah sie ihre Beute: Ein Mann, klein und dicklich, mit gut getrimmtem Bärtchen, in schwarzen Hosen und schwarzem Hemd, in dem seitlich der Knopfleiste ein Riß klaffte, stolperte durch die Zweige. Haßerfüllt sah er sie an, während er eine Tirade von Flüchen auf sie niederprasseln ließ, die sie sonst allenfalls im Hafenviertel von Marseille vermutet hätte.

»Wer, um alles in der Welt, ist das?« fragte Theodor Moukassin mit offenem Mund.

»Egon Schuster«, keuchte Malina. »Ein Fotograf.«

»Wer?« Edwards Stimme überschlug sich. Aus seiner Lethargie gerissen, sprang er auf, wobei sein Stuhl umkippte, und stürzte sich auf den Mann.

»Du elender Drecksack!« schrie er mit leichenblassem Gesicht und geballten Fäusten.

»Nicht, Edward«, rief Malina, während Moukassin und Stina Prins-Korakis versuchten, ihn zurückzureißen. Seine Faust traf Schuster knapp unterhalb des linken Auges. »Die Kamera«, zischte er dabei. »Los, du Ratte! Die Kamera! Wo ist sie?« Er bebte am ganzen Leib.

»Laß ihn los!« Malina stürzte auf ihn zu, Blätter und abgebrochene Zweige im Haar, in der Hand eine schwarze Nikon mit einem Teleobjektiv. »Ich habe sie. Sie lag zwischen den Sträuchern.«

»Geben Sie die Kamera her«, zeterte der Fotograf, während er sein Auge betastete. »Sie ist mein Eigentum.«

»Sicher«, sagte Malina ruhig. »Aber den hier behalte ich.« Sie öffnete das Gehäuse und zog mit einem Ruck den Film heraus. »Schade«, sie lächelte bedauernd und erinnerte sich an Janas Abscheu dem Fotografen gegenüber, »soviel Arbeit und so gänzlich für die Katz.« Ihr Lächeln wurde breiter, und sie riß die Banderole mit grausamer Wonne in kleine Stücke.

»Gute Arbeit, Lara Croft«, sagte Edward plötzlich ruhig und schenkte ihr zum ersten Mal seit Tagen ein Lächeln. Sie schluckte, als sie es sah. Vielleicht würde er die Barrikaden endlich sprengen.

Als Victor gegen zehn Uhr abends schlief, saßen sie noch eine Weile auf dem Balkon, einen Roten auf dem kleinen Tisch. Die Nacht war wie immer sternenklar, und der Mond stand in einer Sichel über dem Haus.

Das Abendessen hatten sie ausfallen lassen. Kein Appetit oder der Wunsch, unter Menschen zu sein. Sie waren aus ihrem normalen, mehr oder weniger gleichmäßig dahinfließenden Leben katapultiert worden und standen jetzt mit schwachen Beinen auf irgendeiner amorphen Masse, die sich Angst und Trauer nannte.

Sie sprachen nicht viel, tranken nur hin und wieder einen Schluck. Sie schwiegen, weil es den anderen nah sein ließ.

Plötzlich lachte Edward. Ein sehr leises Lachen. »Du hast dich heute ganz schön ins Zeug gelegt mit diesem Fotografen. Es war fast wie im Film. Mein Gott, wie du in diese Hecke gesprungen bist … Es hat mir gefallen …«

Malina lächelte zurück. »Und dieser Kommissar! Wie er versucht hat, dich mit seinen kleinen Patsche-Händchen zurückzuhalten. Eine komische Nummer.«

»Ja. Eine sehr komische Nummer. Glaubst du, daß Jana sich umgebracht hat.«

»Nein.«

»Ich auch nicht.«

Sie schwiegen wieder eine Weile.

»Weshalb hast du die Geschichte von Platanos nicht erwähnt?« fragte Edward später.

»Ich weiß nicht genau. Jana hätte es nicht gewollt ..., glaube ich.«

»Und dieser Mann ...?«

»... hat sie geliebt.«

»Woher willst du das wissen?«

»Ich habe es gesehen.«

Sie schwiegen wieder. Edward glaubte Malina jedes Wort. Sie nippten von ihrem Wein. »Wirst du etwas tun?« Eine Fledermaus flatterte vorüber, und Edwards Blick folgte ihr.

»Ich werde Simon anrufen. Er soll wieder herkommen. Vielleicht finden wir heraus, wer veranrwortlich für Janas Tod ist.« Sie schluckte schwer und brachte die Worte fast nicht heraus. »Ich weiß nicht, aber das sind wir ihr schuldig.«

»Ja.«

»Du willst es doch auch, oder?« Malina stellte ihr Glas ab und blickte ihm direkt in die Augen.

»Ja.«

»Gut. Dieser Fotograf heute, dieser Egon Schuster ... Du glaubst nicht, daß er die Gestalt aus dem Olivenhain ist, die dich niedergeschlagen hat?«

»Nein. Das war er nicht. Das paßt nicht zu ihm. Dieser Schuster überläßt nichts dem Zufall. Dafür ist er zu träge und zu feige. Der braucht den Hinterhalt. Die Person aus dem Wäldchen war flink, hat schnell gedacht und gehandelt.«

»Klingt fast nach einem Lob.«

Malina verzog schmerzhaft das Gesicht. »Nennen wir es lieber den Versuch einer präzisen Analyse.« Sie lächelte Edward noch mal zu, und in diesem Moment klang von drinnen Victors Weinen.

»Bleib sitzen. Ich sehe nach ihm.« Malina stand auf und ging hinein. Sie kam nicht wieder zurück. Als Edward zehn Minuten später nach ihr sah, lag sie neben Victor und schlief.

Edward dachte daran, ebenfalls ins Bett zu gehen, aber er konnte nicht. Er ging wieder hinaus auf den Balkon und schenkte sich noch ein halbes Glas ein. Dann suchte er in Malinas Handtasche nach Zigaretten und steckte sich eine an. Er dachte über die vergangenen Tage nach, über die schlagartige Wandlung der Dinge und über die Verzweiflung und Trauer, die sie hervorgerufen hatte.

Er dachte an Jana, ihr Lachen, ihr lebendiges Vibrieren, ihre Angst, ihren Mut, ihren Zorn und an die Verschwendung von soviel Talent und Schönheit.

Das betäubende Gefühl des Verlustes, das in den letzten Stunden zumindest ein wenig eingedämmt worden war, brach jetzt wieder in ihm hervor.

Vor ein paar Minuten erst hatte er Malina gebeten, herauszufinden, wer hinter Janas Tod steckte. Aber jetzt erkannte er, daß es für ihn noch viel zu früh war, sich darum zu kümmern. Die Tatsache ihres Todes allein war zuviel. Wut und Zorn waren nebensächlich, und keine Rache dieser Welt konnte ihr das Leben zurückgeben.

Es würde gar nichts mehr für sie geben. Keine Freude, keine Liebe, keine Herausforderungen, kein Hoffen und kein Fürchten mehr. Nur ein blankes, jähes Aus für alles, was sie hätte sein und tun können, für das ganze Strahlen, das sie wie eine Sonne verströmt hatte.

»Ach, Jana ...«, murmelte er leise, während er aufstand und gegen die Balkonbrüstung gelehnt hinüber zu den Lichtern der Türkei blickte und sein Körper sich im Kummer fast krümmte. »Ach, Jana ...«

12

Es war schattig und kühl in seinem Apartment. Die Läden hatte er schon seit zwei Tagen nicht mehr geöffnet. Er lag auf seinem Bett und schwitzte wie nie zuvor. In Bächen rannen ihm die Schweißperlen über das Gesicht, es *schwamm* in dieser Flüssigkeit, die sein Körper unablässig produzierte und die ihn allmählich zur Verzweiflung trieb. Immer wieder griff er zu einem Handtuch, um sich abzutrocknen, aber es half nicht viel. Der Schweiß quoll weiter aus jeder Pore. Abstruserweise war es nur sein Kopf, der sich so gebärdete – überall sonst fühlte sich seine Haut trocken an.

Er hatte nicht einmal die Katzen gefüttert. Am Abend zuvor hatte er gehört, wie die kleine rote vor seiner Tür miaute, aber er hatte sich nicht überwinden können, aufzustehen. Er hatte sich die Ohren zugehalten und sie miauen lassen, obwohl es flehentlich geklungen hatte.

Nur ein paar Mal war er ins Bad gegangen, hatte gepinkelt, den Kopf unter den Wasserhahn gehalten und sich dann wieder aufs Bett gelegt. Leer. Ausgepumpt. Und müde. So unsagbar müde. Gegessen hatte er kaum etwas. Immer nur getrunken. Literweise.

Und Jana war tot.

Und er war dageblieben. Warum, fragte er sich immer wieder. Was wollte er noch auf dieser verdammten Insel?

Mann, er sollte abhauen, bevor sie ihm auf die Schliche kamen. Aber er konnte nicht. Jana war tot und hielt ihn noch immer fest. Es war absurd.

Er griff wieder nach dem Handtuch und fuhr sich übers Gesicht. Dann sah er auf die Uhr. Halb eins am Mittag.

Seine Lider fielen mit der Schwere von Sandsäcken zu und bescherten ihm erbarmendes Dunkel. Er wünschte sich diesen Schwebezustand herbei, in dem er die letzten beide Tage verbracht hatte. Dieses ton- und farbenlose Nichts, das ihn absorbiert und das die Bilder in seinem Kopf erträglich gemacht hatte.

Die Bilder einer sterbenden Jana.

Ihr Leib so verkrümmt auf diesem Felsen.

Vorher die Wut im verzerrten Gesicht. Der Haß, die Abscheu und die Liebe. Dann nur noch Hohn und Triumph.

Zum Schluß ihr Schrei. Hilflos. Verzweifelt. Voller Rache und endgültig. Nicht mehr aus dem Kopf zu kriegen. Er hörte ihn wieder und wieder. Wie ein Echo.

Ein Ruck durchfuhr seinen starren Körper. Fast hätte er selbst geschrien. Statt dessen riß er die Augen auf, sein Oberkörper schnellte wie ein Klappmesser nach oben.

Der Rucksack stand noch immer neben der Couch. So wie er ihn an jenem Morgen abgestellt hatte. Verschlossen und unberührt. Er ließ Luft in seine Lungen, sein Zwerchfell blähte sich. Er stand auf. Ging zur Couch. Setzte sich, öffnete den Rucksack. Seine Hand fuhr hinein und fand dieses kleine, schwarze Ding sofort. Er fühlte es glatt und kompakt zwischen seinen Fingern, atmete wieder und zog es heraus.

Sein Blick irrte durch das Zimmer. Wo? überlegte er und fand nur eine Möglichkeit. Sein Koffer. Er zerrte ihn unter dem Schrank hervor, schrieb etwas auf und verstaute das schwarze Ding in einer Seitentasche. Er schloß sorgfältig ab und befestigte den Schlüssel an seinem Schlüsselbund.

Anschließend ging er ins Bad und duschte. Klammerte sich an die Vorstellung, die Erinnerung würde mit dem Wasser im Abfluß versickern.

Ohne Erinnerungen wäre der Mensch ein Nichts. Ein

verhungerndes Etwas. Irgendwo hatte er das gelesen. Er lebte nicht nur mit ihnen, sondern auch von ihnen. Von den guten wie von den schlechten. Hatte er gedacht, eine Ausnahme zu sein? Bullshit. Er und eine Ausnahme! Er war so gewöhnlich, daß er höchstens damit eine Ausnahme bildete. Natürlich versickerten seine Erinnerungen nicht. Sie hafteten weiter an ihm, ignorierten kalt, daß er sich ein Herz faßte, den Schweiß tapfer abwischte, sich anzog und hinaus in die Sonne trat.

Nach den Tagen in der Dunkelheit schienen seine Augäpfel durch die Strahlkraft der Sonne schmerzvoll zu bersten. Schnell zog er die Sonnenbrille aus dem Rucksack, stieg auf sein Rad und fuhr los.

Hinüber nach Kervéli Village.

Jetzt, da sie nicht mehr da war, konnte er sich dort sehen lassen, so oft er wollte. Niemand dort kannte ihn. Niemand würde Verdacht schöpfen. Ein netter, junger Mann, mit kurzen Haaren, dunkelgerahmter Brille und einem Fahrrad unterm Hintern.

Er setzte sich an die Bar und bestellte durstig eine Cola Light. Einige Leute um ihn herum aßen zu Mittag. Gebratene Auberginen, Salat, griechisches Omelette, manche auch Souvlaki mit Pommes und Tsatsiki. Je nach Konstitution und Eitelkeit. Zwei martialisch aussehende Typen boten ihre gestählten Körper der prallen Sonne dar, tranken Weißwein und rauchten.

Herzinfarkt, assoziierte Ulf und rückte noch ein Stück mehr ins Kühle.

Er hatte gehofft, etwas zu erfahren. Hatte erwartet, daß die Leute von nichts anderem als von Jana redeten, Mutmaßungen anstellten, darüber sprachen, wie die Ermittlungen liefen.

Aber niemand sagte etwas. Nicht einmal eine deutsche Zeitung lag herum. Er fing wieder an zu schwitzen. Gott, und sein Mund! Staubig und trocken wie die Sahara. Er trank die Cola aus und bestellte Wasser. Eine Literflasche.

»Sehr heiß heute«, sagte die junge Frau hinter der Theke auf Deutsch, als sie ihm das Getränk hinstellte.

Er nickte.

»Eis?« fragte sie fürsorglich.

Er nickte wieder, diesmal mit einem Lächeln. Es tat gut, mit jemandem zu reden.

»Sie sprechen sehr gut deutsch«, sagte er.

Sie lachte. »Das kommt daher, daß ich Deutsche bin. Ich arbeite schon den zweiten Sommer hier. In den Semesterferien.«

»Clever hingekriegt«, sagte er und trank ein Glas Wasser in einem Zug. Danach ging es ihm besser. »Ein sehr schönes Hotel. Vor allem so friedlich.«

Sie strich die blonden Haare zurück und lächelte ihm in die Augen. »Normalerweise ja, aber in den letzten Tagen war vom Frieden nicht viel zu spüren. Sie haben sicher von dem Unglück mit dieser Schauspielerin gehört. Sie hat hier gewohnt, und seit Tagen belagern Journalisten das Hotel. Seitdem ist es mit der Ruhe vorbei.«

»Ach ja, ich hab' davon gehört.« Ulf spannte unwillkürlich die Muskeln an. Da war sie, die Gelegenheit, auf die er gehofft hatte, aber er brachte fast den Mund nicht weiter auf, fürchtete, jede Silbe könnte ihn verraten. Angestrengt sagte er: »Sie soll von einem Felsen gestürzt sein, oder? Wie war noch mal ihr Name?«

»Jana Nicolai.«

»Genau. Hast du sie denn gekannt?« Unwillkürlich war er beim du. Sie quittierte es mit einem Blitzen ihrer Augen.

»Gekannt wäre wohl übertrieben. Ich habe sie ein paarmal *gesehen* und ihr ein Glas Wein gebracht. Sie hat ›danke‹ gesagt, und ich habe ›bitte‹ geantwortet.«

Sie schwiegen beide, während das Mädchen Wasserflecken

von der Theke wischte. Nach einer Weile seufzte er und sagte: »Ja, tragische Geschichte. Schwer zu glauben. Je größer der Ruhm eines Menschen ist, desto unmöglicher erscheint sein Tod.«

Sie sah ihn überrascht an: »Ich weiß, was du meinst. Habe auch darüber nachgedacht.«

»Und?« Er war jetzt wirklich interessiert.

»Ich weiß nicht so genau. Wer ganz weit oben fliegt, ist allem Menschlichen so fern. Und der Tod ist doch das Menschlichste überhaupt.« Sie verstummte und wischte noch einmal über die Theke. Jemand, der etwas bestellen wollte, rief nach ihr. Sie verschwand für ein paar Augenblicke, und als sie wieder zurückkam, sagte sie: »Vielleicht interessiert es dich ja. Das Paar dahinten am Tisch, die Blonde mit den Klunkern und der Typ mit der Glatze, sind die Eltern von Jana Nicolai. Sie sind heute morgen angekommen.«

Er hatte Mühe, nicht herumzuschnellen. Statt dessen griff er langsam nach seinem Glas und trank einen Schluck. Dann drehte er sich unauffällig um. An seinen Haarwurzeln spürte er wieder den Schweiß.

Janas Eltern.

Abstruserweise hatte er Jana nur als einzelne Person gesehen. Er hatte nie daran gedacht, daß es Menschen gab, die zu ihr gehörten. Einen Vater. Eine Mutter. Geschwister. Sie war ihm immer wie ein auf die Erde gefallener Engel erschienen.

Er setzte seine Sonnenbrille auf und musterte dieses Paar, dessen Kind gestorben war.

Wenn er es nicht wüßte, würde er es ihnen ansehen?

Gab es Spuren des Verlustes in ihren Gesichtern?

Er fand keine eindeutige Antwort auf diese Frage.

Das Gesicht der Frau hinter einer riesigen Dior-Sonnenbrille war unbewegt. Die Mundwinkel zu einem U verzogen. Er vermutete instinktiv, daß dies ihre übliche Miene war. Sie trug echten Schmuck, und ihr goldblondes Haar war in weiche Wellen frisiert. Ein gebräunter, schlank erhaltener Körper, Finger- und Fußnägel rot lackiert. Die Entschlossenheit, mit der sie sich vom Dorf in den Villenvorort der Stadt gekämpft hatte, entströmte noch jeder ihrer Poren. Nachdem sie an ihrem Campari-Orange genippt hatte, richtete sie ein paar Worte an den Mann neben sich. Sein schmales, sensibles Gesicht verzog sich darauf hin. Die blauen Augen hinter der goldgerandeten Brille blickten hilflos und wandten sich ab. In seinem Gesicht *gab* es Spuren des Verlustes. Verzweifelt. Traurig. Einsam. Einer, der Trost brauchte. Einen Arm, der ihn hielt, damit er weiter auf den Beinen blieb.

Der Mund der Frau verzog sich deutlich, die Verachtung in ihren Augen war sogar durch die Sonnenbrille spürbar. Trost? Nein, Trost würde dieser Mann von ihr nicht bekommen.

Das also ist Janas Mutter, dachte Ulf, und er, der die ganze Zeit im Schweiß gebadet hatte, fror plötzlich.

Er sah die Frau und wußte alles. Sein kamerageschultes Auge erfaßte das Wesentliche sofort.

Mutter? Es gab Worte, die hätten ihr Naturell besser beschrieben.

Die Frau sah wieder in seine Richtung, und er wandte schnell den Blick ab.

Was geschah jetzt mit Jana? fragte er sich plötzlich.

Wo war sie oder vielmehr ihr Körper in diesem Augenblick?

Vermutlich waren ihre Eltern hier, um sie nach Hause zu holen. Blöder Ausdruck, fand er. Als ob eine Tote sich um ein zu Hause scherte.

»Noch was zu trinken?« fragte das Mädchen hinter der Theke.

Er hatte sie ganz vergessen. »Nein. Ich muß dann wieder los. Ich würde ganz gern zahlen.«

Sie legte ihm die Rechnung hin und er ein paar Münzen.

»Kommst du mal wieder«, fragte sie noch.

»Bestimmt.«

»Ich heiße übrigens Daniela.« Sie lächelte noch einmal ihr Sonnenscheinlächeln.

»Ulf«, sagte er und wandte sich zum Gehen.

»Bis bald.«

»Ja, bis bald.« Er fing ihren Blick auf, aber der Moment währte nur kurz. Ein großer Mann lenkte ihn ab. Er trat an den Tisch von Janas Eltern und setzte sich neben die Frau. Er war schlank, fast hager und ganz und gar in Weiß gekleidet. Wie Jana hatte er sehr blondes Haar, das er halblang trug. Er war attraktiv und strahlte grenzenlose Ruhe aus.

Ulf hatte ihn schon oft gesehen.

Robert Czerna.

Dann kam Simon zurück auf die Insel, und Malina war heilfroh, ihn zu sehen.

Endlich jemand, mit dem sie unbefangen sprechen konnte und bei dem sie keine Angst haben mußte, ihn mit einem unbedacht dahergesagten Wort zu zerbrechen wie ein rohes Ei.

Simon war um elf Uhr in Pythagorio gelandet und hatte im selben Flieger wie Janas Eltern gesessen.

Malina hatte ihn vom Flughafen abgeholt und ihm unterwegs alles erzählt, was ihr von Bedeutung schien. Allem voran ihre nächtliche Begegnung mit Jana und dem Griechen in Platanos.

»Das Merkwürdige daran ist doch, daß sie uns gesagt hat, sie würde zurück nach München fliegen. Wir haben sie selbst zum Flughafen gebracht, und dann sehe ich sie ein paar Tage später in diesem Bergdorf. Mit diesem Mann.

Wozu diese Scharade? Hätte ich doch nur nach ihr gerufen ... Wenn ich geahnt hätte, was passieren würde ... Ach, Simon ...« Sie brach ab. Glaubte sie wirklich, sie hätte irgend etwas verhindern können?

»Wir haben einen Fehler gemacht«, fing sie nach einer Weile wieder an, während Simon schweigend nickte. Er hatte an diesem Tag noch kein einziges Mal gelächelt, bis auf den kurzen Moment, als er Malina in der Flughafenhalle entdeckt hatte, und selbst dieses Lächeln war nur ein flüchtiger Schatten gewesen. Die Fältchen um seine Augen waren kleine Gräben geblieben, anstatt sich wie sonst in einen Kranz aus sich kräuselnden Strahlen zu verwandeln.

»Ja«, stimmte er ihr schließlich zu. »Wir hätten uns damals nicht von Jana ausbremsen lassen dürfen. Es war einfach schon viel zu viel passiert, und wir haben viel zu schnell klein beigegeben ...«

»Vor allem ich mit meiner verdammten Eifersucht«, murmelte Malina und sah zu Boden.

»Nicht doch.« Simon nahm rasch ihre Hand und hielt sie einen Moment lang fest. Malina hob den Blick und begegnete seinem. Verständnis lag darin und Traurigkeit. *Er war wieder einmal zu spät gekommen.* Malina wußte, daß er seit Janas Tod immer wieder auf diesem Gedanken herumgebissen haben mußte.

Er würde nie aufhören, darauf herumzubeißen. Sich immer und ewig verantwortlich und schuldig fühlen. Nicht seit diesem Tag vor mehr als zwanzig Jahren, als seine Schwester verschwand und verschwunden blieb. Malina wußte immer, wann seine Gedanken bei ihr, Valerie, waren. Sie hatten gemeinsam eine Odyssee durch finsterste Kanäle erlebt.

Diese hilflose Traurigkeit in seinen Augen rührte daher.

Es gab nichts, was sie sagen konnte, weil es nichts gab, das ihn trösten würde.

Sie brachte Simon zu seinem Zimmer und sagte ihm, daß sie und Edward in einer halben Stunde an der Bar auf ihn warten würden, um alles weitere zu besprechen.

»Bestell mir schon mal ein Bier und einen großen Vorspeisenteller. Und sie sollen nicht am Tsatsiki sparen«, sagte Simon, bevor er die Tür hinter sich schloß.

Wenigstens hatte er Hunger.

Es war brüllend heiß an diesem Tag, die Temperaturen hatten sich bei über fünfunddreißig Grad eingependelt, und von der Fahrt von Pythagorio war Malina völlig verschwitzt zurückgekommen. Ihre Sehnsucht nach ein paar Runden im kühlen Hotelpool war beinahe quälend. Rasch holte sie Badeanzug und Handtuch aus ihrem Zimmer und lief hinunter zum Pool.

Edward war bereits an der Bar und rief nach ihr, als sie dort vorbeikam. Neben ihm lümmelte sich Victor, der Pommes mit Ketch-up in sich hineinstopfte und über das ganze verschmierte Gesicht strahlte, als er sie sah. Ihm gegenüber saß eine blonde Frau mit teurem Schmuck und ein schmalgesichtiger Mann, dessen blaue Augen erloschen in die Gegend blickten.

Janas Eltern.

Edward stellte sie vor, und sie reichte beiden die Hand. Dann setzte sie sich und nahm Victor auf den Schoß. Er rieb sein mit Ketch-up verschmiertes Mäulchen an ihrem Oberarm, nicht ohne vorher ein paar Spuren auf ihrer weißen Bluse zu hinterlassen. Normalerweise hätte sie geschimpft, diesmal nicht. Diesmal drückte sie ihn nur fest und dankbar an sich. Großer Gott, ein Kind zu verlieren, dachte sie angesichts der beiden Menschen ihr gegenüber. Es konnte nichts Schlimmeres geben.

In den Augen von Janas Vater las sie ähnliche Gedanken. Sein Blick lag auf ihr und Victor, und für einen kurzen Moment entstanden vor ihrem inneren Auge Phantasiebilder von ihm und seiner kleinen Tochter. Jana, wie sie ihm mit beiden Händchen das Haar zauste und nach der Brille grabschte. Wie er sie getröstet hatte, wenn sie hingefallen war. Wie sie zum ersten Mal »Papa« gesagt hatte, wie sie an seiner Hand laufen gelernt hatte, wie sie gemeinsam beim Spazierengehen das Einmaleins gebüffelt hatten ...

Nein, es war nicht schwer, hinter seiner Stirn zu lesen. Sie hätte ihm gern etwas Tröstendes gesagt oder ihm die Hand gestreichelt. Er sah aus, als bräuchte er das dringend, aber die Miene seiner Frau ließ nichts von alledem zu. In ihrem Gesicht fand Malina nicht den Funken einer Regung. Früher mußte sie hübsch gewesen sein. Jetzt war sie allenfalls gepflegt und gut zurechtgemacht. Borniertheit und Arroganz hatten ihr Züge ins Gesicht gegraben, die sie hart und unzugänglich wirken ließen. Sie erschien Malina von jener Sorte Mensch, in deren Wortschatz »sich rentieren« einen hohen Stellenwert einnahm und die sich in ihrer Eitelkeit niemals in Frage stellte. Sie war jemand, der in seiner bürgerlichen Welt hoch hinaus wollte, und es fiel Malina nicht schwer, sich vorzustellen, daß sie so hoch wie nur möglich hinausgekommen *war*. Einen 300er Mercedes im Carport, Schmuck, Aktien und Policen im Safe, ein Haus und Personal, Absicherung auf Lebenszeit. Nur der Mann neben ihr, der sah nicht nach einem ihrer Ziele aus.

»Graf von Habelsberg hat uns eben erzählt, daß Sie eine Detektei führen«, wandte sie sich an Malina. Ihre Stimme war seltsam klanglos, als spräche sie immer auf ein und demselben Ton.

Graf von Habelsberg? Fast hätte Malina gelacht. Niemand sprach so von Edward. Schon gar nicht er selbst. Nach einer Yuppie-Phase in seinen Dreißigern hatte er in den letzten Jahren eine Vorliebe fürs Understatement entwickelt und sich den »Graf von« abgewöhnt. Seinen Titel nannte er so gut wie nie. Er stand nicht einmal auf dem Kanzleischild, was seine Partner immer wieder in Wehklagen ausbrechen ließ. Edward teilte die allgemeine Auffassung nicht, ein Adelsprädikat adele auch den Mandantenstamm oder zumindest dessen Konten. Janas Mutter mußte in den Zeitungen über seine Herkunft gelesen haben.

»Ja, das stimmt. Ich habe eine kleine Detektei«, antwortete Malina abwartend.

»Sie werden verstehen, mein Mann und ich möchten so schnell wie möglich die Hintergründe von Janas Tod erfahren. Unser Vertrauen in die hiesigen Ermittlungsfähigkeiten ist allerdings begrenzt. Wir dachten, es könnte nicht schaden, Hilfe hinzuzuholen. Sie meine ich.«

Die Hintergründe von Janas Tod? Ließ sich der kleine Finger noch weiter spreizen? Wer sie, verdammt, auf dem Gewissen hatte. Noch einmal suchte Malina vergeblich nach einer Regung im Gesicht der Frau. Sie sprach vom Tod ihrer Tochter, als ginge es um einen Haftpflichtschaden. Ohne sich dessen bewußt zu sein, suchte Malinas Blick den von Janas Vater und fand ihn auch. Sie lächelte matt und sagte schlicht: »Ich helfe Ihnen sehr gern weiter. Mein Partner wird in wenigen Minuten hier sein, dann können wir alles besprechen.«

»Bitte tun Sie alles, was in Ihrer Macht steht. Es spielt keine Rolle, was es kostet. Ich zahle jeden Preis.« Die Stimme des Mannes klang schwach, aber in seinen Augen lag die Entschlossenheit des Verzweifelten. Er hatte allein zu ihr gesprochen, der kalt-mokante Blick seiner Frau war ihm entgangen. Was für ein merkwürdiges Paar, dachte Malina, während sie ihm zunickte. Was hielt Menschen wie diese beiden überhaupt zusammen?

»Natürlich tun wir alles, um Ihnen zu helfen. Wir haben Jana gekannt und ...« Sie stockte, und ihr Blick flackerte unsicher zu Edward.

»Sie können sich auf uns verlassen«, half er ihr im ruhigen Anwaltston weiter und versuchte ein zuversichtliches Lächeln.

»Das hoffen wir, Graf von Habelsberg. Wie schade übrigens, daß Sie meinen Sohn verpaßt haben. Er war vor einer halben Stunde noch hier, ist jetzt aber zum Kommissariat nach ... Wie heißt die Inselhauptstadt noch?«

»Samos-Town.«

»... ah ja, Samos-Town gefahren, um einige Formalitäten zu erledigen. Wir hoffen, Jana so bald wie möglich nach Hause holen zu können.«

Edward schluckte bei ihren Worten, während Janas Vater starr hinaus aufs Meer blickte.

»Ich wußte gar nicht, daß Jana einen Bruder hat«, hob Malina den Gesprächsfaden wieder auf, während sie Victor das Gesicht sauberwischte und ihm die Schwimmflügel an den Armen befestigte. »Aber nur im Kinderbecken, ja? Nicht ins tiefe Wasser gehen.« Sie sah ihm sehnsüchtig hinterher, als er davonwatschelte, und wandte sich wieder Janas Mutter zu.

»Nein? Hat sie nicht von ihm erzählt? Das wäre typisch für sie. Dabei kennen Sie ihn bestimmt. Aus dem Fernsehen. Robert Czerna.« Diesmal hatte ihre Stimme Klang angenommen: den hohen Ton von Stolz.

»Robert Czerna?« Malina runzelte die Stirn. »Sie meinen den Moderator von ›Czernas Nacht‹? Jeden Dienstag um elf?«

»Jeden Donnerstag. Viertel nach elf. Ja.« Ihr Körper straffte sich merklich, die Finger spielten mit der kostbaren Halskette.

Malina räusperte sich. »Entschuldigen Sie die Frage, aber weshalb heißt ihr Bruder ›Czerna‹ und Jana selbst ›Nicolai‹?«

»Jana ist eigentlich eine geborene Krug«, mischte sich

Janas Vater wieder ein. »Jana Nicola Krug. Aus ihrem zweiten Namen hat sie später ›Nicolai‹ gemacht, weil das besser klang.«

»Und Robert Czerna?« hakte Malina nach.

»Janas Mutter und ich sind seit mehr als zwanzig Jahren geschieden. Sie hat später wieder geheiratet. Robert stammt aus dieser Ehe.« Die Sätze kamen unbeteiligt aus seinem Mund.

»Ach so, dann ist ›Nicolai‹ also nicht der Familienname«, kombinierte Malina.

»Nein. Verzeihen Sie, wir haben vorhin unsere Namen gar nicht genannt. Isolde Czerna.« Es folgte eine Handbewegung in Richtung Janas Mutter. »Und mein Name ist Cornelius Krug.«

Malina notierte es im stillen und wunderte sich gleichzeitig, warum sie nie in der Presse über die Verwandtschaft zwischen Jana und Robert Czerna gelesen hatte. Sie scheute sich die Frage zu stellen, vielleicht würde sich irgendwann eine bessere Gelegenheit ergeben. Erleichtert atmete sie auf, als sie Simon herankommen sah. Sollte er den Rest erledigen.

Malina wollte keine Zeit verlieren. Gleich nachdem sie mit Janas Eltern gesprochen hatten, fuhren sie nach Platanos. Es erschien ihnen das klügste, ihre Ermittlungen mit dem Mann zu beginnen, mit dem Jana eine Nacht vor ihrem Tod auf der Platía des Dorfes getanzt hatte.

Es war immer noch heiß, aber Malina verwarf den Gedanken an den Pool zum zweiten Mal an diesem Tag. Schwimmen konnte sie auch noch am Abend.

Eine Straßenkarte auf dem Schoß dachte sie über das Treffen mit Cornelius Krug und Isolde Czerna nach, sah vor allem Janas Mutter und ihre hängenden Mundwinkel klar gezeichnet vor sich.

»Ich wette, diese Frau lacht nie.« Die instinktive Abneigung gegen Isolde Czerna klang unverhohlen aus ihren Worten.

»Doch tut sie. Wenn du sie auf den Kopf stellst.« Simon blickte zu Malina hinüber, und sie prusteten gleichzeitig los.

»Mensch, hat das gut getan. Richtig erleichternd nach all dieser Anspannung.« Malina wischte sich ein paar Sekunden später die Lachtränen aus den Augenwinkeln und konzentrierte sich wieder auf die Karte. »Fahr langsamer«, sagte sie schließlich, »da vorn links, das müßte die Abzweigung sein.«

Sie parkten das Auto außerhalb des Dorfes, genau an der Stelle, wo auch Edward es vor ein paar Tagen abgestellt hatte. War das wirklich erst *ein paar Tage* her? Malina kam es vor, als seien seitdem Monate vergangen.

Bis auf das Kreischen einer Säge aus der Ferne war es vollkommen still, als sie über die Platía gingen. Nicht ein einziger Mensch, kein Lachen, jeder Winkel war leer, nur die Platane in der Mitte des Platzes warf weiter ein Schattenmuster auf die Pflastersteine. Die Lampions waren aus ihren Zweigen entfernt worden, Tische und Bänke vom Platz genommen – Brigadoon war wieder im Nebel verschwunden.

Und dennoch war es Malina, als würde sie noch das gebratene Fleisch riechen, als hörte sie die Musik und den Gesang, als sähe sie Jana und den Mann wieder tanzen.

»Hier war es«, wandte sie sich an Simon. »Dort drüben habe ich die beiden gesehen. Sie und ihn.«

»Und du kanntest ihn, sagst du.«

»Kennen ist wohl übertrieben. Ich habe ihn letztes Jahr ein paar Mal im Hotel gesehen. Und letzte Woche auch. Als ich am Pool lag, ging er vorbei. Später kam Jana zu mir, aber sie hat ihn mit keiner Silbe erwähnt.«

»Aber du weißt nicht, wie er heißt, was er macht oder etwas in der Richtung.«

»Nein, doch ich weiß, wo er wohnt. Deswegen sind wir ja hier. Jetzt komm, und laß uns endlich mit ihm reden.« Malina zog Simon am Arm und ging mit ihm noch einmal den gleichen Weg, dem sie Jana und dem Mann in jener Nacht gefolgt war. Jetzt, sonnenerhellt, erschien er ihr viel kürzer.

Das Gartentor ließ sich leicht öffnen. Es quietschte nicht einmal. Trotzdem fühlte Malina beim Anblick des Hauses instinktiv, daß niemand da sein würde. Es atmete Leere und Verlassenheit aus. Geschlossene weiße Fensterläden, die zu den Natursteinen kontrastierten, die Hängematte ohne Kissen, Gartenmöbel, die auf dem Rasen ordentlich zusammengeschoben worden waren, der Jeep, den Malina in der Nacht unter dem Holzdach gesehen hatte, verschwunden. An seiner Stelle stand dort ein Anhänger mit einem Boot. Nur der Holzklotz mit der Axt prangte noch genau an jener Stelle, wo sie ihn in Erinnerung hatte.

»Idyllisch hier«, sagte Simon und sah sich um. Im Gegensatz zu anderen Gärten, die sie unterwegs gesehen hatten, gab der Boden nicht nur ein paar dürftige braune Halme her, vielmehr war das Gras hier kräftig und grün. In der Mitte des Rasens entdeckte Simon einen Sprenger, der offensichtlich regelmäßig von jemandem benutzt wurde. An der Hausmauer blühten Dutzende von Ringelblumen, dazwischen ein paar Löwenmäulchen. Vom hinteren Teil des Gartens, in dem zwei Liegestühle wie ein Paar nebeneinander standen, hatte man einen unvergleichlichen Ausblick auf die Ägais.

»Was will man mehr?« fügte Simon seiner ersten Betrachtung hinzu.

»Einen Pool, dann wäre es perfekt.«

»Ich dachte mir, daß du das sagen würdest. Scheint niemand da zu sein.«

»Ja, scheint so.« Trotz ihrer Worte ging Malina die drei Stufen zu Haustür hinauf und klingelte. Wie erwartet, rührte sich niemand.

»Mist. Und nun?« Ohne Simons Antwort abzuwarten, ging sie noch einmal um das Haus herum und rüttelte an allen Fensterläden. Ohne Erfolg. Alles war fest und ordentlich verschlossen. Kein Weg, um irgendwie in das Haus zu gelangen.

»Komm mal hierher!« rief Simon plötzlich, und dem Ton seiner Stimme entnahm sie, daß er etwas entdeckt hatte.

Sie lief zurück und fand ihn unter dem Holzdach, wo das Boot gelagert war. Es war mittelgroß und erinnerte in seiner länglichen schnittigen Form an ein Kanu. Es gab kein Führerhäuschen wie auf Michalis' Boot, aber ebenso einen Außenbordmotor und lederbezogene Sitze. Es schien ziemlich neu zu sein.

»Was ist denn?« Malina trat zu Simon heran und blickte ihm gespannt entgegen.

»Hier. Sieh mal.« Er kniete vor dem Bug des Bootes und strich über den Rumpf. »Eine Riesendelle, als wäre jemand damit gegen einen Felsen oder Stein geknallt.« Er strich ein weiteres Mal darüber und rieb anschließend die Fingerspitzen aneinander. Silberblaue Farbpartikelchen blieben daran kleben. »Siehst du?« Er blickte zu Malina hoch. »Der Lack blättert ab. Muß noch frisch sein. Außerdem habe ich noch etwas entdeckt.« Er griff in seine Hosentasche und zog einen Ohrring aus mattem, gebürstetem Gold hervor. Er bestand aus zwei fünfzigcentgroßen Scheiben, die durch eine Öse verbunden waren. In die obere, sich leicht nach außen wölbende, war ein fein ziseliertes Muster hineingestanzt. Es erinnerte an ein Relief in einem antiken Tempel. Die untere Scheibe zeigte die Gravur einer griechischen Gottheit. Der Ohrring war ungewöhnlich schön und sah teuer aus.

»Wo hast du den gefunden?« fragte Malina und nahm Simon das Schmuckstück ab, um es genauer zu betrachten.

»In einer der Ritzen der Bootssitze.«

»Er könnte Jana gehört haben.« Malina blickte Simon nachdenklich an. »Ist schon eine komische Sache mit diesem Boot. Die Delle, der Ohrring zwischen den Sitzen und das Merkwürdigste: Es war vor fünf Nächten, als ich zum ersten Mal hier gewesen bin, noch nicht da. Hier stand ein Jeep.«

»Mit blauen Streifen, nehme ich an.«

Malina nickte, bevor sie nachdenklich weitersprach. »Edward hat Jana auf dieser kleinen Felsinsel gefunden. Agios Nicolos heißt sie übrigens. Um dahin zu kommen, brauchst du ein Boot.«

»Und hier liegt ein Boot.« Simon sah sie vielsagend an.

»Und es muß entweder kurz *vor* Janas Tod oder kurz danach hierher gebracht worden sein. Die Nacht, in der ich hier gewesen war, war die Nacht vor Janas Tod. Und da ...«

»... war der *Jeep* noch hier gewesen. Du hast es schon gesagt.« Simon sah noch einmal auf den Ohrring.

»Ja, ich weiß, es liegt nahe zu denken, sie sei in dieser Nacht mit diesem Boot auf die Insel gekommen, aber ...« Malina schüttelte den Kopf. »Aber das wäre mir zu leicht. Jana war mit dem Mann zusammen, da ist es doch auch das Normalste auf der Welt, daß sie mit ihm zusammen auf seinem Boot war und vielleicht einen Ohrring verloren hat. Außerdem wirkte sie so *glücklich* mit ihm. Ich meine wirklich *glücklich* ... Und wie er sie ansah ...« Sie schüttelte wieder den Kopf. »Der Ohrring oder die Delle beweisen gar nichts. Wir müssen unbedingt mit diesem Mann sprechen. Vielleicht kommt er ja gleich wieder. Wir sollten einfach auf ihn warten.«

»Vielleicht ist er auch einfach abgehauen«, sagte Simon lakonisch, »und über alle Berge.«

»Quatsch, das glaube ich einfach nicht. Mein Gefühl sagt mir …«

»Frauen und ihr Gefühl«, unterbrach Simon sie. »Ich hab' noch nie gehört, daß eine mal sagt: ›Also, mein Verstand sagt mir, daß …‹«

Ein scharfes »Yassas« riß Simon und Malina aus ihrem Ping-Pong. Sie fuhren herum. Ein paar Meter von ihnen entfernt stand ein Junge, der sie mißtrauisch ansah und eine Schachtel Zigaretten öffnete. Er war ungefähr siebzehn Jahre alt und sogar für griechische Verhältnisse ziemlich dick. Dann sagte er etwas Unverständliches, worauf Malina schnell antworte: »We don't speak Greek. Can you tell us in English?«

»Who are you and what are you doing here?« Er zündete sich eine Zigarette an und blickte noch immer mißtrauisch durch den Rauch.

Malina nannte ihre Namen und fügte hinzu, sie suchten den Besitzer des Hauses.

»Why?« fragte der Junge und kam näher. Die Zigarette hing jetzt im rechten Mundwinkel. Als er vor ihnen stand, erkannte Malina, daß das Cowboy-Getue nichts als Tünche war. Seine Fülle hatte ihn von weitem reifer wirken lassen, als er tatsächlich war. Seine Haut war noch milchig, und es fehlte ihm jeglicher Bartwuchs.

»Wir würden gern wissen, ob das Haus zu verkaufen ist«, sagte Malina schnell. »Vielleicht können Sie uns sagen, wie der Besitzer heißt oder uns eine Telefonnummer geben.«

Der Junge überlegte, sah zu Boden und dann ihr wieder in die Augen. Dazwischen zog er an seiner Zigarette. »Das Haus ist nicht zu verkaufen«, sagte er schließlich.

»Vielleicht doch. Wenn der Preis stimmt.«

Ein Hauch von Verachtung legte sich auf seine Züge. Unter gesenkten Lidern musterte er sie, sah die teure Uhr am linken Handgelenk, die italienischen Sandaletten aus weichem, braunem Leder, den silbergefaßten Rosenquarz an ihrem Finger und dachte an die wundgespülten Hände seiner Mutter, die seit Jahr und Tag in einer Taverne die Touristen bediente.

»Ilias Alexandrou ist ein wohlhabender Mann. Er hat es nicht nötig, sein Haus zu verkaufen.«

»Natürlich nicht«, antwortete Malina und merkte sich den Namen, den der Junge genannt hatte. »Wir fanden es nur so schön, nicht wahr, Schatz? Da dachten wir, es könnte nicht schaden, mal zu fragen. Richten Sie Kyrios* Alexandrou einfach unsere Grüße aus. Hier ist meine Karte.«

Sie schrieb die deutsche Vorwahl vor ihre Handynummer und reichte das Kärtchen anschließend dem verdutzten Jungen. »Vielleicht meldet er sich ja. Wissen Sie denn, ob er länger verreist ist?«

Der Junge sah sie schweigend an und zuckte schließlich die Achseln. »Ich werde ihm Ihre Karte geben, wenn ich ihn sehe.« Er sah sie auffordernd. Malina verstand den Wink und hängte sich bei Simon ein. Zum Abschied nickte sie dem Jungen noch einmal zu. Die Fahrt nach Platanos war nicht ganz umsonst gewesen.

Sie hatten einen Namen.

Ilias Alexandrou.

* Kyrios ist die griechische Bezeichnung für »Herr«

13

In der Nacht schlief Edward schlecht. Sein Gehirn lieferte eine Multi-Media-Show, indem es wieder und wieder Bilder von Jana vor ihm flirren ließ und ein Abtauchen in Sphären verhinderte, in denen es nichts gab als schweren und erinnerungslöschenden Schlaf. Irgendwann, nachdem er sich zum x-ten Male von der einen Seite auf die andere gewälzt hatte, verließ er erschöpft sein Bett und setzte sich hinaus auf den Balkon, mußte aber feststellen, daß er mit dem Idyll um sich herum nichts mehr anzufangen wußte. Was sollte das Geglitzer der türkischen Lichter auf dem Meer nach allem, was geschehen war? Hier starb eine Frau, und dort sollte er wegen eines bißchen Wellenfunkelns in Jubelgeschrei ausbrechen? Absurd, dachte er. Ich will weg. Nach München, in sein Haus, seine Kanzlei, seinen Keller – ganz egal, nur nicht mehr hier bleiben in diesem Sonnen-Hotel, wo es üblich war, mindestens fünfzigmal pro Tag, Fremde mit einem blödsinnigen Lächeln zu grüßen. Er hatte keinen Grund zu lächeln. Allein wollte er sein. Nicht mehr antworten, nichts mehr denken, nur noch vor sich hin grunzen und nichts mehr tun. Schon allein die Vorstellung seines Rückzugs, löste befreiende Erleichterung in ihm aus. Er atmete durch.

In dieser Stimmung fand Malina ihn vor. Auch sie hatte unruhig geschlafen, war irgendwann aufgewacht, ohne daß Edward neben ihr gewesen war. Sie hatte ihn sofort auf dem Balkon vermutet. Als sie hinaustrat und ihn dort sitzen sah, ging etwas Einsames von seinen vornübergebeugten Schultern aus. Sein Anblick griff ihr direkt ans Herz, er tat ihr leid, und sie besaß Phantasie genug, um sich vorzustellen, welche Gedanken ihn quälten. Einen Augenblick lang überlegte sie, was sie sagen könnte. Sie wollte so gern einfühlsam sein und das Richtige tun, aber noch lieber hätte sie geschrien, er solle sich zusammenreißen und wieder der alte werden. Jana war tot. Und ja, es *war* schlimm, auch für sie Malina. Aber Jana würde nicht wieder lebendig werden, wenn er seine Familie ignorierte und alles, was ihn vorher ausgemacht hatte, in Frage stellte. Sie würde *nie* wieder lebendig werden, egal, was er tat oder dachte. Er sollte aufhören, sich in seinem Leid zu suhlen.

In diesem Moment wandte Edward den Kopf ihr zu.

»Na«, sagte sie leise, und als er nichts antwortete ging sie zu ihm und setzte sich auf seinen Schoß. Sie lehnte den Kopf gegen seine Schulter und wartete auf eine Reaktion, die nicht kam. »Komm wieder ins Bett«, flüsterte sie und berührte mit den Lippen die Stelle zwischen Ohrläppchen und Kinn.

»Gleich«, antwortete er und schob sie leicht von sich. Obwohl es nur eine sanfte Bewegung gewesen war, tat die Abwehr weh, die darin gelegen hatte.

Resigniert stand sie auf. Sag doch was! schrie es in ihrem Kopf, aber sie wandte sich von ihm ab und schloß den Mund, bevor ihm etwas Banales wie »Bleib nicht mehr so lang« entschlüpfen konnte.

Sie legte sich wieder ins Bett, wischte sich die Tränen aus den Augen und flehte um Schlaf.

Gegen halb neun erwachte sie davon, daß Victor das Lid ihres rechten Auges nach oben schob und im Fanfarenton fragte: »Bist du schon wach?«

»Was sonst? Man hat mich eben roh geweckt«, murmelte sie bitter und zog sich die Decke über den Kopf. Victor nahm darauf keine Rücksicht.

»Mama, komm jetzt!« Ungeduldig zog er ihr die Decke weg.

Mühsam schlug sie die Augen auf, während der Duft von Duschgel und Zahnpasta in ihre Nase stieg. »Schön den Ball flachhalten. Sportsfreund«, hörte sie Edward sagen. »Mama muß erst mal zu sich kommen.« Dann, an sie gewandt: »Kein Grund zur Eile. Laß dir ruhig Zeit, und geh erst mal ins Bad. Victor und ich machen einen kleinen Spaziergang und danach treffen wir uns beim Frühstück. Einverstanden?«

»Einverstanden«, murmelte sie dankbar und fügte mit einem Blick auf den Tag hinzu: »Würdest du nachsehen, ob Simon schon wach ist. Wir haben heute ein dickes Pensum vor uns. Um spätestens halb elf will ich hier los.«

»Sicher. Mach ich«, sagte Edward, und sie wünschte sich, er würde ihr mit der Hand über das Haar fahren, wie er es sonst manchmal nach dem Aufstehen tat. Aber wieder wartete sie umsonst.

Nachdem sie geduscht und sich angezogen hatte, ging sie los, in der Hoffnung, Melanie an der Rezeption zu treffen. Malina sah ihren Kopf mit den dunklen, zu einem Nackenknoten frisierten Haaren schon, als sie draußen am Fenster vorbeiging. Anschließend tauschten sie die üblichen Floskeln über Wetter und Befinden, bevor Malina sich entschloß, in medias res zu gehen.

»May I aksk you a question? Do you know Ilias Alexandrou?«

»Ilias Alexandrou?« Natürlich kannte Melanie ihn und beantwortete Malinas Fragen in aller Unbekümmertheit. Sie hielt erst in ihrem Redefluß inne, als *The Owner*, ihr künftiger Schwiegervater, den Raum betrat und die Strenge seiner Aura aus der zugeneigten Miene ihres Gesichts wieder eine professionell-freundliche entstehen ließ.

Malina erfaßte die Situation auf Anhieb, nickte ihr und

Vasili Sakellarios noch einmal zu und machte sich auf den Weg zu Edward und Victor.

Ilias Alexandrou.

Fürs erste hatte sie genug gehört.

Edward war noch beim Joghurt mit Honig und Früchten, als sie sich zu ihnen an den Tisch setzte. Victor hingegen rührte konzentriert in einer Schüssel mit Cornflakes, bevor er den Kopf hob und sie freudig anblickte.

»Da bist du ja endlich. Ich dachte schon, du kommst nicht. Fährst du nachher mit mir Boot? Bitte, Mama, sag ja.«

Malina senkte den Blick, damit er ihr schlechtes Gewissen nicht sah. Herrgott, sie bestand nur noch aus schlechtem Gewissen. Edward gegenüber, Victor sowieso, und was sie selbst anging … Jedem sollte oder wollte sie es recht machen, wenn es ging mit einem unbekümmerten Lächeln, den Blick voller Zuversicht. Ein Beispiel an Tapferkeit. »Leider muß ich arbeiten, Victor«, sagte sie und strich ihm über den Kopf. »Aber Papa macht was Schönes mit dir.«

»Ich will aber dich, nicht immer nur Papa!« Victor stieß ihre Hand weg und wandte sich abrupt von ihr ab.

»Aber ich bin doch bald wieder da«, brachte sie hilflos hervor.

»Geh weg!« Victor sah sie trotzig an und schob die Unterlippe so weit vor, daß ein Cent darauf Platz gefunden hätte. »Geh doch weg! Ohne dich ist es sowieso viel schöner.«

»Victor, ganz ehrlich: Ich würde lieber bei *dir* bleiben, aber ich habe Leuten versprochen, eine Arbeit für sie zu erledigen, und daran muß ich mich doch halten.«

»Und was ist mit mir? Um mich kümmern mußt du dich wohl nicht?« Er reckte seinen Lockenkopf und sah sie herausfordernd an. Manchmal verwünschte sie seine rhetorischen Fähigkeiten, aber am schlimmsten war, daß dieser knapp Fünfjährige eindeutig recht hatte.

»Victor, bitte ...« Sie streckte noch einmal die Hand nach ihm aus. »Je schneller ich meine Arbeit erledigen kann, desto früher habe ich wieder Zeit für dich. Dann mache ich alles, was du willst. Versprochen.«

Voller Erbitterung sah er sie an. »Das sagst du ja nur so. Glaubst du, ich bin blöd?« Mit einem letzten Blick drehte er sich weg und wandte ihr den Rücken zu.

Klar, wie immer war sie die Dumme. Edward hatte kein Wort gesagt. Statt dessen saß er da und klopfte ruhig sein Frühstücksei auf. Es kostete sie alle Mühe, nicht aufzustehen und zu gehen. Der Kaffee war ohnehin schon kalt. Resigniert überlegte sie, nach Simon zu sehen. Es war gleich zehn, und er mußte längst hier sein. Victor matschte wieder in seinen Cornflakes. Eine Art Protest, ein zorniger Versuch, mit seiner Enttäuschung fertigzuwerden, aber es raubte ihr den letzten Nerv.

Im selben Moment traten Janas Eltern an ihren Tisch. Robert Czerna war bei ihnen. Malina wünschte sich, sie hätten eine andere Gelegenheit gewählt, sie dem Moderator vorzustellen. Ein Lächeln herbeizaubernd, riß sie sich zusammen und glitt allmählich und angestrengt in ihre Rolle als souveräne Geschäftsfrau.

Sie hatte Czerna sofort erkannt, obwohl sein kantiges Gesicht wesentlich verschlossener wirkte als im Fernsehen und sein Haar länger war, als sie es in Erinnerung hatte. Er lächelte leicht, während er ihr die Hand reichte und sich förmlich vorstellte, aber es war ein freudloses Lächeln, das seine Augen hinter der randlosen Brille nicht erreichte.

Malina lächelte zurück und fragte, ob er denn bei den Behörden in Samos-Town etwas erreicht habe. Sein Gesicht erlosch darauf hin, und die Schatten unter seinen blauen Augen wurden schärfer.

»Sie haben Jana inzwischen obduziert«, sagte er, bemüht, keine Regung aus seiner Stimme klingen zu lassen. Er holte

Luft und fuhr fort: »Vielleicht liegen die Ergebnisse schon heute vor, vielleicht aber auch erst in ein paar Tagen, aber das bedeutet auf keinen Fall, daß wir Jana im Anschluß nach Hause holen können. Auf dem Kommissariat *und* im Krankenhaus haben sie mir gesagt, bis die Formalitäten erledigt seien, könnte es Wochen dauern. Und selbst dann könnte es sein, daß wir sie nicht sofort beerdigen dürften, da in solchen Fällen die deutsche Staatsanwaltschaft, um auf Nummer sicher zu gehen, auf einer nochmaligen Obduktion im Land besteht.« Er brach ab.

Obwohl er das Prozedere schon am Tag vorher erklärt hatte, war Cornelius Krug bei seinen Worten weiß geworden. Schweiß bildete sich auf seiner Stirn. Seine Hände zitterten wie bei einem sehr alten Mann, und sein Körper schien noch mehr zu verfallen. Unsicher wandte Malina den Blick von ihm ab.

Das Schweigen am Tisch wurde quälend und zog sich hin. Jeder schien nach Worten zu suchen, niemand hatte eines parat. Nicht einmal ein Räuspern fiel – aber sie alle besaßen genügend Phantasie, um aus den Worten Robert Czernas Bilder entstehen zu lassen, die kaum erträglich waren und sie verstummen lassen mußten.

Es war Edward, der die Stille schließlich abrupt unterbrach. »Los, Victor«, sagte er. »Iß jetzt auf, dann mieten wir ein Boot und fahren raus.«

»Nein!« Mit aller Vehemenz hieb Victor seinen Löffel in den Cornflakesbrei. »Nur wenn Mama mitkommt.« Die Diskussion schien von vorn zu beginnen. Diesmal jedoch sorgte Edward für kurzen Prozeß. Er packte seinen Sohn, klemmte ihn unter den Arm und trug ihn davon.

Erschöpft ließ sich Malina in ihren Stuhl zurückfallen und seufzte hilflos. Dann sagte sie zur Erklärung: »Mein Sohn wollte den Tag mit mir verbringen. Er ist ziemlich sauer, weil ich keine Zeit für ihn habe.«

»Und jetzt schlägt Ihnen das Gewissen?« fragte Janas Vater.

»Schlagen? Das ist gar kein Ausdruck. Die Trommelei muß bis in die Türkei zu hören sein.«

»Sie sollten sich allmählich daran gewöhnen«, sagte Cornelius Krug. »Kinder zu haben bedeutet, ewig mit einem schlechten Gewissen zu leben.«

»Wie bist du darauf gekommen, Melanie nach Ilias Alexandrou zu fragen?« fragte Simon wenig später, als sie nebeneinander im Wagen saßen und nach Samos-Town fuhren.

»Das hat sich quasi von selbst ergeben«, antwortete Malina. »Ich habe dir doch erzählt, daß ich ihn im vergangenen Jahr mehrmals im Hotel gesehen habe. Und da er wohl kaum als Gast da gewesen ist, mußte er irgend etwas dort zu tun gehabt haben. Logisch, nicht? Und wenn das so war, dann mußte Melanie auch darüber Bescheid wissen.«

»Und sie wußte Bescheid?« Simon stoppte den Wagen und ließ eine Ziegenherde die Straße überqueren.

»Natürlich. Und sie wußte viel mehr, als ich erwartet hatte. Das ist der Vorteil dieser kleinen Insel. Jeder kennt jeden, jeder ist irgendwie mit jedem verwandt und verschwägert – sie wissen einfach alles übereinander. Da bleibt nichts geheim.«

»Und Ilias Alexandrou?«

»Bei dem kriegte Melanie leuchtende Augen.«

»Weshalb?«

»Sagen wir es mal so: Der Mann ist ziemlich attraktiv.«

Simon warf ihr einen schnellen Seitenblick zu. »Ach so«, sagte er diskret, aber sein Ton verriet ganze Armaden von Vermutungen. »Und ...«

»... was sie über ihn erzählt hat? Also, paß auf. Alexandrou ist ungefähr Mitte Dreißig und wurde hier auf Samos geboren. Um es genauer zu sagen in Posidonio.«

»Das ist doch der Ort mit der Taverne direkt am Meer.«

»Genau der. Nachdem er in der Armee gewesen war, hat Alexandrou bei seinem Onkel in einem der Dörfer hier eine Ausbildung zum Schreiner gemacht und ging anschließend für einige Jahre nach Athen, wo er in der Werkstatt eines Möbeldesigners gearbeitet hat. Irgendwann begann er nach seinen eigenen Entwürfen zu arbeiten, und das ziemlich erfolgreich, wie Melanie sagte. Aus diesem Grund war er übrigens auch immer wieder im Hotel. Von ihm stammen einige der Möbel. Zum Beispiel das große, kubistisch anmutende Büfett im Foyer, gleich neben der Sesselgruppe.«

»Ja, ich weiß schon. Erzähl weiter«, unterbrach Simon sie ungeduldig.

»Wie gesagt, er war mit seinen Arbeiten erfolgreich und dachte ziemlich bald daran, sich auf die eigenen Füße zu stellen. Allerdings nicht in Athen. Großstadt ist wohl nicht das Wahre für ihn. Deshalb kam er zurück nach Samos, einen festen Kundenstamm hatte er bereits und arbeitete auf Bestellung. International übrigens.«

»Und über all diese Einzelheiten wußte Melanie Bescheid?«

»Unglaublich, oder? Aber das war ja noch längst nicht alles.«

»Dachte ich mir.«

»Das war sozusagen der offizielle Teil. Jetzt kommt der private. Bevor Alexandrou nach Athen ging, verlobte er sich mit einem Mädchen aus einem der Nachbardörfer. Athina Blabla-Popoulos – ich hab's irgendwo aufgeschrieben. Jahre jünger als er, er muß sie kennengelernt haben, als sie noch zur Schule ging. Sie dürfte nach Melanies Schätzung höchstens Mitte Zwanzig sein und wohl ein Opfer des Patriarchats. Zum Teil ist es auf diesen Inseln noch immer so, daß die Väter auf einer Verlobung bestehen, um die kostbare Tugend ihrer Töchter zu schützen, vor allem, wenn sie noch so jung sind.« Malina hielt einen Augenblick inne und schmunzelte. »Wenn ich mir vorstelle, mein Vater hätte bei meinem ersten Typen ein solches Tamtam veranstaltet. Der hätte achselzuckend aufgelacht, sich umgedreht und an der nächsten genascht.«

»Tja, die Jungs hier haben eben noch Ehrgefühl«, kommentierte Simon ihre Worte, während er in die Uferpromenade von Samos-Town einbog. »Sag mal, wie hast du das aus Melanie herausgekriegt? Sie hat das alles doch nicht einfach so erzählt.«

Malina grinste. »Ganz einfach. Ich habe ihr gesagt, der Typ gefiele mir. So was läßt Frauen immer mitteilsam werden.«

Simon sah sie kopfschüttelnd an: »Daß du Edward damit kompromittierst, ist dir nicht in den Sinn gekommen.«

»Doch natürlich.« Malina sah hinab auf ihre Hände und drehte an ihrem Ehering. »Aber erstens habe ich das ja im Zuge unserer Ermittlungen verlauten lassen, und zweitens glaube ich nicht, daß Edward sich momentan kompromittiert fühlen würde. Er fühlt, was mich angeht, im Augenblick anscheinend gar nichts.« Sie nahm den Ring jetzt ab und rollte ihn zwischen zwei Fingern.

»Verdammter Mist, was, Pralinchen?« Simon verwünschte seine Unfähigkeit, in solchen Momenten das Richtige zu sagen.

Malina steckte den Ring wieder an und lächelte hilflos. »Kluger Simon. Hast die Situation in zwei Worten erfaßt.«

»Sollen wir ... willst du darüber reden?«

Sie hob den Kopf und sah ihn an. »Nicht jetzt. Vielleicht dann, wenn ich's gar nicht mehr aushalte.«

»Gut.« Sein Blick taxierte sie, aber er fand nichts als eine Frau, die sich am Riemen riß. »Dann mach doch bitte mit der Alexandrou-Saga weiter. Spannend.«

Malina lachte jetzt wieder. »Die beiden haben sich also verlobt, blieben es sieben Jahre lang und zogen sogar in ein gemeinsames Haus. Aber geheiratet haben sie nie. Ist doch merkwürdig, nicht?«

Simon zuckte zur Antwort nur mit den Schultern. Heirat, Verlobung – davon war er selbst immer weit entfernt gewesen. Sie waren inzwischen am Krankenhaus angekommen, und er sah sich nach einem Parkplatz um.

»Na ja, wie dem auch sei«, fuhr Malina fort. »Eines Tages im letzten Sommer löste Alexandrou die Verlobung. Einfach so, aus heiterem Himmel. Niemand wußte, warum. Es muß einen Riesenaufstand gegeben haben. Endlose Streitereien, Athinas Vater tobte. Melanie sagte wörtlich: ›Can you imagine? He tried to *kill* him!‹ Das Mädchen weinte tagelang und ging nicht mehr zur Arbeit, aber Ilias Alexandrou blieb bei seinem Entschluß, dessen Gründe er mit keinem Wort verriet. Athina zog aus, er gab das Haus auf, in dem sie gemeinsam gewohnt hatten, und kaufte das in Platanos. Er ließ einfach die Jalousien runter und zog sich dahin zurück wie Diogenes in seine Tonne.«

»Jana«, diagnostizierte Simon lakonisch , während er zwischen einem dreirädrigem Lieferwagen und einem Nissan einparkte.

»Genau, Jana«, stimmte Malina ihm zu. »Sie müssen sich damals kennengelernt haben.«

»Und wußte Melanie, ob sich das inzwischen auf der Insel herumgesprochen hat?«

»Nein. Sie erwähnte Jana mit keinem Wort.«

»Das verstehe ich nicht. Jana muß doch die ganze Zeit bei Alexandrou in Platanos gewesen sein. Und sie war mit ihm auf diesem Fest. Da sind sie doch gesehen worden.«

»Stimmt.« Malina runzelte nachdenklich die Stirn. »Ich kann es mir nur damit erklären, daß Platanos sehr abgeschieden im entgegengesetzten Teil der Insel liegt, dazu hoch oben in den Bergen. Weit weg vom Schuß.«

»Nicht unclever von Alexandrou.« Simon grinste. »Als er sich an der Küste nicht mehr blicken lassen konnte, zog er hinauf in die Berge.«

Er schaltete den Motor ab und schloß das Schiebedach. »Da ist ganz schön viel Fleisch an der Geschichte. Nicht schlecht gemacht, Pralinchen. Jetzt müssen wir nur noch diesen Ilias auf seiner Odyssee finden. Der Pfeil zeigt eindeutig in seine Richtung.«

»Und in die Richtung dieser Athina«, fügte Malina hinzu. Als Simon sie fragend ansah, bemerkte sie: »Eifersucht und Rache.«

Zwei freie Tage hatten Doktor Orphanides gutgetan. Er sah frischer aus als bei ihrer letzten Begegnung. Die Ringe unter seinen Augen waren verschwunden, sein Teint war von gesünderer Farbe. In seinem weißen Kittel und wieder mit dem Stethoskop um den Hals wartete er auf Malina und Simon in einem kleinen Büro im Keller des Krankenhauses. Malina hatte ihren Besuch vorher telefonisch angekündigt und legte jetzt die von Janas Eltern unterschriebene Legitimation vor, die sie befugte, in dem Fall zu ermitteln.

»Wir haben von Frau Nicolais Bruder gehört, daß die Obduktion inzwischen abgeschlossen ist.« Sie klang sehr sachlich. »Können Sie uns sagen, zu welchen Ergebnissen Sie gekommen sind?«

»Was genau wollen Sie wissen?« Orphanides zog einen blauen Hefter aus einem Stapel hervor und schlug ihn auf.

»War es Mord oder Selbstmord?« Die Frage kam blitzschnell.

Orphanides hingegen ließ sich Zeit mit seiner Antwort und kniff leicht das linke Auge zusammen. »Was die Obduktionsergebnisse angeht, könnte es beides gewesen sein.

Es kommt jetzt noch darauf an, was die Spurensicherung sagt.«

»Könnten Sie das ein bißchen näher erklären?« fragte Simon.

»Ich bin zwar kein Pathologe, sondern vertrete ihn heute nur, aber ich kann trotzdem versuchen, es Ihnen zu erklären. Wenn jemand freiwillig aus großer Höhe springt, dann kommt der Körper auf eine andere Art auf, als wenn er zum Beispiel gestoßen wird.«

»Weshalb?«

»Nun, die Verletzungen sind unterschiedlich. Ein Selbstmörder springt meistens, indem er einen Schritt nach vorn macht und sich einfach fallen läßt. Dabei kommt er zuerst mit den Füßen auf. Das heißt, beim Aufprall schieben sich die Knochen von unten nach oben im Körper zusammen und bohren sich stellenweise auch durch die Haut.«

»Und was passiert, wenn jemand gestoßen wird?« unterbrach ihn Malina

»Dann ist es in den meisten Fällen so, daß der gesamte Körper aufprallt.«

»Und dann ...?«

»... zerplatzen Organe ebenso wie die Haut, die Knochenbrüche sind anderer Art«, erwiderte Orphanides mit jener Erbarmungslosigkeit, die im allgemeinen Chirurgen nachgesagt wird.

»Wie ist es bei Jana Nicolai gewesen?«

»Der Art ihrer Verletzungen nach ist sie mit dem gesamten Körper aufgeschlagen. Allerdings aus nicht sehr großer Höhe. Zwei, drei Meter höchstens, dann muß sie auf einer Art Plateau aufgekommen sein und hat sich noch ein paar Mal überschlagen.«

»Daß heißt«, mutmaßte Simon, »jemand hat sie gestoßen.«

Orphanides schwieg zunächst wieder. Schließlich sagte

er: »Im Grunde ja. Was aus unserer Sicht allerdings dagegen spricht: Wir haben an Jana Nicolais Körper keinerlei Kampfspuren gefunden. Wenn jemand sie gestoßen haben sollte, dann muß das unvermittelt und mit einem einzigen Hieb geschehen sein.«

»Woran ist Frau Nicolai denn letztendlich gestorben?« schaltete sich Malina leise wieder ein.

»An der Zahl und Schwere ihrer Verletzungen.«

»Die da waren ...?«

»Verschiedene Knochenbrüche, aber das hätte man heilen können, vielleicht hätte man auch die inneren Blutungen stoppen können. Nicht unbedingt, doch es hätte eine kleine Chance bestanden ...« Dr. Orphanides verstummte für einen Moment und sah hinab auf seinen Ordner, als stünden darin die Worte, die er brauchte. Dann holte er Luft und hob wieder den Kopf. Sein Blick ging direkt in Malinas Augen, als er sagte: »Ihr Schädel war gebrochen, aber letztlich starb sie an einem Herzriß an der linken Lungenvene. Was um so tragischer ist, wenn man bedenkt, daß sie im Kindesalter an einem Septumdefekt operiert worden war.«

»Ein was?«

»Ein Septumdefekt. Einfach ausgedrückt: ein Loch in der Herzscheidewand, an dem sie mit ungefähr fünf Jahren operiert worden sein muß. Die inneren Vernarbungen sprechen dafür.«

»Aber äußerlich sah man keine Narbe. Wie das?«

Orphanides sah sie fast spöttisch an. »Miss Nicolai war Schauspielerin. Ich denke, da ist es gang und gäbe, sich dem Geschick eines Schönheitschirurgen zu überlassen. Sie hat die Narbe wohl entfernen lassen.«

»Natürlich, Sie haben recht«, murmelte Malina. »Wie kam diese Verletzung denn zustande?«

»Wir nehmen an, daß sie mit dem Brustkorb auf etwas sehr Hartes, Scharfkantiges geprallt ist. Vielleicht ein Stein oder Felsbrocken – irgendwas, das in der Gegend herumlag ...«

»Mein Gott«, flüsterte Malina. In diesem Augenblick begann sie, Edward besser zu verstehen.

»Da war noch etwas«, unterbrach der Arzt ihre Gedanken.

»Ja?« Matt sah sie ihn an.

»Jana Nicolai war stark alkoholisiert. Zwei Komma drei Promille.«

»Was?«

»Zwei Komma drei Promille«, erklärte Orphanides noch einmal. »Es könnte also auch ein Unfall gewesen sein.«

»Wenn sie allein war, vielleicht«, sagte Simon. »Wenn jemand bei ihr war und hat sie so liegen lassen – wie würden Sie das dann nennen?«

Doktor Orphanides zuckte die Schultern. »Darüber müssen Sie mit der Polizei sprechen.«

Für ein paar Minuten wurde es still in dem kargen kleinen Büro, doch die Luft war erfüllt von Gedanken.

Irgendwann sagte Malina: »Wir würden Jana gern noch einmal sehen.«

»Wenn Sie meinen ...«, Orphanides zögerte.

Malina wußte selbst nicht, weshalb ihr diese Worte über die Lippen gekommen waren, doch als sie wenig später mit Simon und dem Arzt in der Kühlkammer stand und Orphanides eines der Fächer öffnete, in dem Janas Körper lag, wußte sie warum: Sie mußte Jana noch einmal sehen – dann erst würde ihr es vielleicht gelingen, ihren Tod zu *glauben*.

Die Kühle stand im krassen Gegensatz zur Hitze draußen. In seiner weißen, stählernen Funktionalität schien der Raum wenig geeignet, auch nur eine Stunde darin zu verbringen.

Und dann dies als letzte Station?

Als Malina das helle Leinentuch sah, unter dem sich die Konturen eines Körpers abzeichneten, klopfte ihr das Herz vor Angst. Sie wich einen Schritt zurück, riß sich jedoch zusammen und nickte dem Arzt, der ihre Reaktion bemerkt hatte und sie fragend ansah, verhalten zu. Er hob das Laken an und zog es der Toten bis knapp unter die Schultern.

Wächsern, blaß, ein schönes Gesicht, ebenmäßig, rein.

Aber nicht Jana. Nicht so, wie sie es im Leben war. Im Tod wirkte sie von allem losgelöst, erhaben fast und streng durch das aus dem Gesicht gekämmte Haar. Weit weg von jener Quecksilbrigkeit, die ihr so zu eigen gewesen war, weit weg von jener Wärme, die in ihren Gesten gelegen hatte.

Hier lag nur noch ein Leib, der nichts mehr zu geben hatte, und wenn es eine Seele gab, so hatte sie ihn längst verlassen.

Wir enden nicht in unseren Körpern, dachte Malina, während sie auf das fremdgewordene Antlitz hinuntersah. Das, was uns ausmacht, geht woanders hin.

Es war gut, Jana noch einmal zu sehen. Denn das, was sie hier sah und empfand, tröstete sie. Nichts, was ihre Erinnerungen an Jana zerstören könnte.

Hinter ihr erklang ein Räuspern.

»Sagen Sie, Doktor Orphanides«, hörte sie Simon wie durch Nebel sagen, »ist es nicht üblich, sämtlichen Schmuck zu entfernen, bevor eine Leiche obduziert wird?«

»Natürlich ist es das.«

»Warum trägt Jana Nicolai dann Ohrringe?«

Unwillkürlich fiel Malinas Blick darauf. Es stimmte, was Simon sagte. In Janas Ohrläppchen steckten mandelsplittergroße Glitzersteinchen. Diamanten, die sie vollkommen übersehen hatte.

»Sie haben recht.« Doktor Orphanides schüttelte irritiert den Kopf und schlug wieder den blauen Hefter auf. Nachdem er eine Weile darin geblättert und gelesen hatte, sagte er. »Es gibt eine Erklärung dafür. Mein Kollege, Doktor Stanislopoulos, hat eine kurze Notiz darüber hinterlassen. Der Schmuck wurde Frau Nicolai natürlich abgenommen, und so wie üblich sollte er den Angehörigen übergeben werden. In diesem Falle einem ...« Er sah noch einmal im Ordner nach, »... einem Robert Czerna. Er sah allerdings davon ab und bat uns, die Ohrringe wieder anzustecken. Sie seien ein Geschenk von ihm selbst gewesen. Frau Nicolai sollte damit beerdigt werden. Offensichtlich gab es für Doktor Stanislopoulos keinen Grund, diesem Wunsch zu widersprechen.«

»Aha«, murmelte Malina und dachte an den goldenen Ohrring, den Simon zwischen den Bootssitzen gefunden hatte und den sie jetzt in ihrer Handtasche trug. Eines war damit klar: Wenn Jana in jener Nacht mit Ilias Alexandrous Boot auf die Insel gekommen war, so hatte sie zumindest nicht diese Ohrringe getragen, sondern die kleinen Diamanten. Aber was sagte das schon? Sie seufzte und kehrte mit einem Blick in die braunen Augen von Doktor Orphanides in die Gegenwart zurück.

»Einen Kaffee?« fragte Simon, als sie wieder draußen in der Sonne standen.

»Gute Idee«, erwiderte Malina und folgte Simon zum Auto. Kein Wort fiel zwischen ihnen, während Simon den kleinen Wagen durch den bunten Mittagsverkehr zum Platía Pythagoras lenkte. Sie überholten Mädchen, die mit braunen Beinen und fliegenden Haaren auf ihren Vespas über den Asphalt flogen, standen an einer Ampel neben einem obstbeladenen Lieferwagen, Cabrio-Fahrer hupten und gestikulierten, und mitten in dieses lärmende, farbige Leben drängte sich, wie ein Dia, das auf- und abgeblendet wurde, Janas Bild. Schlußblende.

Sie parkten das Auto und setzten sich in eines der Straßencafés. Nachdem sie bestellt hatten, sagte Simon: »Geht's dir einigermaßen gut?«

»Ja, es ist alles in Ordnung. Nur ein bißchen traurig.«

»Ja.« Dann nach ein paar Momenten: »Die Sache mit den Ohrringen war wohl nichts.«

»Nein. Nicht auf den ersten Blick.« Malina kramte nach einer Zigarette.

»Was mich allerdings schon die ganze Zeit beschäftigt«, fing Simon wieder an, »ich habe nie davon gehört, daß Robert Czerna und Jana Nicolai Geschwister, ja nicht einmal, daß sie verwandt sind. Aber offensichtlich war ihr Verhältnis sehr eng. Immerhin hat er ihr diese kleinen Diamanten geschenkt und sich gewünscht, sie solle damit begraben werden. Ich weiß nicht, aber in meinen Ohren klingt das doch ein bißchen merkwürdig.«

»Dasselbe habe ich gestern schon gedacht, als ich erfahren habe, in welchem Verhältnis die beiden zueinander standen. Doch nach allem, was ich mitgekriegt habe, hatte Jana eine tiefe Abneigung gegen die Presse. Erinnerst du dich noch, wie sie über diesen Fotografen gesprochen hat? Sie wollte nicht, daß auch nur ein Hauch ihres Privatlebens an die Öffentlichkeit gezerrt wurde. Diese ganze Geheimniskrämerei um Ilias Alexandrou – ich meine, sie hat *uns* gegenüber einen Flug nach Deutschland *vorgetäuscht*, nur um nichts herauszulassen. Ich glaube, sie wollte Filme machen und ansonsten eine völlig private Frau sein.«

»Du meinst, deshalb hat sie auch nie etwas über Robert Czerna verlauten lassen? Oder er über sie?«

»Genau.«

»Hm.« Simon kratzte sich an der linken Schläfe. »Das könnte natürlich sein. Trotzdem, irgend etwas sagt mir, daß ... ich weiß noch nicht ... Auf jeden Fall bleibt es in meinen Augen merkwürdig.«

»Merkwürdig ja, aber nicht unerklärlich.« Malina zog an ihrer Zigarette und sah Simon aufmerksam an. Sie wußte, seine Intuition war stark, und sie konnte ihr vertrauen, aber ... An diesem Punkt geriet auch sie ins Stocken. Sie sah nichts in dieser Richtung. Es war wie immer: Sie würden jeden Hinweis, jeden Verdacht, jedes Fakt wie Steinchen vom Boden aufklauben, um sie zum Schluß in der richtigen Reihenfolge auf eine Kette aufzufädeln, an deren Ende die Lösung stand.

Es sah am Anfang immer hoffnungslos aus – doch das war es nie. »Fahren wir an den Set«, sagte sie auf der Suche nach dem nächsten Steinchen. »Vielleicht finden wir dort etwas.«

Es schwirrte nichts mehr um die Villa Semili. Das Gesumme hatte aufgehört, die ersten Anzeichen, daß sie bald wieder einsam aufs Meer blicken würde, waren schon vorhanden: Die Kameraschienen im Garten waren verschwunden, das Gerüst an der Hinterseite des Hauses war abgebaut. Sogar die Oleanderbäume und die Hortensien in den riesigen Holzbottichen schienen wieder an die Gärtnerei zurückgegeben worden zu sein. Da, wo die Pflanzen zuvor gestanden hatten, waren nur noch schwache Ränder am Boden zu sehen.

Kein aufgeregtes Geschnatter, kein Gelächter oder derber Witz, ja, nicht einmal die Stimme Skinny Rothmanns füllte das Terrain.

Janas Liegestuhl, in dem sie in jener unheilvollen Gärtnerszene gelegen hatte, stand nicht mehr im Garten, nur noch das Sonnenschirmchen, das sie damals in der Hand gehalten hatte, lehnte allein gelassen in einer Ecke gegen die Hauswand.

Von den Hauptdarstellerinnen war nur noch die Bernauer da. Sie drehten gerade eine Szene mit ihr, in der sie, einen

Koffer in der Hand, aus dem Haus kam, sich suchend umblickte und ein fragendes »Konstantinos?« in die Gegend schickte.

So lautlos wie möglich schlichen Malina und Simon über den Kies der Auffahrt, und dennoch zischte von irgendwo her das obligatorische »Ruhe«.

Simon lächelte beruhigend in die Richtung, aus der es gekommen war, und setzte sich zusammen mit Malina auf eine Klappbank im hinteren Teil des Gartens.

Niemand kümmerte sich um sie, bis die Szene nach weiteren anderthalb Stunden endlich abgedreht war. Anderthalb Stunden, in denen die Bernauer wieder und wieder mit dem Koffer in der Hand aus dem Haus gekommen war und »Konstantinos« gerufen hatte. Zum Verrücktwerden, hatte Malina gedacht und erleichtert geseufzt, als Skinny Rothmann endlich »Danke, gut!« gerufen hatte.

Als er von seinem Klappstuhl aufgestanden und im Begriff war, mit großen Schritten in ihre Richtung zu staksen, holte Malina ihr funkelndstes Lächeln hervor, schüttelte noch einmal ihr Haar auf und ging ihm ein Stück entgegen.

»Hallo, Herr Rothmann, schön Sie zu ...« Der Rest des Satzes blieb irgendwo in ihrer Kehle hängen. Rothmann war an ihr vorübergeweht, ohne daß sein ferner Blick sie auch nur gestreift hätte. Verblüfft starrte sie ihm hinterher, blickte dann zu Simon und erkannte an seinem Versuch, sich das Lachen zu verbeißen, daß er Zeuge dieser Peinlichkeit geworden war.

Noch einmal schüttelte sie ihr Haar und marschierte Rothmann hinterher. Er war jetzt hinter dem Haus, und bevor sie um die Ecke bog, hörte sie ihn etwas rufen, das wie »Puppa, bring uns mal zwei Kaffee, ja?« klang, worauf eine eifrige Stimme »Geht klar, Chef!« antwortete und das Mädchen mit dem Klemmbrett um die Ecke flog und mit Malina zusammenstieß.

»Was wollen Sie denn schon wieder hier?« Ihre Stimme wechselte von der Soubrette zur Hosenrolle, und sie schoß einen giftigen Blick aus ihren gelben Fuchsaugen.

»Vorsprechen, was sonst? Und bitte bringen Sie drei Kaffee.« Malina nickte ihr freundlich zu und ließ sie stehen. Zum x-ten Mal dachte sie, daß Arroganz nur mit Arroganz bekämpft werden konnte.

Hinter dem weinbewachsenen Spalier der Laube saß Rothmann und sprach mit einem anderen Mann, den Malina nicht erkennen konnte. Sein Rücken war ihr zugewandt, aber er schien aufmerksam auf das zu lauschen, was Rothmann von sich gab. »Jana«, hörte sie ihn sagen und blieb unwillkürlich stehen, »hatte das gewisse Etwas. So etwas Erfahrenes, Wissendes und doch Unschuldiges, es konnte einen um den Verstand bringen und war zugleich rührend. Ich erkannte es gleich, als ich sie zum ersten Mal sah. Es machte sie sehr verletzlich. Im Gegensatz zu anderen habe ich es respektiert. Das Vertrauen zwischen uns war unbedingt.« Er zündete sich eine Zigarette an und schien zu überlegen. Nach einem weiteren tiefen Zug beugte er sich dem Reporter entgegen und sagte: »Sie kam oft zu mir und holte sich Rat. Unser Verhältnis ging über die Arbeit hinaus.«

»Sie meinen, Sie und Jana Nicolai haben sich geliebt.«

»Nun ja, was immer Liebe bedeutet ...«

Rothmann gab offensichtlich ein Interview, und nun erkannte Malina auch den anderen Mann. Es war jener Reporter mit der Samtstimme, der ihr mit der Bitte, Edward von einem Interview zu überzeugen, vor ein paar Tagen seine Visitenkarte in die Hand gedrückt hatte. Ihre Brauen hatten sich höher und höher gehoben, als Rothmanns Worte zu ihr gedrungen waren. Soweit sie sich erinnerte, war es nicht unbedingt die pure Wahrheit, die augenblicklich in Flötentönen aus seinem Mund perlte. Rothmann hatte damals auf dem Hotelfest deutlich versucht, Vertraulichkeit zu demonstrieren, und Jana hatte ihn ziemlich deutlich zurückgewiesen. Und das nicht zum ersten Mal. Es war ihr, als stünde Jana in diesem Moment neben ihr und meinte: »Gott, daß er's nicht kapiert. Hundertmal hab' ich ihm schon gesagt, ›Skinny mit mir nicht‹, aber es reicht wohl immer noch nicht.« Und dann hatte sie heftig an ihrer Zigarette gezogen und erbittert gesagt: »Wenn du noch nicht etabliert bist, erwarten sie es von dir, damit sie dir weiterhelfen. Und wenn du's dann bist, erwarten sie es, weil du deine Dankbarkeit gefälligst zeigen sollst. Die Macht ist meistens auf der falschen Seite. Arschgeigen!«

Dann war sie davongegangen und wenig später in den Pool gestürzt ... Merkwürdig, daß sie, Malina, damals keinen Zusammenhang gesehen hatte.

Sie beschloß, ihre eigenen Fragen an Skinny Rothmann aufzuschieben und statt dessen noch eine Weile zuzuhören. Hoffentlich ließ sich diese Gans mit dem Kaffee Zeit. Wenn die sie hier beim Lauschen erwischte, wäre das mehr als peinlich. In der Hoffnung auf ein mögliches Versteck sah Malina sich um. Das einzige, was sie entdecken konnte, war die dichtgewachsene Bougainvillea in der Ecke zwischen Hauswand und Laube. Wenn sie es schaffte, sich dahinterzuzwängen, wäre sie zwar im Grunde keinen Deut besser als dieser miese kleine Fotograf, aber immerhin wären es ihre Absichten. Vorsichtig bog sie die Zweige auseinander, streckte erst das rechte Bein hindurch, dann das linke, zog den Oberkörper nach, und mit einem leisen Rascheln schlossen sich die Zweige wie ein Vorhang hinter ihr. Sie ließ sich in die Hocke nieder und stützte ihren Rücken gegen die Hauswand. So würde es eine Weile gehen. Niemand, dachte sie, würde sie hier entdecken, weil niemand sie hier suchte.

Sie konzentrierte sich wieder auf das Gespräch der beiden Männer. »Mord oder Selbstmord«, sagte der Journalist gerade. »Bislang sind beide Theorien nicht ausgeschlossen. Wohin tendieren Sie?«

Darauf erwiderte Rothmann äußerst gewandt: »Sie werden verstehen, daß ich mich dahingehend weder äußern will noch äußern kann. Nur soviel: Als Jana vor ein paar Wochen auf der Insel ankam, wirkte sie fahrig und zerschlagen. Dann dieser Sturz in den Pool, auch bei den Dreharbeiten gab es Schwierigkeiten, aber das änderte sich plötzlich. Sie lebte auf, erholte sich. Sie wirkte am Schluß nicht wie jemand, der tieftraurig war. Im Gegenteil.«

»Was haben Sie empfunden, als Sie die Nachricht von Ihrem Tod erfuhren?«

Rothmann räusperte sich mehrfach, bevor er zur Antwort ansetzte: »Unglauben zuerst. Dann tiefste Bestürzung. Zuletzt Schuld.«

»Schuld?« wiederholte der Journalist gespannt.

»Ja, Schuld insofern, als daß man glaubt, man hätte irgend etwas verhindern oder helfen können. Sehen Sie, Jana wurden in der letzten Zeit immer seichtere Rollen angeboten, dabei war sie eine Schauspielerin von ernsthafter Tiefe. Eine, der es gelang, die Zwischentöne einer Rolle mitzuspielen. Das können nur wenige. Aber in ihren letzten Filmen ist sie nicht mehr entsprechen gefordert worden. Ich habe ihr die Rolle im ›Samischen Lächeln‹ gegeben, weil sie sonst vor die Hunde gegangen wäre, sie brauchte dringend einen solchen Part. Vielleicht hatte sie Angst, danach wieder diesen Unsinn spielen zu müssen.«

»Also doch die Selbstmordtheorie«, warf der Journalist schnell kombinierend ein.

»Nein. Nur der leise Vorwurf an mich selbst, jemandem nicht genügend geholfen zu haben. Wir alle hätten helfen können, aber die Schnellebigkeit unserer Zeit läßt uns so vieles einfach übersehen ... Wir haben ... *ich* habe einfach nicht gewußt, wie tief ihre Verzweiflung war.«

Malina wurde fast schlecht in ihrem Versteck. Diese larmoyante, vor künstlicher Betroffenheit triefende Stimme, die mit kalkulierten Verzögerungen all diese Dinge sagte. Und dann der Zornausbruch des Regisseurs in ihrer Erinnerung, seine kreischende Stimme, als Jana in dieser Gärtnerszene zusammengebrochen war und ganz offenkundig Hilfe gebraucht hatte. Es war ihm nichts Besseres eingefallen, als herumzuschreien, daß er nicht die verdammte Betty-Ford-Klinik sei.

Irgendwann kam das Mädchen und brachte den Kaffee. »Wo ist denn diese Rothaarige, Chef? Sie wissen schon, die mal mit diesem Typen hier am Set herumhing und deren Mann Jana gefunden hat«, hörte Malina sie fragen, worauf von Rothmann nur abwesendes Gemurmel erklang, der Journalist aber mit erwachender Stimme verlauten ließ: »Sie ist hier? Wenn Sie sie sehen, geben Sie mir doch bitte Bescheid!«

Instinktiv drückte Malina sich näher an die Hauswand und zog den Kopf tiefer zwischen die Schultern. Das Mädchen antwortete irgend etwas Unverständliches und ging dann dicht an ihr vorüber. Durch die Zweige der Bougainvillea sah sie die flatternden Hosenbeine, aber wie sie richtig vermutet hatte, blieb sie selbst unbemerkt.

Mit sich allmählich verkrampfenden Oberschenkeln und immer trockener werdendem Mund – die Hauswand strahlte wie ein Kachelofen Hitze ab – lauschte Malina dem weiteren Gespräch der Männer, das noch immer Janas Verzweiflung zum Mittelpunkt hatte. Irgendwann jedoch knarzte endlich ein Stuhl, der Journalist schien sich verabschieden zu wollen. Daß sie richtig damit lag, bestätigte Skinny Rothmanns betont beiläufig hervorgebrachte Frage: »Und das Interview erscheint in der nächsten Woche? Sie schicken mir doch sicher ein paar Belegexemplare?«

»Selbstverständlich, Herr Rothmann«, antwortete der

Reporter servil. Malina hätte gern gewußt, wie seine wahren Empfindungen hinter all dieser Schein-Solidarität waren. Eigentlich müßte ihm doch zum Kotzen sein.

Als die Männer aus der Laube gegangen waren – wieder waren zwei Paar Hosenbeine an ihr vorübergestakst –, richtete sie sich seufzend auf, klopfte sich Blütenstaub von der Hose und kroch hinter der Hecke hervor.

In der Laube standen zwei leere Kaffeetassen. Alles war verlassen und still. Nur ein paar Zikaden zirpten schläfrig in den Zypressen. Für ein paar Augenblicke blieb Malina dort stehen und bemerkte, daß über dieser tief verspürten Abneigung ihr Sinn für Schönheit verlorenzugehen schien. Die Villa in ihrer Zauberhaftigkeit berührte sie nicht, der seufzende Wunsch, sie zu besitzen, war verschwunden. Samos hatte seine Leichtigkeit verloren. Sie kehrte dem Platz den Rücken zu und machte sich auf die Suche nach Simon.

Er saß mit Axel, dem Kameramann unten am Bootssteg, den unvermeidlichen Energy-Drink in der Hand.

»Habt ihr für mich auch einen?« Inzwischen starb sie beinahe vor Durst.

»Klar, ich hol schnell Nachschub.« Axel sprang auf und verschwand in Richtung Villa.

»Sag mal, mußtest du mit Rothmann ins Gebüsch, um an deine Informationen zu kommen?« Simon zupfte ihr zwei lila Blüten und ein Blatt aus dem Haar und hielt sie ihr vors Gesicht.

»Na ja, so ungefähr.« Sie holte tief Luft und erzählte ihm von ihrem Versteck und von Rothmanns Auftritt. »Ich sag' dir, Tartüff ist ein Riesenwitz gegen den.«

»Hier, Ihr Drink.« Axel war wieder zurück und öffnete zischend eine Dose für sie.

»Danke.« Malina leerte sie in ein paar Schlucken und fragte dann: »Haben Sie jemals davon gehört, daß Janas Verhältnis zu Rothmann über das am Set hinausging?«

»Sie meinen, ob sie etwas miteinander hatten?«

»Ja.«

Axel warf einen prüfenden Blick über seine Schulter und erwiderte dann: »Unter uns: Wenn es nach Rothmann gegangen wäre, schon. Er scheint bei seinen Hauptdarstellerinnen geradezu davon besessen zu sein. Egal, um welche es geht. Man könnte annehmen, es sei zum ›Must Have‹ seiner Verträge geworden.«

»Und Jana?« Malina sah in gespannt an.

»Keine Chance.Sie war da völlig eisern. Rothmann hat es zwar immer wieder versucht, ist aber jedesmal abgeblitzt. Und nicht nur bei diesem Film. Schon vor Jahren, als sie ›Abgedreht‹ zusammen gemacht haben.«

»Er erzählt allerdings das Gegenteil.«

»Kann ich mir vorstellen. Das braucht er für sein Ego.«

»Weshalb hat er ihr dann die Rolle im ›Samischen Lächeln‹ gegeben? Normalerweise zieht es Männer nicht zu ihren Niederlagen hin«, stellte Malina fest.

»Sagt er das? Daß *er* ihr die Rolle gegeben hat?« Axel lachte spöttisch auf.

»Ja, das sagt er. Und daß die Schnellebigkeit unserer Zeit ihn daran gehindert hätte, Jana mehr zu unterstützen.«

Axels Lachen war noch spottriefender als zuvor. »Die Schnellebigkeit unserer Zeit! Was für ein Blödsinn! Es war ein Machtspiel gewesen und hatte mit gekränkter Eitelkeit zu tun, weshalb er Jana nach ›Abgedreht‹ keine Rollen mehr gegeben hat. Die Stella von Arnim im ›Samischen Lächeln‹ hatte sie deshalb bekommen, weil die Produzentin auf Jana bestanden hat. Rothmann hat anfangs heftig abgewehrt und seinen Regieauftrag fast platzen lassen.«

»Und weshalb hat er's dann doch gemacht?« warf Simon ein.

Axel zuckte die Schultern. »Kohle. Ansehen. Prestige und nochmals Kohle. Was sonst? Und vielleicht ...«

»… neue Hoffnung im Hosenlatz«, ergänzte Malina trocken.

»Genau.«

»Könnten Sie sich vorstellen, daß er sich an Jana rächen wollte, nachdem sie ihn abgewiesen hat?«

»Sie meinen, daß er …? Nein, soweit kann ich ihn nicht beurteilen. Ich kann ja nicht in ihn hineinsehen. Ich würde mich zu weit aus dem Fenster lehnen, wenn ich dazu etwas sagte.« Axel verstummte.

Malina sah ratlos zu Simon, der den Ball rasch wieder aufnahm. »Es scheint, als hätten Männer in Janas Leben eine weit größere Rolle gespielt, als nach außen angenommen. Erinnerst du dich noch an das, was Nikos Sakellarios dir damals erzählt hat, als du gemeinsam mit ihm vom Set geflohen bist?«

»Du meinst, nachdem Jana in dieser Gärtnerszene zusammengebrochen ist?« Ihren eigenen Streit mit Jana verschwieg Malina an dieser Stelle wohlweislich.

Simon, der sie sofort durchschaute, sagte nur: »Genau. Und Sakellarios hat dir erzählt, daß er Jana an jenem Morgen beobachtet habe, wie sie sich heftig mit einem Mann gestritten habe.«

»Ja, ich erinnere mich. Uns hat sie dann erzählt, sie hätte mit dem Regieassistenten probiert, um für eine Szene mit Johannes Jäger vorbereitet zu sein.«

Der Kameramann grinste darauf hin. »Das ist echt Jana. Eine ihrer typischen Ausreden. Einmal kam sie fast zwei Stunden zu spät an den Set, an dem sie schon wochenlang zuvor gedreht hatte, und als sie daraufhin angeraunzt wurde, imitierte sie mit Kulleraugen Marilyn Monroe und sagte: ›Es tut mir so leid, aber ich kann nichts dafür. Ich hab' das Studio nicht mehr gefunden.‹ Was sollte man darauf noch erwidern?«

»Nichts«, sagte Malina lakonisch, die sich an ihre eigenen Reaktionen auf Janas Geschichten erinnerte. »Da kann man nur platzen. Aber was war denn nun mit diesem Mann?«

»Der Streit war echt gewesen. Das hat Sakellarios gleich richtig eingeschätzt«, antwortete Simon. »Auch Axel hat ihn beobachtet und ihn schließlich in die Flucht geschlagen, indem er nach Jana gerufen hat.«

»Konnten Sie den Mann erkennen?«

»Nein. Ich war zu weit weg, und er stand mit dem Rükken zu mir. Er war groß, trug Jeans und ein weißes T-Shirt. Nichts Auffälliges. Auf dem Kopf ein Cap. Aber er schien völlig außer sich gewesen zu sein und schüttelte Jana an den Schultern.«

»Konnten Sie verstehen, wie die beiden miteinander gesprochen haben? War es deutsch oder ...?« Malina verstummte. In welcher Sprache hatte Jana mit Alexandrou eigentlich gesprochen? Sie hatte sie zwar griechisch singen hören, aber das mußte ja nicht bedeuten, daß sie es auch sprechen konnte. »... oder war es eine andere Sprache?« nahm sie ihren Gedanken wieder auf.

Axels Antwort war enttäuschend. »Nein, das konnte ich nicht verstehen. Nur am Schluß, als er endlich ging, wurde sie richtig laut und schrie ihm ›fuck you‹ hinterher.«

»Und das ist ziemlich international und damit nicht sehr ergiebig«, warf Simon ein, der Malinas Überlegung sofort begriffen hatte.

»Aber irgend etwas an der Geschichte muß ja ergiebig sein«, kombinierte Malina. »Ihr hättet sie ja sonst nicht erwähnt.«

»Stimmt. Es geht um Janas Verhalten *nach* diesem Treffen. Vielleicht schildern Sie es Malina noch einmal.« Simon wandte sich Axel zu, der sein Tabakpäckchen aus der Hose zog und sich eine Zigarette zu drehen begann. »Jana war immer ein bißchen aufgedreht, nie sehr ruhig oder gelassen«, sagte er, während er die Tabakkrümel säuberlich zwischen das Blättchen legte und den Filter eindrehte, »aber an diesem Morgen war sie völlig von der Rolle. Ihre Beine zitterten, als sie vom Strand zurückkam. Ich habe es deutlich gesehen. Irgendwie schien sie sich gar nicht mehr zu beruhigen. Sie war fahrig, sah immer wieder auf ihre Uhr und war unkonzentriert. Wie soll ich es ausdrücken? Es klingt vielleicht zu pathetisch, aber sie wirkte auf mich wie ein gehetztes Reh.«

»Und Sie meinen, Janas Zustand hatte etwas mit dieser Szene unten am Strand zu tun?«

»Ja. Ich weiß es deshalb noch so genau, weil ich mich dauernd gefragt habe, wer dieser Typ gewesen war, der sie so fertig gemacht hatte. Dann hat Betty sich um sie gekümmert, und sie erholte sich schließlich.«

»Bis zum Nachmittag«, unterbrach Simon ihn. »Da ist sie dann endgültig zusammengebrochen.«

»Ja«, sagte Malina leise und erinnerte sich mit einem schlechten Gewissen daran, wie sie Jana im Brustton der Empörung die Wodkaflasche vors Gesicht gehalten hatte. »Und was sagt uns das?«

»Daß es jemand gewesen sein muß, der ihr ziemlich nahe stand oder den sie zumindest gut kannte. Ein Fremder hätte sie nicht so aus der Fassung gebracht. Drehen Sie mir auch eine?« Simon zeigte mit nachdenklichem Gesicht auf Axels Tabakpäckchen.

»Klar.« Während er wieder zu pfriemeln begann, fuhr er fort: »Wissen Sie, Sie sollten vielleicht auch mal mit Betty reden. Der Maskenbildnerin. Ihr Verhältnis zu Jana war relativ eng.«

14

Sie trafen Betty nicht mehr an.

»Morgen ist sie wieder da«, teilte einer der Kabelträger Malina mit, die mit Erleichterung reagierte. Der Tag war lang und aufreibend gewesen – sie war müde.

Anschließend rief sie Edward an. Er klang gelöster als am Morgen und sagte, Victor freue sich auf Mama.

»Ich mich auch auf ihn.« Sie legte auf und wandte sich an Simon: »Los, laß uns fahren. Mir reicht es für heute.«

Sie waren kurz vorm Wagen, als der Journalist nach ihr rief, dessen Gespräch mit Skinny Rothmann sie belauscht hatte.

»Sie erinnern sich an mich?« fragte er, eine knappe Verbeugung andeutend. »Pit Sanwaldt von der ›Bunten‹.«

»Ja, natürlich.«

»Frau von Habelsberg, es geht mir noch immer um das Interview mit Ihrem Mann. Haben Sie denn inzwischen mit ihm darüber sprechen können.«

»Leider nein«, sagte Malina höflich und verzichtete darauf, ihn auf ihren richtigen Namen hinzuweisen.

»Ich will mich nicht aufdrängen, Gräfin«, sagte Sanwaldt mit sanfter Ehrerbietung in seiner dunklen Stimme, und Malina hätte fast gelacht, »aber es wäre vielleicht doch von Vorteil für ihn. Ich nehme nicht an, Sie haben das hier schon gesehen ...« Er zog ein dünnes Konkurrenzblättchen aus der Innentasche seines Jacketts hervor und schlug es auf. Der Atem stockte ihr, als er ihr die Seite zeigte. Drei großformatige Fotos waren darauf zu sehen. Eines zeigte Edward hinter seinem Schreibtisch in der Kanzlei. Darunter stand: *Edward Graf von Habelsberg (42). Der Münchner Anwalt hatte versucht, der Schauspielerin das Leben zu retten. Aber er kam zu spät.*

Das zweite war eine uralte Aufnahme und mußte privat gemacht worden sein. Sie zeigte Edward und Jana tanzend auf einer Party. Beide waren noch sehr jung darauf. Die Bildunterschrift lautete: *Jana Nicolai und Edward von Habelsberg Anfang der 90er. War es damals mehr als nur Freundschaft?*

Das dritte Foto traf sie am schlimmsten. Malina wußte sofort, wann und wo es gemacht worden sein mußte. Am Strand von Kokkari, einige Tage vor Janas vermeintlichem Abflug nach München. Sie waren alle gemeinsam dort gewesen, nur hatte das den Bildredakteur nicht interessiert. Das Foto zeigte Edward und Jana, wie sie Victor in die Mitte nahmen und »Flieg Englein, flieg« spielten. Malina hatte nicht weit von ihnen gestanden und selbst fotografiert. Auf dem Bild war davon nichts zu sehen, man hatte sie rigoros abgeschnitten. Der Kommentar diesmal: *Jana Nicolai und Edward von Habelsberg kurz vor dem Tod der Schauspielerin. Wünschte sie sich mit ihm eine Familie?*

Es war wie eine Ohrfeige. Unter ungeheurer Anstrengung hob Malina den Kopf und sagte freundlich: »Ich danke Ihnen für diese Information, Herr Sanwaldt. Ich werde mit meinem Mann sprechen. Kann ich das Heft behalten?«

Der Journalist sah sie forschend an, fand in ihren Zügen aber nicht mehr als lächelnde Beherrschung. »Natürlich können Sie das Heft behalten. Hier mein Kärtchen noch einmal dazu.« Diesmal war er überzeugt davon, daß sie anrufen würde.

»Danke sehr.« Sie reichte ihm die Hand zum Abschied und wandte sich zum Gehen.

»Rufen Sie an. Jederzeit.« Sanwaldt deutete wieder eine kleine Verbeugung an und ging davon.

»Chapeau«, sagte Simon, als sie endlich im Wagen saßen und Malinas Herz noch immer zwischen den Rippen pochte. Auch wenn sie wußte, daß einer dieser Zeitungsfritzen das Ganze zurechtgestümpert hatte – es tat weh, darauf zu blicken. Der Text war noch perfider als die Bildunterschriften. Daß Edward und Jana sich schon lange gekannt hatten, stand darin, ebenso wurde Edwards adelige Herkunft hervorgehoben. Dann erging sich der Schreiber in Spekulationen über ihr Wiedersehen auf Samos. Jedes Wort traf Malina wie ein Giftpfeil.

Der Anwalt, mittlerweile mit der Chefin eines erfolgreichen Münchner Security-Unternehmens verheiratet und Vater eines kleinen Sohnes, lebt das, wonach die labile Schauspielerin in ihrem unsteten Leben vergeblich gesucht hatte - die Geborgenheit einer Familie. Jana Nicolai war nie eine feste Bindung eingegangen..

Aus welchem Grund? War der attraktive Adelige ihre heimliche große Liebe? Wie schmerzvoll war es für sie, ihn nach Jahren auf Samos wiederzusehen - zusammen mit seiner Familie?

Kollegen der Schauspielerin berichten von mehreren Treffen der beiden während der Dreharbeiten auf der griechischen Ferieninsel. War es wirklich nur alte Freundschaft, die die beiden verband, oder hatte sich Jana Nicolai mehr erhofft?

Ein Produktionsassistent zu *Aktuelles Blatt*: „Am Anfang erschien uns Jana niedergeschlagen und nervös. Das änderte sich im Laufe der Dreharbeiten. Plötzlich schien es ihr gutzugehen. Sie lachte viel und wirkte wie frisch verliebt."

Ein weiterer Zeuge erzählte von einem heftigen Streit zwischen der Schauspielerin und der Anwaltsgattin am Set. Darin habe ihr Nicolai Eifersucht vorgeworfen. In Tränen aufgelöst, sei die Frau davongerannt.

Was war zwischen von Habelsberg und den beiden Frauen vorgefallen? Hatte er mehr versprochen, als er halten konnte?

Wir werden es nicht mehr erfahren.

Jana Nicolai hat ihr Geheimnis mit ins Grab genommen.

»Diesen verdammten Blödsinn darfst du nicht einmal ansatzweise ernst nehmen«, sagte Simon, nachdem Malina ihm wortlos die Zeitschrift gereicht hatte. »Das ist deren ekelhaftes Geschäft. Es hat nichts mit dir zu tun.«

Malina hörte ihn kaum. »Wo haben die diese Fotos überhaupt her? Das mit Victor am Strand muß einer dieser verdammten Paparazzi gemacht haben, aber die anderen, das sind doch Privatfotos. Woher haben sie die?«

»Von sogenannten Freunden, ehemaligen Mitarbeitern – es gibt immer Leute, die sich wichtig machen wollen. Hat Edward eigentlich mit seiner Kanzlei telefoniert und Redeverbot erteilt?«

»Nein. Ich weiß nicht. An so etwas haben wir gar nicht gedacht. Du weißt doch, wie alles angefangen hat. Ganz harmlos. Und plötzlich ist Edward ein eiskalter Don Juan und ich die hilflos-eifersüchtige Gattin, die greinend durch die Gegend rennt. Und hier: ›Der attraktive Adelige‹«, zitierte sie, »und ›die Chefin eines erfolgreichen Security-Unternehmens‹ – Gott, wie das klingt, ich mit meiner kleinen Detektei – als wären wir irgendein blödes Schickimicki-Paar. Und was mir jetzt erst klar wird: Die müssen uns von Anfang an auf dem Kieker gehabt haben. Seitdem wir Jana getroffen haben.«

»Du mußt dringend mit Edward sprechen.« Simon ließ jetzt den Wagen an und legte den Rückwärtsgang ein. »Er soll diesem Sanwaldt ein Interview geben. Sagen, wie es war, woher ihr alle euch kennt, kurz und knapp und fertig. Nur dieses eine. Die ›Bunte‹ ist noch einigermaßen seriös, da macht er nichts kaputt. Und danach kein Wort mehr zu niemandem.«

»Ja«, murmelte Malina, während sie sich ganz plötzlich

wünschte, zu kapitulieren und schwach zu sein. Natürlich wäre es besser, jedes dieser Worte schnell zu vergessen, aber sie konnte nicht anders, als immer wieder diesen Text zu lesen und diese Bilder anzusehen. Und obwohl ihr vollkommen klar war, daß dies nichts als die wilden Reimereien irgendeines Schmierfinken waren, begann das Gift in ihr zu wirken.

Später einmal würde sie sich fragen, ob ihre Reaktionen die gleichen gewesen wären, hätte Edward sich weniger vor ihr verschanzt. Wenn sie ein *Paar geblieben* wären in dieser Zeit, anstelle zweier Hälften – hätte all das Böse, das sie noch erwarten sollte, wirklich eine Chance gehabt?

Hätte sie jemals darüber nachgedacht, Janas vermeintlicher Heimflug sei nichts als ein abgekartetes Spiel zwischen den beiden gewesen und Alexandrou ein alter Freund, der die beiden darin unterstützte, sich heimlich zu sehen? Hätte sie sich jemals ernsthaft gefragt, ob seine Ehe für Edward zum Konflikt geworden und dort auf dem Felsen mit Jana eskaliert war? Es ließ sich nicht mit Sicherheit sagen, was gewesen wäre, aber sie würde später nicht umhin kommen zu denken, daß sie als *Einheit* eine *Wand* gewesen wären.

Trotz allem: Sie hatte einen Zornesausbruch erwartet. Etwas in der Art, das er geboten hatte, als sie diesen schmierigen kleinen Fotografen aus dem Gebüsch gezogen hatte. Etwas, das ihr das Gefühl geben würde, er solidarisiere sich endlich mit ihr. Aber nichts.

Sie legte Edward den Artikel vor, und nachdem er ihn gelesen hatte, sagte er ruhig: »Die können jetzt mit einer Klage rechnen.« Dann sah er sie forschend an und fuhr fort: »Es tut mir so leid für dich. Ich kann mir vorstellen, wie du dich fühlen mußt, aber du weißt ja, kein Wort davon ist wahr.«

»Natürlich«, sagte sie leise, obwohl sie am liebsten seine Lethargie aus ihm herausgeschüttelt hätte. »Und sonst? Wirst du diesem Sanwaldt ein Interview geben? Ich bin dafür. Nur dieses eine. Um alles klarzustellen.« Wieder biß sie die Zähne zusammen. Was tat sie hier eigentlich? So still geworden – auf Zehenspitzen gehend und mit Kaschmir auf den Stimmbändern.

»Gut. Wie du willst«, hörte sie ihn sagen. »Ich gebe dieses Interview. Du kannst diesen Journalisten anrufen. Und danach fliege ich nach Hause.«

»Du tust *was*?«

»Ich fliege nach Hause.«

»Warum?« Ihr Mund wurde pelzig.

»Weil ich allein sein muß ... Diese Ferienstimmung hier, die vielen Leute – ich halte das nicht aus ...«

»So, du hältst das nicht aus. Und was ist mit mir und Victor?« Ihr Mund war sehr schmal.

»Victor nehme ich mit. Du wirst hier ja keine Zeit für ihn haben.«

In ihrem Hals schwoll ein Kloß. »Gut«, sagte sie schließlich und wandte sich von ihm ab. »Vielleicht ist es wirklich das beste. Hast du den Flug schon gebucht?«

»Ja«, erwiderte er knapp und verschoß damit den letzten Pfeil.

»Wann fliegst du?«

»Übermorgen.«

Sie schwieg einen Augenblick. Dann zog sie ihr Handy aus der Tasche und holte Luft. »Ich rufe jetzt diesen Sanwaldt an. Er soll morgen vorbeikommen. Das ist dir doch recht?«

»Ja«. Unsicher registrierte er ihr Lächeln. Sekunden später sprach sie mit dem Journalisten. Sie klang so freundlich und organisiert wie immer.

Edward hörte noch, wie sie etwas von fünfzehn Uhr sagte, danach trat er hinaus auf den Balkon. Es war falsch, was er tat, falsch und verletzend, und er wußte es, und es war ihm egal. Endlich allein sein, dachte er.

Um sieben sagte sie, er solle ohne sie zum Essen gehen. Sie ging in die Defensive, und was er darüber dachte, war ihr gleichgültig. Bislang hatte sie sich mehr als zusammengerissen, es bestand kein Grund zur Übertreibung.

Vielleicht würde sie ein Bad nehmen oder sich auf das Bett legen und weinen oder die Wände anschreien. Alles war ihr recht, wenn sie ihn nur nicht mehr sehen müßte.

Als er mit Victor schließlich das Zimmer verließ, floh sie hinaus auf den Balkon und starrte durch eine Tränenwand aufs Meer. Dann versuchte sie zu lesen, aber der Text entglitt ihr – drei Seiten später war kein einziger Buchstabe zu ihr vorgedrungen. Der Griff nach einer Zigarette und dem Telefon war schließlich eins. Das Freizeichen erklang, aber in München nahm niemand ab. Dann fiel ihr ein, daß Dorothee vor ein paar Tagen gesagt hatte, sie sei für die kommende Woche auf einer Fortbildung in Berlin. Auch bei Andi, ihrem Bruder, meldete sich nur die Mailbox.

Die Schwüle im Zimmer, gepaart mit dem angestauten Lamento in ihrem Kopf, nahm ihr plötzlich die Luft. Sie selbst hatte das Alleinsein doch gesucht – warum hielt sie es denn plötzlich nicht mehr aus? Sie sprang vom Bett auf, griff nach ihrer Tasche, riß die Tür auf und prallte gegen die Brust eines Mannes.

»Kalispera.« Sein Gruß klang fast erschrocken.

»Michalis!« Instinktiv trat Malina einen Schritt zurück, schluckte ihren Kummer hinunter und lächelte. »Kalispera! Can I help you?«

Der Grieche sah sich verstohlen um und hielt die Arme seltsam hinter dem Rücken verschränkt.

»In«, sagte er und deutete mit dem Kopf ins Zimmer.

»Why?«

»In«, wiederholte er mit derselben Geste und ging, nachdem er sich noch einmal umgeblickt hatte, schließlich an ihr vorbei.

Irritiert folgte sie ihm. Auf ihren fragenden Blick unter erhobenen Augenbrauen folgte ein weiteres Mal die tolpatschige Kopfbewegung, diesmal in Richtung Stuhl.

»Ella. Sit down«, sagte er.

»Michalis, what's going on?« Ihr Lachen hatte jetzt einen ärgerlichen Unterton, dennoch setzte sie sich.

»Wait.« Seine dunkle Iris glomm in ihrer perlmuttschimmernden Umrandung, als er seine Hände hinter dem Rücken hervorholte und etwas, das fest in eine Plastiktüte gewickelt war, zum Vorschein kam. Er warf Malina einen prüfenden Blick zu, bevor er die Tüte von ihrem Inhalt wickelte. Voll ungeduldiger Spannung starrte sie auf seine braunen Hände, die schließlich eine kleine weiße Ledertasche mit bunt-floralem Muster und auffälliger Silberschließe hervorzogen und sie auf den Tisch legten. Auf ihren verwirrten Blick hin bemerkte er: »For you.« Und kurz danach: »Open.«

Noch immer hatte Malina keine Ahnung, was die Szene zu bedeuten hatte. Wollte er ihr eine Tasche schenken? Irgendeines dieser Label-Fakes, die es billig bei den Straßenhändlern gab und die bei den Touristen so beliebt waren?

»Thank you, efcharisto«, sagte sie, und er, der ihren Gedanken verstand, schüttelte den Kopf. »No. No. Open.«

Als sie seiner Bitte endlich nachkam und die Schnalle öffnete, suchte sein Blick ihren, wanderte von dort erklärend zu dem Täschchen. »Actress. Small Island.« Er blickte sie beschwörend an.

Malina hielt den Atem an. Endlich begriff sie: Er wollte ihr die Tasche nicht schenken. Er wollte, daß sie sich die Tasche ansah, denn sie hatte Jana gehört. Er mußte sie an jenem Morgen auf der Insel gefunden haben.

In diesem Moment wurde ihr Dilemma überdeutlich.

Jana, das Opfer. Jana, die Feindin.

Der einen wollte sie helfen, während sie die andere verfluchte – der Tod machte sie zum Mythos und Edwards Geist zum Mausoleum.

Aber die Faszination war zu groß. Malina konnte nicht widerstehen. Sie streckte die Hand nach dem Täschchen aus und zog es unter Michalis aufmerksamen Blicken zu sich heran. Es fühlte sich glatt und kostspielig unter ihren Fingern an, und sie erkannte das markante, ins Leder gestanzte G, während sie die silberne Schließe öffnete und die Tasche aufklappte und den Inhalt auf den Tisch leerte. Zwei Lippenstifte in hellem Rosa. Der eine von MAC, der andere von Dior. Ein goldener aufklappbarer Taschenspiegel. Ein kleines schwarzes Portemonnaie, in dem nur Münzen, ein paar Briefmarken und alte Kassenzettel steckten. Taschentücher, Bonbons und ein Kugelschreiber.

Das Übliche – enttäuschend auf den ersten Blick.

Ratlos sah Malina zu Michalis, dessen dunkle Augen ihr von irgendeinem geheimen Wissen zu künden schienen.

»What?« fragte sie.

Wortlos griff er zu der goldenen Spiegeldose und hielt sie ihr ihn.

»Police«, sagte sie. »Ochi. No.«

Sein Blick haftete unverwandt an ihr.

»Why not?«

»You better. Police no good.« Er nickte erst nachdrücklich in ihre Richtung, dann in die des kleinen Spiegels. »Open«, sagte er noch einmal, und diesmal ließ seine Stimmlage keinen Widerspruch mehr zu.

Sie fand nichts außer des erwarteten Spiegels und eines benutzten Puderschwamms.

Allmählich hatte sie das geheimnisvolle Getue des Griechen satt.

»Show me«, sagte sie fest, worauf er das Döschen in die Hand nahm, den Puderschwamm zur Seite legte und an der weißen Einlage darunter so lange herumfingerte, bis sie aufsprang. Ein mehrfach zusammengefalteter Zettel lag darin. Und was immer Malina auch erwartet hatte, mit dem, was sie in einer großzügigen Schrift darauf geschrieben fand, hatte es nichts zu tun.

00.00.00 – 00.07.35 – Membran
00.08.05 – 00.15.40 – Kill me, kill me
00.16.10 – 00.33.25 – Morphium für mich
00.33.55 – 00.41.54 – Bruchstelle
00.42.24 – 00.52.49 – Endorphine
00.53.19 – 01.24.09 – Parallelwelt
01.25.09 – 01.42.24 – Fake

»What is this?« Verwirrt hob sie den Kopf.

Statt einer Antwort zog Michalis die Schultern hoch und die Mundwinkel gleichzeitig herunter. Eine Geste, die nur Griechen in dieser Perfektion beherrschten. »You find out.« Danach war seine Mission erfüllt. In dem Bewußtsein, einen entscheidenden Beitrag geleistet zu haben, ging er zur Tür. »Work«, erklärte er, bevor seine vornübergebeugte Gestalt im Dunkel des Flures verschwand und Malina grübelnd zurückließ.

15

In der Parallelwelt war das Leben schön.

In ihr war es kaum mehr vorstellbar, daß es diese andere Welt mit ihrem Tisch aus Furnierholz gegeben hatte. Und noch seltsamer erschien es mir, daß diese beiden Welten, die eine großzügig und verheißungsvoll, die andere geistlos und eng, nur durch Wälder und Straßen getrennt, nebeneinander existiert hatten, ohne sich jemals zu berühren. Nur Dorian hatte sie für mich verbunden. Endlich hatte ich die Wahl, in welcher von beiden ich leben wollte. Diesen Triumph mußte auch Houdini gefühlt haben, wenn er sich aus seinen Fesseln löste.

In der Schauspielschule lief es glänzend. Die hatten – einfach so, indem sie an mich glaubten – irgendein Licht in mir angeknipst, und ich hatte nicht nur das Gefühl zu leuchten, sondern vielmehr lichterloh zu brennen. Es war das erste Mal in meinem Leben, Menschen in Begeisterung zu sehen, weil ich so war, wie *ich war, und es erschien mir nahezu unglaublich, daß alle, Lehrer und Kommilitonen, von großem Talent, Charisma, Persönlichkeit und Strahlkraft sprachen und damit* mich *meinten. Plötzlich war ich sichtbar, Menschen erkannten mich als die, die ich war, und nicht als die, die ich gezwungen worden war zu sein.*

Ich lernte singen, fechten, reiten, tanzen. Atmete bald perfekt und mit Sinn. Dank einer äußerst gründlichen Sprecherzieherin der alten Schule, die mich mit Sätzen wie »Ah, der Herr Alba« und »Oben thront der Nonnen Kloster« zu den Unterrichtsstunden empfing und mich mit einem Sektkorken im Mund Shakespeare aufsagen ließ, lernte ich, in meiner ganz eigenen Melodie auf den Laut genau zu sprechen und den Text dabei in Vollendung zu gliedern.

»Pausiere nie, wenn du keinen Grund hast«, zirpte sie mit ihrer Vogelstimme, während sie mich eindringlich hinter den starken Gläsern ihrer Brille anblickte, »aber wenn du pausierst, dann so lange wie möglich.«

Ich verschlang jeden Happen, den man mir zuwarf, verinnerlichte jeden Satz und fühlte immer stärker, daß jeder Keim, der in mir war, plötzlich in Knospen ausbrach. Ich fing an, Wurzeln zu schlagen.

Nach der zweiten Trimesterprüfung war ich endgültig davon überzeugt, am richtigen Ort zu sein.

Ich hatte »Der Mann, der so gerne nicht mehr leben wollte« von Herman van Veen vorgetragen, eine Szene der Frau Alwing aus Ibsens »Gespenster« gespielt und zum Schluß auf dem Flügel liegend gesungen: Sally Bowles, »Life is a Cabaret«.

Sie klatschten sich die Hände wund, und völlig egal, ob es sich um Mitschüler oder Lehrer handelte – ich sah ausschließlich in Gesichter, die sich lachend und mit leuchtenden Augen bei mir bedankten. Und ich lachte mit ihnen und wußte, solche Augenblicke bedeuteten mir mehr als alles andere, dafür war ich geboren worden, jeder Nerv in mir vibrierte und hüpfte, jede Faser war glücklich.

Dorian und ich lebten zwar in getrennten Wohnungen, aber jeder besaß den Schlüssel des anderen, und wir verbrachten fast unsere gesamte freie Zeit zusammen. In München war das viel einfacher als daheim, in unserem Kaff – hier zerriß sich niemand das Maul über uns.

Sein Verhalten mir gegenüber hatte sich seit meiner Ankunft schlagartig verändert. Er zeigte nicht mehr dieses stumme, abgewandte Gesicht. Seine Wortkargheit war wie weggeblasen. Er vergötterte mich plötzlich. Stellte mich auf ein Podest, um alles, was ich sagte oder tat, wundervoll zu finden. Er behandelte mich, als sei ich ein kostbares Elixier.

Liebe, dachte ich, wenn ich ihn anblickte.

Liebe.

So vergingen die ersten Monate. Meine Erfolge in der Schauspielschule und die selbstverständlich gewordene Regelmäßigkeit, mit der Dorian und ich uns sahen, taten mir gut. Ich fieberte nicht mehr so nach ihm, mein Körper schmerzte nicht mehr vor Sehnsucht. Ich hörte endlich damit auf, ihn zum Mittelpunkt meiner Gedanken zu machen, und war in der Lage, ihn morgens heiter und froh zu verlassen, ohne dabei die Angst zu empfinden, ich könnte ihm nachmittags plötzlich gleichgültig sein.

Ich atmete auf, faßte neues Vertrauen in mich und tanzte nicht mehr wie eine Marionette nach der Melodie destruktiver Gefühle. Endlich war ich gleichwertig und stand mit ihm auf einer Stufe.

Der Abend nach der Trimesterprüfung brachte die Wende.

Als ich die Schule verließ, war in mir nicht mehr als der kindliche Wunsch, mit Dorian zu feiern. Nur mit ihm allein, er sollte stolz auf mich sein.

Unterwegs nach Hause ging ich in einen Supermarkt und gab mein letztes Geld für Rotwein, Brot und Butter, Parmaschinken, Kirschtomaten, Käse, Foie Gras und ein Töpfchen Mousse au Chocolat aus. Ich kaufte sogar Servietten.

Dorian war noch nicht zu Hause, als ich dort ankam, so daß ich Zeit hatte, den Tisch besonders zu decken. In einer Schublade waren noch Kerzen, die zu den Servietten paßten, und aus dem Nachbargarten klaute ich ein paar Zweige Flieder.

Als er gegen halb neun die Wohnung betrat und es draußen schon dämmrig war, sah das kleine Zimmer wunderschön aus. Ich hatte inzwischen geduscht, meine Haare gewaschen und mich umgezogen. Er kam herein und sah sich verwundert um, aber da flog ich ihm schon um den Hals und hörte nicht mehr auf zu erzählen. Ich schilderte jede kleine Szene der Prüfung, wiederholte euphorisch, wie ich diesen oder jenen Satz gesprochen hatte, erwähnte jedes Lob, und vor allem vergaß ich den jungen Regisseur nicht, der einer der Prüfer gewesen war und der mich gefragt hatte, ob ich in seiner nächster Theaterproduktion die Hauptrolle spielen wolle. Es war nur ein kleines Hinterhoftheater im Münchner Glockenbachviertel, keines der bedeutenden Häuser, aber es war ein Anfang, und es trieb mich hinaus auf die Bühne wie ein unruhiges Vollblut auf die Rennbahn. Ich freute mich unbändig.

Dorian hörte mir mit seinem stillen Lächeln zu und ließ mich gewähren. »Nicht schlecht«, sagte er schließlich, »aber mach nicht den Fehler zu glauben, damit sei schon alles geschafft.«

»Das mach' ich schon nicht«, sagte ich leichthin, während ich an den Probenbeginn zwei Wochen später dachte.

»Es ist nur ein Hinterhoftheater. Und es gibt viele talentierte Schauspielerinnen und hübsche außerdem. Die Freundin eines Kommilitonen war sogar auf der Strasberg-Schule in New York, die hatten dort Unterricht bei Robert de Niro …«

»Und? Spielt sie jetzt in Hollywood?« Ich merkte, wie sich meine Brauen zusammenzogen und seine Worte an alten Wunden rührten: Ich war wieder einmal nicht gut genug. Immer sind die anderen besser.

Plötzlich lächelte er wieder. »Nein, natürlich nicht. Jana, glaub mir: Ich will deine Freude nicht dämpfen. Ich will nur, daß du auf dem Boden bleibst, anstatt später enttäuscht zu sein. So viele wünschen sich das, was du dir wünscht – warum solltest ausgerechnet du es schaffen?«

»Warum nicht?« Meine Stimme klang scharf, aber ich merkte, wie mir die Lust auf das Essen verging und Stolz und

Euphorie langsam aus mir wichen wie Luft aus einem Gummiball.

In diesem Augenblick wurden Dorians Augen warm. »Komm her«, sagte er und zog mich nah an sich. »Laß dich noch mal küssen. Ich freue mich doch für dich, Dummerchen.« Er zog mich noch fester an sich, seine Zunge fuhr warm in meinen Mund, und seine Finger glitten zwischen meine Schenkel. Ich reagierte sofort auf die Berührung, drückte mich gegen seine Hand und vergaß meinen Ärger über das, was er eben gesagt hatte.

»Sag's.« Er glitt in meinen Slip und fand sofort die richtige Stelle.

»Was?«

»Das weißt du genau.« Er sah mir direkt in die Augen. »Sag's einfach.«

Ich schaltete ab. »Fick mich«, hörte ich mich flüstern, während ich meinen Rock nach oben schob. Dann heftiger: »Fick mich!«

In diesem Augenblick zog sich seine Zunge zurück. Sein Mund löste sich ganz von mir. »Später, Süße.« Er lächelte und schob mich von sich. »Später. Ich habe einen Bärenhunger.«

Mir war schlecht vor Scham, als ich in die Küche ging, und ich hätte gern geheult. Warum hatte er das getan? Mich dastehen zu lassen wie eine billige Schlampe, während er sich mit Leichtigkeit von mir losgemacht hatte.

Am liebsten wäre ich nach Hause geflohen, aber ich entschied mich dagegen. Mein Kopf würde oben bleiben, Seite an Seite mit seinem.

Ich ging hinaus an den Kühlschrank und holte die Sachen herein, die ich zuvor schon auf zwei Tellern zurechtgelegt hatte.

Wir begannen zu essen. Instinktiv und um von allem anderen abzulenken, begann ich die Rolle der souveränen

Hausfrau zu spielen. »Hier, nimm«, sagte ich wie in der Werbung, »irische Butter, die läßt sich ganz einfach streichen.«

»Was ist das?«

»Irische Butter.« Lächelnd hielt ich ihm noch immer das Tellerchen hin.

»Darf ich dich mal etwas fragen, Jana? Weshalb kaufst du irische *Butter?«*

Meine Augenbrauen fuhren fast bis unter den Haaransatz, aber ich antwortete brav: »Weil sie sich streichen läßt, auch wenn sie aus dem Kühlschrank kommt.«

»Ach so. Daß wir Butter im eigenen Land haben, spielt natürlich keine Rolle. Dreißig Kilometer von München entfernt liegt Weihenstephan. Die stellen auch Butter her, gute Butter, und man kann sie im Supermarkt kaufen. Trotzdem: Jana Nicola Krug kauft irische. Ohne einmal kurz zu überlegen. Aber über so etwas denkst du niemals nach, stimmt's? Das ist in deinem Kopf gar nicht drin.«

Mein Bauch krümmte sich zusammen, als hätten sich Pfeile hineingebohrt. Dennoch fauchte irgendein Selbsterhaltungstrieb in mir: »Spinnst du?«

Dorian hörte es gar nicht. Er saß ruhig da, seine blauen Augen weiter auf mich geheftet, während er mit schneidender Kälte sagte: »Antworte! Denkst du jemals über so etwas nach? Politisches Bewußtsein – ist dir das überhaupt ein Begriff?«

Ich hatte keine Antwort darauf, fühlte mich nur von ihm geschlagen. Langsam stand ich auf, und mit einem Mal hörte ich mich schreien: »Schinken und Tomaten aus Italien, Leberpastete aus Frankreich und Rotwein aus Spanien.« Wie von Sinnen räumte ich dabei alles vom Tisch und auf ein Tablett. »Von mir nicht eine Krume mehr!« Ich rannte in die Küche und stellte die Sachen knallend in den Kühlschrank.

»Jana!« rief Dorian plötzlich, aber diesmal hörte ich ihn *nicht. Ich zog mir Jacke und Schuhe über, schnappte meine*

Tasche, und während ich die Tür hinter mir zuschlug, sah ich nur verschwommen, wie er mir nachblickte, ohne sich auch nur einen Millimeter zu rühren.

Erst draußen fiel mir auf, wie heftig und schwer ich atmete und daß ich weinte. Aber ich ging nicht mehr zurück. Ich ging zur U-Bahn und fuhr nach Hause.

Ich rief niemanden an. Niemanden. Über Dorian durfte ich nicht sprechen, ich hatte ihm mein Versprechen darauf gegeben. Statt dessen strich ich ziellos durch die Wohnung, ging ins Bad und putzte mir die Zähne und zitterte weiter. Ich versuchte, an anderes zu denken, an die Schule und an die Prüfung – das Leben war doch gerade so schön –, aber es half nichts. Dann öffnete ich das Fenster, zog meine Beine auf den breiten Sims, rauchte, guckte hinaus und versuchte meinen Blick auf einen einzigen Stern zu fixieren, bis die Augen brannten. Die Nacht roch nach Sommer. Es war eine dieser Nächte, in denen man Einsamkeit stärker empfand als in anderen.

Irgendwann ging ich zu Bett. Erschöpfung und Traurigkeit schickten mich schnell in den Schlaf.

Dann träumte ich von diesem Mann.

Er trug einen dunklen Bart, doch die obere Hälfte seines Gesichtes war leer.

Er hatte keine Augen.

Blind verfolgte er mich durch ein Haus mit unzähligen Türen. Doch bevor er mich packen konnte, hatte ich die nächste Tür schon aufgerissen und rannte weiter, weiter …

In einem winzigen Zimmer direkt unter dem Dach gab es kein Weiter mehr. Keine Tür, kein Fenster. Nichts. Nur die Tür hinter mir, durch deren Öffnung ich seine Schritte schon dröhnen hörte. Der Raum war brüllend heiß und bis auf einen Tisch in der Mitte leer. In meiner Verzweiflung kroch ich darunter, brachte mich in die Haltung eines Fötus und kniff meine Augen, in der wahnsinnigen Hoffnung, nicht gefunden zu werden, fest zusammen.

Er fand mich doch.

Natürlich.

»Bitte nicht. Bitte nicht.« Ich wimmerte wie ein kleines Kind, aber er war unerbittlich, krallte seine Hand in meine Haare und zog mich unter dem Tisch hervor, bis ich sein Gesicht dicht vor mir spürte.

»Mach die Augen auf!« Er sprach verzögert und ungewöhnlich dumpf.

Wortlos schüttelte ich den Kopf und preßte die Lider noch fester aufeinander. Ich merkte, daß Tränen durch meine Wimpern tropften, als er mich unter dem Kinn faßte und mein Gesicht nach oben drückte. Sein Atem kam immer näher, er strich über meine Wangen, ich fühlte seine ganze bedrohliche Gegenwart immer dichter an meinem Körper, seine andere Hand umfaßte jetzt mein Genick, aber ich öffnete die Augen nicht. Die Angst vor dem, was ich sehen könnte, war zu groß.

Und dann küßte er mich mit langer, schleimiger Zunge, die sich tief in meinen Rachen schlängelte, bis ich zu ersticken drohte. Panisch schlug ich um mich und versuchte mit aller Kraft, den Mann von mir wegzudrängen, aber es gelang mir nicht. Er hielt mich mit Armen aus Stahl.

Schließlich riß ich doch die Augen auf. Um mich herum war es dunkel, mein Herz schlug noch immer wie ein Hammer auf einen Amboß, doch mir war klar: Ich träumte nicht mehr.

Statt dessen sah ich den schwachen Schein einer Straßenlaterne in meinem Zimmer, hörte die Tram bimmeln, und gerade als ich beruhigt die Augen wieder schließen wollte, fühlte ich seinen Atem in meinem Gesicht.

Nein, ich träumte nicht mehr. Dieser Mann war *da.*

Er hielt mich fest, und noch bevor ich schreien konnte, hörte ich verschwommen ein »Scht-scht«, während er mich unter sich begrub. Halb irrsinnig vor Angst schlug ich wieder um mich – sein Schatten über mir schluckte das schwache Licht. Die Angst brachte mich fast um. Dann drang seine Stimme zu mir durch: »Jana, Jana, ich bin's. Wach auf!« Es war Dorian, der mir das Haar aus dem Gesicht strich, der meine Lippen, meine Wangen, meine Stirn küßte, mich streichelte, bis ich mich endlich beruhigte.

»Es tut mir alles so leid«, flüsterte er, als er meine Beine auseinanderdrückte und in mich eindrang. »Bitte verzeih mir.«

Und ich verzieh ihm, ließ mich von ihm und seinen Berührungen davontragen, ging auf in diesem alten Gefühl von Liebe und Gier und vergaß mich selbst.

Alles war wieder gut. Dieser letzte Abend hatte niemals stattgefunden. Wir würden ihn einfach überspringen und da weitermachen, wo wir zuvor aufgehört hatten. In dem Bewußtsein, ohne den anderen nicht existieren zu können.

Irgendwann in den frühen Morgenstunden schlief ich wieder ein. Traumlos und ruhig diesmal, mit meinem Rücken an Dorians Bauch, sein Schenkel über meinem. Gegen zehn erwachte ich allein in meinem Bett. Dorian war schon gegangen, was mich nicht verwunderte, denn seine Vorlesungen begannen meistens um neun. Ich selbst hatte an diesem Tag nur Sprecherziehung und Rollenstudium und mußte erst um halb eins in der Schule sein. Mit dem Vorsatz, den Tag zu genießen, ließ ich mir Zeit, frühstückte und badete lange. Doch egal, wie sehr ich meinen Gedanken auch befahl, romantisch und heiter zu sein, ein anderer setzte sich immer wieder durch: Ich machte mir etwas vor.

Das, was am letzten Abend und in der Nacht geschehen war, war weder normal noch gesund.

Und ich war nicht glücklich. Ich wünschte mir nur, es zu sein.

Sobald ich in der Schule war, vergaß ich das Leben draußen. Hier war der Ort, wo ich mir selbst genug war, wo ich auf-

ging in dem, was ich mitbrachte. Und wie immer war es tröstlich zu wissen, daß es diesen Ort gab.

Erst als ich gegen Abend zurück in meine Wohnung fuhr, kehrte der alte Zwiespalt zurück. Dorian schillerte wieder auf meiner inneren Bühne und riß mühelos die Hauptrolle an sich. Er bescherte mir dasselbe Unbehagen wie am Morgen. Nervös wartete ich auf seinen Anruf, der nicht kam. Nicht an diesem Abend und auch nicht am nächsten Tag. Als ich es schließlich bei ihm probierte, nahm niemand ab. Nicht einmal der Anrufbeantworter schaltete sich ein. So ging das tagelang, bis mir klar wurde: Er wollte nicht erreichbar sein, er schob mich einfach von sich.

Ich reagierte wie ein Zombie, starr und abgewandt, ging nicht zur Schule und vergrub mich in meinem Bett, bis ich schließlich zu seiner Wohnung fuhr, die ich so verlassen und aufgeräumt fand, als sei er lange nicht da gewesen.

In den darauffolgenden Nächten schlief ich nur mit der Hilfe von Tabletten, und in den Stunden, in denen ich wach in meinem Bett lag, schmerzte mein Körper vor Sehnsucht nach ihm. Ich kannte nur einen Gedanken: Komm zurück!

Zwei Wochen später stand er vor meiner Tür. Manche Wünsche blieben besser unerfüllt.

*

Sie waren sehr höflich miteinander, wünschten sich einen guten Morgen, boten sich gegenseitig den Vortritt im Bad an. Edward nahm Victor mit unter die Dusche, obwohl er die Prozedur sonst lieber Malina überließ.

Niemand sprach ein Wort zu viel. Von außen betrachtet, schien alles wohl temperiert. Malina lächelte, verschwieg Michalis und den ominösen Inhalt von Janas Handtasche, statt dessen schickte sie ihren Mann und ihren Sohn allein zum Frühstück und erklärte, sie wolle mit dem Hotelbus nach Samos-Town fahren, um ein paar Dinge zu besorgen, die sie dringend brauche. An der Platía Pythagoras stieg sie aus und ging zielgerichtet in eine kleine, dunkle und bis obenhin vollgestopfte Drogerie, die sie vielleicht deshalb so mochte, weil sie sie an den Krämerladen ihrer Kindheit erinnerte. Sie kaufte Lippenstift und Nagellack einer Marke, die sie in Deutschland vergeblich gesucht hatte, und beschloß anschließend, frühstücken zu gehen.

Zurück auf der Platía sah sie sich nach einem geeigneten Café um und entdeckte vor einem Kiosk eine hellblonde Frau, die ihr bekannt vorkam. Stina Prins-Korakis. Die holländische Assistentin des griechischen Kommissars kaufte eine Stange Zigaretten und ging dann weiter in eine der Bars an der Uferpromenade.

Malina zögerte nicht und folgte ihr. Vor dem Cafè blieb sie stehen und begrüßte die Frau mit geheuchelter Überraschung. Als sie anschließend noch verlauten ließ, ihr Bus ginge erst in anderthalb Stunden zurück, bewegte die Holländerin einladend die Hand und sagte: »Wollen Sie sich vielleicht setzen und etwas mit mir trinken? Wir haben ja schon wieder eine Affenhitze.«

Malina lächelte dankbar und nahm das Angebot an. Problemlos glitten sie in ein Gespräch über das Wetter, das Hotel und die Preise. Nach einer Weile fragte Malina: »Wie kommt jemand aus den Niederlande eigentlich zu einem Job bei der griechischen Polizei?«

In den wachen Augen der Frau glomm ein leises Schmunzeln, die feinen Fältchen in den Winkeln zogen sich fast unmerklich zusammen, als würde sie die wahre Absicht hinter der scheinbar harmlosen Frage erkennen. »Indem sie sich in einen Griechen verliebt, ihn heiratet und schließlich ihr Scherflein zum Unterhalt der Familie beitragen muß. Mein Mann ist Maler«, fügte sie mit ihrem kehligen Akzent hinzu. »Aber Sie haben recht. Die meisten Ausländer hier arbeiten in der Reisebranche. Doch dazu hatte ich keine Lust mehr, ich habe früher in Hotels in ganz Europa gearbeitet und kannte das alles schon. Eines Tages las ich in der Zeitung, daß die Polizei jemanden mit guten Fremdsprachenkenntnissen sucht. Schließlich gibt es immer wieder Probleme mit Touristen. Ich spreche fünf Sprachen: Holländisch, Englisch, Griechisch, Deutsch und ein wenig Französisch. Die haben mich mit Kußhand genommen.«

»Ach deswegen hat der Kommissar – wie hieß er doch gleich? – Sie zu der Vernehmung meines Mannes mitgebracht, damit Sie im Notfall übersetzen?«

»Sie meinen Moukassin. Ja, genau deshalb.«

Malina trank einen Schluck von ihrer Cola. »Während des Gesprächs mit dem Kommissar hatte ich die ganze Zeit das Gefühl, ihn zu kennen. Immer wieder habe ich überlegt, woher, aber ich bin nicht darauf gekommen …«

Stina Prins-Korakis lachte, nicht ohne Spott, wie es Malina schien. »Natürlich kennen Sie ihn. Waren Sie bei einem der griechischen Feste in Ihrem Hotel?«

»Ja. Waren wir.«

»Und da haben Sie ihn auch gesehen. Und gehört.« Die Prins-Korakis lachte wieder, während ihre großen Zähne blitzten. »Er hat dort gesungen. ›Ein Schiff wird kommen …‹ Mit seiner Band.«

Malina schlug sich mit der Hand gegen die Stirn. Natürlich erinnerte sie sich wieder. Der kleine Mann, dessen Gesicht einer verschrumpelten Olive mit Schnauzbart geglichen hatte, der Jana zu *Aspri mera ke ya mas* und die Maskenbildnerin auf der Bouzouki zu ihrem Tanz begleitet hatte.

»Das ist hier so«, erklärte die Übersetzerin. »Die meisten Leute haben zwei Jobs.« Sie rieb Daumen und Mittelfinger aneinander. »Das Geld muß stimmen. Ein Cousin meines Mannes zum Beispiel arbeitet bis zum Nachmittag in einer Bank, danach kocht er in einem Hotel für hundert Gäste das Abendmenü. Ab Ende Oktober bis Anfang April bleiben die Touristen weg. Viele der Einheimischen sind dann arbeitslos. Da muß vorgesorgt werden.«

»Ich verstehe«, antwortete Malina nachdenklich. »Aber die Polizei schließt ja wohl nicht über die Wintermonate.«

Stina Prins-Korakis beugte sich Malina entgegen, als wolle sie ihr ein Geheimnis anvertrauen. »Die Verbrechensquote auf Samos ist die niedrigste in ganz Griechenland. Hier passiert so gut wie nie etwas. Ein paar betrunkene Touristen, ein paar Unfälle, hier und da mal ein Einbruch. Das war's. Die Polizei überarbeitet sich nicht. Moukassin hat also Zeit. Ich nehme an, er wäre ohnehin lieber Sänger geworden. Sicherer ist allerdings der Job bei der Polizei, jetzt singt er in seiner Freizeit und verdient sich damit ein paar Kröten dazu.« Sie hob die Schultern. »Warum nicht?«

»Dann muß der Tod von Jana Nicolai ja eine richtige Sensation sein, nicht wahr?« Malina blickte ihr direkt in die Augen und lächelte harmlos.

Die Holländerin zögerte, bevor sie antwortete. »Ja, so könnte man es sagen.«

Malina blickte auf ihre Uhr. Sie hatte noch zwanzig Minuten, bevor der Bus kam, und entschloß sich, in medias res zu gehen. »Sind Sie in ihren Ermittlungen schon vorangekommen? Was wurde denn aus der Mord-Selbstmord-Frage?« Insgeheim hielt sie den Atem an, während das freundliche Lächeln aus den Zügen der Holländerin verschwand und einem taxierenden Blick wich.

»Hören Sie«, ihre Stimme sank um eine Oktave fast zu einem Flüstern, »ich weiß, daß Sie private Ermittlerin sind, und ich bin auch darüber unterrichtet, daß Sie und Ihr Partner von den Eltern der Nicolai beauftragt wurden.

Außerdem ist Ihr Interesse in diesem Fall sicher auch von privater Natur. Ihr Mann und die Nicolai kannten sich ja seit Jahren …« Stina Prins-Korakis schloß den Mund und schwieg vielsagend.

Malina erstarrte, doch dann trat ein Ausdruck von Offenheit und Vertrauen in ihre Augen. »Ich nehme an, die Gerüchte um Jana Nicolai und meinem Mann haben Sie der Presse entnommen.« Sie lächelte und zuckte mit den Schultern. »Jeder weiß, wie so etwas zustande kommt und wie wenig Glauben man dem schenken darf. Jana Nicolai hat ihr Leben lang darunter gelitten. Und jetzt hat es auch uns getroffen. Wie Sie sich bestimmt vorstellen können, war das alles sehr belastend.«

»Reist Ihr Mann deshalb morgen ab?«

Malina fragte gar nicht mehr, woher die Holländerin das wußte. Offensichtlich hatte sie das Geschick der samiotischen Polizei weit unterschätzt. Sie erwiderte: »Mein Mann ist Anwalt in einer großen Kanzlei. Er hat einen dringenden Geschäftstermin. Deshalb fliegt er zurück.«

»Ach so. Ja, dann …«

»Hören Sie, mir geht es um nichts anderes als Ihnen. Wir wollen beide herausfinden, wie und weshalb Jana Nicolai gestorben ist und ob es jemanden gibt, der dafür verantwortlich ist. Wem also schaden Sie, wenn Sie mir einen kleinen Hinweis geben?«

»Niemandem«, antwortete Stina Prins-Korakis und griff nach einer Zigarette. »Aber wem ist damit geholfen?« Das Feuerzeug knipste.

»Mir«, sagte Malina einfach.

»Und warum sollte ich das wollen?«

»Vielleicht, weil ich Ihnen sympathisch bin oder auf Samos immer die Sonne scheint. Einen richtigen Grund gibt es nicht. Nein, halt, einen vielleicht doch. Wir wollen beide nicht, daß Janas Tod ungeklärt bleibt. Wenn Sie mir helfen, helfen Sie ihr. Diese Geschichte läßt Sie nicht kalt, das spüre ich.«

Stina Prins-Korakis lachte laut auf. »Sie lassen nichts unversucht, wie? Mit allen Wassern gewaschen.«

Malina konnte nicht anders: Sie mußte lachen. »Dachten Sie, ich stünde Ihnen in etwas nach?«

»Ehrlich gesagt: nein. Also, was wollen Sie wissen?«

»Mord oder Selbstmord?«

»Mord.« Obwohl schlicht und leise ausgesprochen, hing das Wort plötzlich in großen Lettern in der Luft.

»Wie kommen Sie jetzt zu diesem Ergebnis?« Ihre Stimme klang mit einem Mal brüchig. Automatisch nahm sie sich eine Zigarette aus der fremden Schachtel.

»Die Spurensicherung. Außer der DNA Ihres Mannes und der von Michalis Kerkezos haben wir am Körper von Jana Nicolai noch andere gefunden. Eindeutig männlicher Herkunft.«

»Wie ... wo ...?« Malinas Kehle zog sich zusammen.

»Unter den Fingernägeln der Frau fanden wir fremde Hautreste und auf ihrem Kleid eine Wimper, beide wiesen eindeutig dieselbe DNA auf. Außerdem Spuren von Koks.«

»Von Koks?«

»Ja. Koks. Aber das ist noch nicht alles.«

»Was noch?«

»Jana Nicolai trug ein kleines Medaillon um den Hals. Auf ihm fanden wir Fingerabdrücke. Dieselben fanden wir auf der Schachtel eines Kodak-Films, die wir in der Nähe der kleinen Kapelle auf der Agios Nicolos entdeckten. Außerdem, gleich daneben, eine leere Coladose mit denselben Abdrücken und Speichelresten an der Öffnung, die uns wiederum neue DNA bescherten.«

»Neue DNA?« Malina runzelte die Stirn. »Was wollen Sie damit sagen?«

»Verstehen Sie es denn nicht?« Stina Prins-Korakis blickte sie beschwörend an. »Außer Ihrem Mann und Michalis Kerkezos waren in jener Nacht zwei weitere Männer mit Jana Nicolai auf der Insel.«

»*Zwei* weitere Männer?« Malina starrte sie ungläubig an.

»Ja, zwei. Das ist jedoch immer noch nicht alles. Sie waren doch in der Pathologie. Offensichtlich hat Ihnen der Arzt *darüber* nichts gesagt.«

»Worüber?«

»Man hat in der Leiche Sperma entdeckt. Und die DNA darin stammen weder von Michalis Kerkezos«, Stina Prins-Korakis blieb vollkommen ernst, »noch von Ihrem Mann, aber sie stimmen mit den DNA aus der Wimper überein. Fazit: Jana Nicolai muß kurz vor ihrem Tod drei Männer getroffen und mit einem davon geschlafen haben. Sie kannten Frau Nicolai doch. Wissen Sie vielleicht …«

»Nein«, log Malina, »ich weiß nichts …« Sie wandte den Kopf und sah, wie in diesem Augenblick der Hotelbus vor dem Platía parkte. Eilig kramte sie ein paar Münzen hervor und legte sie auf den Tisch. »Mein Bus ist da«, sagte sie mit einer entsprechenden Kopfbewegung. »Ich muß los. Wenn mir etwas einfällt, rufe ich Sie an.«

»Das wirst du ganz sicher nicht tun«, brummte die Übersetzerin vor sich hin, während sie Malina grüblerisch nachblickte. Aber es würde ein Fest für sie sein, wenn diese hochgewachsene Deutsche den Fall lösen und Moukassin, diesem eitlen Pfau, den Stinkefinger zeigen würde. Heute morgen hatte sie nach einem seiner Trinkgelage das Büro einmal zu oft geputzt. *Grieken! Ze geloofen ect dat ze een gave God zijn** dachte sie, bevor sie ihren Kaffee austrank und bezahlte.

* Griechen! Denken echt, sie seien ein Geschenk vom lieben Gott.

Ohne zu ahnen, daß sie dem Machismo eines griechischen Kommissars eine Informantin in den Reihen der samiotischen Polizei zu verdanken hatte, fuhr Malina zurück nach Kervéli. Drei Männer, dachte sie. Drei Männer, die mit dem Tod von Jana Nicolai zu tun hatten. Einer von ihnen: Ilias Alexandrou.

Mit ihm hatte Jana vor ihrem Tod geschlafen. Malina war sich dessen sicher.

Aber wer waren die anderen beiden?

Skinny Rothman, überlegte sie und erinnerte sich an das Gespräch zwischen dem Regisseur und diesem Journalisten. Der Gedanke war alles andere als abwegig.

Doch wer war der dritte?

»Athina Papadopoulos«, konstatierte Simon wenig später, als er Malina in Kervéli vom Bus abholte.

»Wer?«

»Hallo! Die ehemalige Verlobte von Ilias Alexandrou …«

»… ist eindeutig weiblich.« Malina hob ironisch die Augenbrauen.

»Aber vielleicht hat sie Brüder, Cousins. Einen Vater. Die Typen hier sind vom alten Schlag und leicht in ihrem Stolz zu kränken. In ihren Augen hat Alexandrou das Mädchen entehrt, dann weggeworfen, um sich einer anderen zuzuwenden. Hierzulande gilt so etwas wahrscheinlich noch als Sakrileg. Da wäre es doch denkbar, daß einer von denen Athina rächen wollte. Vor ein paar Tagen hast du es selbst gesagt.«

»Gott, wie sich das anhört«, brummte Malina.

»In unserer Zeit undenkbar, ich weiß«, erwiderte Simon. »Aber auf einer Insel wie dieser vielleicht durchaus möglich.«

An diesem Punkt gerieten sie ins Stocken. Dann jedoch fiel Malina der kleine Zettel ein, den sie in Janas Spiegeldose gefunden hatte. Sie zog ihn hervor und hielt ihn Simon hin.

»Hast du eine Vorstellung davon, was das bedeuten soll?« fragte sie, nachdem sie von Michalis' nächtlichem Besuch erzählt hatte.

00.00.00 – 00.07.35	–	*Membran*
00.08.05 – 00.15.40	–	*Kill me, kill me*
00.16.10 – 00.33.25	–	*Morphium für mich*
00.33.55 – 00.41.54	–	*Bruchstelle*
00.42.24 – 00.52.49	–	*Endorphine*
00.53.19 – 01.24.09	–	*Parallelwelt*
01.25.09 – 01.42.24	–	*Fake*

Simon las es und schüttelte anschließend den Kopf.

»Keine Ahnung, was diese Zahlen bedeuten könnten. Und auch die Worte ergeben keinerlei Sinn für mich.«

»Jana hat das Papier versteckt«, warf Malina ein. »Dafür muß es Gründe geben.«

»Ja, sicher. Aber welche?«

»Das müssen wir eben herausfinden. Sag mal, hast du vorhin nicht gesagt, du müßtest mir unbedingt etwas zeigen?«

»Hab ich«, erwiderte Simon. »Komm mit!«

Simon hatte ein Büro organisiert – mit Hilfe von Melanie, in deren neuem Haus, gleich hinter dem Hotel.

»Drucker, Telefon, Faxgerät, ein großer Schreibtisch – alles da, was man zum Arbeiten braucht«, zählte Malina beeindruckt auf.

»Was glaubst du, was ich hier den ganzen Vormittag getan habe? Ich warte auf ein Fax von Carla. Ich hatte ihr aufgetragen, die Stablisten von Janas letzten Filmen aufzutreiben. Ich könnte schwören, außer Skinny Rothmann lassen sich auf der aktuellen Liste noch ein paar Übereinstimmungen finden.«

»Und du schlägst vor, diese Übereinstimmungen dann näher zu untersuchen?« fragte Malina und kramte in ihrer Handtasche nach dem Handy, das eben eine SMS ankündigte. Die Nachricht war in Englisch und stammte von Ilias Alexandrou.

»Er möchte sich mit uns treffen«, wandte sie sich an Simon.

»Um sein Haus zu verkaufen?«

»Soll er das ruhig denken. Hauptsache, wir treffen ihn. Vielleicht gleich morgen vormittag.« Malina tippte bereits eine Antwort in das Telefon. »Hat Carla etwas davon gesagt, bis wann sie die Listen schicken wird?« fragte sie anschließend.

»Sie meinte, bis zum Nachmittag müßte sie es schaffen.« Simon sah auf seine Uhr. Es war kurz vor eins.

»In Deutschland ist es jetzt gerade mal zwölf. Ich schätze, eine Weile müssen wir uns noch gedulden.«

»Vielleicht könnten wir unseren Besuch bei dieser Betty dann auf heute abend verschieben. Inwischen könnte ich mit Victor schwimmen oder spazierengehen, solange Edward sein Interview gibt. Morgen fliegen die beiden ohnehin nach Deutschland. Heute ist mein letzter Tag mit ihm.«

»Willst du bei dem Gespräch denn nicht dabei sein?« Erstaunt sah Simon sie an.

Sie schüttelte den Kopf. »Nein.«

»Gut, wenn du meinst. Dann machen wir es so und fahren gegen Abend an den Set. Ich werde Axel anrufen und ihn fragen, wie lange die Crew dort sein wird.«

»Ja, mach das.« Malina stand auf und griff nach ihrer Tasche. »Wir sehen uns später.«

16

Die Antwort von Ilias Alexandrou kam, als Malina mit Victor zum Strand unterwegs war. Elf Uhr am nächsten Vormittag sei ihm recht, schrieb er, und Malina bestätigte seinen Vorschlag mit einer kurzen Notiz. Dann wandte sie sich wieder Victor zu, der neben ihr her trippelte und erklärte, er wolle nicht schwimmen gehen, sondern Steine sammeln.

»Papa hat versprochen, zu Hause einen Teich mit mir zu bauen, im Garten, mit Fischen drin. Da brauchen wir die Dinger«, erklärte er mit vorgerecktem Kinn.

»So«, antwortete Malina und bückte sich nach dem ersten Stein. Glatt mußten sie sein, flach und vollkommenen weiß. Ihr Sohn bestand darauf und ließ keinen in sein rotes Eimerchen fallen, der ihm nicht zu hundert Prozent gefiel.

Auch Victor hatte seine Prinzipien.

Wie sein Vater, dachte Malina, während sie einen perfekten Stein unter einem herumliegenden Ast hervorzog.

Bevor sie mit Victor losgezogen war, hatte sie mit ihm zusammen Pit Sanwaldt begrüßt, und nicht nur er, sondern auch der Journalist hatte sie erstaunt angesehen, als sie erklärte, sie würde an dem Interview nicht teilnehmen. Sie hatte es sogar abgelehnt, dem Fotografen für ein gemeinsames Familienfoto zu posieren.

Es wäre bestimmt klüger gewesen, bei Edward auf der Terrasse zu bleiben, verständnisvoll lächelnd familiäre Einigkeit zu demonstrieren, während er die »wahre Geschichte« um Jana und ihn erzählte, aber sie hatte es nicht gekonnt. Nicht nur, daß es ihrem geradlinigen Naturell widersprochen hätte, die Angst, die Kälte zwischen ihnen könnte nach all dem Gelächle noch stärker zu spüren sein, hatte eindeutig überwogen.

Daß er mit Victor zurück nach München flog und sie hier zurückließ, verzieh sie ihm nicht. Sie bückte sich nach einem weiteren Stein.

»Mami weinst du?«

»Was? Nein, mir ist ein Staubkörnchen ins Auge geflogen.« Sie tat, als wische sie etwas aus den Wimpern, und befahl sich: Reiß dich zusammen. Dein Sohn muß dich so nicht sehen. Sie lächelte, wenn auch verzerrt, und sagte: »Schau mal, Victor. Wir haben jetzt genügend Steine. Die müßten für deinen Teich doch reichen. Wollen wir drüben an der Strandbar ein Power-Ranger-Eis essen?«

Malina kannte ihren Sohn – er schnappte mit Begeisterung nach dem Köder.

»Stört es Sie, wenn ich mich zu Ihnen setze?« Mit seinem stillen und doch eindringlichen Lächeln tauchte plötzlich Robert Czerna an ihrem Tisch auf.

»Oh, hallo! Ja, bitte setzen Sie sich doch.« Malina räumte Victors Dino-Gefolgschaft zur Seite und wischte mit einer Serviette eine Eiscreme-Lache vom Tisch.

»Lassen Sie ruhig«, sagte er, während er sich setzte. »Wo kleine Jungs Eis essen, da wird's eben klebrig, stimmt's?« Sein Lächeln galt jetzt Victor, der ihn scheel von der Seite musterte und dann weiter an seinem Eis-Männchen leckte.

»Ist Ihr Mann nicht hier?« wandte Czerna sich wieder an Malina.

»Nein.«

»Dann kann es vielleicht doch sein, daß ich ihn oben auf der Terrasse gesehen habe? Mit Pit Sanwaldt von der Bunten?«

»Ja, das muß er wohl gewesen sein.«

Czernas Züge drückten Mitgefühl aus. »Verstehen Sie mich bitte nicht falsch.« Seine Stimme klang genauso moderat und einfühlsam, wie sie es aus dem Fernsehen kannte, wenn er mit seinen Gästen über Politisches, Kulturelles oder Alltägliches sprach. »Ich will mich Ihnen ganz bestimmt nicht aufdrängen, aber ich habe den Artikel in diesem Schundblatt gelesen ... über Jana und Ihren Mann. Ich kann mir vorstellen, wie weh Ihnen das getan haben muß. Sie dürfen das nicht ernst nehmen – das ist deren Geschäft. Sanwaldt ist einer von den Seriösen. Es ist vielleicht ganz gut, wenn Ihr Mann mit ihm spricht und einiges klarstellen kann.«

»Weil Sie das gerade sagen«, nahm Malina elegant die Kurve in eine andere Richtung, »weshalb habe ich eigentlich nie irgendwo gelesen, daß Sie und Jana verwandt sind? Wäre das denn kein Thema gewesen?«

»Das wäre es sogar ganz sicher«, Czerna lächelte ihr in die Augen, »aber gerade deswegen haben wir es nie erwähnt. Jana hat es gehaßt, Privates preiszugeben. Und mir geht es nicht anders. Für uns galt immer der Standpunkt, der Mensch außerhalb des Scheinwerferlichtes muß privat bleiben dürfen und geht niemanden etwas an.«

»Ja, verständlich«, murmelte Malina. »Ihre Schwester hat mal etwas in der Richtung zu mir gesagt.« Sie seufzte und sah auf die Uhr. »So, langsam müssen wir dann mal los, ich hab' heute noch einiges vor mir.«

»Natürlich, ich will Sie nicht aufhalten. Vielleicht trinken wir morgen abend etwas zusammen. Es wäre schön, wenn ich Ihren Mann noch einmal treffen würde. Weil, na ja ... Er hat Jana als letzter gesehen.«

Malina schluckte. »Das wird leider nicht möglich sein«, erwiderte sie leise. »Mein Mann reist morgen ab.« Czernas erstauntem Blick wich sie aus. Der Gedanke, jemand, nein *dieser* Mann könne sehen, was in ihr vorging, schien ihr unerträglich. Doch dann dachte sie: Soll er doch, und sträubte sich nicht mehr. Es war gut, daß einmal jemand mit *ihr* fühlte. »Wenn Sie wollen«, sagte sie und sah ihm direkt in die Augen, »trinken wir beide etwas zusammen.«

»Einverstanden.« Das Aufleuchten seiner Augen wärmte wie ein Kaschmirschal an einem herbstlichen Tag.

Es dämmerte bereits, als Malina und Simon am Abend den Set erreichten. Auf den korallenroten Mauern der Villa lagen Schatten, die sachte im Wind zuckten, der jetzt stärker als am Tag vom Meer herüberwehte. Ein paar Requisiten waren auf einem Klapptisch vergessen worden, auf dem Rasen standen leere Stühle, dazwischen Kabel und Eisenstangen. Jedes Ding erinnerte an die eigentliche Lebhaftigkeit des Ortes und ließen ihn jetzt, da sie wie Tote herumlagen, merkwürdig verlassen scheinen. Irgendwo in der Ferne schrie eine Möwe.

Malina sah auf ihre Uhr. »So wie es aussieht, sind wir zu früh. Es ist keiner da.«

»Scheint so, aber eigentlich müßten sie bald kommen.« Simon blickte aufs Meer hinaus. Kein Boot, das sich dem Ufer näherte. »Am besten rufe ich Axel noch mal an«, er zückte sein Handy, »dann wissen wir wenigstens Bescheid.«

»Gute Idee.« Malina sah hinüber zum Haus und stutzte plötzlich.

Auf dem Balkon – da war etwas.

Verschwommen. Ein Schemen. Reglos hinter der alten Steinbrüstung. Trotz der Wärme fröstelte sie plötzlich, doch sie konnte nicht anders: Das Haus – oder vielmehr dieses Ding auf dem Balkon – zog sie an wie der Mond das Heulen der Wölfe. Ihre Zehen in den Schuhen verkrampften sich, als sie zögernd einen Fuß vor den anderen setzte. Es waren vielleicht noch hundertfünfzig Meter, die zwischen ihr und dem Haus lagen, die Dunkelheit kroch näher heran, aber sie erkannte es jetzt deutlicher. Der Schemen hatte die Umrisse einer menschlichen Gestalt, die auf sie hinab starrte.

»Malina!«

Sie fuhr herum. »Was ist?« Ihre Stimme schien durch die Kehle zu rutschen.

»Ich kriege hier keinen Empfang. Ich gehe mal ein Stück weiter an den Strand.« Weit hinter ihr hielt Simon sein Handy hoch und winkte damit.

»Warte!« Doch da war er schon verschwunden, wie von den Sträuchern verschluckt. Es war jetzt noch stiller als zuvor. In ihren Ohren brauste ihr Herzschlag, als sie sich wieder dem Haus zuwandte. Die Schattenmuster auf seinen Mauern verschmolzen jetzt vollkommen mit der dichter werdenden Dämmerung, seine Farben verblaßten. Ein Haus, das lächelte, hatte Malina gedacht, als sie es zum ersten Mal gesehen hatte. Jetzt lächelte es nicht mehr. Es hatte eine dunkle Miene aufgesetzt. Stockend hob sie die Augen hinauf zum Balkon.

Was immer vorher da gewesen war – es war verschwunden.

Ihr Blick hetzte von links nach rechts, von oben nach unten, fuhr über die blinden Fenster, aber er fand nichts mehr. »Du hast einfach zuviel Phantasie«, murmelte sie sich selbst beruhigend zu, während ihre Schritte den Kies auf dem Weg knirschen ließen. Der Wind hatte aufgehört, aber die Kälte wollte nicht mehr aus ihrem Körper weichen. Geh weg da! flüsterte die Angst ihr zu, doch ihre Füße gehorchten ihr nicht, sie bewegten sich weiter wie von unsichtbaren Fäden gezogen.

Es geschah, kurz bevor sie das alte Holzportal erreichte. Hinter einem der oberen Fenster flackerte plötzlich ein schwaches Licht auf. Wie paralysiert starrte sie hinauf, ihre Pupillen absorbierten den blassen Schein, aber ihr Gehirn weigerte sich, zu verstehen und wollte diesen Gedanken, der wie eine Murmel auf glattem Grund hin und her zu kollern schien, nicht freigeben. Doch plötzlich – ihre Augen starrten noch immer – hatte sie es: Dieses Licht flackerte in Janas alter Garderobe. Und wie eine unausgesprochene Antwort zog hinter der halbdunklen Scheibe ein Schatten vorüber.

Malina hätte fast geschrien, aber es war nur ein erstickter Laut, der über ihr Lippen kam.

Es war klar, daß sie umkehren mußte, sofort und auf der Stelle, doch gleichzeitig wollte sie Klarheit und ging weiter, stieß die Tür auf und fiel stolpernd über die Schwelle. Licht, dachte sie, während sie sich wieder hochrappelte, Licht. Ihre Finger fuhren tastend über die Wand und fanden einen alten Drehschalter. Egal, wie oft sie es versuchte – um sie herum blieb es schwarz. Der Stromgenerator. Sakellarios hatte gesagt, er fiele manchmal aus. Deswegen waren er und Michalis an jenem Nachmittag hier gewesen. Wo waren die beiden Männer jetzt?

Allmählich gewöhnten sich ihre Augen an die Dunkelheit, fanden die Treppe, die hinauf ins nächste Stockwerk führte. Sich an das Geländer klammernd, erklomm sie Stufe für Stufe, und dann, auf unerklärliche Weise aus dem Nichts hervor, hörte sie seltsam deutlich:

Jemand da oben weinte.

Es war wie ein Déjà vu.

Ein Déjà vu im Zwielicht züngelnder Kerzen.

Und dann wieder dieses Weinen. Dieses herzzerreißende Weinen einer Frau, die jegliche Hoffnung verloren zu haben schien. Wie eine Geistererscheinung saß sie in dem Sessel vor dem Schminktisch, die schmalen Schultern hilflos vornüber gebeugt, während ihre Hände zwischen den Töpfchen und Tiegelchen herumfuhrwerkten, als versuchten sie, irgendeine Ordnung herzustellen. Zwischen ihren Schluchzern erklangen brabbelnde Laute, die trotz der unnatürlichen Stille nicht zu verstehen waren. Hätte Malina sich regen können, sie hätte sich die Ohren zugehalten, nur um diesen jammervollen Tönen zu entfliehen. Aber selbst den kleinen Finger zu rühren, schien unmöglich, während das, was sie sah, ihr gleichzeitig den Verstand raubte. Nur ein winziger Teil ihres Gehirns signalisierte wiederholt, daß es so etwas nicht gab.

Tote waren tot.

Und doch war sie da. In aller Deutlichkeit: der dunkle Pagenkopf, der hellgelbe Hut mit aufgebogener Krempe, das rosa Kleid mit den weißen Blümchen, dessen weiter Rock bis zu den Waden reichte.

Der Traum einer Frau aus den Zwanzigern, die diesen unverwechselbar betörenden Duft nach Maiglöckchen verströmte. Stella von Arnim, die Heldin des »Samischen Lächelns«.

Malina wagte kaum, es zu denken, es war unmöglich, aber die Frau, die so jammervoll weinte, war Jana.

Ihre Erstarrung löste sich nach einer Ewigkeit. Unwillkürlich trat sie auf die Erscheinung zu. In ihrem Kopf herrschte bodenloses Chaos, aus dem nicht ein einziges Wort hervorgehen wollte, und so war es schließlich nur ein rauher Ton der Angst, der zwischen ihren Zähnen hervordrang. Die Schluchzer verstummten im selben Moment, die Hände auf dem Schminktisch hielten inne. Die Stille erhob sich wieder zur Mauer, während die Frau mit einem Ruck den Kopf wandte, und mit einem wilden Aufschrei, der wie ein »Nein« klang, aus dem Sessel fuhr und durch den Raum stürzte.

Sie aufzuhalten war unmöglich. Ganz im Gegensatz zu ihrer zerbrechlichen Erscheinung, war ihr Stoß von überraschender Kraft und ließ Malina gegen den Türrahmen prallen. Ihr Kopf schlug hart gegen das Holz, vor Schmerz taumelte sie sekundenlang. Benommen versuchte sie, nicht hinzufallen, und fand schließlich Halt an der Wand. Von der Treppe klackten hastige Schritte, sie hetzte getrieben von irgendeiner Art archaischer Wut hinterher. Sie war es *so leid*, die Genarrte zu sein. Nein! Fast hätte sie es laut herausgeschrien, sie würde sich nicht länger hinters Licht führen lassen. Die Klinke in der Hand riß Malina die Tür auf, und im nächsten Moment sprühte es in ihrem Kopf zum zweiten Mal an diesem Abend Funken. Der Schmerz in ihren Schläfen flammte wieder auf, als sie gegen etwas Schwarzes und Hartes stieß und ein Paar kräftige Hände ihre Schultern schraubstockartig umfaßten. Jemand rief ihr etwas zu und zog sie hinaus an die klare Nachtluft. Doch erst als ihr Blick den sternenübersäten Himmel einfing, merkte sie, daß sie ihre Hände zu Fäusten geballt hatte und um sich schlug.

»Malina!« Allmählich wurde aus dem Klangbrei um sie herum wieder eine verständliche Lautfolge. Ihr Blick klärte sich, und sie erkannte Simon.

»Wo ist sie?« schrie sie und riß sich von ihm los.

»Wer?«

»Die Frau. Du mußt sie doch gesehen haben!«

»Welche Frau? Da war keine Frau. Ich habe niemanden gesehen. Wovon redest du überhaupt?«

»Später. Lauf du runter an den Strand. Vielleicht ist sie dort.« Malina drückte ihn zur Seite und lief wieder los, den Weg zum Tor entlang, wie eine Gestalt in einem Traum unverwandt ihrem Ziel entgegen, als lenke sie ein fremder Einfluß. Angespannt lauschte sie in die Nacht hinein, spähte hinter die dichtstehenden Bäume und Büsche, aber es war zu dunkel. Selbst *wenn* jemand da gewesen wäre, war es unmöglich, etwas zu sehen. Hinter ihr klangen Simons schnelle Schritte, sie hörte seinen stoßweisen Atem, und schließlich schälte sich seine Gestalt aus der Schwärze der Nacht.

»Sag mal«, er ließ sich gegen das Eisentor fallen, »was geht hier eigentlich vor? Rennst wie eine Verrückte aus dem Haus, stammelst irgendwas von einer Frau und rennst weiter. Ich habe nur kurz mit Axel telefoniert. Was, bitte, ist in der Zwischenzeit passiert?«

»In Janas Garderobe war eine Frau. Sie saß vor dem Schminktisch und weinte.«

»Und deshalb rennst du hier wild um dich schlagend durch die Gegend?« Irritiert blickte Simon sie an.

Malinas Antwort kam zögernd. Sie wußte, wie ungeheuerlich ihre Worte klingen würden. »Die Frau saß nicht nur in Janas alter Garderobe. Sie sah auch aus wie sie.«

»Wie wer?«

»Wie Jana.« Sekundenlang verharrten ihre Augen prüfend auf seinem Gesicht, das von solcher Skepsis kündete, die sie fast zum Lachen reizte. Dennoch beherrschte sie sich und erzählte ihm alles.

»Komm mit«, sagte er anschließend.

»Wohin?«

»Zurück ins Haus. In diese Garderobe.«

»Was willst du dort?«

»Licht machen.« Er zog sie am Arm, und ein weiteres Mal in dieser Nacht ging sie diesem Haus entgegen. Noch immer lag es düster und verlassen da, bewacht vom Meer und den stummen Zypressen.

»Hier hat sie gesessen«, sagte Malina und zeigte auf den Sessel vor dem Schminktisch. Simon hatte den Stromgenerator in einem kleinen Anbau am hinteren Teil des Hauses gefunden und das Ding mit ein paar Handgriffen in Bewegung gesetzt. Im hellen Licht verlor das Zimmer alles Gespenstische.

»Mit dem Gesicht zum Spiegel?« fragte Simon.

»Ja.«

»Du hast sie also nur von hinten gesehen und ihr Gesicht im Spiegel.«

»Nein. Im Profil. Sie trug das Kostüm, in dem wir sie damals gesehen haben. Weißt du noch – an diesem Nachmittag, hier am Set, an dem sie diesen Anfall hatte.«

»Gelber Hut, rosa Kleid?«

»Genau.«

»Und als sie an dir vorüberlief …«

»… ging alles viel zu schnell.«

»Verstehe«, murmelte Simon nachdenklich und begann, sich im Zimmer umzusehen. Janas Sachen waren alle noch da, so, als würden sie täglich benutzt werden. Auf dem Schminktisch zwischen den Lidschattendöschen, den Lippenstiften, Wimperntuschen, Puderquasten und verschiedenen Haarbürsten fand er einen angebrochenen Flakon *Diorissimo*. Gedankenvoll sprühte er ein paar Tröpfchen in die Luft.

»Genau dieser Duft war es«, rief Malina. »Danach hat die Frau gerochen. Nach Maiglöckchen. Genau wie Jana. Es ist ihr Parfüm. Unverwechselbar. Ich wollte sie immer danach fragen.«

Simon setzte das Fläschchen wieder ab. »Stimmt«, sagte er. »Ich erinnere mich auch.« Er zögerte und sah Janas Kostüme auf dem Kleiderständer durch. »Alles da. Merkwürdig.« Grübelnd setzte er sich auf einen alten, verwitterten Rattanhocker, während sein Blick durch das Zimmer schweifte.

»Was ist?« fragte Malina, als seine Augen jedes einzelne Ding im Raum abzutasten schienen.

»Ich weiß nicht. Ist nur ein unbestimmbares Gefühl. Du hast schon recht. Irgend etwas hier ist sonderbar.« Mit schmalen Augen beugte er den Oberkörper weiter nach vorn und stutzte plötzlich. Der Stuhl unter ihm knackte, gab schließlich nach und krachte zusammen.

»Lach du nur«, brummte er in Malinas Richtung, hangelte sich hoch und versuchte, den Hocker wieder zu richten. »Muß ja nicht jeder mitkriegen, daß jemand hier war. Hältst du hier bitte mal fest,« bat er Malina, an den Stuhlbeinen hantierend. Als sie sich zu ihm beugte, klappte das Polster des Hockers plötzlich nach oben.

»Was ist das denn?« Ähnlich verwirrt wie Simon vor ein paar Minuten, blickte Malina auf das Möbelstück, unter dessen Sitzfläche sich ein kleiner, holzverkleideter Hohlraum verbarg.

»Ein Hocker mit Geheimfach«, sagte Simon und steckte seine Hand hinein. Auf den ersten Blick war es nur ein Stück schwarzer Stoff, doch als er ihn aufschüttelte, wurde daraus ein Cape mit einer Kapuze.

»Das kenne ich doch«, sagte Malina fassungslos und griff danach. Etwas fiel klappernd zu Boden. Eine Sonnenbrille. Groß, mit schwarzen Gläsern, wie Filmdiven sie trugen, wenn sie nicht erkannt werden wollten.

»Das Phantom«, ihre Stimme überschlug sich, »die Person aus dem Wäldchen. Simon ...«

»Ja, ich weiß.« Noch einmal griff er in das dunkle Fach. »Hier, der Kostümierung letzter Teil.« Er legte den schwarzen Schlapphut vor sie hin.

»Wenn wir jetzt noch herausfinden, wem das gehört«, sagte Malina nach ein paar Sekunden, »dann sind wir wahrscheinlich ein gutes Stück weiter.«

Ein weiteres Mal glitten ihre Hände über den schwarzen Stoff, als sie etwas Hartes ertasteten.

»Was ist das?« Sie zog eine kleine Fasche hervor und hielt sie anschließend gegen das Licht. »Amitriptylin«, las sie laut und wandte sich Simon zu. »Ein Antidepressivum. Ich verstehe das alles nicht mehr.«

Simon schwieg darauf. Seine Ahnung schien ihm noch zu schwach, um sie auszusprechen. Deshalb sagte er nur: »Laß uns zurück ins Hotel fahren.«

»Und Betty? Sollen wir nicht doch auf sie warten?«

»Vergiß Betty.« Er stopfte die Sachen zurück in den Hocker. Das Fläschchen mit den Tropfen steckte er ein. »Wenn das stimmt, was ich vermute, werden wir ohnehin noch einmal mit ihr reden müssen.«

Endlich waren sie weg. Angestrengt lauschte die Frau mit den dunklen Haaren und dem rosa Kleid in die Dunkelheit. Als sie sicher war, nichts mehr zu hören, kroch sie aus ihrem Versteck. Niemand außer ihr hatte die Falltür zwischen den wurmstichigen Holzdielen im Erdgeschoß des Hauses bislang entdeckt.

Müde, zum Sterben müde, dachte sie langsam und warf einen schweren Blick über die Hecke der Jahre. Das Klirren und Bersten von Glas, die mächtige Wucht des Aufpralls, der ohrenbetäubende Knall und die lange, erstickende Dunkelheit danach – alles war immer noch in ihrem Kopf. Unvergessen streuten all jene Elemente einer einzigen unheilvollen Minute Metastasen in ihre Seele, ihr Körper sträubte sich mit permanenten Rückenschmerzen. Ihr Glaube, ihre Hoffnungen und Träume lagen seit Ewigkeiten zerschmettert im Staub vor ihr. Ferne Nebelstreifen, die nach Belieben erschienen und sich wieder verflüchtigten. Nie mehr greifbar.

Schwerfällig kroch die Frau die Treppe hinauf, und als sie vor dem Spiegel in der Garderobe stand, begann sie wieder zu weinen. Unerträglich, diese Schmerzen. Ihr Körper wand sich im Krampf, während ihre Hand unwillkürlich über diesen Fleck unterhalb des Brustbeins fuhr. Ihrer Bruchstelle. Knack. Sie hörte das Bersten noch.

Erschöpft zog sie sich die Perücke vom Kopf, das Kleid

von ihrem Körper. Jetzt war sie wieder ganz sie selbst. Beim Anblick ihres Gesichts im Spiegel kehrte der Kopfschmerz unerwartet heftig zurück. Ihre Hände fahndeten hektisch und fast von selbst nach dem Hocker, hoben die Polsterung hoch und fanden den schwarzen Umhang, den Hut und die Brille. Nur das Amitriptylin war verschwunden. Die Frau erstarrte in ihrer Bewegung. *Sie* hatten es gefunden. Sie sank auf dem Boden zusammen und dachte nur eines: Dieses Versteckspiel muß endlich vorbei sein.

Sie wollte ihr altes Leben zurück.

17

Hypnotisierend und süß, dieser Duft nach Zuckerwatte und gebrannten Mandeln. Wasser, das sich im Mund sammelt und ein kleines Schmatzen provoziert, kurz darauf ein seufzendes »Mmmh«, verbunden mit einem gen Himmel gewandten Augenrollen.

Ja, es gab Momente, in denen ich noch immer ein kleines Mädchen war, und ich gestehe: Ich legte Wert darauf, es sein zu dürfen. Es war ein Part, der mir gefiel. Und als ich an Dorians Hand mit Gassenhauern radebrechenden Australiern und Amerikanern, müden Sekretärinnen mit Lebkuchenherzen um den Hals, lederbehosten Männern und bedirndelnden Frauen in der U-Bahn stand und dieser unvergleichliche Duft schon durch die Bahnschächte wehte, da hatte ich das Gefühl, ich wäre wieder ein kleines Mädchen.

Es war ein warmer Septemberabend, München rauschte im Oktoberfest, und auch Dorian wollte hingehen. Eigentlich haßte ich dieses Gewimmel von Menschen, den Pferch der Bierzelte, die kotzenden Typen dahinter, die einem, kurz bevor sie sich das Bier aus dem Leib spien, noch Obszönitäten zuriefen, und sture Kleinbürger-Visagen, die sich gleichzeitig mit ihren Gamsbarthüten ein »Mei, san mir lustig« überstülpten und rollig ihre Hände auf schwingende Dirndl-Hintern patschten.

Aber daneben gab es auch die Kettenkarusselle, Tausende von blinkenden Lichtern, das johlende Gelächter aus den Achterbahnen, jenen Zuckerwatte-Duft und Dorian, der ihn mit mir schnuppern wollte. Natürlich ging ich mit.

Er hielt mich den ganzen Abend über an der Hand und

gab mir das Gefühl, vor all diesen brünftigen, rauflustigen Kerlen beschützt zu sein.

Er fütterte mich mit gebratener Ente, mit Germknödeln und später, als wir über den Platz bummelten, mit einem schokoüberzogenen Erdbeerspießchen. Er lachte, als er mir einen Fleck vom Kinn wischte, in seinen fältchenumkränzten Augen konnte ich mich spiegeln, und was ich sah, gefiel mir. Wir waren das, was ich mir immer gewünscht hatte: ein normales, verliebtes Paar, wie sie an diesem Abend überall an uns vorüberzogen.

Als er mit mir Riesenrad fahren wollte und den Preis für sechs Personen zahlte, um mit mir allein in der Gondel zu sein, fühlte ich mich angesichts dieser romantischen Geste wie die strahlende Heldin eines Kitschfilms und genoß es über alle Maßen. Fürs Kino hätte ich diesen Part nie übernommen, fürs Leben schon. Er machte es so einfach, ihn zu lieben.

In den folgenden Wochen und Monaten war es fast so, als würde das Schicksal ein extra dickes Gewebe aus Glück für mich spinnen. So als wollte es mir noch einmal in einem Bilderrausch zeigen, wie es mit uns hätte sein können, bevor es seine wirkliche Absicht offenbarte: Spaziergänge durch die kalte Luft blätterwirbelnder Parks, wo wir uns gegenseitig Vergangenheit, Gegenwart und Zukunft erzählten, Stunden auf unserem abgewetzten Sofa, wo Dorian mich meine Rollentexte abfragte und manchmal mit übertriebener Stimme den Gegenpart sprach, bis ich mich vor Lachen bog, Nächte, in denen ich mich süchtig seinen Berührungen hingab und dieser Gedanke »Liebe« mich wie ein Wiegenlied in den Schlaf begleitete. Wir waren tag- und nachtfüllend füreinander, was davor gewesen war, verzieh ich ihm, ließ es im Ground Zero meiner Erinnerungen verschwinden, und dieser kleinen Stimme, die ihren Zweifel direkt in mein Ohr träufelte, verbot ich immer wieder trotzig den Mund.

Ob eine Strategie dahinter steckte? Ein Tarnkappen-Spiel, das mich zum Narren halten sollte? Oder war es einfach seine Natur, gegen die er nicht ankam, weil dieses Locken und Abschmettern, dieses Aufbauen und Zerstören ihm Macht gab?

Dorian, damals als ich so strahlend an Deiner Hand ging, Dich in diesem Riesenrad endlos küßte, mit all diesen ungestümen, naiv-seligen Juchzern in meinen Herzen, damals als ich nachts die Bettdecke wie ein Zelt über uns schlug, mich eng an Deine Schulter kuschelte und zum ersten Mal in meinem Leben diese drei Worte sprach, die enttarnend und zugleich befreiend sind und die ich so vorsichtig wie ein Kind, das die ersten Laute erprobt, in Dein Ohr flüsterte – damals hätte ich es als wilde, völlig lachhafte Lüge angesehen, hätte mir jemand prophezeit, daß ich Dich eines Tages mit jeder Faser meines Köpers, mit jeder Zelle meines Hirns hassen, ja verabscheuen würde, wie man ansonsten nur ein widerwärtiges Insekt verabscheuen kann. Und es zuletzt erschlägt.

O nein, Dorian, dieser Haß ist nicht die spontane Ausgeburt meines armen, kranken Kopfes.

Erinnerst Du Dich noch?

Mein armer kranker Kopf?

Ja, es hat sich mir in das Gehirn gebrannt, wann diese Worte zum ersten Mal gefallen sind. Es war zwei, drei Monate nach diesem Abend auf dem Oktoberfest, und wie an allen Tagen seit damals glaubte ich mich auch an diesem Tag in unserer neuen, warmen Symbiose.

Ich kam zornig und am ganzen Körper bebend von einer Theaterprobe zurück, in der mir der Regisseur an den Kopf geworfen hatte, nichts weiter als eine untalentierte Idiotin zu sein. Sicher, er hatte dafür einen bemerkenswerten Grund: Ich hatte mich geweigert, die Nationalhymne auf einem Kamm zu blasen und dabei eine Art Schuhplattler zu tanzen.

Von Anfang an hatte ich die Idee in ihrer pseudo-innovativen Absicht ziemlich blöd gefunden und gesagt, daß ich das Lied weder auf dem Kamm blasen noch es furzen, sondern es schlicht, aber ergreifend singen würde.

Ich hatte mit Deinem Verständnis gerechnet, als ich Dir davon erzählte, Dorian. Mit einem bissigen, den Nagel auf den Kopf treffenden Bonmot. Ich dachte, Du würdest sagen, es wäre nur verständlich, sich dieser Schöpfung eines Möchtegern-Intellektuellen zu verweigern, aber statt dessen ist in deine Augen dieser merkwürdig distanzierte, leere Ausdruck getreten. Ich sehe noch Deine heruntergezogenen Mundwinkel, die nichts als Ablehnung ausdrückten, besonders als Du sagtest: »Wenn du schon Erfolg haben willst, Miss Hollywood, dann mußt du lernen, dich anzupassen. Dann mußt du eben auch mal etwas tun, was dir nicht in den Kram paßt. Mit Wimpern-Klimpern und Arschwackeln wirst du nicht ewig weiterkommen. Der echte Könner nimmt sich selbst nicht wichtig. Aber das geht in deinen armen, kranken Kopf ja nicht hinein.«

Ich stand da und starrte, starrte über Deinen Kopf hinweg die leere, weiße Wand an. Meine Muskeln, Sehnen, Nerven – alles in mir zuckte in Spasmen und setzte zum Sprung an. Nichts wäre heilsamer gewesen, als mich umzudrehen und zu gehen, ohne ein weiteres Wort zu verlieren, aber gleichzeitig war in meinem Kopf der verzweifelte Wunsch, die Bausteinchen dieser Beziehung wieder in ihr richtiges Muster zu rücken, diese letzte Worte ungeschehen, unausgesprochen und ungehört zu machen, damit alles wieder so wie vorher wäre.

SO WIE VORHER. Das war es, was mich Jahr für Jahr auf dem Damm hielt. Dabei hatte es dieses »Vorher« nie gegeben. Dieses Traumgebilde, was ich wieder und wieder versuchte zu rekonstruieren, war nichts als das Ergebnis meiner eigenen Sehnsucht gewesen.

Nicht zu gehen, bei Dir zu bleiben, immer wieder neu

Hoffnung zu schöpfen, zu lächeln, wenn mir zum Weinen war, war mindestens ebenso krank wie Deine Demontagen und Demütigungen, Dorian. Es war krank, den Erfolg eines Premierenabends nicht vom Applaus des Publikums, nicht von der Zahl der Vorhänge oder vom Gekritzel eines Kritikers abhängig zu machen, sondern allein von Deinem Urteil, das ich jedesmal mit Angst im Bauch erwartete und das, wenn es schlecht für mich ausfiel, jedes vorherige Lob wie ein rücksichtslos geschwungener Hammer zerstörte.

Ich, die im Kollegenkreis als Revoluzzerin galt, als stark und selbstbewußt, als eine, die wußte, was sie will und es auch bekam, ich, die Ex-Bankangestelle mit Potential zum Star, an deren Schultern sich die andern gerne ausweinten – dieses Ich war in seiner privaten Welt zu einem kleinen ängstlichen Mäuschen geworden, das sich innerlich duckte, so bald es den Schlüssel im Schloß hörte und Du zur Tür hereinkamst. Das Erforschen Deines Gesichtes, Deiner Augen im Besonderen, war mir in diesen Momenten schon zur Gewohnheit geworden. Sah ich Deinen Blick auf mich gerichtet, diesen kleinen Punkt in der Iris funkeln, dann war alles gut. Ich konnte aufatmen und von ängstlich auf vergnügt schalten. Der Tag war gerettet, na also, Dorian liebte seine Jana und sie, diese dankbare Roboterin liebte ihn dafür wieder.

Warum ich nicht gegangen bin? fragst Du, der mir irgendwann, als wir abends auf der Couch saßen, ins Gesicht sah und aus heiterem Himmel sagte: »Solltest du jemals schwanger werden, erschieße ich mich.«

Nun, Du hast es nicht getan. Als ich nach fünf Jahren tatsächlich schwanger wurde, zwangst Du mich, das Kind zu töten. Ich hätte das Kind retten und Dich töten sollen.

Das Wesen einer Beziehung zu verstehen ist schwer. Für einen selbst und für Außenstehende ohnehin. Ich bin nicht *gegangen, obwohl ich es mir jahrelang wünschte. Tag für Tag. Aber* diese Demontagen, diese nadelfeinen Stiche und die ganz großen Schläge – sie waren über die Jahre nicht ohne Wirkung geblieben. Ich war jetzt älter und inzwischen durch TV-Filme bekannt, hatte Preise bekommen, verdiente mehr, als ich brauchte, und wohnte in einer großen Altbauwohnung in Neuhausen. Manchmal ging ich in meinen teuren Klamotten die Straße entlang, sah Passanten ins Gesicht und fragte mich, was sich hinter diesen jungen, alten, faltigen oder glatten Stirnen abspielte. Versteckten sich dahinter heimliche Trinker, Magersüchtige, einsame Geschiedene, unheilbar Kranke, ungeliebte Ehefrauen, gescholtene Ehemänner, oder waren diese Leute glücklich, erfolgreich, vielleicht seit Jahren wieder zum ersten Mal verliebt und voller Vorfreude auf die Zukunft? Egal, wie sie waren – von jedem einzelnen glaubte ich, er meistere sein Leben um ein Vielfaches besser als ich. Ich fühlte mich als Fake. Außen hui, innen pfui. Und das war einer der Hauptgründe, warum ich so viele Jahre bei Dir blieb, Dorian.

Du warst derjenige, der mir meine Defizite regelmäßig nannte, der sie der Reihe nach erkannt hatte – angefangen bei meinem schwachen Intellekt, dem nicht vorhandenen politischen Bewußtsein, meiner mangelnden Bildung über meinen fehlenden Ehrgeiz und Fleiß bis hin zu meinem Aussehen, das mit spätestens vierzig erschreckend sein würde. Ich existierte nur, weil Du für mich in all diese Lücken sprangst und sie für mich ausfülltest. Ohne Dich, müßte ich – wie waren Deine Worte? – »den Kitt aus meinen Fenstern fressen«.

Schlimm klingt das? Ja, das fand ich auch. Aber noch viel schlimmer war: Ich begann zitternd zu befürchten, Du könntest eines Tages gehen, und dann würde ich ertrinken.

Es hat Jahre gedauert, bis ich begriffen habe, daß Du die Wirklichkeit für Dich selbst auf den Kopf stellen mußtest, daß Du mich in diese Form pressen mußtest, um selbst nicht zu ertrinken.

Armer Dorian.

*

Die Temperaturen in München unterschieden sich nur wenig von denen auf Samos. Der Sommer stülpte eine Glocke aus staubiger Hitze über die Stadt, in den Nächten kämpften sich Menschen durch die unerträgliche Schwüle erst spät in unruhigen Schlaf.

Gegen elf war das Haus in der Baumstraße vier noch immer wie ausgestorben, seine Bewohner waren hinaus in die schattige Kühle der Biergärten geflohen, und niemand hörte das aggressive Läuten an einer der Türen im zweiten Stock.

Seit mehreren Wochen war die Wohnung verlassen. Auf den wenigen Möbeln begann sich allmählich eine graue Firnis aus Staub zu bilden. Kriminalhauptkommissar Robert Hammerl drückte noch einmal fest auf die Klingel und stieß auf nichts als auf dasselbe dumpfe Schweigen wie vorher. Mit einem Nicken gab er dem Schlosser neben sich das Zeichen, die Tür zu öffnen. Es ging ganz leicht, kein Holzsplittern, kein Ächzen. Ein kleiner Haken aus Stahl, ein winziger Ruck, und das Schloß gab nach. Eine Wolke aus Hitze und abgestandener Luft wehte ihnen entgegen. Hammerl riß eines der Fenster auf. Erst dann machte er Licht.

Ulf Murnau hatte seine Wohnung in vollkommener Ordnung hinterlassen. Nichts Überflüssiges lag oder stand herum, in einem großen Regal standen die Bücher millimetergenau nebeneinander, das Spülbecken in der Küche glänzte, im Badezimmer fand sich kein einziges Härchen, nicht einmal ein Wasserspritzer auf den Fliesen.

»Und da sagt man, die Wohnung sei ein Spiegel der Seele«, knurrte Hammerl vor sich hin. Der Tod von Jana Nicolai war nicht allein Sache der samiotischen Polizei geblieben. Auch in München lief die Maschinerie der Ermittlungen auf Hochtouren. Einem jungen, ehrgeizigen Kollegen war schließlich ein Licht aufgegangen. Jana Nicolai – er erinnerte sich genau – hatte erst vor ein paar Monaten Anzeige gegen einen gewissen Ulf Murnau erstattet. Endlich der Hauch einer Spur. Nur war es ihnen bislang nicht gelungen, den Mann zu stellen. Hammerl sah noch einmal auf den Gerichtsbeschluß zur Hausdurchsuchung und ahnte instinktiv, daß sie der Lösung des Falles in den nächsten Stunden ein Stück näherkommen würden.

Ulf Murnau war ein Stalker. Das ging eindeutig aus Jana Nicolais Anzeige hervor. Ihren Worten zufolge hatten sie sich während der Dreharbeiten zu einem Film an der Ostsee kennengelernt.

Zuerst war er sehr nett gewesen, er war einer der Kameramänner, wir unterhielten uns oft nach Drehschluß. Ich mochte ihn, und wir freundeten uns an, hatte die Schauspielerin zu Protokoll gegeben. Aber schließlich habe er *mehr in der Sache gesehen als sie selbst*. Auf die Frage seines Kollegen, ob es dafür denn einen Grund gegeben habe, hatte Jana Nicolai zuerst zögernd, dann freimütig gestanden: *Ich habe einmal mit ihm geschlafen. Es war eine freundschaftliche Geste. Ein kleines Geschenk. Er war immer so hilfsbereit und nett. Wenn er etwas für mich tun konnte, dann tat er es. Und wenn es nur darum ging, Kopfschmerztabletten aus der Apotheke zu holen. Daß seine Verliebtheit alle Grenzen überschritt, ahnte ich allerdings nicht. Er hat nie etwas davon gesagt, und ich selbst habe ihn nie in dem Glauben gelassen, ähnliche Gefühle für ihn zu hegen. Aber nachdem wir diese eine Nacht miteinander verbracht hatten, fing er an, mich zu bedrängen, bis ich ihm schließlich sagte, daß er sich die Sache schleunigst aus dem Kopf schlagen solle.*

Wie es dann weitergegangen war, hatte Robert Hammerl nicht vergessen. Murnau hatte das Nein nicht akzeptieren können, sein Verhalten hatte obsessive Züge angenommen. Wieder und wieder hatte er die Schauspielerin mit Telefonaten terrorisiert, auf ihrem Anrufbeantworter Musik und ellenlange Gedichte hinterlassen. Mehrmals hatte er mit Selbstmord gedroht, um ihr dann Tag für Tag vor der Wohnungstür aufzulauern. *Ich habe ernsthaft in Erwägung gezogen umziehen.* Hammerl war es, als spräche Jana Nicolai direkt in seinem Kopf. *Es war grauenvoll. Jedesmal, wenn ich die Wohnung verließ oder nach Hause kam, stand er draußen auf dem Gehsteig und starrte mich an. Wortlos, aber allein dieses Starren machte mich fast wahnsinnig. Schließlich tauchte er in denselben Restaurants und Bars auf. Saß am Nebentisch und starrte wieder. Es war unerträglich. Er war einfach überall und drohte, mich zu ersticken. Dann schickte er Geschenke, maßlos überteuert, ich schickte sie zurück, am nächsten Tag lagen sie wieder vor meiner Wohnungstür. Schließlich schrieb ich ihm einen langen, freundlichen Brief, sagte ihm, ich könne nicht mit ihm zusammensein, weil ich nicht in ihn verliebt sei und er das doch verstehen müsse. Als Antwort schickte er mir ein Foto. Es zeigte mich und ihn. Er, wie er neben mir lag und mich im Arm hielt. Er muß es in dieser einen Nacht mit dem Selbstauslöser gemacht haben, als ich schon schlief. Vielleicht hat er noch mehr davon – ich weiß es nicht.*

Als die Sache endgültig eskalierte, hatte Jana keinen anderen Ausweg mehr gesehen, als die Polizei einzuschalten. Mitten in der Nacht, genau um zwei Uhr dreiunddreißig hatte es Sturm an ihrer Wohnungstür geläutet, und als sie verschlafen geöffnet hatte, sah sie sich zwei uniformierten Beamten und einem Arzt samt Sanitäter gegenüber. Murnau hatte die Polizei angerufen und behauptet, Jana Nicolai habe ihm telefonisch ihren Selbstmord angekündigt. *Ich hatte alle Hände voll zu tun, ihnen zu erklären, daß es mir gutging und daß ich nicht die geringste Absicht hatte, mich umzubringen. Es dauerte lange, bis sie mir glaubten, daß Ulf Murnau ein Bessesener, ein Verrückter war, der sich das alles ausgedacht hatte, um mich zu drangsalieren. Schließlich erklärte ich mich bereit, mit zur Wache zu kommen und Anzeige zu erstatten. Als wir – die Polizei, der Arzt, der Sanitäter und ich – das Haus verließen, lauerten unten schon Leute von der Presse, die fotografierten. Murnau hatte auch sie angerufen, und seitdem liest man immer wieder von meinen Selbstmordabsichten in der Zeitung. Ich habe es vorgezogen, darüber zu schweigen, um Murnau nicht noch mehr zu reizen. Ich hatte inzwischen große Angst vor ihm.*

Gegen Murnau war auf die Anzeige hin eine einstweilige Verfügung erlassen worden, die ihm untersagte, sich der Schauspielerin nicht mehr als auf dreihundert Meter zu nähern, von Anrufen und Geschenken Abstand zu nehmen und es auch sonst zu unterlassen, in irgendeiner Form Kontakt herzustellen.

Er schien sich daran gehalten zu haben, Jana Nicolai war nie wieder bei der Polizei gewesen, und irgendwann war auch die Presse verstummt.

»Aber jetzt bist du tot« murmelte Hammerl in die Stille der Wohnung hinein. »Und dieser Murnau ist verschwunden. Ich fresse einen Besen, wenn es da keinen Zusammenhang gibt.«

In einem weißen Umschlag in einer der Schreibtischschubladen fand Hammerl den entscheidenden Hinweis.

Die Flugbestätigung eines Reisebüros.

Ulf Murnau war am Montag, den neunundzwanzigsten Mai um sieben Uhr dreißig nach Samos geflogen. Genau eine Woche, bevor Jana Nicolai dort angekommen war. Der Rückflugtermin war offen geblieben.

Robert Hammerl atmete durch und spürte das Adrenalin in seinen Adern. Er würde bald verreisen.

Ein Taxi holte Edward und Victor am nächsten Morgen gegen neun im Hotel ab und brachte sie nach Pythagorio zum Flughafen.

»Mach's gut«, sagte Edward, bevor er in den Wagen einstieg. Er lächelte kaum, und sein Kuß auf Malinas Wange war flüchtig und kühl. Viel schmerzhafter konnte ein Kuß nicht sein.

»Ja, du auch. Und guten Flug«, antwortete Malina mechanisch, während sie einen Strauch hinter seinem Rücken fixierte, um seinem Blick zu entkommen. Sie wandte sich Victor zu, hob ihn hoch und drückte ihn fest an sich. Seine weichen Haare, das honigfarbene Bäckchen – sie schluckte und hatte Mühe, sich zusammenzureißen.

»Mami«, sagte er und schlang Arme und Beine wie ein Äffchen um sie, »du wirst doch nicht weinen. Du bist doch kein Weichei. Wir sehen uns doch bald.«

»Versprochen«, antwortete sie und lachte tapfer. Dann fuhren sie los, und Malina winkte dem Wagen hinterher, bis er hinter einer Kurve verschwand und nichts als eine gelb-braune Staubwolke hinterließ.

Sie war fast schon wieder am Hoteleingang, als das Motorengeräusch wiederkehrte. Wenn er jetzt zurückkommt, dachte sie, dann ist alles gut. Sie lief zurück zur Straße und sah das Taxi dort stehen. Aber durch die blankgeputzten Scheiben starrte sie nur auf leere Sitze. Ihr Herz sank.

»Du blöde Kuh«, murmelte sie vor ich hin und nahm die Frau mit dem Rollkoffer nur undeutlich wahr. Vielleicht war das Taxi für sie bestimmt. Aber wen interessierte das?

Malina ging hinunter zu Bar, bestellte Frühstück, rief dann Simon an und sprach ihm auf die Mailbox, daß sie hier auf ihn warten würde. Der Cappuccino kam, aber der erste Schluck löste nicht wie sonst Wohlbehagen aus. Sie fühlte sich ausgelaugt, geknickt und sehnte sich danach, allein zu sein. Dann überlegte sie, ob Edward und Victor schon am Flughafen seien, hörte Victor fragen, wann Mami denn komme, und zog zwischen zwei Bissen Omelette Janas Spiegeldose mit dem Zettel hervor.

00.00.00 – 00.07.35	–	*Membran*
00.08.05 – 00.15.40	–	*Kill me, kill me*
00.16.10 – 00.33.25	–	*Morphium für mich*
00.33.55 – 00.41.54	–	*Bruchstelle*
00.42.24 – 00.52.49	–	*Endorphine*
00.53.19 – 01.24.09	–	*Parallelwelt*
01.25.09 – 01.42.24	–	*Fake*

Wieder erschien ihr das Ganze wie ein Code, eine Art Geheimsprache.

»Wo waren Sie denn gestern abend?« Der Geruch von Tabak wehte ihr ins Gesicht, und als sie aufblickte, lächelte Axel, der Kameramann, Malina freundlich durch einen Wald von Bartstoppeln an.

»Das gleiche könnte ich Sie fragen. Wir waren kurz nach acht Uhr an der Villa, nur Sie waren nicht da.«

»Ja, der Dreh auf der Agios Nicolos dauerte länger als geplant, und bis wir alles gepackt und mit dem Boot wieder hinübergekommen waren, war es schon nach zehn gewesen. Was haben Sie denn da?« Neugierig beugte er sich vor und betrachtete das kleine Blatt Papier.

»Offengestanden, ich weiß es nicht. Der Zettel hat Jana gehört.«

»Zeigen Sie mal her!« Er nahm den Zettel hoch und begann, nachdenklich auf seiner Unterlippe zu kauen. »Keine Ahnung, was die Worte bedeuten sollen«, sagte er nach einer Weile. »Es sind keine Filmtitel oder etwas in der Art, das müßte ich wissen, aber die Zahlen … Also, wenn Sie mich fragen, dann sind es Time Codes.«

»Time Codes?«

»Ja, Time Codes.« Er blickte in ihr fragendes Gesicht und fuhr fort. »Jede Kamera, mit der sie etwas filmen, gibt automatisch einen Time Code an.« Er zeigte auf die Zahlen. »Sehen Sie hier. Die erste Nummernfolge steht für

Stunden, die zweite sind die Minuten, und die dritte gibt die Sekunden an. Manchmal findet sich noch eine vierte Stelle, die die Frames, also die Bilder pro Sekunde anzeigt, das ist hier allerdings nicht der Fall. Wenn ich das hier richtig deute, dann muß es sich um relativ kurze Sequenzen in fortlaufender Reihenfolge handeln.«

»Wie kommen Sie darauf?« fragte Malina und ärgerte sich über ihre technischen Defizite.

»Ganz einfach.« Axel deutete auf die erste Zeilenreihe: 00.00.00 – 00.07.35. »Die Sieben steht in diesem Fall für die Minuten, die Fünfunddreißig für die Sekunden. Sofern es wirklich ein Time Code ist, handelt es sich um eine Sequenz von sieben Minuten und fünfunddreißig Sekunden.«

»Und woran erkennen Sie die Kontinuität der einzelnen Sequenzen?« In Malinas Kopf wirbelten die Zahlen wild durcheinander.

Axel hatte die Antwort schnell parat. »Zwischen jeden einzelnen Abschnitt wurden sechzig Sekunden eingefügt. Wahrscheinlich Schwarzbild. Abgesehen davon ist das Ganze fortlaufend. Können Sie es jetzt erkennen?«

»Ja«, antwortete Malina schneller, als ihr Gehirn schalten konnte, aber dann erkannte sie es doch. »Und die Worte dahinter? Die sagen Ihnen nichts?«

»Nein.« Seine Erwiderung kam schnell und sicher.

»Sie haben auch nichts mit dem ›Samischen Lächeln‹ zu tun?«

»Wenn es so wäre, dann hat man mir nichts davon gesagt. Nein, vergessen Sie's. Das hier steht in keinerlei Verbindung mit unserem Film. Sie müssen in einer anderen Richtung suchen. Irgend etwas hat Jana wohl damit gemeint, aber nichts, von dem ich irgend etwas wüßte.«

»Danke«, sagte Malina und steckte den Zettel zurück in die Spiegeldose. »Zumindest habe ich nun eine winzige

Ahnung, was das Ganze bedeuten könnte.« Sie blickte auf die Uhr. Es war inzwischen kurz vor zehn, und von Simon war nichts zu sehen.

Er war in seinem Büro. Zeitvergessend saß er über einem Stapel Papiere. Einen Teil davon hatte Carla irgendwann in der Nacht gefaxt. Als Malina eintrat, hob er überrascht den Kopf.

»Ist Edward schon weg?« fragte er.

»Schon längst. Ich habe an der Bar auf dich gewartet. Hast du deine Mailbox nicht abgehört?«

»Tut mir leid, habe ich völlig verschwitzt. Komm her und schau dir das an. Es wird dich umhauen.«

»Warte«, antwortete Malina, bevor sie sich setzte. »Ich muß dir auch noch etwas erzählen.« Sie begann ihre Unterhaltung mit Axel wiederzugeben, aber Simon hörte gar nicht richtig hin. »Hm, hm«, brummte er nur, den Blick fest auf die Papiere vor sich gerichtet. »Möglich, daß es etwas zu bedeuten hat, aber mit der Bedeutung dieser Geschichte hier kannst du ganz sicher nicht konkurrieren.« Aus dem Wust der Faxe zog er einige Blätter hervor und schob sie ihr hin.

Das erste, worauf ihr Blick fiel, waren sogenannte Stablisten, wie sie in der Filmbranche gewohnheitsgemäß erstellt werden, um eine Übersicht über Titel des Streifens, Produktionsfirma und schließlich die einzelnen Namen der Crew zu geben. An die Stabliste geklammert, befand sich eine Besetzungsliste, wiederum mit dem Titel des Films, der Produktionsfirma und darunter die Namen der Schauspieler und ihre Rollen. Simon hatte ihr die Listen von insgesamt sieben Filmen vorgelegt, die im Zeitraum der letzten viereinhalb Jahren gedreht worden waren. Konzentriert sah sich Malina die Papiere an und hob schließlich den Kopf.

»Fällt dir etwas auf?« fragte er. Die Anspannung in seiner Stimme war nicht zu überhören.

Malina blickte noch einmal über die Listen und dann nachdenklich in seine Richtung. »Es sind allesamt Filme, in denen Jana die Hauptrolle gespielt hat. Aber das dürftest du kaum gemeint haben.«

»Nein.«

»Ich glaube eher, dich hat das wiederholte Auftauchen des Namens der Maskenbildnerin stutzig werden lassen. Elisabeth Weber. Die anderen Namen wechselten, aber sie war bei jedem Film Teil der Crew.«

»Genau. Elisabeth Weber. Uns bislang besser unter dem Namen ›Betty‹ bekannt.« Simon kaute fast auf den Silben.

» So. Betty«, wiederholte Malina. »Daß die beiden, Betty und Jana, an denselben Produktionen teilgenommen haben, ist ja nicht unspannend, aber ich bin sicher da kommt noch mehr, oder?«

»Klar.« Simon grinste, wurde aber schnell wieder ernst. »Nachdem ich die Stablisten gelesen hatte, begann es in meinem Kopf zu summen. Nicht nur, daß Betty über Jahre hinweg Janas ständige Begleiterin beim Drehen war – nein, ich hatte immer ein ungutes Gefühl der Frau gegenüber, und deshalb bin ich der Sache weiter auf den Grund gegangen.«

»Und?«

»Findest du es nicht eigenartig, daß Betty immer dann an Ort und Stelle war, wenn Jana all diese merkwürdigen Dinge zugestoßen sind? Zum Beispiel bei diesem Hotelfest. Nachdem sie gesungen hatte, war es Betty, die die Aufmerksamkeit aller auf sich zog, weil sie wie eine Nymphe tanzte. Du selbst sagtest, Jana habe darauf merkwürdig reagiert. Kurz darauf stürzte sie in den Pool.«

»Und an diesem Nachmittag, als wir beide am Set waren, hatte sie aus heiterem Himmel diesen Koller ...«

»Und wer war ganz in ihrer Nähe und ließ sie keine Sekunde aus den Augen?«

»Betty«, antwortete Malina schlicht.

»Betty. Genau. Aber das ist noch nicht alles. Erinnerst du dich an das, was Jana über die Dreharbeiten in München gesagt hat? Die Eisenstangen, die sich aus einem Kameragerüst gelöst und sie nur knapp verfehlt haben?«

»Ja, natürlich erinnere ich mich.«

»Auch da war Betty zur Stelle.« Simon sah Malina fast beschwörend an. »Sie war immer da.«

»Du glaubst also Betty steckt hinter all diesen Anschlägen?«

»Was sonst?«

»Aber warum? Warum sollte sie das tun?«

Simon ging zurück an den Schreibtisch, wühlte wieder zwischen all den Papieren und zog ein paar dicht beschriebene Seiten hervor. Er streckte die Hand aus und hielt sie ihr hin. »Lies«, sagte er.

An: simon.graf@argus.de
Von: carla.schoenbach@argus.de

Werter Simon,
bitte störe Dich nicht an dem Geräusch, das meiner E-Mail beigemischt ist. Es sind meine Zähne, die noch immer vor Mißfallen knirschen, und bevor ich fortfahre, Dir mitzuteilen, was ich herausgefunden habe, möchte ich noch einmal betonen, daß diese gesetzeswidrige Handlung, die in Deinem Auftrag zu begehen ich gezwungen war, die reine Ausnahme ist und ich für derlei Späße in Zukunft nicht mehr zu haben sein werde. Ich bin als Sekretärin zu ARGUS gekommen, nicht als tv-formatige

Schnüfflerin, und das soll sich zukünftig auch nicht ändern. Weder Dir noch Deinem Charme zuliebe werde ich mich in irgendeiner Weise strafbar machen, soviel Loyalität verdient kein Arbeitgeber.

Nachdem Du den Nachdruck meiner Worte hoffentlich verstanden hast, nun zum Eigentlichen der Geschichte.

Auch wenn ich es gerne verneinen würde - was Elisabeth Weber angeht, hattest Du recht. Erstaunlich, von welch weiblicher Prägung Deine Intuition doch ist. Aber lassen wir das. Die Beurteilung Deiner charakterlichen Vorzüge und Defizite steht mir nicht zu.

Die Adresse von Elisabeth Weber herauszufinden war nicht schwer. Sie ist ebenfalls auf den Stablisten verzeichnet und lautet: Hilblestraße 48, 80636 München

Es handelt sich dabei um ein mehrstöckiges Mietshaus, in dem ich sehr leicht hätte gesehen werden können. Immerhin - Dein Werkzeug ist funktionstauglich, und bevor ich mich an die Webersche Wohnung machte, habe ich mit den verschiedenen Haken und Stängchen an meiner eigenen Wohnungstür geübt, so daß ich in der Hilblestraße auf keinen Fall durch allzu auffälliges Gebaren Mißtrauen erregte und die Tür zügig öffnen konnte. Dennoch bereitete es mir allergrößtes Unbehagen, in fremden Sachen zu stöbern und darin herumzuwühlen. Frau Weber besitzt sehr viele Bücher, schöne Bilder an den Wänden und überhaupt eine geschmackvolle Wohnung.

Zunächst sah es so aus, als gäbe es dort nichts zu finden, was auch nur den Hauch eines Verdachtes bestätigen könnte. In den Schubladen fand ich ausschließlich Rechnungen, zum größten Teil bezahlt, Versicherungsunterlagen, Bankauszüge etc.

An dieser Stelle erlaube ich mir jetzt doch eine kleine, persönliche Anmerkung: Es schien mir sehr merkwürdig, daß eine Person, die in solch illustren, geschwätzigen und lockeren Kreisen ihren Beruf ausübt, privat in solcher Abschottung lebt. Auf dem Anrufbeantworter fanden sich insgesamt fünf Nachrichten - drei davon stammten von E. Webers Mutter, die schon sehr betagt klang, die anderen beiden jeweils von der Hausverwaltung und der Krankenversicherung. Keine einzige Freundin, die angerufen hatte.

Im Spiegelschränkchen des Badzimmers stieß ich dann auf etwas, das vielleicht nicht wirklich das Adjektiv „verdächtig" verdient, doch das Auge des distanzierten Beobachters immerhin seltsam anmutet: eine Reihe von Anti-Depressiva in Kapsel und Tropfenform. Imipramin, Clomipramin und Amitriptylin. Während das zweite, wie ich bereits bei Frau Dr. Kupitz in Erfahrung brachte, eher wachmachend und antriebssteigernd wirkt, setzt man Amitriptylin ein, um eine gegenteilige Wirkung zu erzielen, also dämpfend und beruhigend. Beide werden allerdings auch zur Behandlung von chronischen Schmerzzuständen eingesetzt. Damit nähern wir uns der eigentlichen und entsetzlichen Geschichte. Fast könnte man auch sagen einer entsetzlichen und unheimlichen Geschichte. Ich gestehe, ich erinnere mich noch gut an die Gänsehaut, die über meinen Körper zog, als ich das Bild fand.

Nein! Kein Foto, das in einem Album klebte oder die Wand verschönerte. Ich fand es versteckt auf den Seiten eines Bildbandes oder vielmehr eines Kataloges der Münchner Schauspiel-Agentur Dannhoff. Weshalb ich ihn in diesen Minuten, in der mir das schlechte Gewissen wie eine Krake im Nacken saß, überhaupt aus dem Bücherregal gezogen habe, ist mir ein Rätsel. Es muß wohl eine Eingebung der göttlichen Art gewesen sein und somit hoffentlich die richtige.

Ich blätterte also durch die Seiten des Katalogs, mein Blick saugte sich fest an einigen hübschen bis schönen Gesichtern, ich las mit Erstaunen über die Fähigkeiten der Damen und Herren, die vom Schwertkampf, Reiten, Pantomime und Hubschrauber-Fliegen bis hin zur Beherrschung origineller Dialekte, ja sogar von Persisch und Urdu reichten.

Meine Verblüffung steigerte sich noch, als ich plötzlich zu einer Seite gelangte, die ein Antlitz zeigte, das mir seltsam vertraut schien. Jana Nicolai.

Die schönen blonden Haare, das strahlendverträumte Lächeln, die makellosen Züge. Ich erkannte sie sofort. Doch kurz darauf fing es an, in meinem Gehirn zu arbeiten. Etwas stimmte nicht. Der Gedanke summte durch meinen Kopf, ohne daß ich den Ursprung dieses Summens fand. Ich legte das Buch aus der

Hand, nahm es wieder hoch, starrte auf das Bild, sah wieder weg und da, ganz allmählich, begann sich die Antwort auf mein dumpfes Fragen aus den Hemisphären meines Schädels wie Blütenblätter aus ihrer Kapsel zu schälen. Die Frau auf dem Foto war um etliche Jahre älter, als Jana Nicolai es zu diesem Zeitpunkt hätte sein können. Wer also war sie?

War ich denn mit Blindheit geschlagen gewesen? In meinem Streben, *irgend etwas* zu entdecken, hatte ich den Namen neben dem Foto vollkommen übersehen. Zugegeben, er fand sich dort nur kleingedruckt, aber er lautete nicht Jana Nicolai sondern

Elisabeth Landis.

Zwei Namen und *ein* Gesicht – in Anbetracht des Todes von Jana Nicolai und den Umständen, wie ich in diese fremde Wohnung gelangt war, mutete mich diese Entdeckung geradezu geisterhaft an.

Ich nahm das Buch also wieder hoch und las in Windeseile den aufgeführten Text. (Die Seite folgt ebenfalls als Fax).

Elisabeth Landis war 1960 in Aarau im gleichnamigen Schweizer Kanton geboren worden. Nachdem sie im Jahr 1978 eine kaufmännische Lehre beendet hatte, entdeckte sie der Theaterregisseur Edmund von Hinüber durch Umstände, die nur mit Zufall zu beschreiben sind, in einem Luzerner Café und engagierte sie trotz des Fehlens jeglicher schauspielerischer Vorkenntnisse für die Rolle der Polly in Brechts „Dreigroschenoper". Die Premiere im Hansa-Theater am Hamburger Steindamm wurde von Publikum und Kritikern gleichermaßen umjubelt, und Elisabeth Landis Stern begann aufzugehen. Gleich danach folgten weitere Engagements in München und Berlin, und es sollte nicht lange dauern, bis auch der Film seine Fänge nach dem ebenso schönen wie talentierten Schweizer Gesicht ausstreckte. Im Zeitraum von 1979 bis 1981 drehte sie insgesamt vier Filme, darunter *Wohin wir gingen* und *Das Herz der Sonne*, der bei der Biennale von Venedig mit dem Goldenen Löwen ausgezeichnet wurde.

Der Text endete mit dem Satz: Elisabeth Landis' glorioser Weg nach oben scheint unaufhaltsam zu sein. Für die im Sommer 1982 geplante Verfilmung von Somerset Maughams berühmten Roman „Der Magier" übernimmt sie an der Seite des britischen Schauspielers Jeremy Irons die Rolle der ebenso zerbrechlichen wie anmutigen Margaret Dauncey.

Sicherlich eine hinreißende Biographie, deren Inhalt es allerdings nicht zu verdanken ist, daß ich mich nach der Lektüre schon fast genötigt sah, weiterzurecherchieren. Nein, es war die auffallende Ähnlichkeit zwischen Jana Nicolai und Elisabeth Landis, die mich nicht zur Ruhe kommen ließ. Wieder zurück in unserem Büro setzte ich mich sofort mit der Agentur Dannhoff in Verbindung. Gottlob existiert sie auch heute noch. Die Geschichte, die mir die inzwischen ältliche Inhaberin des Büros, Annerose Dannhoff bis ins kleinste Detail hinein schilderte, klingt wie ein weiterer Filmstoff.

Die damals einundzwanzigjährige Elisabeth Landis hat diesen Film nie gedreht. Im Winter, bevor sie zu den Dreharbeiten nach Hollywood reisen sollte, verunglückte sie mit ihrem Wagen auf einer vereisten Straße in der Nähe von Zürich. Den eher laxen Bestimmungen von damals zur Folge war sie nicht angeschnallt - ihr schönes Antlitz zerschellte an der Windschutzscheibe. In Annerose Dannhoffs Stimme zitterte auch heute noch die Erschütterung von damals, als sie sagte: „Nicht ein Knochen in diesem Gesicht war mehr heil."

Elisabeth Landis brach sich überdies das Schlüsselbein, zweimal das linke Handgelenk, ein Stück der Windschutzscheibe bohrte sich in ihre linke Brust und verletzte ihre Lunge.

„Es war ein Wunder, daß sie noch lebte", sagte Annerose Dannhoff zu mir, „und ein noch größeres Wunder war, daß sie sich später nicht umbrachte."

Es dauerte Monate, bis ihr Gesicht so weit verheilt war, um es mit Hilfe plastischer Chirurgie Schritt für Schritt wiederherzustellen. Am Anfang war es ein einziger narbiger Wulst, und der Heilungsprozeß sollte Jahre dauern, in denen Landis abgeschottet von der Außenwelt lebte und mühsam versuchte, den inneren wie äußeren Schmerzen Herr zu werden. Außer den Ärzten und ihren Angehörigen ließ sie niemanden zu sich. Sie durchlebte das Grauen allein.

„Nicht einmal mir wollte sie mehr begegnen", erklärte mir Annerose Dannhoff weiter, „es war, als schämte sie sich für das, was aus ihr geworden war, und als fürchte sie gleichzeitig, so nicht mehr geliebt zu werden. Sie hatte wohl auch Angst, man könnte sich hinter ihrem Rücken das Maul über sie zerreißen. Was einige aus der Branche übrigens auch taten. Schadenfreude existiert nun einmal überall. Ich litt mit ihr, und ich bedauere sehr, daß sie mir nie die Möglichkeit gab zu helfen."

Was wurde aus Elisbeth Landis?

An dieser Stelle wurden Annerose Dannhoffs Erinnerungen fragmentarischer. Über Dritte erfuhr sie schließlich, daß Chirurgen das Gesicht von Elisabeth Landis nach über sieben Jahren endlich wiederhergestellt hatten, wenngleich man ihm wohl jegliche Ähnlichkeit mit seinen früheren Zügen absprechen mußte. Bis auf die Augen, deren neue, schräge Stellung, niemals mehr ganz korrigiert werden konnte, sei den Ärzten allerdings eine Meisterleistung geglückt. Als man in der Branche davon erfuhr, erinnerte man sich rasch wieder an Elisabeth Landis, denn auch wenn sie in den letzten Jahren fern der roten Teppiche gelebt hatte, ihr Stern hatte Anfang der Achtziger zu hell geleuchtet, um ganz in Vergessenheit zu geraten.

„Es kamen wieder Angebote für sie, hauptsächlich vom Theater, denn neben ihrer Schönheit war sie wirklich eine große Schauspielerin gewesen" sagte Annerose Dannhoff. „Ich schickte alle Anfragen weiter an sie, aber sie reagierte nicht ein einziges Mal darauf. Ans Telefon ging sie nur sehr selten, und wenn, wimmelte sie mich freundlich, aber eilig wieder ab. Irgendwann verstand ich: Elisabeth hatte mit ihrer Karriere als Schauspielerin abgeschlossen - ihr altes Gesicht hatte in ihr altes Leben gehört, für das neue mußte sie sich eine Zukunft schaffen."

Lieber Simon, ich brauche es wohl nicht besonders zu betonen, daß Elisabeth Landis und Elisabeth Weber ein und dieselbe Person ist. Und auch was aus ihr geworden ist, bedarf nicht mehr meiner besonderen Erklärung.

Elisabeth Landis alias Elisabeth Weber alias Betty war Janas Maskenbildnerin. Und wenn ich mir diese kleine persönliche Anmerkung nun doch gestatten darf: Daß sie nach ihrer Genesung den Beruf der Maskenbildnerin ergriffen hat, ist für mich alles andere als überraschend. Sie stellt das her, was sie - zumindest in ihrem eigenen Denken - selbst geworden ist: eine Maske.

Aber wie muß sie diese starke Ähnlichkeit ihres früheren Gesichtes mit dem heutigen der Jana Nicolai getroffen haben? Sich vorzustellen, dem eigenen Abbild zu begegnen, gezwungen zu sein, sich durch ein anderes, ein fremdes Gesicht erinnern zu müssen, vielleicht wieder und wieder denselben Schmerz zu durchleben - könnte dies vielleicht nicht jemanden Dinge tun lassen, die in einem anderem Leben seinem Naturell vollkommen widersprochen hätten?

Aber wer bin ich, um in freudianischer Manier in der Tiefe fremder Seelen zu wühlen? In Anbetracht meines anbetungswürdigen Sekretärinnen-Daseins werde ich mich jetzt den Abschlußberichten der letzten Monate widmen und hoffe, Dir - und natürlich auch Malina - mit den Ergebnissen meiner Nachforschungen Hellsicht beschert zu haben.

Es grüßt Dich herzlich
Carla

»Das ist heute nacht gekommen«, sagte Simon, nachdem Malina zu Ende gelesen hatte.

»Und damit ist wohl auch ganz klar, wer gestern diesen Spuk in Janas Garderobe veranstaltet hat: Betty.«

»Vieles bestätigt sich jetzt«, warf Simon ein. »*Sie* hat Jana in den Pool gestoßen, *sie* muß ihr das Amitriptylin gegeben haben. Dorothee hat mir inzwischen erklärt, daß die Tropfen eigentlich als Stimmungsaufheller bei Angst- und Unruhezuständen verabreicht werden, zusätzlich therapiert man damit auch chronische Schmerzen. Die Wirkung tritt allerdings nicht sofort ein, sondern erst nach Wochen. Verabreicht man es hingegen sporadisch oder einmalig, kann es zu eklatanter Müdigkeit, Verwirrtheit und starken Aggressionen kommen. Jana hat ja eine perfekte Vorstellung davon gegeben.«

»Und sie hat mir geschworen, nichts getrunken zu haben«, murmelte Malina beschämt. »Ich habe ihr nicht einmal richtig geglaubt, als sie mit diesem Attest ankam. Dabei muß es für sie immer offensichtlicher gewesen sein, daß jemand ihr ernstlich ans Leder wollte.«

»Ja, so muß sie es wohl gesehen haben«, antwortete Simon schlicht und sparte sich jeden Vorwurf.

Malina schämte sich. Eine Weile verging, bevor sie sagte: »Wir sind leider viel zu oft Opfer irgendwelcher Klischees. Erst recht, wenn sie uns in den Kram passen. In Janas Fall kam mir das Klischee der alkohol-und tablettensüchtigen Diva ziemlich gelegen.« Sie senkte den Blick. »Wegen Edward. Ich wollte die Bessere sein. Wie dumm von mir und wie kleinlich.«

»Ich weiß, was du meinst«, antwortete Simon, »aber ich glaube nicht, daß du sie wirklich hättest retten können, auch wenn du weniger dumm und kleinlich gewesen wärst. Bettys Geschichte war längst schon geschehen, die Mühlrädchen hatten bereits ineinandergegriffen. Wer weiß schon, mit wessen Leben unser eigenes verzahnt ist?«

Daraufhin schwiegen sie wieder eine Weile, bis Malina den Kopf hob und sagte: »Glaubst du, *Betty* hat Jana umgebracht?«

»Ich weiß nicht, was ich *glauben* soll. Und darauf kommt es im Grunde ja auch nicht an.«

»Nein, das wohl nicht«, murmelte Malina nachdenklich, bevor sie fortfuhr: »Aber ich stelle mir vor, Betty empfand aufgrund ihrer eigenen Geschichte und dieser übergroßen Ähnlichkeit Jana gegenüber etwas sehr Zwiespältiges. Vielleicht sogar Haß. Aber Mord? Dagegen spricht auch, was Stina Prins-Korakis sagte.«

»Was denn?«

»Daß man am Tatort ausschließlich männliche DNA-Spuren gefunden hat.«

»Ich bin mir nicht sicher, ob das wirklich etwas zu bedeuten hat und Betty als Täterin ausschließt. Auf dieser kleinen Insel wird die ganze Zeit gedreht«, gab Simon zu bedenken. »Überall laufen Leute herum. Die Spuren könnten also schon da gewesen sein, *bevor* Jana von diesem Felsen stürzte.«

»Sicher. Aber wenn Betty dort gewesen ist, dann müßte

es doch auch von ihr Spuren geben. Ein Ganzkörperkondom wird sie wohl kaum getragen haben?«

»Stimmt auch wieder«, gab Simon zu. »Egal, was wir uns hier zusammenreimen, wir müssen mit Betty sprechen.« Er blickte auf seine Uhr. »Halb eins. Da müßten wir sie doch auf jeden Fall erwischen. Los, laß uns fahren.«

»In Ordnung.« Malina stand auf. »Bin gleich wieder da. Ich hole nur rasch meine Tasche aus meinem Zimmer.«

Als sie den schmalen, von rosa und weißen Oleandern gesäumten Weg zu ihrem Zimmer zurückging, schien das Hotel und seine Gärten unter einer Glocke aus flirrender Mittagshitze zu schlummern. Ein paar Singvögel widerstanden der trägen Stille mit kleinen, sporadisch ausgestoßenen Triller- und Zirplauten, aber auch sie klangen halbherzig und matt. Unten, tief im Schatten der Bar, saß eine kleine Schar von Gästen beim Essen, aber die aufs Meer gerichteten Blicke und die Lethargie der Bewegungen, als würde allein das Heben eines Armes zu viel Mühe bereiten, kündeten auch da von Schläfrigkeit.

»Verdammt«, knurrte Malina bei dem Gedanken, daß auch sie jetzt dort gemeinsam mit Victor und Edward sitzen könnte.

»Tun Sie das öfter?« fragte eine Stimme in ihre Grübeleien hinein. Robert Czerna, der von zwei Hibiskusbüschen verborgen, auf einem Mäuerchen saß und eine junge Katze mit den Resten seines Frühstücks fütterte, lächelte sie amüsiert an.

»Was?« entfuhr es ihr, und sie merkte selbst, wie unwirsch sie klang.

»Mit sich selber sprechen.« Er gab dem Kätzchen das letzte Stück Wurst. »Meiner bescheidenen Meinung nach sind Sie dafür zu jung.«

Malina konnte nicht anders und lächelte zurück. Und

mit diesem Lächeln ballten sich Edward und Victor plötzlich zu einer lichten Wolke zusammen und schwebten aus ihrem Kopf. Zurück blieb sie, allein, im Bewußtsein ihrer gebräunten Beine, ihres Sommerkleides und ihrer frisch gewaschenen Haare, und im selben Moment, als sie Robert Czerna in seine hellen blauen Augens sah, war ihr klar, daß auch er sich dessen bewußt war.

»Und Sie sind zu alt, um sich hier als Spitzel herumzutreiben«, ging sie in ihrer alten Munterkeit auf seine Frotzelei ein.

»Den Job überlasse ich Ihnen.« Das Glimmen verschwand plötzlich aus seinen Augen, seine Miene wurde ernst. »Haben Sie schon etwas herausgefunden?«

Malina zögerte, bevor sie sich entschied, nichts von Betty zu sagen. »Es gibt verschiedene Spuren, doch bislang noch keinen konkreten Verdacht. Sind Sie inzwischen mit den Behörden weitergekommen?«

»Nein«, antwortete er leise und kickte mit dem Fuß ein Steinchen über den Boden. »Alles ist auf dem alten Stand. Gestern waren wir noch einmal auf dem Kommissariat in Samos-Town, aber wir haben noch keine Erlaubnis, Jana nach Hause zu bringen. Vielleicht ändert sich das ja bald. Soweit ich weiß, hat sich jetzt die deutsche Polizei eingeschaltet.« Seinen Worten schloß sich ein hilfloses Schulterzucken an, bevor das Lächeln zurück in sein kantiges Gesicht glitt. »Bleibt es eigentlich bei unserem Abendessen?«

»Morgen abend gegen neun?« entgegnete sie, und im nächsten Moment fiel ihr die Verabredung mit Ilias Alexandrou ein. Sie sollten längst bei ihm in Platanos sein. »Mist!« Sie zückte ihr Handy und drückte eilig die Tasten. Auf Czernas verdutztes Gesicht hin, erklärte sie schnell: »Tut mir leid, aber ich muß mich beeilen. Also, bis morgen!«

»Ich freue mich«, rief er ihr hinterher.

Ich mich auch, dachte sie und hörte seine Worte wie ein fernes Echo.

Sind gut in München gelandet, simste Edward zwanzig Minuten später, als Malina mit Simon unterwegs zu den Dreharbeiten war.

Kurz darauf fiepte das Handy zum zweiten Mal, und die eingegangene SMS ließ das bittere Gefühl, das Edwards kühler Telegramm-Ton in ihr erneuert hatte, zumindest einen Augenblick lang verblassen. Die Nachricht stammte von Ilias Alexandrou. Ein Treffen am nächsten Tag sei ihm recht.

»Na also«, murmelte sie und lenkte ihre Gedanken in Bettys Richtung.

Sie kamen zu spät.

Die Dreharbeiten waren in der Endphase, der Film war so gut wie fertig. Schweinwerfer lagen abmontiert auf der Erde, Kameras blickten blind in die Gegend, Kostüme hingen wie seelenlose, stumme Häute auf Kleiderstangen und harrten der staubigen Dunkelheit irgendeines Kleinbusses. Silvia Bernauer stand, eine Zigarette zwischen den schmalen Fingern, im Schatten einer Platane und unterhielt sich gestikulierend und lachend mit dem rothaarigen dünnen Mädchen.

Es surrte und summte in der Luft, selbst die Olivenbäume hatten ihren Sanftmut für diesen Moment vergessen. In ihren silbrigen Blättern schien es aufgeregt zu vibrieren. Nur die Villa stand wie ein roter Fels ruhig an ihrem Platz und verströmte wie seit jeher die Sicherheit eines ruhigen Herzschlags. Ihre luftig-helle Freundlichkeit verwischte die mysteriösen Ereignisse der Nacht zu etwas Surrealem, und fast wäre Malina versucht gewesen, an eine Art absurden Traum zu glauben, hätte sie nicht etwas erfahren, das die

Wahrheit des Ganzen unumstößlich untermauerte: Betty war fort.

»Wir drehen nur noch ein paar Schnittbilder, und dann packen wir zusammen«, sagte Axel, der sich allmählich zu einer Art Gewährsmann zu entwickeln schien und sie gleichzeitig darüber unterrichtete, daß zum Wochenende auch sämtliche Schauspieler zurück nach Deutschland fliegen würden. Deshalb sei es auch kein großes Ding gewesen, als Betty den Regisseur am Morgen darüber informiert hatte, daß ihre Schwester schwer erkrankt sei und sie so schnell wie möglich nach Hause fliegen müsse.

Malina tauschte einen bedeutungsvollen Blick mit Simon.

»So kurzfristig war noch ein Platz im Flieger frei?« wandte sie sich wieder an Axel, während eine vage Ahnung sie ergriff.

»Sie hat heute morgen in Samos-Town eine Fähre nach Athen genommen. Von dort starten mehrere Maschinen am Tag«, gab der Kameramann gelassen Auskunft und zog an seiner obligatorischen Selbstgedrehten.

»Und diese Schwester? Wohnt sie auch in München?« Malina hatte das deutliche Gefühl, einen Faden zu verlieren.

»Keine Ahnung, ich habe Betty nicht danach gefragt. Sie wirkte ohnehin ziemlich durch den Wind, war kaum ansprechbar und schien sich große Sorgen zu machen.«

»Verständlich«, antwortete Malina, und nur Simon erkannte die Ironie der drei Silben. Für ein paar Sekunden verstummten alle. Außer ein paar Abschiedsworten blieb nicht mehr viel zu sagen. Schließlich reichte Malina dem Kameramann mit einem Lächeln die Hand. »Vielen Dank«, sagte sie, »Sie haben uns ein paarmal sehr geholfen. Wir wissen das sehr zu schätzen. Vielleicht sehen wir uns heute abend noch im Hotel und trinken zum Abschied einen Ouzo. Was meinen Sie?«

»Wäre nett. Wenn ich's einrichten kann, warum nicht.« Axel drückte ihre Hand, und zum ersten Mal fiel ihr auf, wie blau seine Augen waren.

Im Wagen löste sich das Knäuel, das während ihres Gesprächs mit Axel in ihrem Kopf entstanden war. »Ich habe Betty gesehen«, sagte Malina tonlos zu Simon, der mit ein paar geschickten Lenkbewegungen das Auto aus der Parklücke rangierte.

»Was soll das heißen?«

»Heute morgen, kurz nachdem Edward abgefahren war, hielt ein zweites Taxi vor dem Hotel und ich sah eine Frau mit einem Rollkoffer einsteigen. Das muß Betty gewesen sein. Ich habe nur nicht richtig auf sie geachtet. Ich war mit meinen Gedanken woanders.«

»Und selbst wenn«, gab Simon zu bedenken, »hätte es nicht viel genutzt. Du wußtest zu diesem Zeitpunkt noch nicht, was du jetzt weißt. Carlas Brief hast du erst später gelesen.«

»Stimmt«, antwortete sie und fügte hinzu: »Du mußt Carla anrufen.«

»Daran dachte ich auch gerade.« Simon zog sein Handy aus der Hosentasche.

»Sie soll herausfinden, mit welcher Maschine Betty nach München fliegt und ihr dann vom Flughafen aus folgen. Sag ihr, Betty trägt wahrscheinlich eine riesige, braungetönte Sonnenbrille und eine dunkelgrüne Jacke. Außerdem hat sie einen Rollkoffer im Burberry-Design.«

»Du hast also doch mehr gesehen. Es hätte mich auch gewundert, wenn ein Burberry-Koffer unbemerkt an dir vorübergegangen wäre.« Simon warf ihr ein schnelles Lächeln zu und tippte bereits die Münchner Nummer. Malina hörte ein schwaches Tuten. Kurz darauf gab er alles an Carla weiter.

»So«, sagte er, nachdem er die Sekretärin weggedrückt hatte, »Carla kümmert sich darum, und einer von uns sollte ebenfalls so schnell wie möglich zurück nach München. Wir können uns nicht erlauben, Bettys Spur zu verlieren. Ich glaube, sie ist nach gestern abend irgendwohin abgetaucht. Sie ahnt wahrscheinlich, daß wir ihr auf der Spur sind. An der Geschichte mit der erkrankten Schwester ist jedenfalls kein wahres Wort. Willst du zurück nach München, während ich hier weiter die Stellung halte?«

»Mal sehen«, murmelte Malina, die das unausgesprochene Entgegenkommen und Verständnis in seinen Worten spürte. Unruhig rutschte sie auf ihrem Sitz hin und her. München. Nach Hause. Der vollkommene Zwiespalt. Die Sehnsucht nach ihrem Kind und die Furcht, eine schlechte Mutter zu sein, sobald sie einmal für zwei Tage nicht bei ihm war, auf der einen Seite – Unsicherheit, Angst, Hoffnung und Edward auf der anderen. Erwachsen zu sein ist blöd, dachte sie in Victors Kindersprache, und noch blöder ist, es für den Rest seines Lebens bleiben zu müssen.

»Verdammter Mist«, schimpfte sie eine Sekunde später in den Sirenenton von Simons Handy hinein. Er meldete sich, und bald darauf ließ der Tonfall seiner Stimme keinen Zweifel mehr an der Wichtigkeit des Anrufs.

»Das war Robert Hammerl«, informierte er Malina, nachdem er aufgelegt hatte. Seit Jahren schon war er mit dem Münchner Kommissar befreundet. »Die Ermittlungen um Janas Tod laufen auch in München auf vollen Touren. Es sieht so aus, als seien sie dort auf eine heiße Spur gestoßen, die allerdings nach Samos führt.«

»Und hat diese Spur auch einen Namen?« Gespannt richtete sich Malina auf.

»Ulf Murnau. Ich weiß, dieser Name sagt uns nichts«, unterbrach er sich, bevor sie ihn unterbrechen konnte,

»aber Hammerl meinte, er sei Kameramann und habe einige Male mit Jana gedreht.«

»Und was macht ihn verdächtig?«

»Jana hat vor einigen Monaten Anzeige gegen ihn erstattet. Dieser Murnau ist wohl ein Stalker und scheint Jana das Leben zur Hölle gemacht zu haben. In seiner Wohnung haben sie Unterlagen eines Reisebüros gefunden, aus denen hervorgeht, daß er sich schon seit Wochen auf Samos aufhalten muß. Hammerl wird uns ein Foto von Murnau faxen. Es könnte ja gut sein, daß wir ihn schon einmal irgendwo gesehen haben.«

»Sag mal«, kam es nachdenklich von Malina, »woher weiß Hammerl eigentlich, daß du mit dieser Sache zu tun hast?«

»Er wußte nicht, daß ich damit zu tun habe.« Simon gab sich alle Mühe, so beiläufig wie möglich zu klingen. »Er hat in der Zeitung von dir gelesen und danach einfach kombiniert ... Das ist ja sein Job als Kriminaler ...«

»Ach so. Klar«, murmelte Malina und wußte in diesem Augenblick, daß sie nicht nach Hause fliegen wollte. Jeder dort schien Bescheid zu wissen, und mitleidige Blicke und Getuschel hätte sie nicht ertragen. »Stehen wir jetzt im Dienst der Polizei?«

»Nein. Robert kommt selbst her. Übermorgen. Aber vielleicht arbeiten wir einfach ein bißchen vor. Mit dem Foto haben wir ja schon etwas in der Hand.«

»Zu Befehl, Sir.« Froh darüber, am Nachmittag nicht ohne Beschäftigung zu sein, streckte Malina die Hand aus dem Fenster und seufzte.

18

Mit halbem Ohr und mißmutig gähnend, hörte Edward seinen Sohn durch die beiden Stockwerke des Hauses rennen.

»Sie sind alle noch da«, rief Victor und meinte damit die gesamte Dino-Bande. »Und sie wollen gleich mit mir spielen. Ich hab' jetzt keine Zeit für dich, Papi!«

Victor hatte sich in seinem alten Leben wieder eingefunden, als seine Füße die Schwelle berührt hatten. Edward hingegen blickte sich um und wußte nicht so recht, was er von allem halten sollte. Das Bett war ordentlich gemacht, die Wäsche roch frisch und sauber, auf seinem Nachttisch lag das Buch, in dem er zuletzt gelesen hatte, auf der Bank vor den Bettpfosten lag die Felldecke, die ihnen seine Cousine zur Hochzeit geschenkt hatte, und auf Malinas Sekretär, einem Erbstück, stand ein Foto, das sie alle drei in Bademänteln zeigte. Sie hatten es mit dem Selbstauslöser aufgenommen, als sie irgendwann letzten Winter durchgefroren und naß vom Schlittenfahren heimgekommen waren. Alles um ihn herum war vertraut, und doch schien es nicht mehr zu ihm zu gehören. Er fühlte sich, als sei er in ein schönes, aber fremdes Hotelzimmer gekommen.

Matt öffnete er das Fenster, um frische Luft hereinzulassen, und blickte hinunter in den Garten. Die Sitzgruppe auf dem Rasen, die morgens in der Sonne stand, trug jetzt bereits den Mantel des Schattens, aber ihm war, als müsse er Malina dort unten sehen, ein Buch auf dem Schoß, den Arm erhoben, um ihm zu winken.

Er ließ das Fenster offen und legte sich in seinen Kleidern auf das Bett. Die Arme hinter dem Kopf verschränkt, starrte er hinauf an die Decke und wurde sich allmählich immer klarer darüber, daß sein Zustand kein Zustand von Dauer sein konnte.

Janas plötzliche Gegenwart hatte all sein Denken von Tag zu Tag mehr und mehr beeinflußt, bis sich alles nur noch um sie gedreht hatte. Der Druck war immens gewesen und ein fast körperlicher Schmerz, nur daß er nicht allein darunter gelitten hatte, sondern auch jemand, der es am wenigsten verdient hatte: Malina.

Seine Flucht von Samos – der Gedanke kam ihm jetzt zum ersten Mal – war das ein Versuch gewesen, diesem Strudel zu entkommen? Vielleicht war diese selbst gewählte Distanz die einzige Möglichkeit, zurück zu seiner Frau, zu seiner Familie zu finden. Wohin er ja wieder wollte. Er gefiel sich nicht als Wolf.

Alles hatte schon vor dem Wiedersehen mit Jana angefangen. Diese unvernünftige, hilflose Sehnsucht nach den Feuertaufen seiner Jugend war urplötzlich gekommen, und mehrmals hatte er sich gefragt, ob der Auslöser dessen der dreiundzwanzigjährige Praktikant war, den die Kanzlei seit ein paar Monaten beschäftigte und der ihn in seiner unbeschwerten Welpen-Art an eine Zeit in seinem eigenen Leben erinnerte, in der die Zukunft noch Premieren bot und es nicht um das Bewahren erreichter Ziele gegangen war und nicht Routine den Tag bestimmte.

Die reinste Gefühlsduselei. Völlig unbegreiflich für einen wie ihn, der es gewohnt war zu handeln und dem es bislang ein Greuel gewesen war, sich aufgrund von *Gefühlen gehenzulassen*. Aber als er Jana auf Samos wiedergetroffen hatte, war sie ihm wie ein Synonym für diese längst verlorenen Zeiten erschienen. Eine Art Geysir, dessen Strom wie aus der Erde geschossen kam und diese eine öde

Stelle in seinem Innern wiederbelebt hatte. Ihr dramatischer Tod hatte ihm nicht nur gezeigt, wie kindisch all sein Sehnen und Wünschen gewesen war, sondern es auch mit einem Schlag zerstört.

Plötzlich schämte er sich.

Es war Janas Leben, das zu Ende gegangen war, nicht seines. *Darum* sollte er trauern, anstatt ein paar Jahre, die im Grunde nichts als eine Mixtur aus unverbindlichen Vögeleien, heimlichen Joints und Rockkonzerten in Jeans und Lederjacke gewesen waren, im nachhinein zu beweinen.

Im unteren Stockwerk klirrte Glas, gleich darauf ertönte Victors Stimmchen: »Papa schimpf nicht! Es war keine Absicht.«

Edward stand auf, der Kopf noch immer schwer, und machte sich auf den Weg nach unten. Als er seinen Sohn mit schlechtem Gewissen im Gesicht und den Überbleibseln einer Vase in der Hand am Treppenabsatz sah, schwankte er zwischen Ärger und Rührung. Erst ein paar Sekunden später entschied er sich zu lächeln. Scherben, zum Teufel mit irgendwelchen Scherben! Als käme es darauf an. Brummend kniete er sich hin und kehrte sie zusammen.

»Papa, ich hab' Hunger«, jammerte Victor neben ihm, während Edward die Splitter draußen in die Mülltonne kippte. Er ging zurück ins Haus und sah nach, was die Speisekammer hergab. Auch etwas Ratio gefällig, fragte ihn plötzlich seine innere Stimme, als er, von Victors Kommentaren begleitet, die Regale nach Lebensmitteln durchforstete.

Die Dinge kamen nicht ins Lot, indem man nur seinen Stimmungen nachgab. Im Moment wollte er noch schweigen, ungenießbar sein. Aber was sollte dann werden? Er mußte mit Malina sprechen. Bald. Und vielleicht würde er sogar das Richtige sagen.

»Hier sind Erbsen, Papa«, sagte Victor.

»Und hier Kartoffeln. Mal sehen, was sich daraus machen läßt.« Edward trug beides in die Küche.

»Da fehlt aber noch etwas«, maulte Victor und dann strahlend, die Sprache seiner Mutter imitierend: »Mit einem Schnitzel wär's *köstlich*! Papa, warum sind zwei eigentlich nie genug?«

Das Fax von Robert Hammerl lag schon da, als Malina und Simon zurück in ihr provisorisches Büro kamen. Der Kommissar hatte ein paar Zeilen unter das Foto von Ulf Murnau geschrieben, aber im Grunde war es nur das, was Simon bereits im Wagen erläutert hatte.

Sensibel, war das erste, was Malina einfiel, als sie den Mann auf dem Bild betrachtete. Sensibel und nicht unsympathisch. Er trug eine Brille mit einem braunen Horngestell, etwas streng vielleicht, die Augen dahinter nicht sehr groß, aber hell, ihr Blick verschlossen. Das dunkle Haar wuchs in einem hohen Ansatz aus der Stirn, der Mund war nicht zu schmal und wäre vielleicht sogar hübsch gewesen, hätte er die Lippen nicht allzu fest aufeinandergepreßt. Insgesamt hatte sein Gesicht etwas Erschöpftes und Abweisendes, das ihn in Malinas Augen daran hinderte, attraktiv zu sein.

Sie betrachtete die Fotografie eingehend und gab sie dann an Simon weiter. »Nie gesehen. Zumindest kann ich mich nicht erinnern. Du?«

Simon schüttelte den Kopf. »Nein, aber vielleicht kennt ihn jemand von den anderen Gästen. Gehen wir hinunter an die Bar. Ich brauche dringend einen Kaffee, und bei der Gelegenheit können wir uns gleich ein bißchen umhören.«

Die Hitze hatte viele vom Strand an die Bar getrieben. Jeder Tisch war besetzt, nur an der Theke waren noch zwei Hocker frei. Malina und Simon bestellten Wasser und

Cappuccino. Es war angenehm kühl, und während sich Simon mit beiden Händen über das verschwitzte Gesicht fuhr, blickte Malina sich um und überlegte, welchen der Gäste sie wegen des Fotos ansprechen sollte. Simon hatte es schon bereit gelegt. In diesem Moment brachte das blonde Mädchen hinter der Bar die Getränke. Mitten in der Bewegung stutzte sie und sah auf das Foto.

»Kennen Sie ihn?« fragte Simon, der ihr Stutzen bemerkt hatte.

Sie drehte das Bild zu sich herum und beugte sich darüber. »Ja«, antwortete sie. »Der war mal hier. Genau da, wo Sie jetzt sitzen.«

»Wissen Sie noch, wann das war?« Simon bemühte sich, beiläufig zu klingen.

Sie stützte ihren Kopf in die Hände und überlegte. »Ja. Es war kurz nach dem Tod dieser Schauspielerin. Das weiß ich deshalb so genau, weil wir uns darüber unterhalten haben.«

»Können Sie sich auch noch daran erinnern, was er gesagt hat?«

»Nichts Besonderes. Das, was alle in so einem Fall sagen. Daß man es nicht glauben kann, wenn jemand, der so berühmt ist, stirbt und solche Sachen. Hat er etwas angestellt?« Wachsam blickte sie Simon an.

»Nein. Wir würden nur gern mal mit ihm sprechen«, antwortete er vage.

»Ermitteln Sie in der Sache?«

»Nicht offiziell. Aber wir kannten Jana Nicolai recht gut. Deshalb ...« Simon zögerte, bevor er fortfuhr: »Sie haben den Mann nur dieses eine Mal gesehen? Danach nicht mehr?«

»Nein. Danach nicht mehr. Er sagte zwar, er würde vielleicht noch einmal wiederkommen, hat's aber nicht getan. Vielleicht war ihm der Weg zu anstrengend.«

Simon runzelte die Stirn. »Wie meinen Sie das?«

Das Mädchen schenkte sich selbst etwas zu trinken ein, bevor sie eine Erklärung für ihre These abgab: »Er war bei der Affenhitze mit dem Fahrrad unterwegs, und so wie er geschwitzt und das Wasser in sich reingeschüttet hat, machte er den Eindruck, als hätte er einen ziemlich langen Weg hinter sich.«

»Er war mit dem Fahrrad da?« mischte sich Malina in die Unterhaltung ein.

»Ja. Ich seh's noch vor mir, wie er sich, bevor er ging, das rechte Hosenbein zusammengeklammert hat. Und das machen doch nur Radfahrer, oder?«

Vor ihrem inneren Auge klickten die Bausteinchen ineinander. Malina lächelte das blonde Mädchen an. »Wissen Sie, ich glaube, die Polizei wünscht sich des öfteren solch gute Beobachter wie Sie. Danke. Was Sie uns gesagt haben, war sehr hilfreich.« Sie legte ein paar Münzen auf den Tresen und fragte den erstaunt dreinblickenden Simon: »Kommst du?«

»Er hieß Ulf«, rief das Mädchen ihnen hinterher.

»Was war das denn für ein Auftritt?« Nachdem sie ein paar Meter gegangen waren, hielt Simon Malina fest und stoppte ihre raschen Schritte.

»Das Fahrrad, Mensch.«

»Jetzt warte doch mal. Was soll das mit dem Fahrrad?«

»Dieser Murnau wird es ja kaum im Flieger von Deutschland mit hierher gebracht haben. Also hat er es irgendwo geliehen. Wenn wir Glück haben, vielleicht sogar hier in der Nähe. Melanie hat bestimmt eine Liste der Fahrradverleihe aus der Gegend, und wir kommen so an seine Adresse.«

»Nicht schlecht. Wenn du so weitermachst, wird Hammerl dich doch noch für die Polizei rekrutieren. Also los, worauf wartest du noch?« Jetzt war es Simon, der eilig einen Fuß vor den anderen setzte.

»Warte.«

»Was denn noch?«

»Ich glaube, ich habe diesen Ulf Murnau doch schon einmal gesehen?«

»Vorhin sagtest du doch ...«

»Es ist das Rad, wodurch ich mich an ihn erinnere. In dieser Nacht, als ich Jana mit Ilias Alexandrou in Platanos tanzen sah – da habe ich ihn gesehen. Oder sagen wir mal, ich bin mir ziemlich sicher, daß er es war. Auf dem Weg von Alexandrous Haus zurück zur Platía stand er gegen eine Hauswand gelehnt. Als ich ihn ansah, bückte er sich und tat so, als sei etwas mit der Fahrradkette. Simon, die Polizei sagt, Jana habe ihn angezeigt, weil er ein Stalker sei. Es würde ins Schema passen, daß er sie da oben in dem Dorf beobachtet hat. Diese Typen bleiben ihren Opfern immer auf der Spur. Oder?«

»Vermutlich schon.« Simon rannte jetzt fast.

Die Sache mit dem Fahrradverleih war schwieriger, als sie gedacht hatten. Wie Malina vermutet hatte, besaß Melanie zwar eine Liste, die sie ihnen kopierte, aber das nächstgelegene Geschäft in Paleokastro, einem Dorf unweit von Kervéli Village, hatte schon geschlossen, als Simon und Malina vorbeikamen. In Samos-Town machten sie zwei weitere ausfindig, aber auch dort hatten sie nicht mehr Glück. Im ersten trafen sie auf ein junges Mädchen, das in kargem Englisch erklärte, sie sei nur die Vertretung, und das hilflos lächelnd den Kopf schüttelte, als sie ihr das Foto zeigten. Ähnlich reagierte der Besitzer des dritten Ladens, nachdem er einen Blick auf das Bild geworfen hatte. Den Mann habe er noch nie gesehen, sagte er, bot aber an, ihnen zwei modern ausgestattete Fahrräder zum einmaligen »Special-Price« für fünf Tage auszuleihen. Sie dankten höflich und verließen ihn.

Als sie zurück ins Hotel kehrten, kam ihnen Melanie im Foyer entgegen.

»Have you been lucky?« fragte sie in ihrer zuvorkommenden Art, und als Malina müde und resigniert verneinte, schlug sie vor, das Foto von Ulf Murnau an sämtliche Fahrradverleihe zu faxen, mit der Bitte sich in Kervéli zu melden, sollte jemand ihn erkennen.

»Gute Idee!« Simon lächelte sie an. »Sie würden uns sehr damit helfen.« Und zu Malina sagte er: »Los, machen wir uns fertig fürs Abendessen. Ich sterbe vor Hunger.«

Am nächsten Morgen geschah etwas, womit niemand während der Sommermonate auf Samos rechnete. Es regnete. Oder was man auf Samos im Juli so Regen nannte. Eigentlich war es mehr ein Tröpfeln. Als Malina zum Frühstück ging, entdeckte sie den rumänischen Restaurantkellner auf dem oberen Absatz der Strandtreppe. In seiner Freude über das Geplätscher stand er da, die Arme ausgebreitet, die Zunge den Regentropfen entgegengereckt, als ginge es darum, Manna zu empfangen.

Malina lachte.

Als sie mit Simon gegen halb elf nach Platanos fuhr, war der Spuk vorbei. Der Himmel verwandelte sich zurück in ein einzig blaues Feld.

»Mir fehlt die Richtung«, sagte Malina, als sie hinter Kokkari am Meer entlangfuhren, wo die Wellen fast bis an die Straße schlugen. »Oder besser gesagt: Es gibt zu viele Richtungen. Und allmählich frage ich mich, ob sie nicht über diese Insel hinausführen. Janas Leben in Deutschland …«

»… untersucht die deutsche Polizei.« Simon schien unter die Gedankenleser gegangen zu sein. »Mach nicht den Fehler, das ganze Knäuel auf einmal zu betrachten. Immer nur den einzelnen Faden und dann Stück für Stück dran ziehen, bis es irgendwann den richtigen Ruck gibt.«

»Ich weiß.« Malina kühlte ihre Stirn an der Scheibe des Seitenfensters. »Tausendmal erlebt. Aber gegen diese kleinen Panikattacken zwischendurch kann ich nichts tun. Und wenn ich hundertmal weiß, daß es immer eine Lösung gibt und sich jeder Krater irgendwie bekraxeln läßt.«

»Dafür bin ich ja da – um dir das zwischendurch mal wieder klarzumachen.«

»Ach, Simon ...« Malina berührte flüchtig seine Hand. »Mir geht dieser Murnau nicht aus dem Kopf«, fing sie nach einer Weile wieder an. »Hältst du es wirklich für möglich, daß er noch immer auf der Insel ist? Wenn er etwas mit Janas Tod zu tun hat, wäre es dann nicht logischer abzuhauen? Er wird doch kaum hier herumsitzen und abwarten, bis man ihn findet.«

»Auf den Fluglisten sämtlicher Airlines war er nicht verzeichnet, das haben die Jungs in München schon eruiert.«

»Und wenn er wie Betty eine Fähre nach Athen genommen hat und von dort aus per Bahn weitergereist ist? Dann taucht sein Name nirgendwo auf.«

»Das stimmt, doch letztendlich haben wir doch gar keine andere Wahl, als ihn hier zu suchen.«

Malina schwieg. Natürlich hatte Simon recht. In Wahrheit zweifelte sie nicht an der Lösung des Falls. In Wahrheit wollte sie nur befreit davon sein. Sie hatte zuviel Zeit in diesem Sog verbracht, ohne die Möglichkeit, sich zu entziehen, während das, woran ihr Herz hing, sich immer weiter weg zu bewegen schien.

Sie schwieg, bis Simon das Auto vor Ilias Alexandrous Haus stoppte. Wie beim letzten Mal lag es in der Sonne und gab die Wärme, die es Tag für Tag einfing, Stein für Stein weiter. Sie hatte noch nicht geklingelt, als die Haustür schon aufging.

Augen tief in ihren Höhlen, Ringe in der Farbe von Kohle darunter, die Haut fahl, Tage alte Bartstoppeln. Ilias Alexandrou schien seine Kraft verloren zu haben.

»Are you Malina Maltzan?« Sein Englisch war überraschend akzentfrei.

»Ja.« Sie deutete auf Simon. »Simon Graf. Ein Freund von mir.«

Alexandrou kniff die Augen leicht zusammen, und während er sie mit einer knappen Geste ins Hause winkte, sagte er: »Ich kenne Sie. Ich habe Sie in Kervéli Village gesehen, nicht wahr?«

Sie dachte an ihre Phantasiebilder und senkte beschämt die Lider. So gleichmütig wie möglich antwortete sie: »Ja, ich habe Sie dort auch schon gesehen.«

Daraufhin schwieg er und führte sie in einen Raum, der die gesamte Fläche des unteren Stockwerks einzunehmen schien. Eine Art Fachwerk unterteilte das Zimmer in zwei Hälften und setzte damit den einzigen pittoresken Akzent gegenüber der ansonsten fast kühlen Ausstattung, die durch den Granitboden, den im Ton von Milchkaffee marmorierten Wänden und den sparsam plazierten Möbeln an ein großstädtisches Loft erinnerte. Über einer beigefarbenen, breitflächigen Couch hing ein riesiges sepiafarbenes Porträt von Jana. In seiner rahmenlosen Dominanz überstrahlte es den ganzen Raum. Liebe, sagte Malina sich.

»Sie sind also an meinem Haus interessiert?« unterbrach Alexandrou ihre Gedanken, nachdem er ihnen Platz angeboten hatte.

Malina räusperte sich. »Ihr Haus, Mister Alexandrou, ist sehr schön. Aber die Wahrheit ist: Wir sind nicht gekommen, weil wir an einem Kauf interessiert sind. Wir sind wegen Jana hier.«

In seinen Augen stürzte die Welt zusammen. Momente lang schienen ihm die Worte zu fehlen, doch dann, und ohne den Blick von ihr zu nehmen, antwortete er: »Da sind sie leider umsonst gekommen. Ich habe Ihnen nichts zu sagen. Ich möchte, daß Sie gehen.«

Malina fühlte sich furchtbar. Mit aller Demut, deren sie fähig war, sah sie ihm in die Augen und sagte: »Nein, ich glaube Sie verstehen mich falsch. Wir kannten Jana. Bevor sie gestorben ist, hat sie sich an uns, Herrn Graf und mich, gewandt. Wir führen eine Detektei in Deutschland. Jana sagte uns, sie fühle sich bedroht, es seien seltsame Ding passiert, und sie bat uns, ihr zu helfen. Wir sind in guter Absicht hier. Bitte helfen Sie uns.«

Unter schweren Lidern musterte er sie lange. »Wenn Jana sie beauftragt hat, ihr zu helfen, warum ist sie jetzt tot?« Er wandte seinen Blick von Malina zu Janas Porträt.

»Weil Jana den Auftrag wieder zurückgenommen hat«, mischte sich Simon ein. »Sie wollte nicht mehr, daß wir weiter recherchieren und auch nicht mehr von uns beschützt werden. Das alles kam sehr überraschend für uns, und ich glaube inzwischen, Sie waren der Grund dafür.«

»Weshalb ich? Ich weiß von alledem nichts.«

»So war Jana. Sie hatte immer ihre kleinen Geheimnisse.«

Alexandrou senkte den Blick und schwieg.

»Herr Graf hat recht«, übernahm Malina wieder die Führung. »Jana hat den Auftrag zurückgenommen, und auch ich glaube, daß Sie der Grund dafür waren.«

»Weshalb soll das so gewesen sein?«

»Ich denke, Sie haben Jana Sicherheit gegeben, und da dachte sie, uns nicht mehr zu brauchen. Als ich sie zum letzten Mal gesehen habe, wirkte sie sehr ruhig und glücklich.«

Alexandrous Gesicht blieb weiterhin verschlossen. »Woher wissen Sie von mir? Hat sie Ihnen von mir erzählt? Nein, das glaube ich nicht. Sie wollte nicht, daß irgend jemand davon erfährt. Sie hatte Angst vor der Presse …«

»Ich habe Sie und Jana zusammen gesehen. An dem Abend, als sie mit ihr auf der Platía tanzten. Mein Mann und ich saßen in einem der Restaurants am Rand. Jana hatten wir am Tag zuvor zum Flughafen gebracht und dachten, sie sei längst zurück in München. Offensichtlich wollte sie, daß wir das glaubten. Dann entdeckte ich sie plötzlich hier zusammen mit Ihnen. Und da ich Sie schon zuvor in Kervéli gesehen habe …« Sie stockte.

»Und da Sie mich schon zuvor in Kervéli gesehen haben …«, hakte er mit undurchsichtiger Miene nach.

»… war es nicht schwer, herauszufinden, wer Sie sind. Im Foyer des Hotels steht sogar eine Kommode aus Ihrer Kollektion. Man kennt Sie dort also«, schloß Malina lahm.

Er ließ seinen Augen nicht von ihr. »Sie sagen, Sie hätten mich mit Jana auf diesem Dorffest tanzen sehen.«

Malina nickte.

»Dann wissen Sie auch, daß es die Nacht vor ihrem Tod war. Wieso stehe ich dann nicht unter Verdacht? Ich war der letzte, der mit Jana gesehen wurde. Wieso bitten Sie mich um Hilfe, anstatt die Polizei über meine Existenz zu informieren?«

»Eben *weil* ich Sie mit Jana gesehen habe.«

»Was soll das heißen?«

Malina zögerte. Sie mochte keine Formulierungen von allzu blumiger Färbung, aber vielleicht ging es in einer fremden Sprache leichter: »She loved you and you loved her. Vielleicht täusche ich mich, aber ich glaube nicht, daß sie von Ihnen Böses zu befürchten hatte.«

Er schwieg und antwortete erst nach einer Weile: »Sie haben recht.«

»Helfen Sie uns?«

»Wenn ich kann?«

»Das können Sie.« Malina hielt einen Augenblick inne und musterte ihn. Sie fand nichts Feindseliges mehr. »Darf ich Ihnen ein paar Fragen stellen?«

Er nickte knapp.

»Woher kannten Jana und Sie sich eigentlich? Sie haben sich doch nicht in diesem Sommer zum ersten Mal getroffen, oder?«

»Nein. Wir kannten uns schon etwas über ein Jahr. Zum ersten Mal trafen wir uns in München. Es gibt dort eine kleine Möbelkette, die ein paar meiner Sachen ins Sortiment aufgenommen hat. Das Ganze läuft recht gut, und so hat mich der Inhaber damals eingeladen, um die neue Kollektion zu besprechen. Vielleicht um sie noch etwas feiner auf seine Kundschaft abzustimmen ...«

»... zu der Jana gehörte?« kombinierte Simon.

Alexandrou warf ihm einen raschen Seitenblick zu und nickte wieder. »Ja. Sie kam in den Laden, als ich gerade da war, und ich nehme an, es lag an ihrer Prominenz, daß wir einander vorgestellt wurden.«

»Und dann?«

»Wir haben uns getroffen, und das hatte offensichtlich Konsequenzen. Erwarten Sie nicht von mir, daß ich Ihnen Einzelheiten erzähle. Sie sind erwachsen – Sie wissen, wie das zwischen Männern und Frauen ist ...«

Es kam selten vor, daß Malina sich in ihre Schranken weisen ließ. Es lag an seiner Würde, daß sie es erlaubte. Sie empfand etwas für ihn, was sie nur selten empfand: Respekt.

»Natürlich bestehen wir nicht auf Details«, warf Simon ein. »Wir fragen Sie das auch nicht zu unserer Unterhaltung. Alles, was wir wollen, ist Klarheit über die gesamte Situation. Sie und Jana trafen sich also in München. Wie ging es weiter?«

»Ich blieb statt der geplanten einen Woche zwei. Jana

mußte zu der Zeit nicht drehen. Wir wollten zusammen sein. Nichts anderes.«

»Und ihre Verpflichtungen auf Samos? Athina? Mit der Sie verlobt waren?«

Alexandrou sah ihn unverwandt an. Er fragte nicht, woher Simon davon wußte. Er leugnete nichts, stritt nichts ab. »Ich bin ein Mann, der mit der Tradition gebrochen hat. Auf einer Insel wie dieser ist das Lösen einer Verlobung – und für Ihre nordeuropäischen Ohren mag das lächerlich und antiquiert klingen – so etwas wie ein Sakrileg. Etwas Unverzeihliches. Besonders in den Kreisen, denen ich entstamme. Meine Eltern sind Bauern. Ebenso wie die Athinas. Traditionen bilden hier die Stützpfeiler des Lebens. Neue Ideologien zählen nicht. Und wenn, dann finden Sie sie höchstens in Form von Handys, DigiCams und neuen Autos. So rückständig kann gar kein Bauer sein, daß er sich damit nicht schmückt. Ich wußte, was geschehen würde, wenn ich die Verlobung löste. Daß ich ein Geächteter sein würde, einer, der all seine Pfründe verlor. Aber ich habe es dennoch getan.«

Minuten verstrichen, in denen niemand etwas sagte. Er hatte keine Silbe über seinen Schmerz verloren, über die Ungeheuerlichkeit seines Verlustes, über die Tragik seiner Geschichte. Das würde er niemals, und er mußte es auch nicht.

»Deswegen haben Sie auch vor, Ihr Haus verkaufen, nicht wahr? Deswegen haben Sie so schnell auf meine Nachricht reagiert. Ist es so?« Es war Malina, die schließlich als erste wieder Worte fand.

Er strich sein Haar zurück und nickte kurz und wortlos.

Dann sagte er: »Ich werde Ihnen jetzt noch sagen, was an dem Tag passierte, bevor Jana … bevor sie auf diesem Felsen gefunden wurde.«

Er stand auf und ging ans Fenster. Ohne jegliche Pose

sah er hinaus. Seine Arme hingen locker an den Seiten herab. In dieser Haltung blieb er stehen, bevor er die Worte schwer auf die Kette seiner Erinnerungen fädelte.

Selbst ohne den ausgelassenen Tanz auf der Platía hätte sich dieser Abend in sein Gedächtnis geprägt. Es war ein Versuch, der erste, gewesen, Jana mit seinen Leuten zusammenzubringen. Sie hatten sich beide davor gefürchtet, aber einmal müsse es ja sein, hatte er gesagt, und die Tatsache, daß auch zwei alte Freunde, die mittlerweile das Jahr über in Athen lebten und auf deren Loyalität er voll und ganz zählen konnte, da sein würden, hatte ihm den Schritt erleichtert. Er und Jana hatten sich noch nicht viele Gedanken darüber gemacht, wie und wo sie ihr gemeinsames Leben gestalten wollten, aber Samos sollte ein Teil davon werden, und ein Anfang war nötig.

Die Mienen waren finster gewesen, abweisend, als sie hingekommen waren. Und wären Ilias' Freunde nicht gewesen, sie hätten den Abend wie Aussätzige verbracht. Doch letztendlich war es Jana selbst, die den Bann gebrochen hatte. An einem der Stände hatte sie sich etwas zu trinken geholt, die Kälte ignoriert und mit einer Frau ein Gespräch begonnen, in dem sie rundäugig und atemlos naiv nach dem Rezept für Papoutsakia, gefüllte Auberginen, gefragt hatte. Ein kleines, unbedarftes Mädchen war sie gewesen, eine süße Schelmin. Und was ihr in Deutschland ein Millionen-Publikum beschert hatte, war auch in Platanos nicht ohne Wirkung geblieben. Ob der Stimmungsumschwung den Abend überdauern würde, war ihnen selbst noch nicht klar, aber das spürbare Lockern der meisten Mienen, machte ihnen Mut. Als Ilias' Freund sie beide zum Tanzen holte, hatte Jana ihn angesehen und gesagt: »Schau *Agapi mou*, es wird vielleicht nicht alles gut, aber es bleibt auch nicht alles schlecht.« Dann, mit einer halben Pirouette, ihren Lieblingssatz, vielleicht weil es der einzige war, den sie im fließenden Griechisch konnte: »Aspri mera ke ya mas.«

Er hörte ihre Schmetterlingsstimme noch jetzt.

Der Anruf kam am Nachmittag, nachdem sie am Morgen mit dem Boot draußen gewesen waren und danach in Karlovassi beim Einkaufen. Zu Hause hatten sie die Einkäufe verstaut, danach war Ilias in seine Werkstatt gegangen, während Jana sich im Garten mit einem Drehbuch in die Sonne gelegt hatte. Alles war friedlich gewesen, schläfrig und vogelstimmenzirpend. Ein Tag, der wie geschaffen war, unauffällig und sanft in den nächsten hinüberzugleiten.

Vielleicht hätte Jana am Abend davor nicht so viel von dem Tsatsiki essen sollen, dann wäre ihr dieser Durst erspart geblieben. Vielleicht wäre sie dann nicht aufgestanden, um sich drinnen Wasser zu holen. Vielleicht hätte sie dann das Klingeln ihres Handys nicht gehört, und dann hätte sie diesen Anruf, der so verändernd auf sie gewirkt hatte, nicht zu diesem Zeitpunkt entgegengenommen, der wohl der denkbar schlechteste des Tages war, denn Ilias war verabredet und mußte fort.

Wie so oft brach die Katastrophe aus dem Zusammentreffen winzigster Belanglosigkeiten hervor.

Sie sagte nicht, wer angerufen hatte, aber an der Sprache hatte er erkannt, daß es ein Anruf aus Deutschland gewesen sein mußte. Danach war sie ruhelos gewesen, gereizt und fahrig, hektisch in ihren Bewegungen und kaum mehr fähig, weiter in diesem Drehbuch zu lesen. Irgendwie erinnerte sie ihn plötzlich an einen Junkie, der überfällig mit dem Spritzen war. Hätte sie ihm mehr vertraut, hätte sie ihm gesagt, wer sie so verstört hatte, wäre seine Mutter im

November geboren worden anstatt an *diesem Junitag* vor fünfundsechzig Jahren – er wäre zu Hause bei Jana geblieben.

Belanglosigkeiten. Wieder nur Belanglosigkeiten.

Aber er ging, kaufte Blumen, fuhr durch die Berge ins nächste Dorf und ließ sie zurück, dem Telefon ausgeliefert.

Als er gegen elf in der Nacht zurückkam, fand er neben der Couch eine zur Hälfte ausgetrunkene Flasche Metaxa und im Badezimmer eine neue Packung starker Beruhigungspillen, in der zwei Stück fehlten.

Nur Jana fand er nicht mehr.

Seine Stimme verklang, und mit einem Ausdruck, als müsse er sich neu in dem Zimmer orientieren, sah er Malina an. In seiner Haltung lag jetzt wieder diese Scheu, als wisse er nicht, wohin mit sich. Für seine Verhältnisse hatte er viel geredet. Es war seltsam berührend zu sehen, wie er auf so kindliche Weise verloren wirkte. Dennoch: Seine Geschichte hatte neue Fragen aufgeworfen, und auch wenn Malina davor zurückzuckte – sie mußte sie stellen. »Vorhin sagten Sie, Sie seien ein Geächteter im Dorf, weil Sie mit der Lösung Ihrer Verlobung etwas Unverzeihliches getan hätten. Aber eben erzählten Sie, Ihre Leute seien an dem Abend auf Sie zugegangen. Für mich klang es, als hätte die Lage begonnen, sich zu entspannen. Weshalb ist jetzt niemand da, der Sie … tröstet?«

Sein Blick traf sie wieder intensiv. »Vielleicht werden Sie es nicht verstehen, aber als Jana starb, sahen die Leute hier ihren Tod als Strafe für das, was wir getan hatten. Als den Blitz, den Gott von oben auf uns schleuderte. Und wen Gott straft, der hat in Platanos nichts mehr zu lachen.«

»Großer Gott!«

»Sie sagen es.« Er lachte bitter.

»Könnten Sie sich vorstellen, daß einer von Ihren Leuten

Gott in seiner Mission sozusagen ein wenig unterstützen wollte?«

Vehement und böse: »Nein.«

»Was ist eigentlich mit Ihrem Boot?« mischte sich Simon ein.

»Wieso?«

»Es ist beschädigt. Eine ziemliche Delle rechts vorn, der Lack splittert ab. Der Schaden muß frisch sein. Und: In der Nacht *vor* Janas Tod stand es nicht in ihrem Garten. Zumindest hat Malina nur ihren Wagen gesehen. Aber *nach* Janas Tod tauchte es plötzlich hier auf. Ich nehme an, Sie haben es selbst vom Wasser geholt und wahrscheinlich aus gutem Grund. Jana ist in dieser Nacht damit auf die Insel gekommen, nicht wahr? Und Sie wußten das. Und damit niemand durch das Boot auf Ihre Spur kommen konnte, haben Sie es vorsichtshalber weggeschafft.« Simon lehnte sich zurück und ließ Ilias Alexandrou nicht aus den Augen. »War es so, oder täusche ich mich?«

»Es war so.« Die beiden Männer maßen sich mit Blicken, als fochten sie ein Duell.

»Und warum haben Sie niemandem etwas davon gesagt? Warum sind Sie nicht zur Polizei gegangen? Es muß Ihnen doch wichtig sein, Janas Mörder zu finden. Es sei denn, Sie haben etwas zu verbergen.«

»Ich habe nichts zu verbergen ...«

»Aber?«

Alexandrou schüttelte den Kopf. »Ich weiß es nicht.« Dann noch einmal und leiser: »Ich weiß es nicht. Ich konnte nicht.«

»Mister Alexandrou!« Malina beugte sich ihm ein Stück entgegen. »Ich möchte Ihnen alles glauben, was Sie sagen, aber ich kann es nur, wenn Sie uns helfen, herauszufinden, was in der Nacht passiert ist. Wenn Sie irgend etwas wissen, eine Ahnung haben, dann sagen Sie es bitte.«

Er schwieg lange, als wäge er die Dinge sorgfältig ab, und plötzlich, ohne Vorankündigung, verließ er das Zimmer.

Ein paar Minuten später kam er zurück und streckte Malina etwas entgegen, das wie eine DVD oder CD aussah. »Es hat Jana gehört«, sagte er. »Sie ist darauf zu sehen. Leider verstehe ich keine Wort. Es ist alles in Deutsch, aber ich glaube, sie erzählt eine Geschichte. Vielleicht hilft es Ihnen weiter.«

Malina sah auf die Plastikhülle in ihrer Hand. Eine ganz gewöhnliche DVD, wie sie es überall zu kaufen gab. Noch nicht einmal beschriftet. Belanglos auf den ersten Blick. Und doch wußte sie sofort Bescheid. Sie hörte Axels Stimme, als er bemerkte: »Das könnten Time Codes sein.« Trotz ihres klopfenden Herzens klangen ihre folgenden Worte gelassen und routiniert: »Haben Sie ein Abspielgerät hier? Macht es Ihnen etwas aus, wir würden es uns jetzt gleich ansehen. Im Hotel dürfte das schwierig werden.«

Er nickte kurz. »Kommen Sie mit!«

Ich kam bereits mit einem gebrochenen Herzen auf die Welt. Nicht im übertragenen, sondern im wörtlichen Sinn. In der kleinen Membran, die beide Herzkammern voneinander trennt, klaffte ein Riß.

Unser Hausarzt stellte ein störendes Geräusch fest, als ich vier Jahre alt war und er mir wegen einer Bronchitis das Stethoskop auf die Brust setzte.

Meine Mutter verstummte, mein Vater wußte nicht, wohin mit sich und weinte.

Ich wußte lange Zeit von nichts …

Janas Stimme, hell, mit dem Kieks hinten in der Kehle. Ihr Gesicht, ihr ganzer Körper sehr nah, vielleicht einen Meter von der Kamera entfernt. Fast wie unter einem Mikroskop. Im Hintergrund erkannte Malina ihr Hotelzimmer in *Kervéli Village*. Es war unmöglich, den Blick zu wenden. Sie schien nur noch aus Sensoren zu bestehen, die auf Jana ausgerichtet waren, die hinter dem Glas des Bildschirms in ihrem Zimmer auf und ab ging, dann auf dem Bettrand saß, lebhaft und verhalten gestikulierte, laut und leise klang, lachte und ernst war. Die Geschichte, die sie erzählte war in Sequenzen eingeteilt, die wiederum mit den auf dem kleinen weißen Zettel verzeichneten Time-Codes und Kennworten korrespondierten. Axel hatte recht behalten. Schon nach wenigen Sekunden begriff Malina, daß alles, was Jana erzählte, ihre eigene Geschichte war, in der ein Mann namens Dorian die größte Rolle spielte.

Malina lauschte, beobachtete, dachte und litt mit der Frau auf dem Schirm, und je mehr sie lauschte, beobachtete, dachte und litt, desto mehr fing sie an zu glauben, daß in diesem Martyrium, in dieser jahrelangen Obsession der Schlüssel zu allem lag. Janas Wut auf diesen Mann, Dorian, steigerte sich zu Haß. Malina blickte hinüber zu Simon und konnte im Halbdunkel des Zimmers seine Miene nicht deuten. Ilias Alexandrou starrte in Janas Gesicht, und sie fragte sich, welche Bedeutung er ihren Worten wohl gab. Als der letzte Abschnitt des Films begann, fing sie an, seine Unwissenheit zu bedauern. Vielleicht hätte er Trost in Janas Worten gefunden und die Bestätigung, daß er nichts falsch gemacht hatte. Alles war richtig gewesen.

Ich bin gegangen. Mehrere Male. So feige war ich nicht, daß ich es nicht wenigstens versucht hätte.

Das erste Mal war theatralisch. Ein Abgang, der nicht wirklich ernst gemeint war. Meine Theatralik war nur ein Vehikel, ein grober Fingerzeig: Ändere Dich, damit ich bleiben kann!

Ich wollte nur, daß Du verstehst, Dorian! Alles auf Reset.

Ob ich Dich noch wollte oder nicht, spielte keine Rolle mehr. Ich konnte *nicht mehr!*

Über Jahre verfielen wir von einem Extrem ins andere. Es lief nie gleichmäßig zwischen uns, unsere Beziehung schlug aus wie ein unruhiges Börsendiagramm.

Ich war längst kaputt und ging also. Mit gepackten Koffern und vollgestopften Kartons verließ ich eines Abends Deine Wohnung in der Hoffnung, Du kämst mir nach. Du und ich – noch immer hegte ich diesen Kinderglauben –, das war doch eigentlich gut, wir müßten nur die Umstände ändern, uns selbst – dann …

Ich wünschte mir dieses »Dann« verzweifelt. Aber ein »Dann« gab es nicht, obwohl Du mir nachkamst, mit Tränen in den Augen, Versprechungen auf den Lippen. Und dann fuhren weg. Zehn Tage nach Varenna am Comer See, die wir die meiste Zeit im Bett verbrachten. Seltsam: Auch nach so vielen Jahren konnten wir nie die Finger voneinander lassen, so als ob wir mit Sex alles kompensieren würden, was zwischen uns schieflief.

Wir kamen zurück nach München, und eine Zeitlang ging es sogar gut mit uns. Wir waren rücksichtsvoller, vorsichtiger. Aber dann lebten Deine Aggressionen wieder auf, und die Angst vor Deinen Angriffen kehrte wie ein altes Monster zurück.

Ich lief wieder weg. Nachdem Du mich geschlagen hattest. Es passierte nur dieses eine Mal, und es war auch nicht der Schlag selbst, der mich so aus der Bahn warf, es war die Art und Weise, wie Du es getan hast.

Ich war in der Küche beim Kochen, vorher hatten wir uns gestritten. Irgendwann kamst Du aus Deinem Arbeitszimmer zurück, nahmst mir langsam die Brille ab –ich dachte, Du wolltest mich küssen – und schlugst mir wortlos ins Gesicht. Kalt und hinterhältig. Und demütigend. Ich weinte wie noch nie zuvor.

Dann kam die Wut, der Unglauben, die Empörung. Ich stürzte aus Deiner Wohnung und verkroch mich in einem Hotel, und wie ein elender, schnüffelnder Jagdhund liefst Du mir hinterher und stecktest mich wieder in die Zwangsjacke Deiner Versprechungen.

Diabolisches Ringelreih.

Ich hätte kotzen können.

Es war ein grauer Tag im Februar 2005, der alles entschied. Du, Dorian, warst irgendwo in Schweden, und ich hatte gerade die Synchronisation eines Filmes beendet.

Vor mir lagen viele unverplante Tage.

Ich hatte Zeit. Ich ging einkaufen. Ich traf Ilias. In einem kleinen exquisiten Möbelladen irgendwo im Westend. Ich hatte dort bereits einiges für meine Wohnung gekauft, und obwohl ich den Besitzer kannte, war ich doch verblüfft darüber, daß er mich mit viel servilem Getue einem schweigsamen, dunkelhaarigen Typen vorstellte, der selbst nervös und peinlich berührt reagierte.

Er war Designer oder – besser gesagt – eine Art Luxus-Schreiner, der auch Möbel entwarf. Ein Grieche. Mein Möbel-Fuzzi hatte ihn während eines Urlaubs in Athen entdeckt und spontan ein paar Stücke seiner Kollektion ins Sortiment aufgenommen.

Von außen betrachtet, war es ein ziemlich unaufgeregtes Ereignis. Ilias und ich. Ohne das übliche Geflirte und Geschnatter. Wie zwei brave Eleven lauschten wir den Worten des Ladenbesitzers, der seinen Möbeln lebenswichtige Bedeutung beizumessen schien. Obwohl meine Gedanken längst in eine andere Richtung schweiften, ließ ich routiniert ein paar passende Bemerkungen fallen und suchte zwischen einzelnen Silben mit beabsichtigter Beiläufigkeit Ilias' Blick. Ich war beeindruckt von ihm, neugierig und verlegen.

Seine Augen in diesem Moment habe ich nie vergessen. In-

tensiv, fiel mir damals spontan ein. Sie schienen in mich hineinzublicken, vorsichtig, respektvoll zwar, aber tiefgehend. Und merkwürdig – ich wollte es. Vielleicht, weil ich da schon ahnte, daß er Schutzbedürftige erkannte. Und daß er das, was er schützen auch lieben würde. Und ich wollte endlich beides: beschützt sein und geliebt.

Draußen war es noch immer grau. Regen fiel, als wir gemeinsam den Laden verließen – o ja, das hatte ich gut hinbekommen. Und gerade als ich den Mund öffnete, kam er mir zuvor und fragte, ob ich Lust auf Kaffee hätte.

Ich erspare mir an dieser Stelle das wiederzugeben, worüber Verliebte gern sprechen. Ebenso erspare ich mir die Beschreibung seines schönen scheuen Lächelns, seiner zurückhaltenden Art, ein Gespräch zu führen, des lyrischen Glockentons in seiner Stimme, wenn er lebhaft wurde, der Festigkeit seiner Hände, die er nur sparsam bewegte.

Ich war von allem hingerissen.

Aber nichts, nichts riß mich so sehr hin wie die Integrität und Kraft, die er verströmte. Er war durch und durch eine Persönlichkeit.

Ich wünschte mir sehr, er würde mich lieben. Ich wünschte mir sehr, er würde mich retten.

Zwei Wochen später flog Ilias zurück nach Samos. Wir telefonierten täglich. Er fehlte mir.

Über die Familie auf der Insel, über Athina im besonderen sprach er nicht viel. Er sagte, er werde alles bald in Ordnung bringen. Ich könne ihm vertrauen. Ich glaubte ihm und wartete. Dorian gegenüber verhielt ich mich still, als wäre nichts geschehen. Am Anfang, nach Ilias' Abschied, schlief ich noch ein paar Mal mit ihm. Damit kein Verdacht entstand. Dann immer weniger. Es gefiel mir nicht mehr mit ihm. Und ich betrog Ilias. Und das tat weh.

Dann rief er an und sagte, er und Athina seien getrennt. Ob wir uns in Athen treffen wollten? Für Samos sei es noch zu früh. Aber er habe in Athen noch immer eine kleine Wohnung, und wenn ich wollte …

Und wie ich wollte! Dorian erzählte ich von einem Regisseur, den ich in Italien treffen sollte, und deshalb für zwei Wochen nicht da sei, weil wir anschließend in Rom noch ein Shooting hätten. Danach würde mir schon etwas anderes einfallen. Und irgendwann würde ich es ihm ohnehin sagen müssen.

Ich starb vor Angst bei dem Gedanken.

Dann sah ich Ilias, wie er auf seinen kräftigen Beinen am Flughafen stand, und fand meine Angst lächerlich. Ich war gar nicht allein. In meiner Phantasie hielt er mich wie ein Küken in seinen Händen, blies zart über meinen Flaum und paßte auf mich auf. Er war da und mit ihm alles, was ich brauchte, alles, was mir guttat, und alles, was mich reicher machte.

Ich begann innerlich zu tanzen, fühlte goldene Flügel wachsen. Jana, die Kranke, war auf und davon – ich war kräftig und braungebrannt, hatte Hunger, aß mit Lust, dem Alkohol hatte ich völlig abgeschworen – ich war stark und in der Lage, einen Mann zu verzaubern.

Ilias liebte mich.

Und ich ihn.

An dieser Stelle sehe ich mir die Aufnahmen noch einmal von vorne an. Was heißt hier Aufnahmen? Therapie wäre der bessere Ausdruck oder vielleicht auch eine Art Selbstbeschwörung, die mich vor Rückfälligkeit bewahren soll.

Ich lauschte jedem einzelnen Wort, sah mir selbst auf die Lippen und bemerkte traurig, wie viele Sätze und Minuten Dorian verschlungen hatte, während ich von Ilias so bescheiden erzählt habe.

Läßt sich Glück wirklich kurz zusammenfassen? Wenn

man's genau nimmt, in einem einzigen Satz: »Ich bin glücklich«, während Angst, Unglück, Tränen, sich uferlos ausbreiten, weil sie erklärt werden müssen, aber Glück die Erklärung an sich ist?

Ilias und ich sahen uns, so oft wir es einrichten konnten. Meistens lag es an mir, wenn es nicht ging. Dreharbeiten, Interviews, Fotoaufnahmen, Talk-Shows – merkwürdig, vorher war mir nie aufgefallen, in welcher Mühle ich steckte und daß ihr Malmen ebenso zermürbend sein konnte wie die ständigen Lügen, die ich Dorian fortwährend auftischte. Inzwischen war fast ein Jahr vergangen, und noch immer tat ich so, als sei alles beim alten geblieben. Irgend etwas sagte mir, daß er alles zerstören und ich alles verlieren würde, wenn ich reinen Tisch machte. Aber ich war es Ilias schuldig. Natürlich. Er hatte dasselbe längst für mich getan. Nach den Dreharbeiten auf Samos, versprach ich ihm und mir selbst immer wieder und hoffte, ich würde mein Versprechen halten.

Trotz meiner Vorsicht begann Dorian etwas zu wittern. Vielleicht lag es einfach nur an seinem Instinkt, daß er mich mit einem Mal noch intensiver beobachtete, mir merkwürdige Fragen wegen der Dreharbeiten stellte und plötzlich auf die Idee kam, mich auf Samos zu besuchen. Er, der doch immer alles getan hatte, um unsere Beziehung geheimzuhalten.

Aber ich sagte, ich würde mich freuen, käme er, und überlegte im selben Moment, was ich tun könnte, um es zu verhindern. Ein Zufall kam mir zur Hilfe: Eine schwangere Kollegin von ihm fiel früher als erwartet aus, und er mußte für sie übernehmen.

Ich kannte sie nur flüchtig, aber ich schickte ihr Blumen.

Ich hatte mich zu sehr in Sicherheit gewiegt. Am Tag der Abreise bekam ich die Quittung. Eine Freundin hatte mich zum

Flughafen gebracht, sie war schon fort und ich gerade dabei, mein Ticket zu ziehen, als Dorian plötzlich neben mir stand. Er war mir auf die Schliche gekommen, ich sah es ihm an, ohne daß er auch nur einen einzigen Laut von sich gab. Seine Augen waren wie Eis.

»Ich war vorhin in deiner Wohnung. Wegen des Anzugs, den du für mich aus der Reinigung geholt hast. Ich brauche ihn heute abend. Leider warst du schon weg. Ich hätte dir gern noch Auf Wiedersehen gesagt.« Während böse Ahnungen durch meinen Kopf stürmten, starrte ich Dorian ins Gesicht, als hinge mein Leben davon ab.

»Du hast vergessen, deinen Computer auszuschalten und warst immer noch online. Wie oft habe ich dir schon gesagt, du mußt ordentlicher werden?« Seine Stimme gefror um etliche Grade. »Wirklich Jana, ich wußte gar nicht, daß du in der Lage bist, solch wunderbaren Briefe zu schreiben. Gott, ich war fast zu Tränen gerührt. Bestimmt nicht weniger als Herr Alexandrou. Ein fescher Grieche also. Die gute Jana. Liebestoll in einem fremden Land. Wer hätte das gedacht?«

»Dorian, ich …«

»Du beendest das Ganze auf der Stelle.«

»Nein.«

»Doch, das wirst du. Du glaubst doch nicht im Ernst, daß dein Adonis auf lange Sicht Interesse an einer wie dir haben wird. Mein Gott, der wollte mal einen wegstecken, und schon glaubt Jana an die große Liebe …«

»Nein, Dorian. Nein. Ich werde mich nicht von …«

An dieser Stelle brach die DVD mit einem kurzen Flimmern und einem Schnappen des Players ab. Ein Ton, der alle aus ihrer Anspannung schrecken ließ, um sie gleich darauf wieder zurück in diesen hypnoseartigen Zustand zu schicken, in dem sie noch immer auf den verstummten Bildschirm starrten. Es war, als wirbelten Antworten und

Fragen in wildem Rausch durch das Zimmer. Eine davon war lauter als alle anderen: Wer war Dorian?

Malina war die erste, die sich äußerste.

»Did she never tell you something about him?« fragte sie Ilias, nachdem sie ihm erklärt hatte, worum es in den Aufnahmen gegangen war.

Hilflos blickte er zu Boden. »Doch«, murmelte er schließlich, »aber sie sagte nie, wer er war.« – »Allerdings«, fuhr er ein paar Sekunden später fort, »vielleicht ist Dorian nicht sein richtiger Name. Jana hatte die Angewohnheit, Menschen neue Namen zu geben, Namen, die ihrer Meinung nach besser zu ihnen paßten.«

»Ihnen auch.«

Er nickte, während zum ersten Mal der Anflug eines Lächelns in seinen Mundwinkeln wuchs. »Poseidon«, antwortete er. »Weil ich in Posidonio geboren bin und der Sage nach, Poseidon dort dem Meer entstiegen ist. Es klingt kitschig, wenn ich davon erzähle, nicht wahr? Es klang aber schön, wenn sie es sagte.«

»Dürfen wir das Tape mitnehmen?«

Das Lächeln zog sich aus seinen Mundwinkeln zurück. »Ja, aber nur, um es zu kopieren. Ich hätte es gerne wieder.«

19

Zuerst hatten sich ihre Worte förmlich überschlagen. Wie sonst hätten sie dieses Übermaß an Botschaften, Hinweisen und unerbittlicher Ehrlichkeit verkraften sollen? Sie waren schockiert bis zur Ungläubigkeit, fühlten sich traurig, hilflos und schuldig, bis sie schließlich verstummten, besessen von dem Wunsch, zurückzuspringen in die Zeit vor ein paar Wochen, in der sie Janas Tod auf diesem Felsen hätten verhindern können.

Splitter von Ereignissen fügten sich plötzlich zusammen und ergaben eine logische Einheit. Fragen, die nie eine Antwort gefunden hatten, lösten sich auf, der Reigen begann sich allmählich zu schließen. Janas furienhafter Auftritt im Waschraum des Flughafens, damals vor scheinbar hundert Jahren, als sie München verlassen hatten, fand endlich eine Erklärung, ebenso wie dieser ominöse Streit am Strand. Malina war davon überzeugt, daß dieser Fremde, mit dem Jana frühmorgens lautstark aneinandergeraten war, Dorian gewesen sein mußte. Als sie ihre Vermutung laut aussprach, nickte Simon. »Wir müssen herausfinden, wer dieser Mistkerl ist«, sagte er und gab anschließend ein unwilliges Knurren von sich, weil sein Handy klingelte.

»Das war Carla«, berichtete er zehn Minuten später. »Sie hat mehrere Stunden auf dem Flughafen verbracht, aber Betty hat sie nicht entdecken können. Sie ist mit keiner der Maschinen dort angekommen. Ich wußte es gleich: Sie hat sich aus dem Staub gemacht.«

Malina schwieg ein paar Augenblicke, bevor sie langsam

sagte: »Ich weiß, du hast etwas gegen verfrühte Schlußfolgerungen, aber ich glaube, wir können Betty vergessen. Wahrscheinlich ist sie für diese kleinen, fiesen Anschläge auf Jana verantwortlich, aber mit ihrem Tod hat sie nichts zu tun. Denk an die DNA-Analyse. Nein, der entscheidende Punkt in dieser Geschichte ist Dorian. Aber wer ist er? Wen könnte Jana gemeint haben.«

»Wenn ich diesen Ilias richtig verstanden habe, dann hat sie Leuten Namen gegeben, die etwas über ihre Herkunft oder über ihr Wesen ausdrücken. Wofür also könnte Dorian stehen?«

»Für Dorian Gray, würde ich rein instinktiv sagen.«

»Könnte stimmen. Ich hab' den Roman gelesen. Ein selbstverliebter Typ, der sich malen läßt und sich, um seine Schönheit zu bewahren, ewige Jugend wünscht. An seiner Stelle soll dieses Porträt altern. Im Laufe der Jahre, während sich seine Grausam- und Maßlosigkeit immer tiefer in das Bild eingraben, bleibt er selbst jung und makellos schön. Jahre später vernichtet er das Gemälde und damit sich selbst.«

»Findest du nicht, daß das absolut mit dem übereinstimmt, was Jana über *ihren* Dorian erzählt hat? Deswegen hat sie ihm diesen Namen gegeben, und ich vermute, sie hat ihn nur im Geiste und eben auf dieser DVD so genannt. Nicht in der Wirklichkeit. Wir suchen jemanden, der attraktiv ist, charmant und gewinnend, wahrscheinlich auch erfolgreich und unter dieser hübschen Haut den Teufel verbirgt.«

»Du hast eins vergessen«, unterbrach Simon sie.

»Was denn?«

»Es muß jemand sein, den Jana sehr, sehr lange kannte.«

»Ja«, sagte Malina still und holte anschließend ihr Handy aus der Tasche. Zu Hause hob niemand ab. Nur ihre eigene Stimme erklang auf dem Anrufbeantworter. Einen winzigen Moment lang überlegte sie, eine Nachricht zu hinterlassen, und entschied sich dagegen. Nein, sie wollte nicht auf Edwards Rückruf warten. Warten war das Allerschlimmste.

Die Zeit war schnell verstrichen. Als sie das Hotel erreichten, kehrten die ersten Gäste bereits vom Strand zurück, um sich für das Abendessen herzurichten.

»Wie immer um acht?« rief Simon ihr in der Hotelhalle hinterher, und als sie sich umdrehte und nickte, wandte er sich seinem Nachrichtenfach zu und zog ein Stück Papier hervor. Die Botschaft stammte von Melanie, die ihnen mitteilte, der Besitzer des Fahrradverleihs in Paleokastro habe sich gemeldet und warte auf ihren Besuch. Der Laden sei ab halb zehn morgens am nächsten Tag wieder geöffnet.

Im Gegensatz zu Malina war Simon noch nicht bereit, an Dorian als an den ausschließlichen Schlüssel zu Janas Tod zu glauben. Zweifelsohne deutete viel daraufhin, aber seine Erfahrung sagte ihm, daß Geschichten wie diese nicht selten irrwitzige Haken schlugen und plötzlich eine völlig andere Richtung nahmen.

In München hob noch immer niemand ab. Nachdem sie lange geduscht hatte, heiß und kalt im Wechsel, saß Malina auf dem Bett und hörte zum wiederholten Male die Ansage des Bandes. Sie konnte sich keinen Reim mehr darauf machen. Irgendwann mußte Edward doch zu Hause sein. Deprimiert legte sie auf und hob den Hörer gleich wieder ab. Einer mußte doch wissen, wo er war. Aber auch bei ihrer Mutter blieb ihr Anruf ungehört, und bei Andreas, ihrem Bruder, lief seit Tagen nur das Band.

»Bitte ruf mich zurück«, sagte sie nach der Ansage. »Ich muß mit jemandem sprechen, bevor ich noch verrückt werde.« Sie schob das Telefon zurück auf den Nachttisch, streifte den Bademantel ab und legte sich auf das Laken. Im ersten Moment fühlte es sich kühl und frisch an, aber es dauerte nicht lange, bis die Schwüle im Zimmer auch aus jeder der Baumwollfasern zu kriechen schien und die Wirkung verpuffte. Die Knie bis unter das Kinn gezogen, versuchte sie, den Tag im Schlaf zumindest für eine Weile zu vergessen, aber es gelang ihr nicht. Jana flackerte auf ihrer Regenbogenhaut, blaß und großäugig, ihr Martyrium im Schlepptau. Sie hätte sich jemandem anvertrauen sollen, dachte Malina. Viel früher und nicht einer DVD. Warum hatte sie das nicht getan? Weshalb hatte dieser Dorian sie über *Jahre* gezwungen, ihre Beziehung im Verborgenen zu führen? War er verheiratet gewesen? Und selbst ein Prominenter? Politiker oder Künstler? Malina suchte nach weiteren Erklärungen, aber alles, was ihr blieb, war ein hilfloses Kopfschütteln und die leere Schwärze hinter ihrer Stirn.

Irgendwann schreckte sie von einem lauten Klopfen hoch. Orientierungslos, ohne jedes Zeitgefühl sah sie sich um, brauchte einen Moment, um zu begreifen, daß sie eingeschlafen sein mußte, als es erneut klopfte. Jemand rief leise ihren Namen. Simon, dachte sie instinktiv und erinnerte sich im nächsten Moment an ihre Verabredung mit Czerna.

»Moment«, rief sie, »ich bin gleich da.«

Taumelnd stand sie auf und warf den Bademantel über.

Es *war* Czerna. Wie fast immer in Weiß.

»Sie haben mich vergessen, stimmt's?«

»Nein, nicht vergessen, bin einfach eingeschlafen … Wir waren heute in Platanos. Wußten Sie, daß Jana seit über einem Jahr schon mit einem Griechen zusammen war? Ilias Alexandrou. Er lebt dort.«

Czernas dunkler Ring um die Pupille schien sich sekundenschnell zusammenzuziehen, dann faßte er Malina am

Ellbogen. »Nein, das wußte ich nicht. Aber darf ich vielleicht einen Moment hereinkommen, und Sie erzählen mir alles in Ruhe?«

»Ja, natürlich. Entschuldigen Sie, ich bin noch nicht ganz bei mir.« Sie trat zur Seite und ließ ihn ins Zimmer. »Wollen wir uns vielleicht auf den Balkon setzen? Ich habe noch Rotwein, und die Abende sind so schön hier …«

»Was ist mit Essen?«

Sie sah ihn bittend an. »Können wir hier bleiben? Tun es vielleicht auch ein paar Chips? Ich müßte mich erst zurechtmachen und ehrlich gesagt: Ich fühle mich gar nicht danach.«

»Chips? Nein. Wissen Sie was? Ich frage mal in der Küche, ob sie uns einen Teller mit ein paar Vorspeisen herrichten. Wie wäre das? In der Zwischenzeit öffnen Sie den Wein.«

»Ja, das klingt prima. Und wenn die gegrillte Auberginen haben und vielleicht ein paar Scampis …«

»Ich werde sehen, was sich machen läßt.« Czerna öffnete bereits die Tür und verließ den Raum. Draußen blieb er einen Moment stehen und atmete durch. Scampis, dachte er.

Drinnen eilte Malina ins Bad, sprühte Deo unter die Achseln, tupfte ein paar Tropfen Parfum hinter die Ohren und fuhr zuletzt mit einem hellen Gloss über die Lippen. Anschließend schlüpfte sie in weiche schwarze Hosen mit passendem Top. Nachdem sie den Wein geöffnet hatte, rief sie Simon an, um ihm zu sagen, daß aus dem Abendessen nichts würde.

»Na, dann bleibe eben im Bett und ruhe dich aus.« Er klang deutlich verärgert.

»Schönen Dank für dein Verständnis«, erwiderte sie spitz. Sie legte auf, und im selben Moment stieß der Apparat ein weiteres Mal seinen schnarrenden Ton aus. Edward, zuckte ihr Herz und sank vor Enttäuschung, als sie statt dessen die Stimme ihres Bruders erkannte.

»Tut mir leid, Süße, daß ich mich erst jetzt melde. Ich war für ein paar Tage geschäftlich in Berlin. Wie geht's dir?«

»Nicht besonders. Hast du in den Zeitungen über Edward gelesen?«

»Ja.« Die Antwort kam knapp und klang hilflos. »Wie kommst du damit zurecht?«

»Geht so. Edward ist zurück nach München geflogen und hat Victor mitgenommen.

»Ich weiß.«

»Hat er sich bei dir gemeldet?« Ein begieriges Flehen erfüllte ihre Stimme.

»Nein. Aber ich habe gestern mit Mama gesprochen. Victor ist bei ihr, während Edward arbeitet.«

»Na, dann weiß ich ja nun wenigstens, wo ich meinen Sohn erreiche, wenn mein Mann schon verschollen ist. Moment mal, es klopft.« Mit dem Hörer am Ohr öffnete Malina die Tür und schnappte nach Luft. Czerna hielt eine riesige mit griechischen Vorspeisen beladene Platte in den Händen, unter seiner Achsel klemmten zwei Flaschen Wein. Sie deutete hinaus zum Balkon, während ihre Lippen ein stummes »Komme gleich« formten.

»So, bin wieder da«, meldete sie sich bei Andreas zurück.

»Hör mal, das kriegst du schon alles wieder in Griff«, entgegnete er. »Versuch, einen kühlen Kopf zu behalten. Eins ist doch wohl klar: Dein Edward liebt dich, und er weiß genau, was ihm seine Familie bedeutet. Da gibt es keinen Zweifel.« Dann sang er mit einem glucksenden Lachen: »I see a memory, I never realized, how happy you made me, oh, Mandy ...«

Sie lachte auch. Ein kleines, sentimentales Lachen, das

seinen Ursprung in ihrer Jugend hatte, als sie beide den Song über alles geliebt und Andreas beschlossen hatte, aus Malina Mandy zu machen. Jahrelang hatte niemand mehr sie so gerufen. Als sie ihn sagen hörte: »Siehst du, jetzt lachst du wieder, Mandy«, da merkte sie, wieviel Rückhalt darin lag. Es gab Menschen, mit denen sie für immer verbunden sein würde, weil sie eine einzigartige Geschichte mit ihr teilten.

»Hör zu, Andy«, sagte sie weich. »Ich muß Schluß machen. Es hat gutgetan, dich zu hören. Ich melde mich die Tage noch mal, ja?«

»Klar. Mach's gut, Kleine.«

Auf dem Balkon war Robert Czerna noch dabei, den Tisch zu richten. »He«, sagte er, als sie hinauskam, »Sie sehen plötzlich so beschwingt aus. Hat Ihr Mann angerufen?«

»Nein«, sie setzte sich. »Aber mein Bruder.«

»Älter oder jünger als Sie?«

»Älter. Zwei Jahre.«

»Ihr *großer* Bruder also. Das hat ja immer besondere Bedeutung?«

»Wie bei Ihnen und Jana?« Was als Feststellung gemeint war, wurde plötzlich zur Frage. »Haben Sie sich auch für sie geprügelt, wenn's mal Knatsch gab?«

»Das hätte ich wahrscheinlich, aber als Jana und ich aufeinandertrafen, war die Prügelzeit schon so gut wie vorbei.«

Irritiert blickte Malina ihn an. »Wie aufeinandertrafen? So viele Jahre sind Sie doch gar nicht älter als Jana.«

Er lachte. »Nein, so war das nicht gemeint, aber als Janas Mutter meinen Vater heiratete, war ich schon siebzehn und Jana ungefähr vierzehn. Das ist nicht mehr das Alter, in dem man sich mit den Klassenkameraden prügelt.«

»Ich dachte immer, Sie und Jana seien Halbgeschwister.«

»Nein, nur Stiefgeschwister. Mindert das jetzt meinen Wert?« Er lachte wieder und goß ihr Wein ein.

Sie errötete. »Nein. Im Grunde habe ich mir auch nie richtig Gedanken darüber gemacht. Es ist ja auch egal.« Ihr Lachen klang nervös, und sie trank einen Schluck.

»Hier, Sie müssen aber auch was essen.« Er hielt ihr einen Teller hin, auf den er appetitliche Häppchen geordnet hatte.

»Wissen Sie was?« Plötzlich faßte sie Mut. »Das ist richtig schön. Es ist schon ziemlich lange her, daß jemand mich mal ein bißchen verwöhnt hat. Im allgemeinen bin ich nicht die Frau, die Beschützerinstinkte weckt.«

»So würde ich das nicht sehen.« Weder lächelte er, noch sah er ihr auf besondere Art in die Augen, er klang vollkommen neutral, und trotzdem senkte sie die Lider und griff nach ihrem Glas. Der Wein war fruchtig, süffig und tat ihr gut. Nach dem zweiten Glas fühlte sie sich gänzlich entspannt, nach dem dritten ungewohnt leicht im Kopf.

»Sie wußten also nicht, daß Jana diesen griechischen Freund hatte«, nahm sie das alte Thema wieder auf.

»Nein. Es war mir völlig neu, als Sie es vorhin erwähnten. Woher wissen Sie's? Hat sie es Ihnen erzählt?« Er hob die Flasche und füllte ihre beiden Gläser.

»Nein. So gut kannten wir uns dann doch nicht. Es war wohl mehr ein Zufall«, fuhr sie fort und erzählte ihm von der Begebenheit im nächtlichen Platanos, als sie Jana auf der Platía hatte tanzen sehen. »Er heißt Ilias Alexandrou. Das sagte ich ja bereits.«

»Und ich nehme an, Sie haben ihn getroffen.«

»Ja. Heute.«

»Und?«

»Wie soll ich es sagen? Ihre Schwester ... Jana hatte einen guten Geschmack. Er ist ein beeindruckender Mann.« Malina griff nach einem Dolmádes und trank anschließend wieder von ihrem Wein. »Vielleicht möchten Sie ihn ja kennenlernen. Ich könnte …« In dem Gefühl, sich zu tief einzumischen, hielt sie inne.

»Sie könnten?«

»Sie beide einander vorstellen, wollte ich sagen, aber das ist wohl nicht meine Aufgabe.« Sie verstummte, und auch er schwieg.

»Da ist noch etwas, das ich Sie fragen muß«, begann sie ein paar Minuten später wieder und stellte verwundert fest, daß sich die Worte nur noch schwer in ihrem Mund formen ließen. Das Innere ihres Schädels fühlte sich sonderbar wattig an.

»Ja? Was denn?«

»Sagt Ihnen der Name Dorian etwas?«

Czerna überlegte und schüttelte anschließend den Kopf. »Nein. Wer soll das sein? Ein weiterer Liebhaber Janas?«

Sein Lachen wies auf die Ironie der Frage hin, aber den Ernst in ihrem Gesicht richtig deutend, fragte er trocken: »Ich liege wohl nicht ganz daneben?«

»Robert, wahrscheinlich werden Sie's ohnehin wissen: Jana hatte ein Faible dafür, Menschen Namen zu geben, die ihrer Meinung nach mehr über sie verrieten als ihre eigenen. Wir haben bei Ilias Alexandrou eine DVD entdeckt, auf dem sie eine langjährige Beziehung zu einem Mann dokumentiert hat, den sie Dorian nannte. Ich glaube nicht, daß es sein wahrer Name ist. Das wäre mir irgendwie zu malerisch.«

»Im wahrsten Sinne des Wortes«, kommentierte er ihre letzte Bemerkung.

»Jana hat über Jahre gelitten. Sie gehören doch zu ihrer Familie, da kriegt man solche Dinge gewöhnlich mit. Hat sie denn niemals auch nur ein Wörtchen über diesen Kerl verloren? Haben Sie wirklich keine Ahnung, wer sich hinter Dorian verbergen könnte?« Sie mußte sich immer heftiger zusammenreißen, die Sätze verständlich zu formulieren. Das wattige Gefühl in ihrem Hirn wurde stärker.

»Nein. Jana war eine tolle Schauspielerin, und wenn sie nicht wollte, daß jemand etwas von ihr erfuhr, dann erfuhr er auch nichts. Mich wollte sie offensichtlich nicht einweihen. Ich muß Sie enttäuschen, aber ich weiß von nichts. Weshalb ist dieser Dorian so wichtig?« Aufmerksam sah er sie an.

»Ich glaube, er ist schuld an ihrem Tod.«

»Dann müssen Sie ihn finden.« Czerna fixierte Malina lange, bevor er sagte: »Ist Ihnen eigentlich nicht gut? Sie hören sich ein bißchen verdreht an.«

»Ist der konsonantenfeindliche Rotwein. Ich muß total betrunken klingen.« Plötzlich lachte sie und machte eine unsichere Bewegung in ihrem Stuhl.

»Halb so schlimm. Es klingt nicht uncharmant.«

»Sagen Sie eigentlich immer das Richtige?« Sie zog die Knie unters Kinn und legte ihren Kopf darauf.

»Keine Ahnung. Ich sage das, was ich denke.«

»Und was denken Sie gerade?« Die Frage entschlüpfte ihr ungewollt, und im selben Moment hätte sie sich für ihre Koketterie am liebsten geohrfeigt.

»Stopp«, er grinste, »hier erreichen alle möglichen Antworten die Klischeegrenze. Ich denke, wir überschreiten sie nicht.«

»Gut pariert.« Malina lächelte beifällig, bevor sie sagte: »Ich hole mir erst mal ein Glas Wasser. Gott, in meinem Kopf dreht sich alles.« Sie erhob sich. Auch in den Knien hatte sie ein schummeriges Gefühl.

»Geht's?« fragte er und richtete sich auf, als er sie taumeln sah.

»Ja, alles klar. Wieviel Rotwein war das eigentlich?«

»Knapp zwei Flaschen. Hoppla!« Fast wäre sie über ein Stuhlbein gestürzt, aber mit festem Griff fing er sie auf.

»Das war eindeutig zuviel. Ganz eindeutig. Ich bin müde.« Ihr Kopf fiel auf seine Schulter.

»Bett?« fragte er.

»Bett.«

»Warten Sie, ich helfe Ihnen.« Er stand auf und hielt sie an der Hand. Drinnen ließ sie sich auf die Matratze fallen, schob die Schuhe von den Füßen und fiel in ihr Kissen, während Czerna das Licht löschte. Als sie seine Schritte hörte, die sich leise entfernten, drehte sie sich benebelt nach ihm um: »Robert?«

»Ja?«

»Könnten Sie sich vorstellen hierzubleiben? Nur so. Zu zweit schläft man weniger allein.«

Es blieb still im Dunkel des Zimmers. Eine Minute später hörte sie ihn sagen: »Rutschen Sie rüber.«

Mit ihrem Kopf auf seinem ausgestreckten Arm und seiner Hand um ihre Taille schlief sie ein.

Den Zeitpunkt, wann aus dem nebulösen Hämmern ein Wummern wurde, konnte sie später nicht mehr benennen, ebenso wie sie sich nicht daran erinnern konnte, jemals so tief geschlafen zu haben. Das Erwachen war mühsam, ein sich dahinschleppendes Auftauchen aus einer dunklen Masse. Dann dieses durchdringende Geräusch, das als Stechen in ihrem Schädel begann und als Wummern an der Tür endete. Ihr Herz klopfte zum Zerspringen, vor ihren Augen sprühte es Funken, die Lider waren wie zugeklebt.

»Malina!« Eine Männerstimme zwischen dem Gehämmere. »Malina, Herrgott noch mal, mach auf!«

Rotwein, sinnierte sie, viel zuviel Rotwein. Ihr Gehirn schien darin zu plätschern, kein klarer Gedanke möglich. *Brain au vin*, ein Lachen stieg ihr in die Kehle. Aber nein, die Sache war ernst. Draußen rief irgendein Mann nach ihr, und neben ihr lag ein anderer.

Mit einem Ruck riß sie die Augen auf. Da war niemand. Nur zerwühltes Bettzeug.

»Malina!« Wieder klopfte es.

Sie räusperte sich. »Moment!« Es war mehr ein Krächzen als ein Sprechen. »Ich komme.« Inzwischen hatte sie Simons Stimme erkannt. Mit geschlossenen Augen wankte sie zur Tür, öffnete und bewegte sich ohne weiteren Kommentar zurück zum Bett.

»Gott sei Dank! Ich habe mir schon Sorgen gemacht. Was um Himmels willen …?« Ungläubig blickte Simon sie an.

»Ja?«

»Was ist mit dir?«

»Wieso?«

»Hast du dich schon im Spiegel gesehen?«

»Nein. Was ist denn?« Gott, es war schwer, aus diesem Chaos die richtigen Worte hervorzufischen. Als Simon schwieg, rappelte sie sich hoch und tapste zum Spiegel. »Mein Gott, das ist ja grauenvoll.« Ihr verschwollenes, weiß glänzendes Gesicht betrachtend, wäre sie am liebsten in Tränen ausgebrochen. Erst jetzt bemerkte sie, wie verklebt ihre Haare waren, wie feucht und verschwitzt ihr ganzer Körper.

»Simon«, rief sie, so laut es ihr Kopf zuließ. »Simon, bitte besorg mir einen Kaffee. Eine Riesentasse und viel Wasser. Mit Zitrone.«

Bevor sie unter die Dusche stieg, vernahm sie statt einer Antwort nur das Klappen der Zimmertür.

Zehn Minuten lang ließ sie eiskaltes Wasser über ihren Körper prasseln, und während ihre Augen allmählich klarer wurden und ihr Kopf abzuschwellen schien, sah sie sich mit einem schwachen Laternenlicht durch Nebel irren. Jana. Diese DVD. Ilias Alexandrou. Sie selbst und Simon. Edward, den sie nicht erreicht hatte. Schattengestalten. Irgendwann war sie eingeschlafen, und jemand hatte sie geweckt.

Robert Czerna. Er war ganz in Weiß gewesen. Eine Lichtgestalt. Sie war sich nicht sicher. Hatte sie nur geträumt? Aber der Rotwein. So viel Rotwein. Auf dem Balkon. Die Sterne, die blinkenden Signallichter der Flugzeuge am Himmel, sie hatte sie deutlich vor Augen. Und warum hatte sie beim Aufwachen gedacht, jemand müsse neben ihr liegen? Wieder Robert Czerna. O Gott, stöhnte sie und stürzte plötzlich aus der Dusche hinaus auf den Balkon. Zwei leere Teller, die Platte mit den Resten, die ausgetrunkenen Flaschen. Es war alles wahr. Zumindest, daß Czerna hier gewesen war. *Das* hatte sie nicht geträumt. Aber war er über Nacht geblieben? Sie war im Höschen und Top aufgewacht ... Nein, wehrte sie den Gedanken ab. Er ist *nicht* geblieben. Du warst allein heute morgen. Aber was war mit dem Wein gewesen? Weshalb war sie so zerschlagen? Sie blickte aufs Etikett. Vierzehn Prozent. Das erklärte manches. In diesem Moment klopfte es. Simon kam zurück. Prüfend sah er sie an, als er ihr die Kaffeetasse reichte.

»Jetzt siehst du schon wesentlich besser aus als vorhin. Was ist eigentlich mit dir los? Krank? Ich dachte, du wolltest dich gestern abend ausruhen?«

Malina stürzte den Kaffee in großen Schlucken hinunter. »Keine Ahnung«, log sie, »mir war einfach nicht gut. Aber langsam wird es wieder.«

»Sicher?«

»Ganz sicher.«

Noch ein prüfender Blick seinerseits, dann: »Das ist gut. Es hat sich nämlich jemand von einem Fahrradverleih gemeldet. In Paleokastro.« Er sah auf seine Uhr. »Sie haben bereits seit einer Stunde geöffnet. Wollen wir fahren?«

»Wenn du mir noch erlaubst, etwas anzuziehen. Meinen Anblick im Handtuch möchte ich nicht jedem zumuten.«

Er musterte sie und sagte sanft: »Von mir aus dürftest du dreimal pro Tag duschen.«

Ulf Murnau hatte in Paleokastro ein Fahrrad geliehen. Das stand schnell fest. Der Mann, dem der Laden gehörte, ein langer Kerl mit sanfter Stimme und einem anderthalb Zentimeter langen, spitz zugefeilten kleinen Fingernagel, hatte ihn sofort auf dem Foto erkannt. Seinem verwegenen Äußeren zum Trotz schien sein Geschäft aufs ordentlichste geführt zu sein. Von Murnau gab es eine Paßkopie und die Anschrift seiner Unterkunft. *Sunwaves Appartments, Sofokleus 12, Kervéli.*

»Das ist gleich neben dem Hotel«, entfuhr es Malina. »Vielleicht zweihundert Meter weiter. Man braucht nur ein Stück den Strand entlangzulaufen, dann sieht man's schon.«

»Ja, ja, ich weiß …« Simon nickte.

»German Police?« mischte sich der Grieche ein, und seine Augen huschten flink von einem zum anderen.

»No.« Malina schüttelte den Kopf.

»Private Investigations«, sagte Simon mit verschwörerischer Miene.

»Oh. If I can help you more …?«

»No, thank you. You already helped us enough.« Simon drückte dem Mann einen Schein in die Hand und verließ mit Malina den Laden.

»Und jetzt?« fragte sie.

»Warten wir auf Robert Hammerl. Wenn wir uns vorher einmischen, war das der letzte Tip von ihm. Das können wir nicht riskieren.«

»Weißt du, wann er kommt?«

Simon zuckte die Achseln, und im selben Moment läutete sein Handy. »Graf.« Und dann: »Robert!« Ein Lachen. »Morgen. Er kommt morgen am Nachmittag«, sagte er ein paar Momente später, nachdem er aufgelegt hatte.

»Das ging ja flott. Wie schnell die Rädchen ab und zu doch ineinandergreifen.«

»Ja, manchmal läuft's eben. Ein Eis?« Simon stoppte vor einem kleinen Laden und zog schon sein Portemonnaie.

»Gern. Pistazie und Nougat.«

»Offensichtlich geht's dir wieder gut.«

»Sieht ganz so aus.« Malina lachte, und in derselben Sekunde schälte sich schlagartig ein Bild aus ihrem Kopf, und diese beklemmende Ungewißheit vom Morgen vernebelte wieder ihr Gehirn. Abrupt wandte sie ihren Blick von Simon. Was vor ihrem inneren Auge ablief, trieb ihr die Schamesröte ins Gesicht.

»Wann hast du zum letzten Mal gevögelt?« hörte sie die Stimme flüstern, während Hände über ihren Rücken strichen und kleine Flammen auf ihre Haut setzten. »Was?« Ihr Murmeln klang wie betäubt. »Zum letzten Mal gebumst? Na, du weißt schon.« Die Hand glitt von ihrem Rücken zwischen ihre Schenkel und wußte genau, was sie tat. »Lange her.« Wieder dieses Murmeln, wie unter Zwang. »Das sollten wir ändern, findest du nicht?« »Ja.« Sie drehte sich ihm zu, und ihre Zungen trafen sich sofort. Keuchen, Stöhnen, Aneinanderdrängen – alles wie ihm Rausch. Ein Knistern, wie von Plastik, eine geschickte Handbewegung, er, wie er sich auf sie legte und sie, die ihn aufnahm …

»Hier, dein Eis.« Simons Stimme ließ die Szene vor ihren Augen verschwimmen.

»Was?«

»Dein Eis. Was ist denn mit dir?«

»Nichts«, entgegnete sie abwesend und dachte gehetzt: Robert Czerna. Er hat ein Kondom benutzt. Das Knistern und die Bewegung … Die Bilder entglitten ihr und wurden zu Schemen. Und dann: Ich habe das geträumt. Eine Reaktion auf Janas DVD. Gut, wir haben ein bißchen geflirtet, und er ist attraktiv … Aber die raunende Stimme an ihrem Ohr, das Flüstern, diese Sätze, ihre eigene Stimme – es fühlte sich so *real* an …

»Dein Eis schmilzt.« Simon gab ihr ein Taschentuch und sah sie noch einmal eindringlich an.

»Danke.«

»Ist wirklich alles in Ordnung?«

»Ja. Komm, laß uns fahren.« Malina biß in die Eiskugel und hätte am liebsten gespuckt. Klebrig. So wie ihr Körper nach dem Aufwachen.

»Ich glaube, mir wird schlecht«, sagte sie und warf das Eis unter Simons ungläubigem Blick in einen Abfallkorb.

Auf der Rückfahrt ins Hotel blieb sie schweigsam und starrte, Simons prüfendem Blick ausweichend, zum Fenster hinaus. Die Szene in ihrem Kopf war wie eine Melodie, die man nicht mehr loswurde. Aber egal wie sehr sie sich auch anstrengte, es gelang ihr nicht, sie *so* dicht hinter ihre Stirn zu zoomen, um zu erkennen, ob sie der Splitter einer Traumsequenz war oder alptraumhafte Wirklichkeit.

»Ich bin gleich wieder da«, sagte sie, als Simon den Wagen parkte. »Warte auf der Terrasse auf mich.« Ohne weitere Erklärung sprang sie aus dem Wagen und lief zu ihrem Zimmer. Ihre Hoffnung erfüllte sich – niemand hatte bislang darin aufgeräumt, es war noch dasselbe Durcheinander wie anderthalb Stunden zuvor. Sie schlug das Bett auf und suchte nach Spuren auf dem Laken. Nichts. Kein aufgerissenes Kondompäckchen neben dem Bett oder auf dem Nachttisch. Ebensowenig im Abfallkorb im Bad oder in der Toilette. Zitternd ließ sie sich auf den Bettrand fallen und blickte sich um. Nichts, was irgendwie Aufschluß gab. Nein, sagte sie sich selbst. Es ist nichts passiert. Wenn es so gewesen wäre, wüßtest du es. Die Stimme, die Berührungen, ihre Reaktionen – nichts davon war *echt*, alles nur ein Traum. Eine Weile starrte sie mit leeren Augen auf die Wand, bevor sie sich mit einem kraftlosen Seufzer erhob und das Zimmer verließ.

Auf dem Weg zur Terrasse tauchte er plötzlich auf.

»Malina, schön, daß ich Sie noch erwische. Ich habe schon das ganze Hotel nach Ihnen abgesucht.« Czernas Lächeln war arglos. »Geht es Ihnen gut?«

»Ja, bestens«, antwortete sie und wich seinem Blick verlegen aus. »Und Ihnen?«

»Alles okay.«

»Ist ein bißchen spät geworden gestern, nicht ...?«

Er grinste. »Keine Angst, ich bin gegangen, nachdem sie eingeschlafen waren.«

»Oh.« Seine Antwort erleichterte sie, und allmählich kehrte ihre Sicherheit zurück. »Das dachte ich mir, nachdem Sie heute morgen ja nicht mehr da waren.« Sie lachte und hoffte, mit ihrer Koketterie das zu verbergen, was eigentlich in ihr vorging. »Es ist mir ziemlich peinlich, daß Sie mich so gesehen haben. Ich habe keine Ahnung, was mit mir los war. Vielleicht war der Wein einfach zu stark und dann noch die Hitze ...«

»Machen Sie sich keine Gedanken.« Er legte ihr leicht seine Hand auf den Oberarm. »Ich habe mich gut unterhalten. Es war ein schöner Abend.«

»Und weshalb haben Sie heute das Hotel nach mir abgesucht?« griff sie seine Worte vom Anfang wieder auf.

»Weil ich nicht abfliegen wollte, ohne mich von Ihnen zu verabschieden. Meine Urlaubsvertretung ist krank geworden, ich fliege in drei Stunden nach München zurück.«

»Wie schade!« Ihr Bedauern war echt. »Und Ihre Eltern?«

»Bleiben hier, bis alles geklärt ist. Sehen wir uns, wenn Sie wieder in München sind?«

»Warum nicht?«

»Ja. Ich fände es schön.« Er zog sie leicht an sich und umarmte sie kurz. »Passen Sie gut auf sich auf! Und ich melde mich.« Dann wandte er sich ab, ging ein paar Schritte und winkte noch mal, bevor er ihren Augen endgültig entglitt.

»Du und deine Fick-tionen«, sagte Malina aufatmend zu sich selbst und setzte ihren Weg zur Terrasse fort.

Vor Simon stand ein großer Teller mit Calamares, Salat und eine Flasche Wasser. Angelockt vom Duft nach Olivenöl und Knoblauch warf Malina einen Blick über seine Schulter und griff sich ein paar von den Meerestieren.

»Lecker«, sagte sie, als sie sich in den Stuhl ihm gegenüber fallen ließ und sich anschließend noch ein paar der schwarzen Oliven stibitzte.

»Sehr.« Er tunkte ein Stück Weißbrot in das Tsatsiki. »Offensichtlich geht es dir wieder besser.«

»Hm.« Sie nickte mit vollem Mund, bevor sie einen großen Schluck Wasser aus seinem Glas trank.

»Ich habe mir folgendes überlegt«, sagte Simon, nachdem sein Teller schließlich leer in der Sonne stand und einige Wespen sich über die letzten Krümel hermachten. »Auch wenn Robert erst morgen kommt, was hältst du davon, wenn wir diesen Murnau schon vorher ein bißchen in Augenschein nehmen? Schaden könnte es ja nicht.«

»Ich habe auch schon daran gedacht.« Malina zupfte ein weiteres Stückchen Weißbrot ab. »Irgendein komisches Gefühl sagt mir, es eilt. Frag mich nicht, warum.«

»Also los.« Simon legte einen Schein auf den Tisch und stand auf.

Eine halbe Stunde später spazierten sie wie ein Touristenpaar, das nach Bademöglichkeiten Ausschau hielt, am Strand entlang, bis sie dem Apartmentgebäude, in dem Murnau wohnte, so nah wie möglich gekommen waren. Malina trug einen Korb, Simon einen Rucksack auf dem Rücken und eine Decke unter dem Arm.

»Wenn er tatsächlich etwas auf dem Kerbholz hat«, sagte er, nachdem sie ihr Lager aufgeschlagen hatten, »dann verstehe ich nicht, warum er nicht längst abgehauen ist.«

»Vielleicht fühlt er sich gerade hier am sichersten. Keiner kennt ihn, keiner kümmert sich um ihn, und wahrscheinlich hat er keinen Augenblick daran gedacht, wir könnten ihn hier aufstöbern«, entgegnete Malina und ließ die Eingangstür zu Murnaus Wohnung nicht aus den Augen.

»Trotzdem ...« Simon trank einen Schluck Wasser, folgte Malinas Blick und blieb nachdenklich.

Fast zwei Stunden lang tat sich nichts, doch dann wurde ihre Geduld belohnt. Nur hundert Meter von ihnen entfernt fuhr Murnau vorbei, vollführte, bevor er abstieg, einen Schlenker nach links, lehnte das Rad gegen die Hauswand und zog sich die Wäscheklammer aus seinem rechten Hosenbein. Anschließend schloß er die Tür auf und verschwand in der Wohnung. Seine Bewegungen waren unbekümmert und frei, er schien sich sicher zu wähnen. Genau wie Malina vermutet hatte.

»Und jetzt?« fragte sie. »Viel haben wir ja nicht von ihm zu sehen gekriegt.«

»Keine Ahnung.« Simon sah auf seine Uhr. »Es ist ja erst drei. Er wird wohl noch einmal herauskommen und sich nicht den ganzen Tag in seinem Zimmer verbarrikadieren.« Er trank einen Schluck Wasser. »Du auch?« fragte er und hielt ihr die Flasche hin.

Malina setzte zum Trinken an, und im selben Moment öffnete sich die blaugestrichene Tür von Murnaus Apartment. In frischen Kleidern trat er heraus, einen Rucksack auf dem Rücken, in der rechten Hand den Ziehgriff eines kleinen Trolleys. Er beugte sich hinab, befestigte zwischen den Speichen des Fahrrads ein Schloß und ging noch einmal zurück in die Wohnung.

»Was macht er da?« Unwillkürlich senkte Malina die Stimme.

»Er hinterlegt die Schlüssel«

In diesem Augenblick ging Malina ein Licht auf. »Du meinst, er haut ab?«

»Genau. Los komm!« Simon zog schon den Reißverschluß seiner Jeans hoch und warf alle anderen Sachen in Malinas Korb. »Worauf wartest du noch? Beeil dich!«

»Simon! Was hast du vor? Wir haben nichts in der Hand.«

»Ja, soll er uns durch die Lappen gehen? Was ist, wenn er verschwindet? Robert kommt erst morgen. Jetzt steh hier nicht rum!« Er rannte los, und obwohl sie erst zögerte, lief Malina schließlich hinter ihm her.

»Ulf Murnau?« Simons unheilvoller Polizistenton verwandelte die entspannten Züge des Mannes in blankes Entsetzen. Seine Augen irrten von links nach rechts, als suche er nach Fluchtmöglichkeiten.

»Wer sind Sie?« fragte er, und man merkte deutlich, wie viel Mühe es ihn kostete, gelassen zu scheinen.

»Simon Graf. Kripo München.« Simon zückte seinen schon vor Jahren abgelaufenen Dienstausweis, während Malina inständig hoffte, der Mann würde nicht näher hinsehen.

»Und wie kann ich Ihnen helfen?« Noch während er sprach, warf sich Murnau plötzlich wie ein scheuendes Pferd Simon entgegen und versuchte zu entkommen. Doch er hatte nicht mit Malina gerechnet. Instinktiv und schnell trat sie ein paar Schritte zurück, und als sie Murnaus vorpreschenden Oberkörper auf sich zukommen sah, streckte sie das linke Bein aus, so daß Murnau darüber stolperte und stürzte. Dann war Simon schon da, drückte dem Mann die Arme auf den Rücken und drängte ihn, als er wieder auf seinen Beinen stand, zurück in die Wohnung. Hinter ihnen schloß Malina leise die Tür.

Zuerst gab Murnau keinen Ton von sich. Sie schoben ihn auf einen Stuhl in der Mitte des Zimmers, wo Simon ihm gegenüber Platz nahm. Perlengroße Schweißknospen bildeten sich auf seiner Stirn, platzten auf, liefen über sein Gesicht in den Hemdkragen. Nachdem Simon ihm gesagt hatte, weshalb er hier war und unter welchem Verdacht er stand, schwitzte Ulf Murnau noch stärker und wirkte unruhig.

»Nein«, stammelte er schließlich und versuchte, den Schweiß aus seinen Wimpern zu blinzeln, »Nein, das habe ich nicht getan. Ich habe Jana nicht umgebracht.«

»Warum sind Sie ihr nach Samos gefolgt? Was wollten Sie von ihr?« Simon klang freundlich, während Murnau verbissen schwieg und einen Punkt knapp über der Bodenleiste fixierte.

»Herr Murnau«, fing Simon noch einmal an, »warum sind Sie Jana Nicolai nach Samos gefolgt?«

»Wer sagt denn, daß ich ihr gefolgt bin? Das ist eine Ferieninsel und nicht der Exklusiv-Strand irgendwelcher Begüteter. Ich brauchte Urlaub. Das ist alles.«

Simon zog die Augenbraue hoch und sagte lächelnd: »Herr Murnau, halten Sie mich nicht für dumm! Das habe ich gar nicht gern. Am Tatort wurden die DNA dreier verschiedener Männer gefunden – ich könnte wetten, Ihre sind auch dabei. Wir können das ganz schnell überprüfen lassen.«

Plötzlich ruckte der Kopf des Kameramanns, seine Oberlippe schob sich weit über die Zähne, und sein Blick schoß wuterfüllt zu Malina. »Was ist mit ihr? Sie hat sich dauernd in Janas Nähe herumgetrieben. Sogar nachts. Ich habe sie in Platanos gesehen, als sie Jana und ihrem griechischen Lover hinterherschlich. Und Grund genug, um sich zu rächen, hätte sie allemal. Oder ist Eifersucht kein Motiv mehr?«

»Herr Murnau, was soll denn das?« entgegnete Malina mit aller Lässigkeit, derer sie fähig war. »Jeder weiß, daß mein Mann und Frau Nicolai sich von früher kannten. Es stand in sämtlichen Zeitungen, den Rest reimen Sie sich wild zusammen. Im übrigen hatte Jana Nicolai mich zu ihrem Schutz beauftragt, und wenn Sie einmal scharf nachdenken, dann müssen Sie eingestehen, daß Sie selbst Jana verfolgt haben. Wenn Sie mich in Platanos gesehen haben, müssen auch Sie dort gewesen sein und wußten also, wo sie sich aufhielt.«

Murnau biß die Zähne aufeinander, dann stieß er gepreßt hervor: »Werte Dame, ich muß mich nicht auf das Zeitungsgewäsch verlassen. Ich verlasse mich auf das, was ich gesehen habe.«

»Sie erwarten doch nicht im Ernst«, mischte Simon sich wieder ein, »daß wir Ihren Phantastereien Glauben schenken. Jana Nicolai hat sie angezeigt, weil Sie sie in einschlägiger Weise belästigt haben. Ich glaube, Sie haben die Abfuhr nicht verkraftet, sind ihr nach Samos gefolgt, und als Sie auch hier kein Glück hatten, sind Sie durchgedreht und haben sie umgebracht.«

»Das ist doch alles Blödsinn. Ich weiß, was ich gesehen habe. Ich weiß es.« Murnau wiederholte den Satz wie ein Mantra.

»Was machen wir mit ihm?« wandte Simon sich an Malina.

Sie zuckte die Schultern. »Den griechischen Kollegen übergeben, bis wir ihn nach München bringen können. Die nächste Maschine geht allerdings erst in ein paar Tagen.«

»Nein, nein!« schrie Murnau »Ich gehe doch nicht in den Knast. Ich hab' nichts getan. Ich kann's beweisen.« Er sank zusammen und flüsterte noch einmal: »Ich kann's beweisen.«

Was Ulf Murnau sagte, stimmte. Er war in der Lage zu beweisen, Jana Nicolai nicht ermordet zu haben.

Auf einer DVD, die er fahrig aus seinem Trolley hervorzerrte, hatte er fast jeden ihrer Schritte dokumentiert.

Sogar ihren Tod.

Es waren Bilder von gestochener Klarheit, was nicht weiter überraschte. Als Profi hatte Murnau mit einem hochauflösenden Camcorder gedreht, der selbst bei sehr schlechten Lichtverhältnissen scharfe Bilder produzierte. Hinzu kam ein hyperempfindliches Mikrofon, das Geräusche und Töne auch auf eine Entfernung von hundert Metern filterte, damit sie später sauber und ohne störendes Rauschen wiedergegeben werden konnten. Mit Hilfe von spezieller Software hatte er die Bilder geschnitten und bearbeitet, und was er auf dem Monitor seines Laptops präsentierte, hatte beinahe Fernseh-Qualität: Jana bei ihrer Ankunft am Flughafen in Pythagorio und während der Dreharbeiten in der *Agias Paraskevi*. Auch auf dem Hotelfest war Murnau mit seiner Kamera gewesen, irgendwo, unentdeckt, und lieferte mit seinen Bildern den eindeutigen Beweis, daß Betty Jana in den Pool gestoßen hatte. Ebenso hatte er jenen Abend in Platanos festgehalten, wo Jana so ausgelassen und glücklich getanzt hatte.

Der Film war letztendlich ein Zeugnis seines besessenen Verlangens. Es lag eine entsetzliche Gier darin, wie er jedes Lachen Janas, jedes Stirnrunzeln, jede erschöpfte oder heitere Geste in Großaufnahme festgehalten und zum Teil so präpariert hatte, daß sie in Zeitlupe wiedergegeben wurden.

In seinen Augen lag ein fiebriges Glimmen, während er stumm auf die Bilder starrte. Auch Simon und Malina schwiegen, doch als der Film plötzlich in eine neue Sequenz überglitt, schien es, als sänke der Geräuschpegel im Zimmer noch um ein paar Dezibel mehr.

Die Szene wechselte von einer Totalen, die Jana und einen Mann am Strand zeigte, über in eine Halb-Nah-Einstellung, in der schließlich auch der Mann gut zu erkennen war: Edward.

Bei seinem Anblick schoß Malina das Blut in den Kopf. Die Angst, vor fremden Augen, hier, in diesem Raum betrogen zu werden, hämmerte pulsierend gegen ihre Schläfen. Sie fühlte Murnaus Blick auf sich gerichtet, während ihr klar war, daß Simon jeden Blick vermied. Ihr Nacken verkrampfte sich, der Impuls zu verschwinden war groß.

Die Aufnahme verlief ohne Ton, Murnau war zu weit entfernt gewesen, aber sie sah Edward deutlich mit Jana reden, beobachtete, wie er seine Jacke fürsorglich für sie ausbreitete, ihre lebhaften Gesten, ihr Lachen und die Wärme in ihrem Blick, die von ihm aufgesogen und zurückgegeben wurde. *Wann hatte er sie zuletzt so angesehen?*

Dann wechselte das Format zur Großaufnahme: Janas Arme, die sich um den Hals ihres Mannes legten, ihr Mund, der sich seinem mit einem winzigen Lächeln näherte, um ihn schließlich weich zu küssen. Sie sah Edwards Lippen, die den Kuß erwiderten, sah seine geschlossenen Augen und fühlte sich geohrfeigt. Sie blickte weder nach links noch nach rechts und unterdrückte eisern den Wunsch, laut herauszuschreien. Sie verfluchte sich selbst und ihr verzagtes Gewissen nach dem Abend mit Czerna. Sie verfluchte ihr Souveränitätsbestreben, ihre naive Loyalität, und sie verfluchte – sie konnte nicht anders – Jana. Erst als die Aufnahmen in dunkle Nacht abglitten und die Agios Nicolos zeigten, gewann der Profi in ihr wieder die Oberhand.

Ulf Murnau hatte Jana bis ans Ende begleitet.

Er und seine Kamera waren Zeugen einer kaum faßbaren Wahrheit geworden, hatten diese Mischung aus Verzweifelung und Wut in ihren Augen gesehen, diesen letzten, gellenden Schrei gehört, bevor sie mit einem dumpfen Geräusch auf dem rauhen Fels aufgeschlagen war. Einen Schrei, der allen in die Glieder fuhr und den Malina niemals vergessen würde, so erfüllt war er von Einsamkeit, Angst, Bitterkeit und Rache.

Worte, die ihren Ekel, ihren Unglauben, ihre beispiellose Wut angesichts der Bilder beschreiben konnten, fand sie nicht. Es gab nur noch Emotionen, die zu immens für ihren Körper schienen. Diese Person auf dem Bildschirm, die Jana vor ihren Augen eiskalt in den Tod schickte, diese Person, die so vertraut war in ihren Gesten, im Klang ihrer Stimme hatte keinerlei Ähnlichkeit mit dem Menschen mehr, den sie zu kennen geglaubt hatte. Und doch: Mit jedem weiteren Bild, jedem Wort mehr, das aus den Lautsprechern drang, fügten sich die Splitter, die Simon und sie gesammelt hatte, zu einem Ganzen, dessen Logik jede weitere Frage überflüssig machte.

Als Simon sich mit einer müden Geste Malina zuwandte und fragte: »Was machen wir jetzt?« erwiderte sie seine Worte nur mit leerem Blick. Die Ausweglosigkeit des Augenblicks und die Abscheu vor diesem schwitzenden Bündel Mensch vor ihnen ließ sie hilflos verstummen. Ulf Murnau, der behauptet hatte, Jana zu lieben, hatte sie sterben lassen, obwohl er ihr so leicht hätte helfen können.

»Die hätten mich doch eingelocht, verstehen Sie das nicht?« In seinen aufgerissenen Augen lag ein um Verständnis gierendes Flehen.

»Nein. Ich verstehe Sie nicht, und ich will verflucht sein, wenn ich es jemals tue«, sagte Malina kalt, bevor sie sich an Simon wandte. »Schließ ihn hier ein und laß uns draußen weiterreden.«

Simon nickte kaum merklich und verriegelte unter Murnaus Protest die Tür.

Als sie ins Freie traten, verfielen sie in eine Art schwankender Orientierungslosigkeit.

Janas Tod war so sinnlos gewesen.

Sie steckten in einer Zwickmühle. Rechtlich gesehen, befanden sie sich in einer Grauzone, die letztendlich zur Stolperfalle für sie selbst werden konnte.

»Freiheitsberaubung, Unterschlagung von Beweismitteln …«, begann Malina aufzuzählen, bevor sie ihre Einwände mit einer unwirschen Geste selbst vom Tisch wischte. Was zählte das jetzt? *Wenn* sie etwas erreichen wollten, wenn Janas Tod *wirklich* gesühnt werden sollte, dann hatten sie keine andere Wahl, als schnell und konsequent zu handeln.

In seiner Wohnung begann Ulf Murnau laut zu schreien und gegen die Tür zu pochen.

»Es geht wohl nicht anders. Wir müssen es so machen«, sagte Simon, bevor er die Tür entriegelte und hineinging.

»Nein. Es geht nicht anders.« Malina blickte zu Boden. In ihrem Kopf summte es. Ihr Plan war riskant, aber einen besseren hatten sie nicht.

Am Abend saß sie in ihrem Zimmer und weinte.

Um Jana und um sich selbst.

Sie verlangte nicht nach Trost, denn es gab keinen.

Rennen. Das war ihr ständiger Impuls. Rennen. Weit weg, irgendwohin, in eine Art von Nebel, der sie verschlucken würde. Und niemand, der sie finden konnte. Ringsherum nur weißes Vergessen.

Gegen halb neun klingelte das Telefon und riß sie aus ihrer Apathie. Mit einem schwachen »Hallo« nahm sie den Hörer ab. Es war seine Stimme. Die, die sie so lange ersehnt hatte.

»Malina. Bist du das? Wo warst du die ganze Zeit? Ich

habe heute schon fünfmal angerufen und mir allmählich Sorgen gemacht. Hör zu! Es tut mir leid. Alles. Genügt es, wenn ich das sage? Daß ich weiß, wie beschissen ich mich benommen hab. Daß ich dich hier vermisse … Und daß ich will, daß du zurückkommst. Es ist nicht schön … ohne dich, so leer, einsam und Victor … Mein Gott, er fragt dauernd nach dir.«

In ihren Augen brannte es, aber sie hatte ihre Stimme fest im Griff: »Ich fliege morgen nach Hause. Gegen acht bin ich da. Wir sehen dann weiter. Sag Victor, daß ich ihn lieb habe und mich auf ihn freue.«

»Malina …!«

»Morgen, Edward. Mach's gut.« Sie legte auf und fragte sich, was demnächst werden sollte.

20

Gleich nach ihrer Landung in München fuhr sie gemeinsam mit Simon ins Büro – wenn auch mit schlechtem Gewissen. Edward war mit Victor am Flughafen gewesen, um sie abzuholen, aber für mehr als zwei Umarmungen und ein paar Küsse hatte die Zeit nicht gereicht. Carla hatte kurz vor ihrem Abflug angerufen, und ihre Worte hatten eine Verzögerung unmöglich gemacht.

»Warum macht er so was? Erst rührt er sich tagelang nicht, und dann steht er mit Victor am Flughafen. Hätte er nicht bis heute abend warten können? Hast du Victors Augen gesehen, als ich sagte, ich könne nicht mit nach Hause kommen?« Die Heftigkeit, mit der sie sich in der S-Bahn an Simon wandte, ließ auch den Rest der Fahrgäste interessiert zuhören.

»Tja«, brummte Simon, »manchmal ist Edward wohl etwas ungeschickt, aber es war lieb gemeint. Jetzt beruhig dich ein bißchen. Dein Kleiner verkraftet das schon. Heute abend bist du bei ihm und machst alles gut.«

»Ach, Simon, das ist ja das Problem. Als Mutter hat man nie das Gefühl, gut *genug* zu sein.«

Im Büro roch es nach Kaffee und warmen Gebäck. Carla öffnete ihnen die Tür, und ihr Lächeln überstrahlte die Strenge ihrer Hornbrille mit Leichtigkeit. Sie umarmte zuerst Simon, dann Malina und wies dann mit dem Kopf zum Büro. »Sie wartet schon seit einer Stunde. Da drinnen.«

»Und?« fragte Malina.

Carla wiegte abwägend ihren schmalen Kopf. »Schwierig, würde ich sagen. Mit der warm zu werden, dauert. Aber immerhin ist sie von selbst gekommen. Und das will wohl etwas heißen. Mir wollte sie nicht mehr sagen. Sie will ausdrücklich mit dir sprechen.«

»Ja, schon gut. Ich hab's verstanden und bleibe im Hintergrund.« Simon zog seine Jacke aus, und nachdem er sie über einen Bügel gehängt hatte, folgte er Malina in ihr Büro.

Das Gesicht der Frau war sehr weiß. Sie trug keinen Hut oder sonst eine Kopfbedeckung. Die obligatorische Sonnenbrille lag neben ihr auf dem Schreibtisch.

Betty alias Elisabeth Weber alias Elisabeth Landis gab ihr ruiniertes Antlitz unverhohlen preis, die schräge Stellung ihrer Augen war erschreckend deutlich zu sehen.

Mit undurchdringlicher Miene ging Malina auf sie zu, reichte ihr die Hand und nahm dann hinter ihrem Schreibtisch Platz.

»Bringst du mir bitte einen Kaffee?« fragte sie, als Carla noch einmal hereinblickte.

»Und mir auch?« schloß sich Simon an, der sich hinter Betty mit verschränkten Armen an eines der Regale lehnte.

»Und Sie?« wandte Malina sich an die Maskenbildnerin.

»Ja, bitte.«

Wie angespannt Elisabeth Weber war, las Malina an ihren Händen ab. Sie lagen in ihrem Schoß und zupften unaufhörlich kleine Fitzelchen von einem Papiertaschentuch. Ihr Blick war starr zum Fenster hinaus gerichtet, und ihr Nacken war so steif, daß Malina schon vom Hinsehen Kopfschmerzen bekam.

»Das ist ein schönes Bild, da hinter Ihrem Schreibtisch«, sagte die Frau überraschend in die Stille hinein.

»Ja, das finde ich auch. Ein Freund von mir hat es gemalt«, antwortete Malina und scheiterte an dem Versuch, Betty in die Augen zu sehen. Ihre Stellung ließ nur den Blick in *eines* ihrer Augen zu. Sie räusperte sich, doch bevor sie sich weiter äußern konnte, brach es plötzlich aus Betty hervor: »Ich weiß, daß Sie meine Sachen in der Villa auf Samos gefunden haben. Den Mantel und den Hut, die Tropfen. Aber ...«

»Aber?«

»Ich will nicht, daß Sie denken, ich hätte Jana umgebracht.«

Malina schob ihre Fäuste unters Kinn, spitzte die Lippen nachdenklich und musterte Betty eingehend. »So, Sie wollen nicht, daß wir das denken. Das sagen Sie einfach so. Und dann *was*? Erwarten Sie von mir die Absolution?«

Verwirrt sah Betty sie an, während sie gleichzeitig nach ihrer Sonnenbrille griff und sie nach einigem Zögern wieder zurück auf den Schreibtisch legte. »Ich wollte eben nur, daß Sie es wissen. Deshalb bin ich hergekommen. Freiwillig. Niemand hat mich gezwungen.«

»Vielleicht haben Sie Jana nicht umgebracht. Aber was ist mit dem Stoß in den Pool? Das waren Sie! Was ist mit den Tropfen, die Sie ihr am Set heimlich verabreicht haben und auf die sie so hysterisch reagierte? Was ist mit dieser vermummten Gestalt, die mich in dem Hotelwäldchen niedergeschlagen hat? Das waren alles Sie.«

»Es klingt schrecklich, wie Sie das sagen«, murmelte Betty kaum hörbar.

»Es *ist* schrecklich.«

Bettys Schultern sackten ein Stück vornüber. Inzwischen war ihr Gesicht noch eine Spur blasser geworden. »Ich weiß, es klingt vollkommen verrückt. Ich hab mich selber oft nicht verstanden, denn wissen Sie, ich mochte Jana eigentlich.«

Als Malina darauf nichts erwiderte, fing ihr Blick seltsam an zu flackern. »Es ist nicht ganz einfach zu erklären«, ihre Stimme stockte zwischen den einzelnen Worten, »ich war selbst … Ja, wie soll ich es sagen …« Wieder unterbrach sie sich.

»Ich kenne Ihre Geschichte«, kam Malina, die ahnte, was sie sagen wollte, ihr entgegen.

»So. Ja, dann …«

»Aber was hat Ihre Geschichte mit Jana zu tun? Ich sehe da keinen Zusammenhang.«

»Jana war wie *ich*. Haben Sie meine früheren Fotos gesehen? Ja? Es war *ein* Gesicht. Sogar die Presse schrieb darüber.«

Carla, die in diesem Augenblick den Kaffee hereinbrachte, nickte Malina kaum merklich zu. In ihren Augen blinkte ein »Siehste, ich hab's ja gleich gesagt«. Sie stellte die Tassen auf den Tisch und ging ebenso still hinaus, wie sie hereingekommen war.

»Erzählen Sie weiter«, wandte Malina sich wieder Betty zu. Inzwischen hatte sie verstanden, daß die Frau gekommen war, um eine Art Beichte abzulegen.

»Es gab Zeiten, da habe ich es nicht ertragen, sie zu sehen.« Bettys Stimme war ein Flüstern. »Jana war alles, was *ich* früher gewesen war. Es ist hirnrissig, so zu denken. Hirnrissig und dumm. Sie müssen mich für verrückt halten, aber manchmal hätte ich am liebsten auf sie eingeschlagen, weil es mir schien, als hätte man mir alles, mein *Gesicht*, genommen, um es *ihr* zu geben. Und sie hüpfte herum, ohne den geringsten Schimmer davon, daß alles, was sie besaß, früher mir gehört hatte.«

»Und deshalb …«

»Und deshalb habe ich mich an ihr gerächt, immer wieder. Oft überkam es mich einfach so, ich habe es nie im voraus geplant. Aber im Grunde habe ich es nie als erleichternd empfunden, ihr weh zu tun. Meistens tat sie mir dann leid, und ich wollte ihr helfen. Oder mir selbst. Verstehen Sie?«

»Weshalb haben Sie mich in diesem Wäldchen zusammengeschlagen?« Malina umging mit ihrer Frage eine Antwort.

»Sie waren mir zu dicht auf der Spur. Sie haben mir Angst gemacht.«

»Sie haben mich schlimm verletzt«, sagte Malina, worauf alle schwiegen.

»Ich möchte Sie gerne noch eines fragen«, setzte Malina nach einer Weile wieder an. »Weshalb haben Sie sich letztendlich doch entschieden, uns die Wahrheit zu sagen?«

»Weil ich nicht will, daß man mich für schuldig hält. Ich will nicht als alte, mordlüsterne und neidische Fregatte in der Presse enden. Und ich bin hier, weil ich Janas Tod kaum ertrage. Es kommt mir vor wie Hohn. Als hätte ich alles dafür getan, um ein zweites Mal zu sterben. Ich wollte ihren Tod nicht. Ich gäbe alles dafür, sie wieder lebendig zu sehen.« Aus ihrem gesunden Augen begann sich langsam, eine Träne zu lösen.

Malina blickte zu Simon hinüber, der ihre stumme Frage sofort verstand und nickte.

»Wir wußten schon vor diesem Gespräch, daß Sie mit Janas Tod nichts zu tun hatten.« Er trat hinter Betty hervor und setzte sich auf die Kante von Malinas Schreibtisch.

»Wieso? Woher wußten Sie das?«

»Weil wir wissen, *wer* es getan hat.«

»Sie wissen es?«

»Ja. Und vielleicht sind *Sie* ja der Meinung, Jana etwas schuldig zu sein.«

»Ich weiß nicht, worauf Sie hinauswollen?«

Simon beugte sich vor. »Ich habe jetzt ein paar Fragen an Sie, und ich hoffe auf ehrliche Antworten. Und dann werden wir sehen, was wir tun können. Wollen Sie sich darauf einlassen?«

»Ja«, sagte Betty, während die Tränen inzwischen unablässig aus ihrem Auge liefen. Es war seltsam berührend zu sehen, wie sie mit diesem einen Auge weinte, während das andere starr und gefühllos blieb. »Wenn ich Ihnen helfen kann.«

»Wenn Sie *Jana* helfen können«, antwortete Malina und stand auf, um die DVD zu holen.

Zwei Tage später steuerte Malina gegen halb sieben abends auf ein flaches, weißes Gebäude am nördlichen Münchner Stadtrand zu. In Gedanken ging sie ihren Plan, den sie Robert Hammerl gemeinsam mit Simon nach heftigen Auseinandersetzungen abgerungen hatte, noch einmal durch und hoffte inständig, daß er aufgehen würde.

Ohne Zweifel war es heikel gewesen, Ulf Murnau bis zu Hammerls Ankunft auf Samos in sein Apartment einzusperren und ihm die DVD abzunehmen. Aber hätte es anders funktioniert? Er war ein Mitschuldiger, einer, der bestraft werden mußte, aber mit einer Übergabe an die griechische Polizei wäre zwangsläufig eine Herausgabe der DVD einhergegangen, und was wäre dann geschehen? Ganz sicher nicht das, was nötig war.

Simon und Hammerl hatten sich deswegen fast geprügelt. Hammerl hatte immer wieder etwas von Behinderung der Polizeiarbeit gebrüllt, während Simon lautstark darauf bestanden hatte, nichts anderes zu tun, als zu helfen.

»Robert«, hatte er am Schluß entkräftet gesagt. »Wir waren Kollegen. Erinnerst du dich? Ich weiß also, was ich tue. Und wir sind Freunde. Ich verspreche dir, du wirst deinen Fall lösen. Aber nur, wenn du mich und Malina jetzt machen läßt, wird Janas Mörder wirklich im vollen Umfang bestraft werden können. Ich kann nicht mehr dazu sagen. Vertrau mir jetzt einfach, auch wenn es dir spanisch vorkommen muß. Letztendlich wirst du mir recht geben. Und selbstverständlich wird keiner von diesem Deal erfahren.

Wir werden dir den Vortritt lassen. Der Held am Schluß bist du, versprochen.«

Zähneknirschend hatte Hammerl klein beigegeben und war mit Murnau zurück nach München geflogen.

Und jetzt stand Malina hier in diesem weißen Gebäude und wußte, daß irgendwo in einem dieser vielen Zimmer, die seitlich der kahlen, langen Flure lagen, Simon, Robert Hammerl und ein paar weitere getarnte Polizisten warteten. Auch Betty würde da sein und ihr helfen. Aber in erster Linie lag alles allein an ihr.

Hundertmal war sie die Begegnung mit ihm in Gedanken durchgegangen, hatte aus Furcht, einen Fehler zu machen und für den Fall, direkt mit ihm konfrontiert zu werden, jedes Wort, jede Geste, jedes Lächeln festgelegt. Sie wußte, wie wichtig es war, so normal wie möglich zu erscheinen. Wenn er Verdacht schöpfte, konnte ihr Plan leicht scheitern.

Ihre Schritte hallten ihr in den Ohren, ihre rechte Hand, die ihre Tasche umkrampfte, war schweißnaß. Am Ende des Flurs nahm der Schemen der schweren, weißlackierten Eisentür immer deutlichere Konturen an. Ihre Schritte stockten kurz, bevor Malina sie klackend fortsetzte. Niemand begegnete ihr, es war totenstill – alles lag hinter dieser schweren weißen Tür …

Wieder stockten ihre Schritte, ihr Atem versiegte für einen Augenblick, bevor er wieder einsetzte und sie die Hand hob, die Klinke drückte und eintrat. Es dauerte einen Moment, bis sich ihre Augen an das Dunkel gewöhnt hatten. Weiter, trieb sie sich an und ging einen schmalen, aus schwarzen Filzvorhängen gesäumten Gang entlang, bis plötzlich ein Klangteppich aus Stimmen, Musik und undefinierbaren Geräuschen sich immer dichter auszubreiten schien. Mit einem Mal wurde es gleißend hell, und eine Wolke aus Hitze umfing sie wie ein schwerer Mantel.

Ihr Blick fiel auf Menschen mit neugieriger Erwartung im Gesicht, dicht aneinandergedrängt saßen sie in Reihen auf Stühlen, andere liefen geschäftig herum, Worte flogen hin und her, aus einem Lautsprecher tönten Anweisungen in Stichwortform. Malina sog die Stimmung in sich auf und dachte an Rückzug.

Erst als sie Betty endlich in der Meute erblickte, beruhigte sich ihr Herzschlag allmählich. Sie fixierte sie so lange, bis die Maskenbildnerin sie schließlich bemerkte und ihr mit einem kaum merklichen Nicken zu verstehen gab, daß alles vorbereitet war. Sie hatte vorher nicht erwähnt, wie weit ihre Verbindungen reichten, nur *daß* es sie gab und alles seinen Gang gehen würde. Als Malina sie jetzt dort stehen sah, wie gewohnt mit dunkler Sonnenbrille, ein Tuch um den Kopf geschlungen, glaubte sie ihr jedes Wort.

Sie ging ein paar Schritte weiter in den großen Raum hinein, ignorierte das Summen um sich herum, und in einer Ecke, abseits von allen anderen, fand sie ihn, die Hand an der Stirn, den Blick auf ein Blatt Papier geheftet.

Noch zwanzig Minuten bis alles begann, und er hatte sie nicht entdeckt. Ihre Erleichterung darüber war unsagbar. Sie hielt es kaum aus, ihn anzusehen – sein kantiges Gesicht, das ruhige Lächeln, wenn er mit jemandem sprach, die gelassenen Bewegungen seiner Hände – und dann daran zu denken, welche Niedertracht sich hinter dieser Stirn verbarg. Unsagbare Abscheu stieg in ihr auf, äußerte sich wieder in dem Impuls, davonzulaufen, vor sich selbst, dieser Frau, die seine Worte aufgesogen und ihm vertraut hatte. Sie fühlte sich besudelt, verletzt und hätte kotzen können bei seinem Anblick.

Jemand tippte ihr von hinten auf die Schulter, und sie drehte sich um.

»Wollen wir? Es geht gleich los. Man erwartet uns.«

Malina nickte Betty zu und folgte ihr mit klopfendem Herzen durch die Menschenansammlung über zwei Treppenabsätze hinauf in einen Raum, durch dessen Glaswand sie das gesamte Studio überblicken konnte, ohne seiner Hektik und seinem Lärm ausgesetzt zu sein. Es war auf friedliche Art still hier oben, und der vollbärtige, untersetzte Mann, der sie begrüßte, vermittelte diesen Eindruck selbst.

Er reichte ihr die Hand. »Stefan Freund.«

»Malina Maltzan«, erwiderte sie ein wenig ratlos.

»Stefan und ich kennen uns schon lange«, sprang Betty ihr bei. »Wir haben einige Produktionen gemeinsam gemacht. Er kümmert sich hier um die Technik, also um Bild und Ton.«

»Und Sie sind auf unserer Seite?« Ihre Stimme klang schrill vor Aufregung.

»Bin ich. Ich werde Ihnen helfen, so gut ich kann. Um die DVD kümmern Sie sich zum Schluß selbst.«

»In Ordnung.«

»Bestens.« Er blieb kurz angebunden, aber mit einer Miene, die Grimm und Zorn verriet, wandte er sich zu seinem Schaltpult um. »Nehmen Sie da hinten Platz und warten Sie, bis ich Ihnen ein Zeichen gebe!« Er zeigte auf einen schwarzen Drehstuhl. »Von da können sie gut hinunter ins Studio sehen, und dem Chef werden Sie nicht gleich auffallen. Verhalten Sie sich einfach ruhig, dann geht's schon gut.«

»Klar.«

Dann ging alles sehr schnell. Ein Mann mit kurzen grauen Haaren fegte in der Begleitung zweier weiterer Männer herein. »Alles paletti, Steff?« fragte er den Techniker, ohne seine Schritte zu unterbrechen.

»Alles paletti, Chef. Von mir aus können wir.«

»Gut.« Der Graue beugte sich über das Mikrofon, schob einen der Regler auf dem Schaltpult nach oben und gab ein paar Anweisungen nach unten ins Studio, worauf die Leute ihre Plätze einnahmen und das Licht über den Zuschauerreihen verlosch. Eine Frau mit befehlgewohnter Stimme rief ein paarmal »Ruhe!« Auf den Monitoren in der Regie verschwanden die Regenbogenstreifen der Testbilder und zeigten statt dessen das Studio und die Gäste, die in den englischen Clubsesseln aus braunem Leder bereits Platz genommen hatten. Malina erkannte einen bekannten, smarten Politiker und eine Literaturexpertin, die sich zunehmend darin gefiel, sich selbst wichtiger zu nehmen als die Autoren, deren Bücher sie besprach. Ihr gegenüber saß ein sehr beleibter Mann mit meditativer Miene, von dem der Graue gleichmütig als vom »dicken Sterbeforscher« sprach, und inmitten der Runde, wie eine Rose aus hellem Marzipan, lächelte eine junge Sängerin aus Dresden, im fließenden weißen Kleid und Evita-Peron-Haarknoten.

»Gut, fangen wir an!« Der Regisseur krempelte seine Ärmel zurück und gab anschließend ein paar weitere Anweisungen in das Mikrofon, worauf im Studio das Licht über den Zuschauerreihen schwächer wurde und die Scheinwerfer nur noch über der Gästegruppe gleißten. Kameras gerieten in Bewegung. Auf einer Digitalanzeige über den Monitoren flimmert rot und in irritierender Schnelligkeit eine Abfolge von Zahlen.

»Auf die eins«, präzisierte der Regisseur weiter, und mit der fliegenden Virtuosität eines Pianisten glitten Freunds Hände über ein paar Tasten. Auf einem der vielen Bildschirme wandelte sich das Bild und zeigte eine großzügige Schiebetür aus hochglänzendem Mahagoni zwischen hellen Sandsteinwänden, die sich zu den Klängen des Show-Jingles langsam öffnete. Das Publikum applaudierte, die Gäste in ihren Clubsesseln strafften die Rücken und knipsten in aller Routine ihr Gelassenheitslächeln an.

Nichts wich ab vom Gewohnten. Der Graue gab weiter

seine Anweisungen und ahnte nichts von der explosiven Demaskierung, die der Abend bringen sollte. Alles lief wie am Schnürchen, jeder Handgriff saß. Jenem Augenblick, als der Techniker seinen schweren Körper unter dem Schaltpult versenkte und die Stecker einiger Kabel mit ruhiger Hand umstöpselte, maß er noch nicht einmal mit einem Brauenzucken Bedeutung bei. Malina beobachtete jede seiner Bewegungen mit angehaltenem Atem. Ein flaues Gefühl durchströmte sie, als er ihr eindringlich zunickte und mit den Augen auf den DVD-Player seitlich seines Schaltpults deutete.

Wie unter Hypnose bewegte sich Malina aus ihrem Ledersessel, zog die DVD aus ihrer Tasche und schob sie mit kalter Ruhe in das Abspielgerät. Im Studio verhallten die letzten Töne des Jingles, der Applaus der Zuschauer verebbte allmählich, und während der Moderator durch die Mahagonitür trat, sein ihm eigenes, zurückhaltendes Lächeln in die Reihen schickte, warme Begrüßungsworte für seine Gäste fand und auf das Jubiläum der einhundersten Sendung hinwies, fingen die Studiofotografen von allen Seiten zu knipsen an. Doch dann dröhnte mitten in das Blitzen der Kameras ein klabasternder Ton aus den Lautsprechern, und sämtliche Blicke schreckten weg von dieser hochgewachsenen Lichtgestalt des deutschen Fernsehens hinauf zu dem überdimensionalen Bildschirm, der an der Wand oberhalb der Gästerunde montiert worden war.

»Verdammte Scheiße, was ist das?« Der Graue sprang aus seinem Sitz, während Stefan Freund zur Verblüffung seines Chefs nichts unternahm, um das Chaos zu beseitigen. In rasender Geschwindigkeit drehte sich die DVD in ihrem Gehäuse weiter.

Bilder von dunkelvioletter Färbung, verwackelt und unscharf. Dunkles Wasser, Felsgestein und dürres Gestrüpp flogen in schwindelauslösenden Bildern über den Monitor. Das Echo zweier undefinierbarer Stimmen verhallte gespenstisch in der Ferne, während im Vordergrund ein heftiges Keuchen lief. Jemand ging bergan.

Plötzlich: Ein Näherkommen der entfernten Stimmen, und aus dem Gewirr von Lauten kristallisierten sich allmählich zwei Hälften heraus: ein Mann und eine Frau. Sie hatten Streit.

Im Studio begriff der Moderator allmählich, daß die Aufmerksamkeit seines Publikums nicht mehr ihm gehörte. »Stopp!« hörte er jemanden schreien, aber niemand ging darauf ein. Er ließ eine launige Bemerkung über die Technik und ihre Tücken fallen und richtete seinen Blick wie alle anderen auf den großen Bildschirm. Die Verwandlung seines Gesichtes trieb der jungen Sängerin aus Dresden einen Schauer über den gesamten Körper.

Die Schritte im Vordergrund beschleunigten sich, schlugen dumpf auf den Boden, das Keuchen wurde stärker, die Bilder verwandelten sich in dunkles, stolperndes Wirrwar. Mit einem Mal Stille. Sekundenlang nichts mehr. Dann, kaum hörbar, ging das Keuchen in ein unterdrücktes Schnaufen über. Ein flüchtiges Zittern, bevor das Objektiv eine neue Perspektive bot: das Plateau der Agios Nicolos, umspült vom schwachen Rauschen der Ägäis. Sandiger Boden, die Macchia, Krüppelbäume und Zypressen, ihr smaragdgrünes Leuchten aufgesogen von der Schwärze der Nacht. Weit im Vordergrund die Schatten zweier Menschen und noch immer verzerrt, aber deutlicher zu verstehen als zuvor – die Stimme des Mannes: »Was soll dieser theatralische Blödsinn? Warum schleppst du mich hierher? Ist das neuerdings deine Auffassung von Romantik.« Ein Lachen, das nichts Freundliches hatte.

»Hier … hier kann ich zumindest sicher sein, daß mich niemand mit dir sieht.« Der Frau fiel das Sprechen schwer. Die Worte kamen abgehackt und nuschelnd aus ihrem Mund. »Bitte laß mich doch … laß mich doch endlich in Ruhe. Fahr nach Hause, und laß es gut sein. Das mit uns beiden, das bringt doch nichts. Wir haben's immer wieder versucht … Das Ganze ist krank. Siehst du das denn nicht? Können wir nicht einfach …«

»… Freunde bleiben? Natürlich können wir das. Fein. Und du fickst inzwischen mit deinem Griechen. So hast du dir das vorgestellt, oder? Weißt du eigentlich wie lächerlich du bist?«

»Lächerlich bist nur du! Ich bin nicht dir hinterher gereist. Komm, lassen wir das und fahren zurück. Ich hätte dich gar nicht erst treffen sollen.« Die Frau wandte sich stolpernd ab und fiel hin. Der Mann lachte erneut, ohne Anstalten zu machen, ihr auf die Beine zu helfen.

»Haben wir getrunken? Ging's nicht ohne Alkohol? Vielleicht noch ein paar Tabletten dazu? Wie erklärst du das eigentlich deinem Insulaner? Was glaubst du eigentlich, wird er tun, wenn er dich einmal so sieht? Du weißt es nicht? Ich kann's dir sagen: Fallen läßt der dich wie eine heiße Kartoffel. Und man kann es ihm nicht einmal übelnehmen. Wer will schon ein solches Wrack?«

In der Regie rührte sich niemand mehr. Die Ungeheuerlichkeit der Bilder, die über die Monitore flackerten, hatte alle in der Bewegung erstarren lassen. »Wo kommt das her?« keuchte der Graue erstickt, ohne eine Antwort zu erwarten. Obwohl der Mann auf dem Bildschirm bislang nur mit dem Rücken zur Kamera gestanden war, hatte er ihn längst erkannt. Wie alle anderen glaubte er, in einer Welt des Grauens zu versinken.

Schwankend stand sie inzwischen wieder aufrecht. Bislang hatte die Kamera die beiden Akteure nur in der Totalen aufgenommen, jetzt zoomte sie näher und richtete ihr voyeuristisches Auge immer mehr auf das Gesicht der Frau.

»Selbst wenn er mich nicht mehr will«, sagte sie, und der Nachdruck ihrer Worte bildete einen merkwürdigen Gegensatz zum verwaschenen Ton ihrer Stimme. »Ich will *dich* nicht mehr. Verstehst du? Ich will dich nicht mehr!« Die Kamera fuhr näher. »Und wenn er mich mit Schimpf und Schande über die ganze Insel treiben würde, die Füße würde ich ihm jauchzend dafür küssen, denn es wäre im Vergleich zu allem, was ich mit dir durchgemacht habe, noch immer ein wunderbarer Beweis von Menschlichkeit.«

»So, wäre es das? Wenn du dir da nur nicht zuviel einbildest! Meinst du, seine griechische Mannesehre würde es verkraften, wenn er erfahren würde, daß ich dich nur anzufassen brauchte und du dich wie eine läufige Hündin auf dem Boden gewälzt hast? Wenn er wüßte, was zwischen uns gelaufen ist? O ja, du erinnerst dich, ich seh's dir doch an. Und eines Tages wird Madame winselnd zurückgelaufen kommen, weil sie es wieder braucht ... Verdammt noch mal, du blödes Weib, bleib hier ...« Während er die Worte zwischen den Zähnen hervorzischte, machte er einen Satz nach vorn und erwischte die Frau, die versuchte davonzulaufen, grob am Oberarm. Mit einem Ruck zerrte er sie zu sich herum. Ihr Kopf fiel zurück, und als sie wieder aufblickte, hatte die Kamera sie groß und deutlich im Bild: Jana Nicolai.

Jemand im Publikum schrie auf. Ein Raunen füllte den Raum. Ungläubig geweitete Augen starrten auf den Bildschirm, während sich der eine oder andere im stillen schon davon erzählen hörte – seinen Freunden, den Kollegen –, daß er Zeuge eines echten Dramas geworden war. Seit Wochen wurde überall spekuliert, wie Jana Nicolai gestorben war, und jetzt dokumentierte ein Film jede Einzelheit.

Es war unglaublich.

»Nein, ich bleib nicht hier! Laß mich los!« In ihren Augen erlosch etwas. Tränen überzogen die Iris wie ein feuchter Film, ihr Blick verschwamm, die Wimperntusche begann groteske Spuren auf ihren Wangen zu hinterlassen. »Bitte, bitte laß mich gehen!«

»Ich weiß, daß du das Gegenteil meinst, Süße. Ein wenig masochistische Würze hat dir doch immer schon gefallen. Und du kannst dir sicher sein: Ich *laß* dich *nicht* gehen. Schon gar nicht zu diesem griechischen Bauerntölpel, der dir ja doch nur einen Fußtritt gibt, sobald er erfährt, wie du wirklich bist.«

»Das wird er nicht tun! Nein, nein. Wird er nicht ... Er liebt mich.« Ihr Weinen war laut und trostlos.

»Natürlich wird er das, Jana. Sei nicht naiv!« Der Mann riß sie weiter zu sich, befingerte die beiden oberen Knöpfe ihres Kleides und fuhr mit der Hand zwischen ihre Brüste. »Wie schade, daß du sie dir hast entfernen lassen, deine Narbe. Oder soll ich lieber sagen: deine kleine Bruchstelle. Ich bin immer darauf abgefahren, auf dieses Kaputte, Morbide. Siehst du, das sind Dinge, die nur ich über dich weiß. Du brauchst mich. Du bist ein armes, verrücktes Mädchen, und du brauchst mich ... Ein armes, verrücktes Mädchen ...«

»Hör auf!« Sie schrie ihn an. »Hör auf damit! Ich brauch' dich nicht.« Sie stieß ihn von sich, wich ein paar Schritte zurück. In ihren panischen Augen glomm nur noch der Fluchtgedanke. An den Haaren zog er sie wieder zu sich. Sie wehrte sich und schrie, aber sein Mund drängte sich ihr auf, während er wieder tief in den Ausschnitt ihres Kleides griff. Mit einem Dreh seines Beines brachte er sie zum Fallen und drückte mit den Knien ihre Hände auf den Boden, während ihr Schreien immer mehr zu einem Flehen wurde.

»Hör auf! Hör auf, bitte ...«

»Halt den Mund!« Man sah in nur schräg von der Seite, aber an der Art seiner hastigen Bewegungen war es leicht zu erkennen, daß er den Reißverschluß seiner Hose öffnete und ihr mit einem rohen Ruck das Kleid über die Schenkel schob.

Es war zu dunkel, um Einzelheiten zu erkennen. Ein zuckendes Knäuel aus Kleidern und Gliedmaßen, ihre wimmernde, bittende Stimme, die immer mehr verebbte, bis sie schließlich ganz erstarb, und sein Körper, der sich grob und herrisch bewegte.

Minuten später lag sie noch immer am Boden, während er mit gespreizten Beinen über ihr stand und seine Kleider in Ordnung brachte.

»Jana.« Seine Stimme hatte ihre Schärfe verloren. »Steh auf. Komm!« Er streckte ihr die Hand entgegen. »Ich weiß auch nicht, was in mich gefahren ist. Ich bin durchgedreht. Steh jetzt auf! Tu nicht so jammervoll! Du bist auch nicht unschuldig daran.«

Sie rührte sich nicht.

»Jana!« Sein Ton färbte sich wieder aggressiv.

Sie gab keinen Laut von sich, knöpfte nur im Liegen ihr Kleid wieder zu und zog ihren Slip nach oben. Sie stand auf und schwieg noch immer.

»Jana ...«

»Laß mich!« Mit unnatürlicher Ruhe wandte sie sich von ihm ab und ging davon.

»Jana, warte ...!«

Sie ging weiter über das Plateau, bis an den Rand des Felsens. Ein changierender Punkt im Auge der Kamera.

»Dorian!« rief sie, und eine neue Härte schwang in ihrer Stimme mit. »Dorian!«

»Was soll der Quatsch? Komm wieder her!«

»Nein. Das war's. Ein für alle mal. Du dachtest, du kriegst mich wieder klein. Auf die Knie, Jana! Aber dieses Mal nicht. Vor dir krieche ich nie mehr.« Sie machte einen Schritt rückwärts. Die Kamera zeigte sie jetzt wieder in Großaufnahme.

»Du bist ja vollkommen durchgedreht. Laß dieses lächerliche Theater!«

»Lächerlich war ich über all die Jahre. O ja, das stimmt. Jetzt bin ich seit langem wieder klar. Und wenn ich inzwischen eines weiß, dann, daß du mich nie in Ruhe lassen wirst. Nie. Aber du kriegst mich nicht. Hörst du! Du kriegst mich nicht.« Ihre Haare wehten hell im Wind, sie stand sehr aufrecht mit durchgedrücktem Kreuz, das Kinn fast erhoben, während ihre Arme locker an den Seiten hingen. Aus ihrem totenbleichen Gesicht brach plötzlich eine schmerzliche Art von Leben hervor. Unumstößliche Entschlossenheit paarte sich mit Zorn, Rachlust und Verzweiflung. Sie rief noch einmal: »Dorian!«

Dann ließ sie sich fallen.

Federleicht, fast ein Schweben, mit dem Rücken in den Abgrund, ihr Gesicht bis zuletzt schutzlos der Kamera preisgegeben, als wüßte sie um ihre letzte, vielleicht größte Szene. Ihr Schrei, schrill und verzweifelt, brannte sich für immer in die Ohren derer, die ihn gehört hatten. Dann das dumpfe Aufschlagen ihres Körpers.

»Jana! Um Gottes willen, Jana …!« Der Mann auf dem Felsen rannte los, wie von Furien gehetzt. An der Stelle, wo sie gesprungen war, fiel er auf die Knie und starrte hinunter. »Jana!« schrie er wieder. »Sag was! Sag doch was! Hör auf mit dem Unsinn. Ich mach' alles wieder gut. Ich versprech's.« Irgendwann glichen seine Worte einem Winseln. Niemand antwortete ihm. Es dauerte Minuten, bis er begriffen hatte, was geschehen war und aufsprang und davonlief. Immer weiter, zurück zu der Stelle, von der sie eine halbe Stunde zuvor gekommen waren. Dahin, wo das Boot liegen mußte. Die Kamera zitterte wieder, doch dann beruhigte sie sich und hielt strikt auf diesen rasenden Mann, bis sie sein Gesicht am Schluß so groß einfing, wie sie es zuvor mit dem Gesicht der Frau getan hatte: eine verzerrte Fratze von Feigheit und Angst.

Robert Czerna.

Auf der Leinwand gefror das Bild ebenso wie jeder Laut im Studio, und es entstand eine Stille von beklemmender Unnatürlichkeit. Kein Blick, der nicht wie ein Pfeil auf Czerna zielte. Mit leeren Augen stand er noch immer im Licht der Scheinwerfer und verlor innerhalb von Minuten sein öffentliches Leben. Vom beliebten und respektierten Medienmann war er zu einem monströsen Objekt des Hasses und der Abscheu geworden.

»Buuuh«, fing eine tiefe Männerstimme plötzlich an zu rufen, und in Sekundenschnelle stimmten alle mit ein. Sie bewarfen ihn mit Ausdrücken des Ekels und der Feindseligkeit, als wären es Tomaten und faule Eier. Aber Czerna floh nicht. Er setzte sich dem aus, als könne er den Angriff nur überstehen, wenn er ihn einfach ertrug und letztendlich an sich abprallen ließ.

Ein Mann kämpfte sich durch die Massen und trat zu ihm hervor. »Guten Abend, Herr Czerna. Hammerl ist mein Name, Kripo München. Bitte kommen Sie mit! Sie sind vorläufig festgenommen! Es besteht der Verdacht der unterlassenen Hilfeleistung und der Vergewaltigung.«

Czerna nickte. Nicht ein Ton kam über seine zusammengepreßten Lippen. Als er zwischen Hammerl und einem weiteren Beamten das Studio verließ, wandte sich nicht einer seiner Kollegen an ihn. Niemand hatte auch nur ein einziges Wort.

Draußen fand Czerna seine Stimme wieder, als er Malina erblickte, wie sie neben Simon an einer der kahlen Wände lehnte. »Ach du ... natürlich.« Er lachte kurz auf. »Das hätte ich mir denken können. Johanna von Orleans, Rächerin der Unterdrückten.. Du hast es nicht sein lassen können, nicht wahr, Malina?«

»Seelenmord«, sagte sie mit ausdrucksloser Stimme, »wird per Gesetz nicht geahndet. Sie haben Jana Nicolai über Jahre gequält und am Schluß umgebracht, und kein Mensch wird Sie dafür belangen und bestrafen können. Sollen wir das tatsächlich gelten lassen, Herr Czerna? Nein, das können wir nicht. Das sehen Sie doch sicher ein.« An dieser Stelle lachte sie klanglos auf. »Sie werden nach heute abend nie wieder ein Bein auf die Erde kriegen, kein Hund wird Sie auch nur anpinkeln wollen. Ab heute abend werden sie für alle Zeiten als unbestrittenes Synonym für Grausamkeit und Niedertracht gelten. Und ich sage es noch einmal: Seelenmörder.«

In seinen Augen blitzten Eiskristalle. »Schöne Rede, Malina. Lange geübt dafür?« Er neigte sich ein Stück weiter zu ihr vor, bis sein Mund fast ihr Ohr berührte: »Erinnerst du dich noch an die Nacht auf Samos? Also du so betrunken warst ...?« Er hielt einen Moment inne, erst als sie zusammenzuckte, sprach er weiter: »Du und ich – wir hätten noch lang aneinander gebrannt. Du bist ein bemerkenswertes Mädchen. In jeder Beziehung.«

Zusammen mit den Beamten ging er weiter. Doch erst als er ganz verschwunden war, riß Malina sich los und rannte davon. Auf der Toilette erbrach sie sich wie noch nie in ihrem Leben zuvor.

In den folgenden beiden Wochen verging fast kein Tag, an dem die Zeitungen nicht über den spektakulären Fall berichteten, dann sank das allgemeine Interesse und wandte sich anderen Themen zu. Natürlich würde Jana Nicolai nicht in Vergessenheit geraten, jedes Jahr zu ihrem Geburtstag und ihrem Todestag würde man einen ihrer Filme ausstrahlen, in ein paar Jahren vielleicht sogar ein Dokumentation über ihr bewegtes Leben, aber letztlich würde sie zu denen gehören, die nur kopfschüttelndes Bedauern auslösten, weil nicht einmal ihr unerhörtes Talent sie vor zuviel Verletzbarkeit und Selbstzweifeln hatte retten können. Man würde die Schultern zucken und sagen: Wo viel Licht ist, ist viel Schatten.

Malina dachte fortwährend an Jana. Inzwischen begann sich auch ihr Leben wieder zu normalisieren, zumindest äußerlich verlief alles in gewohnten Bahnen, aber in ihrem Innern hatte sie an Janas Hand eine Brücke überquert und eine Uferseite entdeckt, die unwegsam und feindlich war.

An einem Abend, als Victor schon schlief, lag sie im Wohnzimmer auf der Couch und sah sich mit Edward einen alten Film an. Auf dem Tisch brannten Kerzen, daneben glänzte Rotwein in bauchigen Gläsern.

»Erinnerst du dich noch an Nikos Sakellarios?« fragte Edward plötzlich.

»Nikos Sakellarios? Natürlich erinnere ich mich an ihn. Warum?«

»Ich habe mit ihm telefoniert. Er würde die alte Villa verkaufen … Zu einem ziemlich fairen Preis …«

Malina vergaß den Film und kroch unter ihrer Decke hervor. »Und du meinst …?«

»Ich meine gar nichts. Ich habe nur nicht vergessen, wie gut dir das Haus gefiel.«

Malina schwieg. Samos. Wie schön das klang. An das Haus hatte sie gar nicht mehr gedacht. Auch nicht an eine

Rückkehr auf die Insel. Sie zögerte und plötzlich kehrte dieses Gefühl der Leere, der Hilflosigkeit und des Zorns, das sie seit ihrer ersten Begegnung mit Jana immer wieder empfunden hatte, in seiner ganzen Bedrohung zurück. In ihrem Magen krümmte sich etwas, als sie sich noch ein Stück weiter aufrichtete.

»Daß dieser Murnau Jana auf Schritt und Tritt gefilmt hat, habe ich dir ja schon erzählt.« Sie ließ ihn nicht aus den Augen. »Aber ich habe dir noch nicht gesagt, daß er auch dich vor der Linse hatte. Zusammen mit ihr.« Sie schwieg eine Weile, bevor sie fragte: »Weshalb hast du sie geküßt? Am Strand?«

Er wußte sofort, wovon sie sprach: »Malina«, antwortete er ruhig, »*sie* hat *mich* geküßt.«

»Und du hast diesen Kuß erwidert.«

»Sie hat mich aus Dankbarkeit geküßt. Weil ich sie aus dem Pool gezogen habe, weil wir *da* waren. Es war nur ein Kuß, Malina. Sonst nichts. Was bedeutet das schon?«

»Das, was es immer bedeutet hat, Liebling: Verrat.« Ihr Blick wandte sich wieder dem Film zu.

Für den Rest des Abends schwiegen sie.

Und das Haus auf Samos erwähnten sie lange nicht mehr.

Es gibt Begegnungen im Leben, die so anregend sind, daß wir unser Bestes zu geben versuchen, aber es gibt auch solche, die uns zermürben und an denen wir zerbrechen können. Ein Mensch kann einen anderen tatsächlich durch fortgesetztes seelisches Quälen vernichten, was man mit Fug und Recht »psychischen Mord« nennen kann. Wir sind alle schon auf verschiedenen Ebenen Zeugen solcher Angriffe gewesen, zwischen einem Paar, innerhalb von Familien, in Betrieben oder auch im politischen und sozialen Leben. Trotzdem erweist sich unsere Gesellschaft als blind gegenüber dieser Form indirekter Gewalt. Unter dem Vorwand von Toleranz wird man nachsichtig.

Aus:
Masken der Niedertracht
Seelische Gewalt im Alltag
und wie man sich dagegen wehren kann
von
Marie-France Hirigoyens (Psychoanalytikerin)

Danksagung

Alle Figuren des Romans sind voll und ganz meiner Phantasie entsprungen – Ähnlichkeiten mit lebenden Personen reiner Zufall, mit Ausnahme der Menschen von Kervelí Village, die mir eine große Inspiration waren und denen ich märchenhafte Sommerwochen auf Samos verdanke.

An einigen Stellen habe ich mir aus dramaturgischen Gründen die Freiheit genommen, Details wie Höhe von Gebäuden, den Verlauf von Straßen und Wegen etc. zu verändern. Die Einstreuung englischer Dialogwendungen dient allein der Authentizität.

Danken möchte ich all jenen, die geholfen haben, daß dieses Buch entstehen konnte:

Stephan Wieder von 24Frames, für seine nicht nachlassende Geduld, mich in allen Fragen der Kameratechnik aufzuklären, Rita Serra-Roll von Ziegler Film München für Einblicke in die Welt des Films, Dr. Stephan Czerner für medizinische Beratung, Kriminalhauptkommissar Johann Füll von der Kriminalpolizeidirektion 2 in München, Alfred Riepertinger, medizinischer Präparator am Institut für Pathologie im Krankenhaus München-Schwabing, und meinem Lektor Reinhard Rohn für so manch männlichen Blick auf die Dinge.

Ganz besonders danke ich meinen Freundinnen Susanne Meining, Kerstin Scharringhausen und Daniela Schwan, die mich während meiner Arbeit unterstützt, kritisiert, analysiert und aufgemuntert haben.

Dasselbe gilt für meinen Agenten Roman Hocke, der

ein fabelhafter Seelencoach ist, ein kritischer Beobachter und ein unermüdlicher Helfer. Ebenso danke ich Dr. Uwe Neumahr von der AVA International für seine konstruktive Kritik und den Glauben an meine Geschichte.

Tausend Dank Alexander Hoffmann für die wunderbaren Fotos und das stetige Auffüllen meines Lakritzvorrates.

Und Nicolas: Auf Deinen süßen und gewitzten Kindermund einen dicken Kuß. Schön, daß Du da bist.

Und schließlich und vor allem Thommie Bayer. Wie immer für alles – aber das weißt Du ja.

Und? Krieg ich jetzt den Oscar?

Anna Kalman
München, im Februar 2007

Barbara Krohn: »Einfühlsam, feinsinnig und mit scharfem Blick.« GENERALANZEIGER BONN

Barbara Krohn, 1957 in Hamburg geboren, hat sich vor allem durch ihre psychologischen Spannungsromane einen Namen gemacht. Sie lebt mit ihrer Familie in Regensburg.

Weg vom Fenster
Mord an einem Professor, dem umschwärmten Mittelpunkt eines illustren Literaturzirkels. Der Verdacht liegt nahe, daß es sich um ein Verbrechen aus Eifersucht handelt. Doch Kommissarin Freya Jansen will nicht so recht daran glauben und beginnt, verfolgt vom Spott ihrer Kollegen, zu ermitteln. Während sie anfangs noch im dunkeln tappt, ist Ines, die zufällig Zeugin des Mordes wurde, bereits auf eine heiße Spur gestoßen.
Roman. 384 Seiten. AtV 1595

Rosas Rückkehr
Rosa Liebmann steckt in einer Krise. Sie verkauft ihre Coffee Bar in San Francisco und kehrt nach fast zwanzig Jahren zurück nach Deutschland. Während sie in Hamburg auf den Zug nach Hauses wartet, entdeckt sie ihre Mutter – in den Armen eines fremden Mannes. Jedem aus ihrer Familie, nur nicht ihrer Mutter, hätte Rosa eine Affäre zugetraut. Doch damit nicht genug: Auf ihrem ersten Spaziergang an der Ostsee findet sie ihren Vater, den stadtbekannten Herzensbrecher, erschossen in seinem Strandkorb. »Ich habe dieses Buch nur zum Essen und Schlafen aus der Hand gelegt.« INGRID NOLL
Roman. 278 Seiten. AtV 1941

Die Liebe der anderen
Wo lauert das Glück? In einem leeren Zug nach Paris? Am Heiligen Abend mit einer geheimnisvollen Weihnachtsfrau? In einer Silvesternacht mit einem Fremden in einer Hafenkneipe? In ihrem wunderbar leichten Episodenroman spürt Barbara Krohn den Umwegen der Liebe nach und erzählt vom Finden und Verlieren und davon, wie kleine Fluchten zum großen Glück führen können. »Treffend, superwitzig und sehr tröstlich – denn offensichtlich stolpern alle anderen Menschen auch in die ewig gleichen Beziehungsfallen.« FÜR SIE
Roman. 205 Seiten. AtV 2141

Mehr Informationen unter
www.aufbauverlagsgruppe.de
oder bei Ihrem Buchhändler

Tessa Korber: Brandheiße Fälle für Kommissarin Dürer

Tessa Korber, geboren 1966 in Grünstadt/Pfalz, hat Geschichte und Germanistik studiert. Sie arbeitete in Verlagen, im Buchhandel sowie als Werbetexterin, bevor ihr mit dem ersten Roman »Die Karawanenkönigin« gleich ein Bestseller gelang.
NÜRNBERGER NACHRICHTEN

Toter Winkel
Jeannette Dürer ist eine erfolgreiche Polizistin, doch ihr Privatleben ist ein Chaos. Als im Nürnberger Fußballstadion die Leiche eines Geschäftsmannes gefunden wird, glaubt Jeannette, endlich alle privaten Sorgen abschütteln zu können. Die Spur führt zu einer Freimaurerloge, und sie beginnt, das Geflecht um den Geheimbund zu entwirren.
Kriminalroman. 216 Seiten.
AtV 1633-6

Tiefe Schatten
Für ihren zweiten Fall muß Jeannette Dürer zurück nach Erlangen. Die Stadt ist in Aufregung: Ein renommierter Fledermausforscher wurde in seinem Büro brutal umgebracht – und dies buchstäblich zweimal. Jemand hat ihn mit einem Brieföffner erstochen. Zudem befand sich in seinem Körper Gift, so daß er auch ganz unauffällig an Herzversagen gestorben wäre.
Kriminalroman. 229 Seiten.
AtV 1811-8

Falsche Engel
Kommissarin Dürer muß den Mord an einer 18jährigen aufklären. Aber erst ihr dauerfernsehender Neffe gibt den richtigen Hinweis: In einer populären Doku-Soap wird das »Christkindl 2003« für den Weihnachtsmarkt gecastet – die Tote war eine Kandidatin. Unverhofft findet sich die attraktive Polizistin unter den publicityhungrigen Bewerberinnen.
Kriminalroman. 199 Seiten.
AtV 1977-7

Triste Töne
In Bayreuth wird die »Walküre« gegeben, als die Brünhilde-Darstellerin tot hinter den Kulissen gefunden wird. Hauptkommissarin Dürer entdeckt den richtigen Hinweis – einen falschen Leberfleck. Und plötzlich spielen ein Mädchenhändlerring und eine tote Ex-Ehefrau die Hauptrolle. Wie bei Wagner bedient sich der Täter einer Quasi-Tarnkappe.
Kriminalroman. 224 Seiten.
AtV 2027-9

Mehr unter
www.aufbau-verlagsgruppe.de
oder bei Ihrem Buchhändler